LES SURVIVANTS

PIERS PAUL READ

LES SURVIVANTS

Traduit de l'anglais
par
MARCEL SCHNEIDER

FRANCE LOISIRS
123, boulevard de Grenelle, Paris

L'édition originale de cet ouvrage a été publiée en 1974, à New York, par J. B. Lippincott Company, sous le titre :

Alive : the story of the Andes survivors

Provenance des photographies

Les photos nos 1, 2, 3 et 4 ont été prises par Roberto Caldeyro Stajano : la photo no 8 a été trouvée dans l'appareil photo du docteur Francisco Nicola. Les photos nos 26, 27 et 29 ont été prises par Parrado et Vizintin et sont reproduites avec la permission de Sygma, Paris ; les nos 30, 33, 36 ont été prises par Jean-Pierre Laffont et sont aussi reproduites avec la permission de Sygma, Paris. Les nos 26, 27 ont le copyright de Gamma, Paris ; la photo no 36 a le copyright de J.-P. Laffont Gamma. Anthony Peagam a pris les photographies des survivants portant les nos 11, 12, 13, 15, 16, 18, 19, 20, 21, 22, et 23 qui sont reproduites avec la permission de **The Observer Magazine**, ***Londres. Le docteur Gustavo Nicolich a pris les photographies nos 31 et 37. No 35 : photo X.***

Les photos non mentionnées ont été prises par les rescapés eux-mêmes.

Une édition du Club France Loisirs, Paris, réalisée avec l'autorisation des Éditions Grasset et Fasquelle

ISBN : 2-7242-7334-6

Tant de faux bruits ont circulé sur ce qui s'est passé dans les Andes que nous avons décidé que ce livre devait être écrit afin que soit connue la vérité. Nous dédions l'histoire de nos souffrances et de notre solidarité dans le malheur à ceux de nos amis qui sont morts pour nous et aux parents des disparus qui, au moment où nous en avions le plus besoin, nous ont accueillis avec tendresse et avec compréhension.

Pedro Algorta, Roberto Canessa, Alfredo Delgado,
Daniel Fernandez, Roberto Francois, Roy Harley,
José-Luis Inciarte, Xavier Methol, Alvaro Mangino,
Carlos Paez, Fernando Parrado, Ramon Sabella, Adolfo Strauch,
Eduardo Strauch, Antonio Vizintin, Gustavo Zerbino.

Montevideo, le 30 octobre 1973.

Personne n'a un plus grand amour que celui de donner sa vie pour ses amis.

Saint Jean XV, 13.

PRÉFACE

Le 12 octobre 1972 un Fairchild F 227 de l'armée de l'air uruguayenne décollait de Montevideo pour Santiago du Chili; c'était un avion frété par un club de joueurs de rugby amateurs, les Old Christians. Le mauvais temps dans les Andes obligea l'appareil à se poser dans une petite ville située sur le versant argentin de la cordillère. Le jour suivant le temps s'était amélioré. Le Fairchild décolla de nouveau, mit le cap en direction du sud vers le col de Planchon. A 15 h 21, le pilote transmit au contrôle du trafic aérien de Santiago qu'il survolait le Planchon et à 15 h 24, la ville de Curico au Chili. Il fut autorisé à virer vers le nord et il amorça sa descente sur l'aéroport de Pudahuel. A 15 h 30 il transmit son altitude : 15 000 pieds, mais quand la tour de contrôle de Santiago s'adressa au Fairchild une minute plus tard, elle n'obtint aucune réponse.

Pendant huit jours le Chili, l'Argentine et l'Uruguay recherchèrent l'avion. Les passagers ne comprenaient pas seulement les quinze membres de l'équipe, mais aussi vingt-cinq personnes de leurs amis et de leurs familles, tous de la première société d'Uruguay. Les recherches n'aboutirent à rien. De toute évidence, le pilote avait mal calculé sa position, il avait viré vers le nord en direction de Santiago alors qu'il était encore en plein dans les montagnes. Dans l'hémisphère Sud le printemps commençait à peine et il y avait eu sur les Andes d'exceptionnelles chutes de neige. Le dessus de l'avion était blanc : il y avait peu de chance qu'on le retrouvât jamais, moins de chance encore que l'un des quarante-cinq passagers et membres de l'équipage ait pu survivre à l'accident.

Dix semaines plus tard un paysan chilien gardait son troupeau dans une vallée écartée au cœur des Andes quand il aperçut la silhouette de deux hommes de l'autre côté du torrent. Ils gesticulèrent frénétiquement et tombèrent sur les genoux comme des suppliants, mais le paysan, les prenant pour des terroristes ou des touristes, s'en alla. Il revint au même endroit le lendemain, les silhouettes étaient toujours là : de nouveau les deux hommes lui firent signe d'approcher. Il alla au bord du torrent et jeta de l'autre côté un morceau de papier et un stylo enveloppés dans un mouchoir. Les hommes barbus, crottés, s'en emparèrent, ils écrivirent quelque chose sur le papier et renvoyèrent le tout au paysan.

Le message était ainsi conçu :

« Je viens de l'avion qui est tombé dans les montagnes. Je suis uruguayen... »

Il y avait seize survivants. Voici l'histoire de ce qu'ils ont enduré et de la façon dont ils se sont maintenus en vie.

CHAPITRE PREMIER

L'Uruguay, l'un des plus petits pays d'Amérique du Sud, a été créé sur la rive orientale du Rio de La Plata pour servir de tampon entre les deux États géants qui se constituaient alors, le Brésil et l'Argentine. C'était une contrée riante avec ses troupeaux qui galopaient en liberté sur d'immenses prairies et sa population qui vivait sans prodigalité, marchands, docteurs et avocats à Montevideo, fiers et remuants gauchos sur la pampa.

L'histoire de l'Uruguay au XIXe siècle est pleine des farouches luttes que ce petit peuple soutint contre Argentine et Brésil pour sauvegarder son indépendance et ensuite des guerres civiles non moins sauvages entre les Blancs et les Rouges, c'est-à-dire les Conservateurs de l'intérieur du pays et les Libéraux de Montevideo. En 1904 la dernière émeute des Blancs fut brisée par le président José Battle y Ordonez qui établit un gouvernement laïque et démocratique : il passa pendant plusieurs décennies pour le plus avancé et le plus éclairé d'Amérique du Sud.

L'économie de cet État prospère reposait sur l'élevage et sur les produits agricoles que l'Uruguay exportait vers l'Europe. Aussi longtemps que les prix mondiaux de la laine, de la viande et du cuir restèrent au plafond, le pays garda sa prospérité, mais dans les années 1950 le cours de ces produits tomba, l'Uruguay connut la récession. Chômage et inflation s'ensuivirent qui créèrent à leur tour le mécontentement social. Les services publics étaient surpeuplés et pas assez payés; avocats, architectes, ingénieurs, naguère l'aristocratie de la nation, ne trouvaient guère de travail et quand ils en trouvaient ne recevaient que de maigres honoraires. Nombre d'entre eux en furent réduits à chercher un second métier. Seuls ceux qui possédaient des terres à l'intérieur du pays pouvaient compter sur une certaine aisance. Les autres attrapaient ce qu'ils pouvaient : le climat était à la stagnation économique et à la corruption administrative.

Cette situation fit naître le premier et le plus important mouvement de guérilla urbaine, les Tupamaros : ils cherchaient la destruction de l'oligarchie qui, par l'intermédiaire des partis conservateur et libéral, gouvernait l'Uruguay. Pour un temps les choses allèrent leur train. Ils enlevaient et rançonnaient hommes d'État et diplomates et noyautaient les forces de police qu'on détachait contre eux. Le gouvernement en appela à l'armée qui, sans pitié, extirpa de leurs foyers ces guérilleros de la classe moyenne. Le mouvement fut liquidé; on mit les Tupamaros sous les verrous.

Dans les premières années 50, un groupe de catholiques, effrayés par les tendances athées des enseignants des établissements de l'État et mécontents de la manière dont on apprenait l'anglais chez les jésuites, invita la Province irlandaise des frères des Écoles chrétiennes à ouvrir une école à Montevideo. Cette proposition trouva un écho : cinq frères lais irlandais quittèrent la verte Erin, passèrent par Buenos Aires et fondèrent le collège de Stella Maris — une école pour garçons de neuf à seize ans — dans le faubourg de Carrasco. En mai 1955 des classes furent inaugurées dans une maison sur la rambla qui donne sur les vastes horizons de l'Atlantique Sud.

Ils avaient beau parler un espagnol boiteux, ces frères irlandais étaient faits pour la tâche qu'ils essayaient de mener à bien. L'Uruguay est aux antipodes de l'Irlande, il n'empêche que c'est aussi un petit pays dont l'économie repose sur l'agriculture. Les Uruguayens mangent du bœuf comme les Irlandais des pommes de terre et on mène ici sa vie, comme on la mène en Irlande, à un pas modéré. D'autre part les frères connaissaient fort bien les traditions de cette partie de la société qu'ils choyaient. Les familles qui vivaient dans les belles maisons modernes bâties au milieu des pinèdes de Carrasco — le quartier le plus élégant de Montevideo — étaient pour la plupart nombreuses, fortement unies, et les liens qui attachaient les enfants aux parents persistaient bien au-delà de l'âge d'homme. Les enfants témoignaient à leurs parents respect et affection : ils ne firent aucune difficulté à reporter ces sentiments sur leurs professeurs. Cela suffit à assurer leur bonne conduite et sur la demande des parents de leurs élèves, les frères de l'École chrétienne mirent fin à l'usage séculaire de la férule.

En Uruguay jeunes gens et jeunes filles avaient coutume de rester dans la maison paternelle même après la fin de leurs études; ils ne la quittaient pas avant de se marier. Les frères de l'École chrétienne se demandaient souvent comment il se faisait, dans un monde où l'aigre mésentente entre les générations semblait la caractéristique de l'époque, que les citoyens de l'Uruguay, ou du moins les habitants de Carrasco, fussent à l'abri de la contagion. On aurait dit que les solitudes torrides du Brésil au nord et les eaux boueuses du Rio de La Plata au sud et à l'ouest servaient non seulement de barrières naturelles, mais aussi de coquille de protection dans un repli du Temps.

Même les Tupamaros ne réussirent pas à troubler le collège Stella Maris. Les familles catholiques aux tendances conservatrices envoyaient leurs enfants chez les frères de l'École chrétienne en raison des méthodes traditionnelles et des objectifs d'autrefois que gardait cet ordre. On pouvait s'attendre à voir cultiver l'idéalisme politique chez les jésuites qui exerçaient l'esprit plutôt que chez les frères irlandais dont le but était de tremper le caractère de leurs élèves. Le fréquent usage des châtiments corporels qu'ils avaient abandonné sur la requête des parents n'était pas la seule arme dont ils disposaient. Un autre moyen, c'était le rugby.

Le rugby qu'on jouait et qu'on joue encore à Stella Maris est celui-là même qu'on joue en Europe. Deux équipes de quinze joueurs se font face sur le terrain. Elles ne portent ni casques ni rembourrages de protection, et il n'y a pas de remplaçants. Le porteur du ballon peut être « plaqué » par un adversaire à la nuque, à la poitrine ou aux jambes. La seule défense possible contre un placage, c'est de l'esquiver ou bien de « raffuter », une main contre le visage ou le corps du joueur qui essaie de « plaquer ».

Si le jeu est interrompu, disons par exemple en cas « d'en avant », l'on se met en mêlée. Les avants des deux équipes s'engagent corps à corps et forment une sorte de crabe géant. Au premier rang, un talonneur et deux piliers enfoncent leurs têtes et leurs épaules contre celles de leurs adversaires.

C'est un jeu dur et difficile, admirable quand il est joué avec art, mais qui est brutal si on le joue avec maladresse. Une jambe cassée, un nez brisé y sont monnaie courante; chaque mêlée écorche les tibias, chaque placage laisse le joueur le souffle coupé. Jouer au rugby à toute allure pendant une heure et demie (avec dix minutes d'arrêt à la mi-temps) ne réclame pas seulement une exceptionnelle aptitude à ce jeu, mais aussi maîtrise de soi et esprit d'équipe. Celui qui marque l'essai n'est pas forcément le meilleur joueur, mais bien souvent celui qui conclut une action collective.

Quand les frères de l'École chrétienne arrivèrent en Uruguay, c'est à peine si l'on y pratiquait le rugby; ils découvrirent qu'ils se trouvaient dans un pays où le football n'était pas seulement un sport national, mais aussi une passion partagée par tous. Si l'on excepte la consommation de viande par personne, c'était le seul domaine où l'Uruguay triomphait des grandes nations (il gagna la Coupe du monde en 1930 et en 1950). Demander aux jeunes Uruguayens de s'adonner à un autre sport, c'était leur demander de manger du pain et des pommes de terre au lieu de leur nourriture habituelle.

Après avoir sacrifié l'un des éléments capitaux de leur système d'éducation en renonçant à la férule, les frères de l'École chrétienne n'allaient pas sacrifier le second. Ils luttèrent en posant en principe que le football était un sport pour vedettes tandis que le rugby enseignait aux garçons à souffrir en silence et à travailler en équipe. Les parents eurent beau faire des remontrances, ils finirent par donner leur accord et avec le temps ils en vinrent même à partager l'opinion des frères sur les éminentes qualités du rugby.

Quant à leurs enfants, ils s'y adonnèrent avec un enthousiasme grandissant; quand la première génération eut quitté le collège, beaucoup de bacheliers n'avaient aucune envie de renoncer ni au rugby ni à Stella Maris. On conçut alors l'idée d'une association des anciens élèves et en 1965, dix ans après la fondation du collège, cette association fut créée. Elle reçut le nom de Old Christians Club et sa principale activité fut de jouer au rugby le dimanche après-midi.

A mesure que les années passaient, ces matches de rugby gagnèrent en popularité, ils devinrent même à la mode et chaque été le club voyait grossir le nombre de ses adhérents: un plus grand choix de joueurs permit d'améliorer l'équipe. Le rugby lui-même eut du succès en Uruguay et les quinze joueurs d'Old Christians portant le trèfle d'Irlande sur leur maillot, constituèrent l'une des meilleures équipes du pays. En 1968 ils gagnèrent le championnat national de l'Uruguay ainsi qu'en 1970. L'ambition s'accrut avec la réussite. L'équipe traversa l'estuaire du Rio de La Plata pour faire des matches en Argentine et en 1971 ils se décidèrent à étendre leur champ d'action et à jouer au Chili. Pour réaliser le projet à un prix abordable, le club loua un avion à l'armée de l'air uruguayenne afin de les transporter de Montevideo à Santiago; les billets restants furent achetés par leurs amis et leurs supporters. Ce voyage réussit : l'équipe joua contre l'équipe nationale chilienne et les quinze joueurs du Old Boys Grange, gagna un match et perdit l'autre. Cela leur fit en même temps de courtes vacances dans un pays étranger. Pour beaucoup ce fut la première fois qu'ils voyageaient aussi loin et qu'ils virent les sommets couverts de neige des Andes et leurs vallées creusées par les glaciers. Bref, ce voyage réussit si bien qu'à peine de retour à Montevideo ils projetaient de retourner au Chili l'année suivante.

A la fin de la saison 1972 une grande incertitude troubla leurs projets. Les quinze principaux de l'équipe avaient perdu, par excès de confiance en soi, le championnat uruguayen face une équipe qui, selon eux, ne les valait pas; conséquence de leur échec, certains membres du comité du club estimèrent qu'ils ne méritaient pas d'aller de nouveau au Chili. L'autre problème qui se posait à eux concernait la location des quelque quarante places du Fairchild F 227 qu'ils avaient affrété à l'armée de l'air. Le prix de la location se montait à 1 600 dollars. Si l'on vendait quarante places, il en coûterait seulement 40 dollars à chaque voyageur pour faire l'aller et retour à Santiago, moins du tiers du prix normal. Plus il restait de places inoccupées, plus il en coûterait à chacun. On devait aussi songer aux dépenses du séjour au Chili, cinq jours environ.

Le bruit courut que le voyage risquait d'être annulé, sur quoi ceux qui désiraient partir commencèrent à recruter des participants parmi leurs amis, leurs parents, leurs camarades d'université. Différentes raisons jouaient en faveur de ce voyage. Les étudiants en sciences économiques voulaient voir comment se déroulait l'expérience de marxisme démocratique instaurée par le président Allende, les moins sérieux ne voyaient au Chili que promesse d'un séjour agréable à peu de frais. Le dollar atteignait une cote élevée au marché noir et le club des Old Christians, en tant qu'association sportive, n'était pas obligé de changer l'argent au cours officiel. Les joueurs de rugby tentèrent leurs amis en leur décrivant les Chiliennes ravissantes et sans complexes sur les plages de Vina del Mar ou dans la station de ski de Portillo. On jeta ses filets plus loin : y furent pris la mère et la sœur de l'un, des cousins d'un certain âge de l'autre. Le jour où l'on devait remettre la somme à l'armée de l'air, on avait vendu assez de billets pour assurer le montant complet.

Vers 6 heures du matin, le jeudi 12 octobre 1972, les voyageurs commencèrent à arriver par petits groupes, à l'aéroport de Carrasco, conduits par leurs parents, leurs petites amies en voiture, en autobus ou en camions de ramassage. Ils rangèrent leurs voitures sous les palmiers devant les bâtiments qui, avec leurs vastes étendues de gazon bien tondu, ressemblaient plutôt au pavillon d'un club de golf qu'à un aéroport international. En dépit de l'heure matinale, les jeunes gens s'étaient habillés avec élégance, slacks et vestes de sport et, le visage encore somnolent, ils se disaient bonjour avec beaucoup d'entrain et de bonne humeur. Leurs parents semblaient également tous se connaître. Ces cinquante à soixante personnes en train de rire et de bavarder donnaient l'impression qu'un original avait loué le hall de l'aéroport pour offrir une réception.

Dans ce brouhaha et cette confusion se distinguaient deux personnages calmes, de silhouette trapue, Marcelo Pérez, le capitaine de l'équipe, et Daniel Juan, président du club qui était venu assister au départ. Pérez ne cachait pas sa joie; c'était lui qui avait manifesté le plus d'enthousiasme pour ce voyage au Chili et qui avait le plus redouté son éventuelle annulation. Au moment où le projet se réalisait, on voyait encore Pérez plisser son front dégarni comme si quelque ennui attirait son attention. L'un de ces ennuis était l'absence de Gilberto Regules. Le jeune homme n'avait pas rejoint ses amis en temps voulu, il n'était pas venu à l'aéroport et il ne répondait pas au téléphone. Marcelo savait qu'on ne pouvait guère attendre. Le départ devait avoir lieu très tôt, car il est dangereux de survoler les Andes l'après-midi : l'air chaud montant des plaines d'Argentine vient en effet se heurter à l'air glacé des montagnes. Le Fairchild avait déjà roulé sur la piste d'envol, il venait de la base militaire qui jouxte l'aéroport civil.

Les jeunes gens qui tournaient en rond dans le hall formaient un ensemble bigarré allant de dix-huit à vingt-six ans; ils avaient bien plus d'affinités qu'un simple spectateur ne l'aurait cru. La plupart d'entre eux avaient appartenu au collège Stella Maris, les autres venaient en majeure partie du collège jésuite du Sacré-Cœur en plein centre de Montevideo. En dehors de l'équipe et de ses supporters, il y avait leurs amis, les cousins de leurs amis, et des camarades des facultés de droit, d'agronomie, d'architecture où étudiaient beaucoup d'anciens élèves de Stella Maris. Trois des garçons étaient étudiants en médecine et deux d'entre eux jouaient dans l'équipe. Certains possédaient des domaines non éloignés les uns des autres à l'intérieur des terres; beaucoup voisinaient à Carrasco. Ce qui les liait, c'étaient la classe sociale et la religion. Tous, presque sans exception, appartenaient à la classe la plus aisée de la nation et tous relevaient de l'Église romaine.

Cependant tous ceux qui avaient signé à leur arrivée sur le registre des transports militaires uruguayens n'étaient pas de Stella Maris et ils n'étaient pas tous de première jeunesse. Il y avait une grassouillette dame d'un certain âge, senora Mariani, qui avait acheté un billet pour aller aux noces de sa fille, qui se mariait avec un exilé politique au Chili. Il y avait deux couples, également d'un certain âge, et une grande fille assez jolie d'environ vingt ans. Elle s'appelait Susana Parrado, elle faisait la queue avec sa mère, son frère Nando et son père venu assister à leur départ.

Après l'enregistrement de leurs bagages, les Parrado montèrent au restaurant qui surplombe la piste et se commandèrent un petit déjeuner. A une autre table, à peu de distance des Parrado, se tenaient deux étudiants en sciences économiques, moins soignés dans leur tenue que les autres, comme pour témoigner qu'ils étaient socialistes. Ils faisaient contraste avec Susana Parrado qui portait un beau manteau doublé d'antilope qu'elle avait acheté la veille. Eugenia Parrado, sa mère, était d'origine ukrainienne : Susana et son frère avaient une taille exceptionnelle, des cheveux châtains, des yeux bleus, un visage doux et rond très russe. On ne pouvait dire qu'ils avaient du charme : Nando était dégingandé, myope et passablement timide et sa sœur, bien que jeune, charmante d'aspect et avec un joli visage, avait une physionomie sérieuse et ne cherchait pas à plaire.

Pendant qu'ils buvaient leur café, on annonça le départ. Les Parrado, les deux socialistes et tous ceux qui se trouvaient au restaurant descendirent dans le hall de départ, franchirent la douane, le contrôle des passeports et gagnèrent la piste d'envol. C'est alors qu'ils virent l'éblouissant avion blanc qui devait les conduire au Chili. Ils montèrent à l'avant par l'échelle d'aluminium, se glissèrent dans l'espace resserré de la cabine et occupèrent les sièges distribués deux par deux de chaque côté.

A 8 h 5 le Fairchild n° 571 de l'armée de l'air uruguayenne décolla de l'aéroport de Carrasco pour Santiago du Chili, avec quarante passagers, cinq membres d'équipage et les bagages. Le pilote et commandant de l'avion était le colonel Julio Cesar Ferradas. Il servait dans l'aviation depuis plus de vingt ans, totalisait 5 117 heures de vol et avait survolé la perfide cordillère des Andes vingt-neuf fois. Son copilote, le lieutenant Dante Hector Lagurara, l'aîné de Ferradas, ne possédait pas autant de métier. Il avait sauté en parachute d'un jet T-33 et maintenant il pilotait le Fairchild sous la conduite de Ferradas pour acquérir un surcroît d'expérience selon la coutume de l'armée de l'air d'Uruguay.

L'avion qu'il pilotait — un Fairchild F 227 — était un appareil à deux turbopropulseurs fabriqué aux États-Unis et acheté par l'armée de l'air seulement deux ans plus tôt. Ferradas l'avait piloté lui-même en le ramenant de Maryland. Depuis on n'avait inscrit que 792 heures de vol au journal de bord : selon les valeurs admises en aviation il était comme neuf. Si les pilotes éprouvaient de l'inquiétude, cela provenait non des qualités de l'appareil, mais des coups de vent qui balaient les Andes et dont chacun connaît la traîtrise. Trois mois plus tôt, un quadrimoteur de transport avec six membres d'équipage, dont trois Uruguayens, avait disparu dans les montagnes.

Le plan de vol suivi par Lagurara devait mener le Fairchild sans escale de Montevideo à Santiago par Buenos Aires et Mendoza, un parcours d'environ 1 500 kilomètres. Le Fairchild volait à une vitesse d'environ 440 km/h, le vol devait durer à peu près quatre heures, la dernière heure se passant au-dessus des Andes. En partant à 8 heures du matin, les pilotes espéraient atteindre les montagnes avant midi et éviter les remous de l'air de l'après-midi. Ils s'inquiétaient tout de même de la traversée, parce que les Andes, qui ne dépassent pas 160 kilomètres de large, s'élèvent à une hauteur moyenne de 4 300 mètres, avec des pics qui dépassent 6 500 mètres; l'Aconcagua, situé entre Mendoza et Santiago, d'une altitude de 6 900 mètres constitue la montagne la plus haute de l'hémisphère Sud. Le mont Everest la dépasse de 1 900 mètres environ.

Le Fairchild ne pouvait dépasser l'altitude de 7 500 mètres. Il lui fallait donc passer par l'un des cols des Andes où les montagnes sont moins hautes. Quand la visibilité le permettait, on avait le choix entre quatre cols, le Juncal, la route la plus directe entre Mendoza et Santiago, le Nieves, l'Alvarado ou le Planchon. Quand la visibilité était mauvaise et que les pilotes devaient voler en pilotage automatique, le Fairchild devait survoler le Planchon, à environ 160 kilomètres au sud de Mendoza parce que le Juncal a un plafond minimum de 8 600 mètres et que le Nieves et l'Alvarado n'ont pas de signalisation radio. Le péril ne consistait pas seulement à s'écraser dans les Andes. La température y est sujette à toutes sortes de surprises. Venant de l'est, des courants d'air s'élèvent et montent jusqu'à l'atmosphère glacée de la limite des neiges qui s'étend entre 4 600 et 5 300 mètres. En même temps les vents cycloniques qui soufflent du Pacifique balayent les vallées orientées vers l'ouest et se heurtent aux courants d'air chauds ou glacés qui viennent de l'autre côté. Quand l'avion est pris dans de tels remous, il est ballotté de-ci de-là comme une feuille sur un ruisseau. Lagurara avait toutes ces idées en tête quand il prit contact avec la tour de contrôle de Mendoza.

Dans la cabine les passagers ne trahissaient aucun signe d'anxiété. Les garçons bavardaient, riaient, lisaient des bandes dessinées ou bien jouaient aux cartes. Marcelo Pérez et des membres de l'équipe discutaient à propos de rugby; Susana Parrado était assise à côté de sa mère qui distribuait des bonbons à la ronde. Derrière elles étaient assis Nando Parrado avec son plus grand ami Panchito Abal.

Ils passaient pour inséparables. Tous les deux fils d'hommes d'affaires, ils travaillaient dans l'entreprise paternelle, l'un faisant la recherche des marchés des écrous et des boulons, l'autre du tabac. En apparence ils n'étaient pas faits pour s'entendre. Abal, beau garçon, charmeur, riche, l'un des meilleurs joueurs de rugby d'Uruguay, était trois-quarts aile chez les Old Christians tandis que Parrado était maladroit, timide et, bien qu'agréable de physionomie, sans particulière séduction. Il jouait comme deuxième ligne dans la mêlée.

Ce qui les liait, en dehors du rugby et des affaires, c'étaient les autos et les filles, ce qui leur valait une réputation de play-boys. Les autos atteignent des prix démesurés en Uruguay; chacun en possédait pourtant une, Parrado une Renault 4 et Abal une Mini-Cooper. Tous deux avaient aussi une moto qu'ils prenaient pour aller à Punta del Este : là, ils roulaient le long de la plage, une fille sur le siège arrière. Là encore leur amitié semblait ne pas aller de pair : tandis qu'on aurait difficilement trouvé une fille en Uruguay qui ne voulût pas se montrer avec Abal, avoir un rendez-vous avec Parrado n'était pas aussi coté. Il lui manquait le charme d'Abal et sa désinvolture; d'ailleurs il ne cherchait pas à donner le change. Abal, de son côté, créait l'impression que sa gaieté, son charme et sa liberté de manières recouvraient une profonde et mystérieuse mélancolie qui, liée à une passagère expression de profond ennui, ne faisait qu'ajouter à sa séduction. Les filles ne l'en admiraient que plus et Abal qui disposait de beaucoup de loisirs les dédommageait en s'occupant d'elles. Sa force et son habileté lui permettaient de « sécher » les heures d'entraînement nécessaires aux autres membres de l'équipe et le temps qu'il ne donnait pas au rugby, il pouvait le consacrer aux jolies filles, aux voitures et aux motocyclettes, à choisir d'élégants vêtements, à cultiver son amitié avec Parrado.

Parrado avait un avantage sur Abal pour lequel ce dernier aurait de bon cœur échangé tous les siens; il venait d'une famille heureuse et très unie. Les parents d'Abal avaient divorcé. Ils s'étaient mariés une première fois, ils avaient l'un et l'autre des enfants du premier lit. Sa mère était bien plus jeune que son père, c'était pourtant avec son père, qui avait dépassé les soixante-dix ans, qu'Abal préférait vivre. Ce divorce, cependant, l'avait profondément affecté. Sa mélancolie byronienne n'était pas pure affectation.

L'avion survolait les pampas infinies d'Argentine. Ceux qui étaient assis près des hublots pouvaient voir les rectangles de verdure où des récoltes avaient été disposées au milieu de la prairie et de loin en loin, des bois, de petites maisons entourées d'arbres. Insensiblement le sol changea d'apparence : il passa d'un vaste carrelage de vert au terrain plus aride au pied des sierras qui s'élevaient sur la droite. L'herbe fit place aux broussailles et les terres cultivées se serrèrent autour des puits artésiens.

Tout à coup ils virent les Andes se dresser devant eux, mur tragique, apparemment infranchissable avec des pics neigeux qui se découpaient en dents de scie géante. Cette vision monstrueuse aurait suffi à dégriser le voyageur le plus endurci, à plus forte raison de jeunes Uruguayens dont la plupart n'avaient vu, en fait de montagnes, que les faibles collines qui s'élèvent entre Montevideo et Punta del Este. Tandis qu'ils prenaient leur courage à deux mains à la vue terrifiante de ces sommets parmi les plus élevés du monde, le steward, Ramirez, fit irruption hors du poste de pilotage et annonça par haut-parleur que les conditions atmosphériques ne permettaient pas la traversée des Andes. Ils allaient atterrir à Mendoza et attendre une amélioration du temps.

De la cabine des passagers s'élevèrent des murmures de déception. Ils n'avaient que cinq jours à passer au Chili et ne voulaient pas perdre l'un de ces précieux jours ni l'un de leurs précieux dollars en Argentine. Mais puisqu'il n'y avait aucun moyen de contourner la cordillère qui s'allonge d'un bout à l'autre du continent sud-américain, ils attachèrent leurs ceintures et se tassèrent sur leurs sièges tandis que le Fairchild faisait un atterrissage sans douceur sur l'aéroport de Mendoza.

Quand il se fut arrêté en face des bâtiments et que Ferradas eut émergé du cockpit, un trois-quarts aile de l'équipe, Roberto Canessa, le félicita non sans insolence sur sa manœuvre.

— Quand arriverons-nous au Chili? demanda un des garçons.

Le colonel haussa les épaules en signe d'ignorance.

— Nous verrons ça quand le temps sera meilleur.

Les jeunes gens suivirent les pilotes, se bousculant pour sortir de l'avion et traversèrent en groupe la piste d'envol pour franchir la douane. Les avant-monts de la cordillère, obscurs et abrupts, dressaient au-dessus d'eux leur menace. Ils écrasaient tout de leur hauteur, les bâtiments, les pompes à essence, les arbres. Mais nos garçons étaient intrépides. Ni la cordillère des Andes ni la déplaisante besogne d'avoir à acheter des pesos argentins ne purent amoindrir leur bonne humeur. Ils quittèrent l'aéroport et se séparèrent en divers groupes pour prendre l'autocar ou un taxi afin de se rendre à Mendoza — même en autostop si quelque camion venait à passer.

C'était l'heure de déjeuner et tout le monde mourait de faim. Ils avaient mangé de bonne heure, certains n'avaient rien pris du tout, aucune nourriture digne de ce nom ne se trouvait transportée dans le Fairchild. Le groupe des plus jeunes alla tout droit vers le plus proche restaurant. Ils découvrirent que le patron était uruguayen :

celui-ci ne voulut jamais les laisser payer leur écot.

D'autres se mirent en quête d'un petit hôtel; après avoir retenu des chambres, ils s'égaillèrent dans les rues pour se faire une idée de Mendoza. Tout impatients qu'ils étaient d'arriver au Chili, ils ne pouvaient s'empêcher d'admirer la ville. C'est l'une des plus anciennes d'Argentine, elle a été fondée par les Espagnols en 1561 et elle conserve je ne sais quoi de la grâce et du charme de la période coloniale. L'air, même en ce début de printemps, était chaud, sec ce jour-là et les fleurs des jardins publics embaumaient. Dans les rues on voyait de jolies boutiques, des cafés, des restaurants, en dehors de la ville des vignobles qui produisent l'un des meilleurs vins d'Amérique du Sud.

Les Parrado, Abal, la senora Mariani et les deux autres couples d'un certain âge descendirent dans l'un des meilleurs hôtels de Mendoza et après le déjeuner chacun se divertit à sa façon. Parrado et Abal se rendirent à une course de motocyclette en dehors de la ville et le soir se joignirent à Marcelo Pérez pour voir Barbra Streisand dans *What's up, Doc?* Les garçons les plus jeunes firent la connaissance d'Argentines en vacances de fin d'année et les emmenèrent danser. Certains ne rentrèrent pas à l'hôtel avant 4 heures du matin.

C'est pourquoi ils ne s'éveillèrent pas de bonne heure. L'équipage ne souffla mot d'aller à l'aéroport, de sorte qu'on se balada de nouveau dans les rues de Mendoza. L'un des plus jeunes, Carlitos Paez, qui était une sorte de malade imaginaire, fit provision d'aspirine et d'Alka Seltzer. D'autres achetèrent avec leurs derniers pesos du chocolat, du nougat et des cartouches de gaz pour leur briquet. Nando Parrado, lui, acheta une paire de chaussons rouges pour l'enfant de sa sœur aînée et sa mère, de petites bouteilles de rhum et de liqueur pour offrir à des amis chiliens. Elle les donna à son fils qui les fourra dans un sac de voyage parmi ses vêtements de rugby.

Deux des trois étudiants en médecine, Roberto Canessa et Gustavo Zerbino, s'assirent à la terrasse d'un café. Ils commandèrent un petit déjeuner avec un jus de pêche, des croissants et du café au lait.

Peu après, tandis qu'ils buvaient leur café, ils virent leur capitaine Marcelo Pérez et les deux pilotes venir vers eux.

— Dites donc, crièrent-ils au colonel Ferradas, pourrons-nous partir bientôt?

— Pas encore, dit Ferradas.

— Avez-vous la trouille ou quoi? demanda Canessa qu'on avait surnommé Muscles pour son côté cabochard.

Ferradas, reconnaissant la voix suraiguë de celui qui l'avait « complimenté » la veille sur son atterrissage, eut un instant d'agacement.

— Voulez-vous que vos parents lisent dans les journaux que quarante-cinq Uruguayens sont perdus dans les Andes? demanda-t-il.

— Non, répondit Zerbino. Je veux qu'ils lisent « Quarante-cinq Uruguayens traversent les Andes à tout prix. »

Ferradas et Lagurara se mirent à rire, puis ils s'éloignèrent. Ils se trouvaient dans l'embarras, non tant à cause des sarcasmes des garçons que du problème qui se posait à eux. La météorologie annonçait que le temps s'améliorait sur les Andes. Le col de Juncal était encore fermé au Fairchild, mais on avait tout lieu de penser qu'en début d'après-midi le Planchon serait ouvert. Cela signifiait qu'il faudrait traverser la zone andine à une heure du jour considérée habituellement comme dangereuse, mais ils croyaient dur comme fer qu'ils pourraient voler au-dessus des remous. Il n'y avait que deux solutions, soit retourner à Montevideo (le règlement ne permettait pas à un avion d'une armée étrangère de se poser plus de vingt-quatre heures sur le territoire argentin) ce qui aurait bien déçu les Old Christians et aurait été aussi un manque à gagner pour l'aviation uruguayenne qui n'était pas trop riche, soit traverser les Andes. Ils firent donc savoir par l'intermédiaire de Marcelo Pérez que les passagers devraient se présenter à l'aéroport à une heure.

Ceux-ci obéirent, mais à leur arrivée, pas trace d'équipage uruguayen ni des fonctionnaires argentins qui devaient enregistrer les bagages et viser les passeports. Les garçons flânèrent en attendant; on prit des photos, on se pesa, on se fit peur en se disant que c'était un vendredi treize, on taquina la senora Parrado avec son plaid pour aller au Chili au printemps. Soudain une clameur s'éleva. Ferradas et Lagurara étaient arrivés à l'aéroport, les bras chargés d'énormes bouteilles de vin de Mendoza. Les garçons se mirent à les taquiner. Poivrots! cria l'un. Contrebandiers! cria l'autre et Canessa, toujours insolent, dit avec un sourire méprisant : « Voyez quel genre de pilotes nous avons! »

Ces railleries décontenancèrent un peu Ferradas et Lagurara. Ils se tenaient sur la défensive, en partie parce qu'ils n'avaient pas encore pris de décision et qu'ils craignaient que l'on tînt leur prudence pour un manque de métier. A ce moment un avion se posa sur l'aéroport. C'était un vieil avion cargo qui ferrailla beaucoup et cracha des jets de fumée de ses moteurs tandis qu'il roulait sur la piste d'envol. Quand son pilote eut gagné les bureaux de l'aéroport, Ferradas s'approcha et lui demanda ce qu'il devait faire.

Le pilote venait tout droit de Santiago et il déclara que, malgré la violence des remous, la traversée ne devait pas poser de problème à un Fairchild qui était équipé avec les appareils les plus récents. Le pilote fut même d'avis qu'ils prennent la route directe par le Juncal, ce qui réduirait le vol de 250 kilomètres.

Ferradas décida qu'on partirait, non par le Juncal, mais par la route plus sûre, plus au sud, celle du Planchon. Les garçons poussèrent des cris de joie en apprenant la nouvelle; ils durent refréner leur impatience en attendant la venue des fonctionnaires argentins pour tamponner leurs passeports et leur donner la permission de réintégrer le Fairchild.

Pendant ce temps ils regardaient l'avion cargo délabré repartir en faisant le même boucan et en crachant autant de fumée que tout à l'heure. Deux des Old Christians se tournèrent alors vers deux filles argentines qui étaient sorties avec eux la veille et qui étaient venues assister au départ.

— Maintenant nous savons quelle sorte d'avions on a en Argentine! leur dirent-ils.

— Au moins, eux, ils traversent les Andes, répliqua l'une d'elles avec aigreur, c'est plus que n'en fait le vôtre.

Le copilote Lagurara avait repris son poste sur le Fairchild quand il décolla de l'aéroport à 14 h 18, heure locale. Il mit le cap sur Chilecito et Malargüe, une petite ville sur le versant argentin du Planchon. L'avion monta jusqu'à 5 400 mètres et vola avec un vent arrière d'une vitesse de 37 à 110 km/h.

Il survolait une région aride, presque sans arbres, avec des rivières et des lacs salés ; on y apercevait des traces de bulldozers. A droite se dressait la cordillère, rideau de rochers nus qui montaient jusqu'au ciel. Si la plaine n'était presque pas cultivée, les montagnes étaient désertiques. Pas la moindre végétation sur ces rochers bruns, gris et jaunâtres, la cordillère faisant obstacle aux pluies qui viennent du Pacifique et qui tombent sur le versant chilien. Sur le versant argentin au contraire la terre qu'on aperçoit entre les plis et les fissures des montagnes n'est que de la poussière volcanique. On ne voyait ni arbres, ni broussailles, ni herbe. Rien ne venait interrompre la pente monotone de ces montagnes délitées par le gel jusqu'à ce que, vers 3 900 mètres, on atteigne les neiges perpétuelles. Mais à cette saison elles persistaient à bien plus basse altitude, adoucissant les lignes des montagnes ou entassées dans les vallées sur une profondeur de plus de 30 mètres.

Le Fairchild était équipé de radiocompas et aussi d'un poste émetteur-récepteur à très haute fréquence des plus modernes (VHF de portée omni-directionnelle). Les pilotes avaient l'habitude de se brancher sur la fréquence du radiophare de Malargüe qui était tombé en panne à 15 h 8. En volant toujours à 5 400 mètres, l'avion vira de bord pour survoler la cordillère en suivant la route aérienne 617. Le col de Planchon est l'endroit où Lagurara passa du contrôle de trafic aérien de Mendoza à celui de Santiago; il était 15 h 21.

Comme il survolait les montagnes, une couche de nuages l'empêchait de voir le sol. Il n'y avait pas de raison de s'inquiéter. La visibilité au-dessus des nuages était bonne; étant donné que les hautes pentes de la cordillère étaient couvertes de neige, rien n'aurait permis de repérer le col de Planchon. Le seul important changement était le suivant : au vent arrière modéré avait succédé un violent vent de face. La vitesse moyenne de l'avion avait dû être réduite de 390 à 330 km/h.

A 15 h 21 Lagurara transmit au contrôle du trafic aérien de Santiago qu'il survolait le Planchon et qu'il comptait atteindre Curico, une petite ville du Chili sur le versant occidental des Andes, à 15 h 32. Seulement trois minutes plus tard, le Fairchild se remit en contact avec Santiago et transmit « Curico atteint, en route sur Maipu ». L'avion fit un virage de 90 degrés et mit le cap vers le nord. La tour de contrôle de Santiago, sur la foi de ce que disait Lagurara, l'autorisa à amorcer sa descente sur l'aéroport de Pudahuel. A 15 h 30 Santiago vérifia l'altitude du Fairchild, niveau 150, ce qui signifiait que Lagurara avait déjà fait descendre l'avion de 900 mètres. A cette altitude l'avion entra dans un nuage et se mit à sauter et à trembler, ballotté dans les remous. Lagurara alluma le signal qui ordonnait aux passagers de mettre leur ceinture et de cesser de fumer. Il se tourna ensuite vers le steward, Ramirez, qui avait apporté à Ferradas une gourde de maté, ce thé amer d'Amérique du Sud, et lui demanda de veiller à ce que les indisciplinés exécutent les ordres.

Une atmosphère de vacances régnait dans la cabine des passagers. Plusieurs garçons allaient et venaient dans le couloir, regardant par les hublots pour tâcher d'apercevoir les montagnes par une échappée dans les nuages. Ils étaient tous très gais, ils lançaient leur ballon de rugby par-dessus la tête de ceux qui étaient assis. A l'arrière il y en avait qui jouaient aux cartes; plus loin, du côté de l'office, le steward et le navigateur Martinez avaient joué au truco, une sorte de whist. Quand le steward revint du cockpit pour reprendre le jeu, il dit aux garçons qui étaient encore debout de s'asseoir.

— Il y a du mauvais temps en face, dit-il, l'avion va danser un petit peu, mais vous en faites pas! Nous sommes en contact avec Santiago. On va bientôt atterrir.

En s'approchant de l'office, il dit à quatre des garçons qui se tenaient à l'arrière d'aller au centre de la cabine. Puis il se rassit devant le navigateur et reprit ses cartes.

L'avion pénétra dans une autre épaisseur de nuages et se mit à vibrer et à rouler de façon alarmante. Certains firent de méchantes plaisanteries pour cacher leur nervosité. L'un des garçons saisit le microphone à l'arrière de l'avion et dit : « Mesdames et messieurs, mettez vos parachutes s'il vous plaît. Nous allons atterrir dans la cordillère. »

Cela n'amusa pas l'auditoire parce qu'à ce moment même l'avion atteignit un trou d'air et tomba comme du plomb d'une centaine de mètres. Roberto Canessa, par exemple, se sentant angoissé, se tourna vers la senora Nicola, qui était assise avec son mari de l'autre côté du couloir et lui demanda si elle avait peur.

— Oui, oui, j'ai peur, dit-elle.

Derrière eux quelques garçons se mirent à chanter « Conga, conga, conga » et Canessa, avec une affectation de courage, lança au docteur Nicola le ballon qu'il tenait et celui-ci le lança vers le fond de la cabine.

Eugenia Parrado leva les yeux de son livre. Il n'y avait rien à voir, rien que la brume cotonneuse et blanche. Elle se tourna de l'autre côté, regarda sa fille dans les yeux et lui prit la main. Derrière elles Nando Parrado et Panchito Abal étaient tout occupés à parler. Parrado n'avait pas bouclé sa ceinture, il ne le fit même pas quand l'avion entra dans un nouveau trou d'air, tomba en chute libre et perdit encore 100 mètres d'altitude. Olé, olé, olé! lancèrent les garçons, ceux du moins qui ne pouvaient voir par la fenêtre, car la seconde chute avait fait sortir l'avion des nuages et le paysage qu'on découvrait n'était pas celui des fertiles plaines centrales du Chili à trois mille mètres en dessous, mais les arêtes rocheuses de la montagne couverte de neige à quelques mètres de l'extrémité de l'aile.

— Est-ce normal de voler si près? demanda l'un des garçons à son voisin.

— Je ne le crois pas, répondit l'autre.

Plusieurs passagers commencèrent à prier. D'autres raidissaient leur volonté en s'agrippant au siège devant eux et attendaient le choc de l'accident. Les moteurs vrombissaient, l'avion vibra quand le pilote essaya de reprendre de la hauteur; le Fairchild s'éleva un peu, mais alors on entendit un bruit fracassant : l'aile droite avait heurté le versant de la montagne. Aussitôt elle se brisa, fit la culbute par-dessus le fuselage et trancha la queue de l'avion. Le steward, le navigateur, leurs cartes à la main, suivis par trois des jeunes gens attachés à leurs sièges furent projetés dans l'air glacé. Un instant après l'aile gauche se brisa aussi et une pale de l'hélice éventra le fuselage avant de tomber sur le sol..

Dans ce qui restait du fuselage, ce n'étaient que cris de terreur et appels au secours. Privé d'ailes et de queue l'avion dégringolait sur la montagne hérissée de rochers, mais au lieu de voler en éclats contre un mur de roc, il atterrit sur le ventre dans une vallée à pic, glissant comme un toboggan sur la pente de neige profonde.

La vitesse qu'il avait au moment du choc était d'environ 370 km/h et pourtant il ne vola pas en éclats. Deux autres garçons furent happés hors de l'avion; les autres passagers restèrent dans le fuselage tandis qu'il dévalait la montagne, mais la force de décélération fit sortir les sièges de leurs montures et les lança en avant; ils écrasèrent ceux qui se trouvaient pris entre eux et démolirent la paroi qui séparait la cabine des passagers de la soute à bagages avant. L'air glacé des Andes s'engouffra dans la cabine qui n'était plus pressurisée et ceux des passagers qui n'avaient pas perdu conscience redoutaient l'écrasement du fuselage contre les rochers. En fait, ce furent les tiges de métal et de plastique de leurs sièges qui leur causèrent des blessures. Quand ils eurent compris la situation, certains des garçons essayèrent de déboucler leur ceinture et de se tenir dans le couloir, mais seul Gustavo Zerbino réussit à le faire. Il se tenait debout, les pieds plantés sur le plancher et les mains appuyées contre le plafond, tout en criant : « Jésus, Jésus, bon Jésus, viens à notre secours! »

Un autre des joueurs, Carlitos Paez, disait le « Je vous salue Marie » qu'il avait commencé quand l'aile de l'avion avait heurté la montagne. Quand il eut murmuré les derniers mots, l'avion stoppa. Il y eut un instant de calme et de silence. Alors peu à peu, de l'enchevêtrement et du gâchis, s'élevèrent des bruits, des gémissements, des prières, des appels au secours : il y avait des survivants.

Tandis que l'avion dégringolait la montagne, Canessa avait pris son courage à deux mains, croyant que dans un moment il allait mourir. Lui, il ne priait pas; il calculait la vitesse de l'avion et la violence avec laquelle il allait heurter les rochers. Tout à coup il prit conscience que l'avion ne bougeait plus.

Il s'écria « Il s'est arrêté! » et se tourna vers celui qui était assis à côté de lui, lui demandant s'il allait bien. Son voisin, violemment commotionné, lui répondit par un signe de tête et Canessa le laissa pour aider son ami Daniel Maspons à se dégager de son siège. Ensuite ils commencèrent à secourir les autres. Tout d'abord ils crurent qu'ils étaient les seuls sains et saufs, car tout autour ce n'étaient qu'appels au secours, mais d'autres commencèrent à sortir des débris. D'abord Gustavo Zerbino, puis le capitaine de l'équipe Marcelo Pérez. Celui-ci avait des coupures sur le visage et une douleur au côté, mais en tant que capitaine il prit sur lui d'organiser le sauvetage des passagers prisonniers de leurs sièges tandis que les deux étudiants en médecine, Canessa et Zerbino, faisaient ce qu'ils pouvaient pour les blessés.

Aussitôt après que l'avion se fut immobilisé, quelques-uns des plus jeunes garçons, sentant les vapeurs d'essence et redoutant que l'avion n'explose ou ne prenne feu, étaient sortis par le trou béant de l'arrière. Ils se retrouvèrent avec de la neige jusqu'aux cuisses. Bobby Francois, le premier à sortir de l'avion, grimpa sur une valise et alluma une cigarette « On en a bavé! » dit-il à Carlitos Paez qui l'avait suivi et qui s'enfonçait dans la neige.

Le paysage respirait une extrême désolation : autour d'eux de la neige et plus loin, sur trois côtés, les murs gris et escarpés des montagnes. L'avion s'était posé sur un léger relèvement de terrain, juste en face d'une vallée assez large. Les montagnes qui s'élevaient de l'autre côté étaient pour le moment en partie recouvertes de nuages gris. Il faisait un froid aigre et la plupart des jeunes gens étaient en manches de chemise. Quelques-uns portaient des vestes de sport, d'autres des blazers. Personne n'était vêtu pour supporter une si basse température. On n'apercevait pas de valises où trouver de quoi se couvrir.

Tandis qu'ils regardaient du côté de la montagne pour tâcher d'apercevoir où se trouvaient les bagages perdus, ce groupe des plus jeunes joueurs vit une forme descendre en titubant la pente raide. Quand elle fut plus près, ils reconnurent un de leurs amis, Carlos Valeta. Ils l'appelèrent en poussant des cris et lui dirent de venir de leur côté. A chaque pas Valeta s'enfonçait dans la neige jusqu'aux cuisses et c'était seulement l'escarpement de la pente qui lui permettait de ne pas disparaître. Les garçons s'aperçurent que la direction qu'il avait prise ne le menait pas à l'avion, aussi poussèrent-ils des cris encore plus frénétiques pour attirer son attention. Deux d'entre eux, Paez et Storm, essayèrent même de marcher vers lui, mais il se révéla impossible de marcher dans la neige, surtout pour grimper. Ils étaient pris au piège et pouvaient seulement observer avec désespoir la dégringolade de Valeta vers la vallée. Un moment ils eurent l'impression qu'il les avait peut-être entendus et se dirigeait vers l'avion, mais à cet instant il glissa. Il cessa de faire d'immenses enjambées, ce fut la culbute et son corps roula sur la pente de la montagne sans qu'il pût se rattraper. Finalement il disparut dans la neige.

A l'intérieur de l'avion quelques-uns des garçons qui en étaient physiquement capables essayaient de soulever les sièges qui coinçaient nombre de blessés. L'air raréfié des hauteurs réclamait d'eux le double d'énergie et d'effort, d'autre part ceux qui n'avaient reçu que des blessures superficielles se trouvaient encore traumatisés.

Même quand ils eurent tiré les blessés de leurs sièges, il n'y avait pas grand-chose à faire. Les connaissances des deux « docteurs » Canessa et Zerbino (le troisième étudiant en médecine, Diego Storm, était fortement commotionné) étaient misérablement insuffisantes. Au cours de sa première année d'université, Zerbino avait passé six mois à étudier deux matières obligatoires, la psychologie et la sociologie. Canessa avait fait deux années, mais il avait encore six années d'études avant d'être nommé docteur. Malgré tout, ils étaient conscients tous les deux de la responsabilité particulière que leur conférait leur spécialité.

Canessa s'agenouilla pour examiner le corps meurtri d'une femme qu'il ne reconnut pas tout de suite. C'était Eugenia Parrado : elle était morte. A côté d'elle était étendue sa fille Susana, à demi consciente, mais gravement blessée. Le sang coulait d'une entaille faite sur le front et recouvrait l'un de ses yeux. Canessa essuya le sang, afin qu'elle pût voir et ensuite il l'étendit sur l'étroite partie du plancher qui ne fût pas encombrée de sièges.

Près d'elle se trouvait Abal. Il était, lui aussi, grièvement blessé, une large coupure dans le cuir chevelu. A demi conscient et tandis que Canessa se tenait à genoux pour l'ausculter du mieux qu'il pouvait, Abal saisit sa main en disant : « Mon vieux, je t'en prie, ne me quitte pas, ne me quitte pas ! » Mais il y en avait tant d'autres qui criaient au secours que Canessa ne pouvait pas rester auprès de lui. Il demanda à Zerbino de s'occuper d'Abal et s'approcha de Parrado qui avait été projeté hors de son siège et qui gisait inanimé à l'avant de l'avion. Son visage était couvert de meurtrissures et de sang, Canessa crut qu'il était mort. Il s'agenouilla près de lui et tâta son pouls : il enregistra au bout de ses doigts un faible battement de cœur. Parrado était encore en vie, mais il paraissait impossible qu'il pût vivre encore longtemps. Puisqu'il n'y avait rien à faire pour le sauver, il fut tenu pour mort.

En plus d'Eugenia Parrado, il y avait deux autres passagers dans le fuselage qui étaient morts sur le coup. C'étaient le docteur Nicola et sa femme. Tous les deux avaient été projetés, côte à côte, dans la soute à bagages et ils étaient morts aussitôt.

En attendant, leurs cadavres furent laissés où ils se trouvaient et les deux étudiants en médecine donnèrent des soins à ceux qui respiraient encore. Ils firent des bandages avec les appuis-tête des sièges, mais pour la plupart des blessures cela ne convenait pas du tout. Un des garçons, Rafaël Echavarren, avait le mollet droit arraché et enroulé autour de son tibia de sorte que l'os était à nu. Zerbino saisit le muscle sanglant, le remit à sa place et lui lia la jambe avec une chemise blanche.

Un autre garçon, Enrique Platero, vint trouver Zerbino, il avait une tige d'acier enfoncée au creux de l'estomac. Zerbino était épouvanté, mais il se rappela, d'une de ses leçons de psychologie, qu'un bon docteur doit toujours donner confiance à son patient. Il regarda Platero bien en face et, avec autant de conviction qu'il pouvait en mettre dans le ton de sa voix, il lui dit :

— Allons, mon vieux tu as l'air d'aller très bien.

— Tu en es sûr? dit Platero en montrant du doigt la tige d'acier. Et ça?

— T'en fais pas, dit Zerbino. Tu es en excellente forme, viens me donner un coup de main pour les sièges!

Platero eut l'air d'accepter. Il se tourna du côté des sièges et, pendant ce temps-là, Zerbino saisit la tige, appuya son genou sur le corps de Platero et tira. Le morceau d'acier sortit et sortirent aussi environ neuf centimètres de ce que Zerbino prit pour les intestins de Platero.

Platero, son attention portée une fois de plus sur son ventre, contempla ses entrailles protubérantes avec quelque épouvante, mais avant qu'il ait eu le temps de se plaindre, Zerbino lui dit : « Tu vois, Enrique, tu pourrais t'imaginer que tu es mal en point, mais il y en a beaucoup d'autres bien plus amochés que toi, alors fais pas l'idiot, guéris-toi tout seul ! Serre ton ventre avec une chemise, je verrai ça plus tard. »

Sans se plaindre Platero exécuta ce que Zerbino lui avait dit.

Pendant ce temps, Canessa était revenu auprès de Fernando Vasquez, le garçon qui avait pris place à côté de lui. Il avait cru que la jambe de Vasquez avait subi une simple fracture, en réalité elle avait été coupée en deux par l'hélice quand elle avait éventré le fuselage. Le sang avait coulé de l'artère sectionnée. Maintenant Fernando était mort.

Beaucoup d'autres garçons avaient été touchés aux jambes quand les sièges s'étaient déformés et pressés les uns contre les autres. L'un d'eux, la jambe brisée en trois endroits, une grave blessure dans la cage thoracique, était encore conscient. C'était ceux qui n'avaient pas perdu connaissance qui souffraient, Panchito Abal, Susana Parrado et, plus que tous les autres, une dame d'âge moyen que personne ne connaissait, la senora Mariani. Les deux jambes broyées, elle était prise sous une pile de sièges et les garçons n'arrivaient pas à la sortir de là. Elle hurlait, criait au secours, mais ils n'avaient pas la force de soulever le siège qui la clouait au sol.

Le visage de Liliana Methol, l'une des cinq femmes qui se trouvaient dans l'avion, était vilainement contusionné et couvert de sang, mais ses blessures étaient superficielles. Son mari, Xavier, cousin de Panchito Abal, était sain et sauf, mais le mal des montagnes le terrassait avec la violence d'un accès de grippe. Bien qu'il fît de faibles efforts pour secourir les blessés, il éprouvait un tel vertige et une telle nausée qu'il pouvait à peine bouger. D'autres, bien qu'avec d'autres manifestations, étaient encore violemment commotionnés. Un des garçons, Pedro Algorta, avait complètement perdu la mémoire. Il avait assez de forces pour déplacer les sièges, mais il ne savait ni où il était ni ce qu'il faisait. Un autre était frappé à la tête et il faisait des tentatives répétées pour sortir de l'avion : il voulait descendre le versant de la montagne.

L'avion s'était écrasé vers 3 heures et demie de l'après-midi. Les nuages obscurcissaient déjà la lumière et vers 4 heures il se mit à neiger. Les flocons d'abord peu denses, s'épaissirent et tombèrent en rafales, cachant les montagnes. Marcelo ordonna que les blessés, malgré la neige, soient transportés hors de l'avion afin que ceux qui en avaient la force puissent débarrasser le Fairchild des sièges enfoncés les uns dans les autres. Cette mesure était provisoire : ils avaient tous la conviction que l'avion serait porté manquant et que les secours étaient déjà en route.

Ils comprirent que leur sauvetage serait facilité s'ils pouvaient transmettre des signaux par la radio. L'entrée du poste de pilotage était obturée par le mur formé par les sièges de la cabine des passagers accumulés les uns sur les autres, mais on percevait des signes de vie dans le cockpit : aussi l'un de ceux qui n'avaient pas perdu la tête, Moncho Sabella, décida-t-il d'essayer d'atteindre les pilotes par l'extérieur.

Il était presque impossible de marcher sur la neige, il s'avisa qu'on pouvait utiliser les coussins des sièges comme marchepied pour atteindre l'avant. Le nez de l'avion avait été écrasé pendant la descente, mais il n'était pas difficile de grimper et de regarder dans le cockpit par la porte de la soute à bagages avant.

Alors il s'aperçut que Ferradas et Lagurara étaient coincés dans leurs sièges, les instruments du tableau de bord enfoncés dans leurs poitrines. Ferradas était mort, Lagurara encore en vie et conscient. Quand il vit Sabella à côté de lui, il lui demanda secours. Il n'y avait pas grand-chose à faire; Sabella ne pouvait pas déplacer le corps de Lagurara, mais comme l'autre réclamait à boire, il fourra de la neige dans son mouchoir et la lui mit dans la bouche. Ensuite il essaya de tourner les boutons de la radio, mais les appareils étaient hors d'état de servir. Quand il retrouva ses camarades, il leur dit cependant pour relever leur courage qu'il s'était mis en liaison avec Santiago.

Plus tard, Canessa et Zerbino utilisèrent le même chemin que Sabella pour gagner le poste de pilotage. Ils essayèrent de déplacer le tableau de bord, mais sans aucun résultat. Le siège de Lagurara restait inexorablement dans la même position. Tout ce qu'ils réussirent à faire, ce fut d'enlever le coussin arrière et ainsi d'atténuer un peu la pression du tableau de bord sur la poitrine du moribond.

Tandis qu'ils se dépensaient en vain pour le libérer, Lagurara ne cessait de répéter : « Nous avons dépassé Curico, nous avons dépassé Curico. » Voyant qu'on ne pouvait rien faire pour lui, il demanda aux deux garçons de chercher le revolver qu'il avait dans son sac. Pas de sac en vue. D'ailleurs ni Canessa ni Zerbino ne lui auraient donné l'arme s'ils l'avaient trouvée : en tant que catholiques, ils condamnaient le suicide. Ils lui demandèrent en revanche s'ils pouvaient se servir de la radio pour réclamer du secours et placèrent le cadran dans la position qu'indiqua Lagurara, mais l'émetteur était grillé.

Lagurara ne cessait de réclamer son revolver que pour demander de l'eau. Canessa sortit du cockpit et alla chercher de la neige qu'il fourra dans la bouche du pilote, mais la soif du malheureux était pathologique, rien ne pouvait l'apaiser. Il saignait du nez, Canessa comprit qu'il ne vivrait plus longtemps.

Les deux « médecins » regagnèrent la cabine en enjambant les coussins à l'arrière de l'avion et retrouvèrent le sombre, l'étroit espace où leurs compagnons criaient et gémissaient. Ceux qu'on avait dégagés des débris étaient étendus sur la neige, ceux qui en avaient la force essayaient désespérément de sortir les sièges et de libérer un certain espace sur le plancher de l'avion. Hélas! la lumière faiblissait. A 6 heures il faisait presque nuit et la température était descendue bien en dessous de zéro. Il était évident qu'on ne viendrait plus les tirer de là le jour même; aussi les blessés furent-ils redéposés dans l'avion et les trente-deux survivants se préparèrent-ils pour la nuit.

Il y avait peu d'espace pour se tenir debout, encore moins pour s'allonger. La coque s'était brisée en biseau, il restait sept hublots du côté droit et quatre seulement de l'autre. La distance qui séparait le poste de pilotage du trou béant à l'arrière mesurait environ 6 mètres et l'espace était en majeure partie occupé par l'amas enchevêtré des sièges. La seule partie du plancher qu'ils avaient pu libérer avant la nuit se trouvait près de la porte d'entrée et c'est là qu'ils étendirent les plus sérieusement blessés, parmi lesquels Susana et Nando Parrado et Panchito Abal. En cet endroit ils pouvaient reposer presque à l'horizontale, mais ils n'étaient guère protégés contre la neige et le vent aigre qui soufflait des ténèbres. Marcelo Pérez, aidé par un solide aile avant, Roy Harley, avait fait de son mieux pour élever une muraille contre le froid en utilisant ce qui lui tombait sous la main (c'était surtout des sièges et des valises), mais le vent soufflait avec violence et la muraille ne cessait de s'effondrer.

Pérez, Harley et quelques-uns des garçons qui n'étaient pas blessés, restaient massés auprès des blessés près de la porte d'entrée, tout en buvant le vin acheté par les pilotes à Mendoza et faisant ce qu'ils pouvaient pour maintenir la cloison faite de bric et de broc. Les autres survivants dormaient où ils pouvaient au milieu des sièges arrachés et des corps. Le plus grand nombre possible, y compris Liliana Methol, se glissèrent dans l'espace resserré de la soute à bagages qui se trouvait entre la cabine des passagers et le cockpit. C'était étroit et inconfortable, mais de beaucoup l'endroit le plus chaud de l'avion. Là aussi, on passa à la ronde le vin de Mendoza. Certains des garçons avaient encore leur chemise à manches courtes et ils avalèrent coup sur coup pour se réchauffer un peu. Ils se donnaient aussi des bourrades et se frottaient les uns les autres. C'était la seule façon qui leur venait à l'esprit pour se défendre du froid jusqu'à ce que Canessa conçût la première de ses ingénieuses idées. Il trouva, en examinant les coussins et les sièges qui s'amoncelaient autour d'eux, que la garniture de ces sièges, qui était turquoise et en nylon peigné, n'était fixée que par une fermeture Éclair. C'était l'enfance de l'art de retirer les garnitures et de s'en servir comme couvertures. Cela faisait une misérable protection contre une température en dessous de zéro, mais cela valait mieux que rien.

Cette nuit ils subirent une épreuve pire que le froid, l'atmosphère d'épouvante et d'hystérie qui régnait dans l'étroite cabine du Fairchild. Chacun croyait avoir reçu la blessure la plus grave et s'en plaignait bruyamment auprès des autres. Un garçon, dont la jambe était fracturée, se mettait en colère contre quiconque s'approchait de lui. Il disait qu'on malmenait sa jambe et couvrait les autres d'injures, mais quand il avait besoin d'aller près de la porte d'entrée pour apaiser sa soif avec de la neige, il ne se gênait pas pour grimper par-dessus les autres sans aucun égard pour leurs blessures. Marcelo Pérez faisait son possible pour le faire tenir tranquille. Il essayait aussi de venir à bout de Roy Harley qui se mettait à tempêter chaque fois qu'une partie de la muraille s'écroulait.

Pendant toute la nuit l'obscurité fut pleine des plaintes, des cris et des hallucinations des blessés. Dans la soute à bagages ils percevaient les cris, les gémissements, et les cris de Lagurara de l'autre côté de la cloison. « Nous avons passé Curico, répétait-il, nous avons passé Curico. » Il réclamait de l'eau en geignant, il réclamait aussi son revolver.

A l'intérieur de la cabine c'était la senora Mariani qui poussait les cris les plus pitoyables, les jambes cassées et toujours prisonnière sous son siège. On avait bien essayé de la libérer, mais en vain. Pendant que les garçons s'employaient à la secourir, ses cris se firent encore plus stridents, elle jurait que s'ils la changeaient de place, elle allait mourir. Ils renoncèrent donc à leurs tentatives. Deux garçons, Rafaël Echavarren et Moncho Sabella, lui prirent la main pour la réconforter et ils y réussirent pendant un certain temps, mais plus tard ses hurlements recommencèrent.

— Pour l'amour de Dieu, taisez-vous! criait-on dans le fond de l'avion. Vous n'êtes pas plus mal que les autres!

Là-dessus ses cris redoublèrent.

— La ferme là-bas! cria Carlitos Paez, ou je vais vous casser la gueule!

Les hurlements de la senora Mariani devinrent plus aigus et plus insistants, faiblirent, mais repartirent de plus belle quand un garçon qui était encore commotionné marcha sur elle en essayant d'atteindre la porte.

— Chassez-le! cria-t-elle. Chassez-le! Il veut me tuer! Il veut me tuer!

L'« assassin », Eduardo Strauch, fut renversé sur le plancher par son cousin mais peu après il se releva et essaya d'enjamber les sièges et les corps afin de trouver un endroit plus chaud et plus confortable où dormir. A cet instant il se tint au-dessus du seul survivant de l'équipage, en dehors de Lagurara, Carlos Roque, le mécanicien. Lui aussi prit Eduardo pour un assassin et avec le souci du protocole d'un militaire bien stylé, il lui demanda de décliner son nom.

— Montrez-moi vos papiers! cria-t-il. Votre nom! Votre nom!

Eduardo ne présenta pas son passeport, et continua à enjamber le corps de Roque pour atteindre la porte, alors le mécanicien eut une crise de nerfs.

— Au secours! hurla-t-il. Il est fou! Il cherche à me tuer!

Une fois de plus Eduardo fut ramené à sa place par son cousin.

Dans l'autre partie de l'avion une seconde silhouette, Pancho Delgado, se leva et se dirigea vers la porte.

— Je vais seulement au magasin chercher du Coca-Cola! dit-il à ses amis.

— Alors rapporte-moi une eau minérale pendant que tu y seras! lui répliqua Carlitos Paez.

En dépit de leur inquiétude profonde quelques-uns des garçons trouvèrent moyen de se laisser aller à dormir; ce fut une interminable nuit.

Les cris de douleur s'élevaient chaque fois que l'un trébuchait sur des jambes brisées afin d'aller ramasser de la neige à la porte d'entrée ou que l'autre se réveillait, ne sachant où il se trouvait et essayait de s'en aller de l'avion. Ceux qu'irritaient les geignements, les pleurnicheries d'attendrissement sur soi-même poussaient aussi des cris et l'on échangea plus d'une aigre remarque entre Old Christians et ceux qui venaient du collège jésuite du Sacré-Cœur.

Ceux qui étaient réveillés se tassaient les uns contre les autres comme le vent soufflait à travers le rempart improvisé qu'ils avaient dressé et à travers les trous faits dans l'épaisseur du fuselage. Les garçons placés près de la porte étaient ceux qui pâtissaient le plus — les membres engourdis par le froid, le visage chatouillé par les flocons de neige que le vent chassait sur eux. Les bien portants pouvaient au moins se bourrer de coups de poing et se frotter pieds et mains pour assurer la circulation du sang. Les deux Parrado et Panchito Abal se trouvaient dans la pire situation. Il leur était impossible de se réchauffer. Bien que tous trois fussent grièvement blessés, seul Nando avait perdu connaissance, ignorant qu'il se mourait. Abal appelait au secours, personne ne pouvait lui en apporter : « Au secours, je vous en prie, aidez-moi! J'ai tellement froid, tellement froid... » et Susana criait sans arrêt en appelant sa mère morte : « Maman, Maman, allons-nous-en! Rentrons chez nous! » Ensuite, l'esprit égaré, elle se mit à chanter une chanson de nourrice.

Au cours de la nuit le troisième étudiant en médecine, Diego Storm, diagnostiqua que les blessures de Parrado, bien qu'il eût perdu connaissance, paraissaient plus légères que celles des deux autres. Il transporta donc le corps du garçon dans le groupe de ses amis et à eux tous ils s'arrangèrent pour lui tenir chaud. Ils jugèrent inutile de faire la même chose aux deux autres.

La nuit n'en finissait pas. Un moment Zerbino crut voir pointer l'aube par les trous de leur muraille de fortune. Il regarda sa montre : il n'était que 9 heures du soir. Un peu plus tard, ceux qui se tenaient dans le milieu de l'avion entendirent une voix inconnue à la porte d'entrée; ils crurent que c'étaient leurs sauveteurs, mais non, ce n'était que Susana qui priait en anglais.

Le samedi 14 octobre le soleil se leva sur la masse du Fairchild à demi enfoui dans la neige. Il s'était posé à environ 3 900 mètres entre le Tinguiririca au Chili et le Cerro Sosneado en Argentine. Bien qu'il se soit écrasé à peu près en plein milieu des Andes, sa position exacte était sur le versant argentin de la frontière.

L'avion s'était posé sur une pente. Son nez penché pointait vers la vallée qui se creusait profondément vers l'est. Dans toutes les autres directions, sous une épaisse couche de neige, se dressaient les murs immenses des Andes. Leurs pentes n'étaient pas à pic; elles s'imposaient plutôt, énormes et inhospitalières. Çà et là, la roche volcanique grise et rose apparaissait à travers la neige, mais à 3 900 mètres rien ne poussait dans le schiste, aucun arbuste, aucune touffe, aucune tige d'herbe. L'avion ne s'était pas seulement écrasé dans les montagnes, mais aussi dans un désert sauvage.

Les premiers à sortir de l'avion furent Marcelo Pérez et Roy Harley qui jetèrent à bas la barrière qu'ils avaient eu tant de peine à dresser la nuit précédente. Il y avait des nuages dans le ciel, mais il ne neigeait plus. Le gel avait durci la surface de la neige et ils purent faire quelques pas hors de l'avion et examiner la morne désolation de l'endroit où ils étaient tombés.

A l'intérieur de l'avion Canessa et Zerbino recommencèrent à ausculter les blessés. Ils découvrirent que trois d'entre eux étaient morts dans la nuit. Panchito Abal reposait sans bouger sur le corps de Susana Parrado. Ses pieds étaient noircis par le gel et on pouvait déduire de la rigidité de ses membres qu'il était mort. Ils crurent un moment que Susana était morte aussi à cause de son calme profond, mais quand ils soulevèrent le corps d'Abal, ils virent qu'elle était encore en vie et consciente. Ses pieds étaient devenus violet pourpre sous l'action du froid et elle se plaignait à sa mère qui n'était plus là : « Maman, Maman, criait-elle, les pieds me font mal! Ils me font tellement mal! Je t'en prie, Maman, rentrons à la maison! »

Canessa ne pouvait pas faire grand-chose pour Susana. Il massa ses pieds gelés pour essayer d'y ramener la circulation et essuya de nouveau le sang caillé sur ses yeux. Elle avait gardé assez de conscience pour se réjouir de n'avoir pas perdu la vue et elle remercia Canessa de la soigner si bien. Il ne savait que trop que les coupures superficielles sur son visage n'étaient sans doute que les plus légères de ses blessures. Il était sûr que son organisme était vilainement endommagé, mais il n'avait ni les connaissances ni les moyens d'y porter remède. A dire vrai, il ne pouvait pas faire grand-chose pour personne. Dans l'avion il n'y avait pas d'autres médicaments que ceux que Carlitos Paez avait achetés à Mendoza, un peu de librium et de valium trouvé dans un sac. Il n'y avait rien non plus dans les débris de l'appareil dont on pût se servir comme attelles pour les fractures des jambes, aussi Canessa pouvait-il seulement dire à ceux qui avaient bras ou jambes cassés de les étendre sur la neige pour tenter d'en diminuer l'enflure; plus tard il leur conseilla de masser leurs ligaments foulés. Il avait peur de serrer trop fort les pansements qu'il avait faits avec les garnitures de siège parce qu'il savait que dans ce froid si vif cela pouvait empêcher la circulation du sang.

Quand il arriva auprès de la senora Mariani, il crut qu'elle aussi était morte. Il s'accroupit à côté d'elle et fit une nouvelle tentative pour écarter les sièges qui la clouaient au plancher, sur quoi elle se mit à crier comme la veille : « Ne me touchez pas, ne me touchez pas! Vous allez me tuer! » Aussi décida-t-il de la laisser seule. Quand il revint plus tard dans la matinée pour voir son état, elle avait le regard vitreux et se taisait. Et juste au moment où il lui examina les yeux, ils se révulsèrent dans leurs orbites et elle cessa de respirer.

Canessa, bien qu'ayant fait un an d'études de plus que Zerbino, ne pouvait se décider à déclarer la mort définitive de quelqu'un. Il laissa ce soin à Zerbino qui s'agenouilla près de la senora Mariani, colla son oreille sur sa poitrine pour entendre si son cœur battait. Il ne perçut aucun bruit, si léger soit-il. Alors les garçons écartèrent les sièges, entourèrent les épaules de la senora Mariani d'une ceinture et la tirèrent dans la neige. Ils dirent à Carlitos Paez qu'elle était morte; il fut rempli de remords en pensant aux durs propos qu'il lui avait tenus la veille et il se cacha le visage dans les mains.

Gustavo Zerbino examina le trou que, dans le ventre de Platero, avait provoqué la tige de métal. Il défit la chemise et là, comme il l'avait craint, il vit un morceau de matière gélatineuse faire saillie : autant qu'il pouvait en juger, cela appartenait aux intestins, à moins que ce ne fût l'enveloppe de l'estomac. Le sang coulait; pour arrêter l'écoulement, il ligatura la blessure avec du fil, la désinfecta avec de l'eau de Cologne et dit à Platero de réintroduire la protubérance dans son ventre et de se mettre de nouveau un bandage. Toutes choses que Platero exécuta sans se plaindre.

Les deux docteurs n'étaient pas privés de l'assistance d'une infirmière. Liliana Methol, le visage encore tout meurtri, faisait de son mieux pour les aider et les encourager. C'était une femme menue, aux cheveux noirs, dont la vie entière avait été jusqu'alors consacrée à son mari et à ses quatre enfants. Avant leur mariage, Xavier avait eu un accident. Il avait été éjecté de sa motocyclette, une auto était passée sur lui et il était resté sans connaissance plusieurs semaines. A l'hôpital sa guérison avait demandé plusieurs mois. Il ne recouvra jamais complètement la mémoire et il ne voyait plus de l'œil droit.

Un malheur ne vient jamais seul. Quand il eut vingt et un ans, sa famille l'envoya à Cuba et de là aux États-Unis pour étudier la fabrication et le marché du tabac. A Wilson, ville de la Caroline du Nord, on lui dit qu'il était tuberculeux, et à un stade trop avancé de maladie pour pouvoir retourner en Uruguay. Il passa donc cinq mois dans un sanatorium de la Caroline du Nord.

Après son retour à Montevideo il fut encore alité pendant quatre mois, mais là il reçut les visites de son amie Liliana. Il la connaissait depuis qu'il avait vingt ans : ils se marièrent le 16 juin 1960. Leur lune de miel se passa au Brésil; depuis ce temps, ils n'étaient allés qu'une seule fois à l'étranger : voir les lacs du sud de l'Argentine. C'était pour fêter avec retard le douzième anniversaire de leur mariage que Xavier avait emmené Liliana au Chili.

Après l'accident, Liliana avait tout de suite remarqué que Xavier, presque le seul parmi les survivants, souffrait sans cesse du mal des montagnes : nausées, faiblesse, vertige. Ses mouvements étaient pesants, son esprit lent. Liliana avait à lui montrer où il devait aller, ce qu'il devait faire et à galvaniser son énergie avec sa propre résolution.

C'est naturellement auprès d'elle que les plus jeunes des garçons cherchaient du réconfort. Beaucoup d'entre eux n'avaient pas encore vingt ans. Beaucoup d'entre eux, aussi, avaient été cajolés par des mères et des sœurs remplies d'admiration pour eux. Aussi dans leur épouvante et leur désespoir se tournaient-ils vers Liliana qui, en dehors de Susana, était la seule femme de leur groupe. Elle répondit à leur appel, se montrant patiente et douce, leur disant des mots gentils pour leur donner courage. Quand, la première nuit, Marcelo et ses amis insistèrent pour qu'elle dormît dans l'endroit le moins froid de l'avion, elle accepta leur offre chevaleresque, mais le lendemain c'est elle qui insista pour avoir le même traitement que les autres. Certains des plus jeunes comme Zerbino auraient souhaité qu'on lui marque de la déférence et qu'on lui permette de se tenir à l'écart, mais ils durent avouer que dans l'espace restreint de l'avion il était impossible de faire la séparation des sexes et depuis lors elle fut traitée comme l'un des garçons de l'équipe.

L'attention des docteurs et de leur infirmière fut attirée par l'un des plus jeunes parmi les quinze de l'équipe, Antonio Vizintin, surnommé Tintin qui, semblait-il, avait une commotion cérébrale et qu'on avait étendu sur les sangles dans la soute à bagages. C'est seulement le lendemain de l'accident qu'on vit du sang couler de sa manche. Quand on demanda à Vizintin ce qui n'allait pas, il déclara que tout allait très bien puisqu'il ne ressentait aucune douleur. Liliana, après un examen plus serré, s'aperçut que la manche de sa veste était imbibée de sang. Elle fit appel aux deux docteurs et comme il se révéla impossible d'enlever la veste de Tintin, ils en détachèrent la manche avec un canif. Quand ils l'eurent retirée tout alourdie du sang qui l'imprégnait, le sang jaillit en abondance d'une veine sectionnée. Ils firent un garrot pour arrêter l'hémorragie et bandèrent la plaie du mieux qu'ils purent. Vizintin ne souffrait pas, mais il était très faible. Canessa et Zerbino, tout en ne croyant guère à ses chances de guérison, l'étendirent de nouveau sur son lit de sangle dans la soute à bagages.

Leur dernière visite fut au poste de pilotage. Depuis le petit matin Lagurara ne donnait plus signe de vie. Quand ils se furent forcé un chemin par la soute, ils le trouvèrent mort, ainsi qu'ils le redoutaient. Car ils perdaient avec lui le seul homme capable de leur dire ce qu'il fallait faire pour faciliter leur sauvetage. Roque, l'unique survivant de l'équipage, ne servait pas à grand-chose. Depuis la chute de l'avion il ne cessait de pleurer et avait perdu tout contrôle de ses fonctions physiques : il ne s'apercevait qu'il avait fait dans son pantalon qu'au moment où les autres s'en plaignaient et s'activaient à le changer.

Il appartenait pourtant à l'armée de l'air uruguayenne et Marcelo Pérez lui demanda s'il existait dans l'avion des approvisionnements de secours ou des feux de signal. Non, répondit Roque. Marcelo lui demanda alors si la radio pouvait être mise en marche et Roque répliqua qu'elle utilisait la puissance des accumulateurs de l'avion, qui avaient été placés à l'arrière, dans la queue disparue. Il n'y avait rien à espérer, mais Marcelo avait une telle foi dans l'arrivée prochaine d'une équipe de sauvetage qu'il n'éprouvait pas une inquiétude excessive. Cependant on tomba d'accord pour rationner la nourriture dont ils disposaient et Marcelo fit l'inventaire de tout ce qui était comestible, récupéré soit de la cabine ou des valises qui n'avaient pas été perdues avec la queue de l'avion. Il y avait les bouteilles de vin achetées par les pilotes à Mendoza, mais on en avait déjà bu cinq pendant la nuit, il en restait trois. Il y avait une bouteille de whisky, une de Cointreau, une de crème de menthe, une de cherry-brandy et un flacon de poche de whisky dont la moitié était bue.

Comme aliments solides on compta huit barres de chocolat, cinq de nougat, des caramels qui avaient été éparpillés sur le plancher de la cabine, des dattes et des pruneaux secs, également éparpillés, un paquet de biscuits salés, deux boîtes de moules, une d'amandes salées et un petit pot de confitures de pêche, pomme et mûre. Cela ne faisait pas beaucoup pour nourrir vingt-huit personnes et comme ils ne savaient pas combien de jours ils auraient à attendre leur sauvetage, on décida de faire durer les provisions le plus possible. Pour déjeuner, ce jour-là, Marcelo donna à chacun d'eux un morceau de chocolat et le capuchon d'une bouteille de désodorisant rempli de vin.

L'après-midi ils entendirent au-dessus d'eux le bruit d'un avion, mais les nuages les empêchèrent de voir quoi que ce soit. La nuit tomba sur eux plus vite qu'ils ne s'y attendaient, mais cette fois ils étaient mieux équipés. On avait libéré plus d'espace dans l'avion, on avait élevé un rempart plus efficace contre le vent et la neige, enfin leur nombre avait diminué.

Le dimanche matin, le 15 octobre, ceux qui sortirent de l'avion virent, pour la première fois depuis la catastrophe, le ciel clair. Il était d'un bleu profond, comme ils n'en avaient jamais vu jusque-là et malgré l'horreur de leur situation ils furent frappés par l'impressionnante beauté de la vallée silencieuse qu'ils surplombaient. La surface de la neige fraîche avait gelé, les cristaux reflétaient le soleil brillant, non filtré. Autour d'eux les montagnes étincelaient dans la vive lumière du petit matin. Les distances étaient trompeuses : l'air était si pur qu'on croyait pouvoir toucher les cimes en étendant le bras.

La pureté du ciel leur donna lieu de croire qu'on viendrait les chercher le jour même, ou qu'au moins on pourrait repérer l'avion. En attendant ils devaient affronter certains problèmes, ils cherchèrent à les résoudre avec plus de méthode. Le problème le plus urgent était celui de l'eau. Il était malaisé de fondre de la neige en quantité suffisante pour étancher leur soif et avaler la neige leur gelait la bouche. Ils trouvèrent qu'il valait mieux faire une boule de neige bien tassée et ensuite la sucer ou bien fourrer de la neige dans une bouteille et la secouer jusqu'à ce que la neige fonde. Ce procédé ne réclamait pas seulement du temps, mais des forces et contentait à peine une seule personne. Les blessés n'étaient pas en état de pourvoir à leurs besoins : Nando, Susana et Vizintin qui réclamait de l'eau pour revigorer le sang qu'il avait perdu.

Ce fut Adolfo Strauch qui inventa un procédé pour obtenir de l'eau. Adolfo, qu'on abrégeait en Fito, avait fait ses études à Stella Maris, mais il jouait dans une équipe de rugby rivale des Old Christians. Eduardo Strauch, deux fois son cousin, leurs pères étant frères et leurs mères étant sœurs, l'avait persuadé à la dernière minute de venir avec eux au Chili. La famille Strauch, d'origine allemande, s'était installée en Uruguay au XIXe siècle et avait de gros intérêts commerciaux dans la banque et dans l'industrie savonnière. Fito et Eduardo appartenaient à une branche cadette, leurs pères avaient appris le métier de joaillier et tout récemment encore étaient associés à Montevideo. Du côté maternel les deux jeunes gens descendaient d'une famille bien connue en Uruguay, les Urioste.

Les deux garçons étaient blonds, de bonne apparence, d'un type germanique très marqué. Eduardo était surnommé par ses compagnons « l'Allemand ». Ils vivaient dans une grande intimité, plus comme des frères que comme des cousins, mais tandis qu'Eduardo avait déjà fait de fructueuses études d'architecture et avait voyagé en Europe,

Fito, plus timide, plus indécis, ne savait ce qu'il voulait faire. Il était étudiant en agronomie, simplement parce qu'il manquait de vocation pour quoi que ce soit et aussi parce que sa famille possédait un ranch. Jusqu'à ce voyage, il n'avait pas mis le pied hors de l'Uruguay.

Au moment de l'atterrissage en catastrophe, Fito et Eduardo avaient perdu tous les deux connaissance. Quand l'esprit leur revint, ils étaient tellement traumatisés qu'ils ne savaient pas où ils se trouvaient. Fito avait aussitôt essayé de sortir de l'avion, et au cours de la première nuit, Eduardo, pour en faire autant, avait heurté du pied Roque et la senora Mariani. Ils en avaient été empêchés par un de leurs cousins, Daniel Fernandez, fils d'une sœur de leurs pères, qui n'avait pas été blessé.

Le dimanche Fito avait retrouvé assez de forces pour attacher son esprit aux problèmes urgents : c'est lui qui trouva le moyen de faire fondre la neige. Le soleil brillait avec éclat et à mesure que la matinée s'avançait, ses rayons devinrent plus ardents, faisant fondre la mince couche de glace formée sur la neige la nuit précédente. Il vint à l'esprit de Fito qu'on pourrait exploiter la chaleur du soleil pour faire de l'eau. Il chercha autour de lui ce qui servirait à contenir la neige, ses yeux tombèrent sur une feuille d'aluminium, mesurant environ 30 cm sur 60, qui provenait de l'intérieur du dossier d'un siège brisé. Il le sortit du rembourrage, incurva les bords de façon à faire une sorte de bol et tordit le fond pour façonner un déversoir. Ensuite il le couvrit légèrement de neige et exposa le tout face au soleil. Peu de temps après des gouttes d'eau apparurent au bec et ensuite un filet d'eau se déversa dans la bouteille que Fito tenait en dessous.

Chaque siège contenant un rectangle d'aluminium du même genre, il y eut bientôt plusieurs « faiseurs d'eau » en activité. Faire fondre de la neige demandait un minimum d'énergie, ce fut donc la tâche régulière de ceux qui n'étaient pas en état d'accomplir un travail plus fatigant. Marcelo avait en effet décidé de répartir les survivants en différents groupes. Il assuma l'emploi de coordonnateur général et de distributeur de la nourriture. Le premier groupe, celui du corps médical, comprenait Canessa, Zerbino et dans une moindre mesure Liliana Methol (sa composition fut quelque peu indécise parce que Canessa refusait d'être entravé par une limitation étroite de ses fonctions). Le second groupe réunissait ceux qui nettoyaient la cabine des passagers, à savoir de jeunes garçons comme Roy Harley, Carlitos Paez et Diego Storm et le personnage qui les dominait tous, Gustavo Nicolich qu'ils appelaient Coco. C'était leur attribution de garder la cabine propre, de la disposer pour la nuit en étendant les coussins par terre et le matin d'aérer au soleil les garnitures des sièges qui avaient servi de couvertures.

Le troisième groupe était celui des « faiseurs d'eau ». Leur seul problème, c'était de trouver de la neige intacte, car les alentours de l'avion étaient rougis du sang des morts et souillés par l'huile de l'appareil et par les déjections humaines. Quelques mètres plus loin on trouvait autant de neige fraîche qu'on voulait, mais ou bien elle était si molle qu'on ne pouvait s'y aventurer, ou bien, quand le matin la surface en était gelée, elle était assez dure pour supporter leur poids, mais trop dure pour qu'on pût la ramasser et en charger les plateaux d'aluminium. On décida donc que deux endroits déterminés serviraient de toilettes, l'un près de la porte d'entrée et l'autre près de la roue avant de l'avion, sous le poste de pilotage.

A midi c'était la tâche de Marcelo de servir les rations. Chacun recevait un capuchon de désodorisant rempli de vin et une cuillerée de confiture. On gardait le carré de chocolat pour le repas du soir. Certains réclamèrent un supplément pour le repas puisque c'était dimanche, mais la majorité décida qu'il valait mieux se montrer économe.

Il y avait maintenant une bouche de plus à nourrir. Parrado, d'abord tenu pour mort, avait repris connaissance ce jour-là et quand on lui eut essuyé le sang du visage, on s'aperçut que ce sang venait en majeure partie d'une blessure à la tête. Il n'avait pas de fracture du crâne, mais il se sentait faible, l'esprit plutôt vague. Sa première pensée fut pour sa mère et pour sa sœur.

— Ta mère est morte sur le coup pendant l'accident, lui dit Canessa. Son corps a été déposé sur la neige. Ne pense pas à ça! Tu dois secourir Susana. Frotte ses pieds, aide-la à manger et à boire!

L'état de Susana avait empiré. Son visage était toujours couvert de coupures et de meurtrissures et pire que tout, ses pieds avaient noirci depuis la première nuit. Elle avait gardé connaissance et pourtant semblait ne pas se rendre compte de l'endroit où elle était. Elle appelait toujours sa mère en criant.

Nando massa ses pieds gelés, mais sans résultat. Aucune chaleur n'y revint et quand il les frotta plus énergiquement, la peau lui resta dans la main. Dès lors il lui consacra tous ses soins. Quand Susana murmurait qu'elle avait soif, Nando portait à ses lèvres un mélange d'eau et de crème de menthe et les menus fragments de chocolat que Marcelo mettait de côté pour elle. Et quand elle dit tout bas « Maman, Maman, j'ai besoin d'aller aux toilettes », il se leva et alla prendre conseil de Canessa et de Zerbino.

Ils se rendirent auprès d'elle et lui dirent qu'ils étaient médecins.

— Oh, docteur, je voudrais un bassin!

— Vous en avez un, répondit Zerbino. Allez à la salle de bains, tout ira très bien.

Peu après midi, les jeunes gens virent un avion juste au-dessus d'eux. C'était un jet volant à haute altitude au-dessus des montagnes, ce qui n'empêche que tous ceux qui étaient dehors se mirent à sauter, à crier, à agiter des mouchoirs et à faire miroiter des pièces de métal en direction du ciel. Beaucoup versaient des larmes de joie.

Dans l'après-midi un turbopropulseur les survola d'est en ouest, cette fois à beaucoup plus basse altitude et bientôt après il les survola du nord au sud. De nouveau les survivants agitèrent leurs mouchoirs, poussèrent des cris, mais l'avion continua son vol et disparut derrière les montagnes.

Là-dessus grande dispute parmi les garçons : les uns soutenaient que l'avion les avait vus, les autres que non. Pour les départager, ils s'adressèrent à Roque, lequel déclara positivement qu'un avion volant si bas devait les avoir vus.

— Pourquoi n'a-t-il pas décrit un cercle, demanda Fito Strauch, ou encore battu des ailes pour nous faire savoir qu'il nous avait vus?

— Impossible, dit Roque. Ces montagnes sont trop hautes pour permettre de telles manœuvres.

Les sceptiques ne donnaient aucun poids à l'avis de Roque dont la conduite était toujours irrationnelle, parfois infantile et son optimisme ne faisait que renforcer leur manque de confiance. Certains d'entre eux commencèrent à comprendre que peut-être la masse du Fairchild avec son dessus blanc et à demi enseveli dans la neige pouvait être plus difficile à repérer d'en haut qu'on ne l'imaginait. Aussi entreprirent-ils de dessiner un S. O. S. avec du rouge à lèvres et du vernis à ongles, mais, à peine eurent-ils achevé le premier S, ils découvrirent que cet appel au secours serait beaucoup trop petit pour changer quoi que ce soit à leur situation.

A 4 heures et demie, tous entendirent les moteurs d'un avion de bien plus près qu'auparavant et alors apparut de derrière les montagnes un petit biplan dont la direction de vol passait juste au-dessus d'eux. Ils essayèrent frénétiquement d'attirer son attention, de réfléchir les rayons du soleil dans les yeux du pilote avec leurs petits morceaux de métal et, pour leur plus vive joie, le biplan battit des ailes comme pour signaler qu'il les avait vus.

Rien ne pouvait maintenant empêcher les garçons de croire ce qu'ils voulaient tellement croire et, tandis que certains restaient assis sur la neige en attendant l'arrivée des hélicoptères, Canessa ouvrit une bouteille de vin de Mendoza et l'avala en compagnie des blessés à sa charge pour fêter leur libération.

Peu de temps après l'obscurité s'en vint. Le soleil se coucha derrière les montagnes et le froid vif recommença. Aucun bruit ne rompait le silence. On n'allait sûrement pas venir les sauver cette nuit-là. Marcelo distribua la ration de chocolat aux survivants qui, en traînant la jambe, réintégrèrent l'avion, quelques-uns s'arrangeant sournoisement pour n'avoir pas à dormir près de l'entrée. Marcelo supplia les bien portants de dormir avec lui dans le froid, mais plusieurs refusèrent de céder le terrain qu'ils avaient occupé dans la soute à bagages, plus chaude comme on sait, disant que s'ils dormaient près de l'entrée toutes les nuits, ils mourraient sûrement de froid.

Pendant longtemps, ce dimanche soir, personne ne put trouver le sommeil. Ils parlaient de sauvetage, les uns assurant que les hélicoptères arriveraient le lendemain, les autres répondant qu'ils étaient à trop haute altitude pour les hélicoptères, que leur sauvetage pourrait durer plus longtemps, une semaine peut-être même. Il y avait là de quoi dégriser les esprits échauffés et Canessa reçut une verte semonce de Marcelo pour l'avidité irréfléchie avec laquelle lui et ses malades avaient avalé une bouteille de vin entière. Il y en avait un qui aurait reçu de plus vifs reproches si Marcelo avait pu découvrir qui c'était, car il avait remarqué la disparition de deux morceaux de chocolat et d'une plaquette de nougat. Ils se trouvaient dans le sac à main où il conservait leurs provisions.

— Pour l'amour de Dieu, dit Marcelo en faisant des

effets de rhétorique à l'adresse du voleur inconnu, vous ne comprenez donc pas que vous jouez avec nos vies?

— Ce fils de putain est en train d'essayer de nous tuer! ajouta Gustavo Nicolich.

Il faisait sombre et froid. Ils glissèrent dans le silence, et chacun demeura seul avec ses pensées. Parrado dormit, Susana serrée dans ses bras, son grand corps étendu sur elle pour lui communiquer toute sa chaleur. Il remarqua sa respiration irrégulière, son pouls faible et inégal. Susana appelait en pleurant sa mère morte. Quand il put lire dans les yeux de sa sœur, Nando y vit le chagrin, la douleur et l'égarement qu'elle ne pouvait dire avec des mots. D'autres eurent un sommeil coupé de fréquents réveils, alors ils serraient autour d'eux leurs couvertures de fortune. Entassés dans un espace mesurant 6 mètres sur 2,40 m, ils ne pouvaient s'en accommoder qu'en se tenant tête-bêche par couples, les pieds de l'un reposant sur les épaules de l'autre. L'avion lui-même était incliné sur son axe. Ceux qui s'allongeaient de toute leur longueur par terre étaient à un angle d'environ trente degrés. Ceux qui étaient vis-à-vis avaient seulement leurs jambes par terre, leurs dos appuyés contre la paroi de la cabine et leur derrière sur le porte-bagages qui avait été arraché et qui servait de traverse pour amoindrir l'angle formé par la paroi et le plancher de la cabine.

Les coussins avaient beau procurer un peu d'agrément. l'espace était si étroit que si l'un changeait de position, tous devaient l'imiter. N'importe quel mouvement causait de cruelles souffrances à ceux dont les jambes étaient fracturées et le malheureux qui voulait se gratter ou aller pisser attirait sur lui injures et insultes. Souvent on bougeait sans le vouloir. Un garçon, tout en dormant, remuait la jambe et, ce faisant, donnait un coup dans la figure de son vis-à-vis.

De temps à autre l'un des garçons avait un accès de

somnambulisme. « Je m'en vais chercher un Coca-Cola », criait-il et il essayait d'enjamber les corps qui le séparaient de la porte.

Plein de remords à cause de l'histoire du vin, et par nature très nerveux et très étourdi, Canessa plus que tout autre réagissait avec violence chaque fois qu'on le dérangeait. Des tests psychologiques, subis quatre ans plus tôt, avaient révélé chez lui un fonds d'instincts violents, ce qui avait au moins en partie déterminé son choix du rugby et des études de médecine; d'exténuantes épreuves physiques et la pratique de la chirurgie, croyait-on, l'aideraient à canaliser ses tendances à l'agressivité. Chaque fois que la douleur faisait crier un de ses compagnons, Canessa hurlait pour le faire taire, tout en sachant que l'autre n'y pouvait rien. C'est ainsi que l'idée naquit dans son cerveau fertile de confectionner une sorte de hamac dans lequel les plus grièvement blessés pourraient passer la nuit, à l'écart de leurs compagnons.

Il exposa son idée le lendemain, on ne la trouva pas fameuse. « Tu es fou, lui dirent-ils, tu vas nous tuer tous avec ton hamac! — Laissez-moi au moins essayer », dit Canessa et avec l'aide de Daniel Maspons il regarda de tous côtés pour trouver le matériel nécessaire. Le Fairchild avait été conçu de telle sorte qu'on pût retirer les sièges et utiliser la cabine des passagers pour le fret. A cet effet un grand nombre de courroies et de barres avait été entreposé dans la soute à bagages. Elles étaient munies de dispositifs qui leur permettaient de s'ajuster à diverses installations dans la cabine. Canessa et Maspons s'aperçurent que s'ils plaçaient deux de ces barres de métal, en les reliant par des sangles, à la jonction de la paroi et du plancher sur le côté gauche de l'avion, si à l'autre bout ils attachaient les courroies aux crochets fixés au plafond, cela faisait un hamac suspendu horizontalement vu l'inclinaison de l'avion. Les barres n'étaient pas tenues à égale distance, mais le hamac était assez large pour que deux des blessés puissent y dormir sans être dérangés.

Canessa s'aperçut aussi que la porte de communication entre la cabine et la soute à bagages pouvait être suspendue de la même façon et servir de lit. Et qu'on pouvait aussi renverser un siège et en faire une couchette où deux autres pourraient dormir. Cette nuit-là Platero dormit sur la porte et deux des garçons aux jambes fracturées s'installèrent sur la couchette tandis qu'un autre, avec l'un de ses amis, prenait place dans le hamac. Ils souffrirent un peu moins, ce qui épargna aux autres d'entendre leurs cris de douleur, mais en résolvant un problème on en crée un autre. Étant suspendus en plein passage de l'air froid qui entrait dans l'avion par la barricade mal faite, ils ne pouvaient profiter de la chaleur des autres et souffraient cruellement du froid. On leur donna des couvertures supplémentaires, mais cela ne compensa pas le manque de chaleur animale. Il fallut choisir entre la morsure du froid et la souffrance d'être couché au milieu des autres. L'un après l'autre, ils quittèrent la place; seuls, Rafaël Echavarren et Arturo Nogueira tinrent bon.

Lundi matin, le quatrième jour, certains des plus grièvement blessés commencèrent à montrer des signes de guérison en dépit des soins rudimentaires qu'ils recevaient. Certains souffraient encore énormément, mais une bonne partie de l'enflure avait disparu et les blessures ouvertes commençaient à se cicatriser.

Vizintin, que Canessa et Zerbino avaient cru voir mourir de son hémorragie, appelait maintenant Zerbino pour l'aider à aller uriner dans la neige. Son urine avait une teinte brun foncé si prononcée que Zerbino dit à son malade qu'il pouvait avoir une jaunisse.

— C'est tout ce qu'il me fallait! s'écria Vizintin avant de se laisser tomber sur sa couchette dans la soute à bagages.

La guérison de Parrado se poursuivait à une vitesse surprenante malgré l'effort qu'il dépensait en soignant sa sœur. L'état de Susana était désespéré. Loin de se décourager, son frère, à mesure qu'il reprenait des forces, sentait monter en lui le désir insensé de fuir. Tandis que la plupart de ses compagnons ne songeaient qu'à l'arrivée de l'équipe de secours, Parrado estimait qu'il fallait agir soi-même et regagner le monde civilisé par ses propres moyens. Il fit part de sa résolution à Carlitos Paez qui de son côté voulait partir.

— C'est impossible, dit Carlitos, tu crèveras de froid dans la neige.

— Non, si j'avais sur moi assez de vêtements.

— Alors tu crèveras de faim. Tu ne peux escalader les montagnes avec un petit morceau de chocolat et une gorgée de vin.

— Alors je me couperai un bon morceau de viande dans l'un des pilotes, dit Parrado. Après tout, ce sont eux qui nous ont mis dans cette merde!

Carlitos prit ça pour une boutade et n'en fit pas une affaire. Il comptait pourtant parmi ceux qui étaient de plus en plus inquiets devant le temps qu'on mettait pour les sauver. Cela faisait maintenant quatre jours que l'avion s'était écrasé et sauf le biplan qui avait battu des ailes en volant au-dessus d'eux la veille, le monde extérieur n'avait pas donné le moindre signe qu'on les savait encore en vie. Mais l'idée qu'on ne pouvait les distinguer du haut des airs ou bien qu'on les croyait définitivement perdus était si insoutenable que très peu d'entre eux la laissaient s'installer dans leur esprit. Ils développaient la théorie qu'on les avait bien vus, mais qu'ils étaient tombés à trop haute altitude pour qu'on pût venir les chercher en hélicoptère. On préparait donc une expédition par voie de terre. Marcelo Pérez le croyait, Pancho Delgado également. un étudiant en droit qui tournait autour en boitillant sur sa bonne jambe, réconfortant les autres par ses propos et en assurant avec une force convaincante que Dieu ne les abandonnerait pas dans leur détresse.

La plupart étaient reconnaissants envers Delgado de calmer la panique qui travaillait les survivants. Ils avaient moins de sympathie à l'égard du petit groupe des pessimistes, surtout Canessa, Zerbino, Parrado et les cousins Strauch qui contestaient l'hypothèse que les secours soient déjà organisés.

— Pourquoi, dit Fito Strauch, s'ils savent où nous sommes, pourquoi ne nous laissent-ils pas tomber de quoi bouffer?

— Parce qu'ils savent que les paquets s'enfonceraient dans la neige, répondit Marcelo, nous ne serions pas capables d'aller les chercher.

Aucun d'eux ne se faisait une idée exacte de l'endroit où ils se trouvaient. Ils avaient trouvé des cartes dans le poste de pilotage, qu'ils avaient étudiées pendant des heures. Aucun d'eux ne savait comment lire les cartes aéronautiques, mais Arturo Nogueira, un garçon timide, de caractère renfermé, dont les deux jambes étaient brisées, s'improvisa lecteur de cartes et trouva Curico parmi des centaines de villes et de villages. Ils se rappelèrent que le copilote n'avait cessé de dire qu'ils avaient survolé Curico et il était manifeste, d'après la carte, que Curico se trouvait bien au Chili, sur le versant occidental des Andes. Ils devaient se trouver quelque part dans les avant-monts. A l'ouest, les villages chiliens n'étaient donc pas bien loin. L'aiguille de l'altimètre marquait 7 000 pieds (environ 2 100 m).

Le chiendent, c'était que tout chemin menant à l'ouest était barré par des montagnes gigantesques, et que la haute vallée dans laquelle ils étaient prisonniers était orientée vers l'est, vers l'intérieur de la cordillère, croyaient-ils. Ils avaient la ferme idée que si l'on pouvait grimper jusqu'au sommet de la montagne à l'ouest, la vue de vallées verdoyantes et de fermes chiliennes s'offrirait à eux.

Ils ne pouvaient s'éloigner de l'avion que jusque vers 9 heures du matin. Ensuite, si le soleil brillait, la croûte glacée fondait rapidement et ils s'enfonçaient jusqu'aux cuisses dans la neige poudreuse. C'est pourquoi aucun d'eux n'avait osé s'aventurer du Fairchild à plus de quelques pas, redoutant ce qui était arrivé à Valeta, de disparaître tout bonnement dans l'épaisse couche de neige. Fito Strauch, leur homme à idées, découvrit que si l'on attachait à ses chaussures les coussins des sièges, cela faisait des snow-boots convenables. Il était difficile de marcher équipé de la sorte, mais c'était possible et lui-même, accompagné de Canessa, voulut aussitôt escalader la montagne, non seulement pour voir ce qu'il y avait de l'autre côté, mais aussi pour découvrir si l'un de leurs amis, et dans le cas de Fito un de ses cousins, ne survivait pas à l'accident en ayant trouvé refuge dans la queue du Fairchild.

Ils avaient aussi d'autres stimulants. Roque leur dit qu'ils trouveraient dans la queue des accumulateurs pour recharger le poste radio. Il y aurait peut-être des valises éparpillées sur le versant de la montagne, car la trace de l'avion était encore visible dans la neige. Ces valises leur fourniraient un supplément de vêtements.

Carlitos Paez et Numa Turcatti, parmi d'autres, avaient aussi grande envie de faire l'escalade et à 7 heures du matin, le mardi 17, tous les quatre se mirent en route. Le ciel était clair, mais il faisait encore bien froid et la surface de la neige était durcie. Comme ils portaient des chaussures de rugby, ils firent un bon bout de chemin. Canessa avait des gants qu'il s'était confectionnés avec une paire de chaussettes.

Ils marchèrent pendant une heure, s'arrêtèrent et repartirent. L'air était léger, la montée ardue; quand le soleil monta dans le ciel, la croûte de glace fondit et ils durent attacher les coussins qui ne tardèrent pas à être trempés. Pour empêcher un pied de se poser sur l'autre, ils durent marcher les jambes arquées. Aucun n'avait mangé quoi que ce soit de substantiel depuis cinq jours, et bientôt Canessa proposa de faire marche arrière. Il fut conspué, et ils continuèrent à grimper avec toutes les difficultés du monde, mais peu de temps après, Fito tomba jusqu'à la poitrine dans la neige au bord d'une crevasse. Ils furent tous épouvantés. L'avion qu'ils apercevaient en dessous d'eux leur parut un point insignifiant dans l'immense paysage et les garçons autour de l'avion, de simples taches sur la neige. On ne voyait ni valises, ni queue et empennage.

— Ça ne va pas être facile de se tirer de là, dit Canessa.

— Si l'équipe de secours n'arrive pas, il faudra pourtant que nous nous en allions à pattes, dit Fito.

— Nous n'y arriverons jamais, répondit Canessa. Vois comme on a perdu des forces depuis qu'on ne mange plus!

— Sais-tu ce que m'a dit Nando? fit Carlitos. Il m'a dit que si l'équipe de secours n'arrivait pas, il boufferait un des pilotes pour se tirer d'ici.

Il y eut un instant de silence et Carlitos ajouta :

— Il est tombé sur la tête, ça a dû le rendre un peu cinglé.

— Je ne sais pas, dit Fito, et son honnête et sérieux visage était tout à fait calme. C'est peut-être la seule chance que nous ayons de survivre.

Carlitos ne répondit pas. Ils prirent le chemin du retour et regagnèrent l'avion.

Le résultat de l'expédition découragea tout le monde. Les jours suivants, Liliana Methol continua à réconforter ceux qui étaient dans l'anxiété, et Pancho Delgado fit de son mieux pour ranimer leur optimisme, mais les jours passaient, aucun secours ne se manifestait, et ils avaient vu que les plus résistants d'entre eux s'étaient vite exténués à faire cette brève grimpée dans la montagne. Que pouvaient espérer dans ce cas les plus faibles et les blessés?

Ils s'empilaient dans l'avion chaque nuit, et allongés dans l'obscurité glacée, ils pensaient à leurs foyers, à leurs familles. L'un après l'autre, ils sombraient dans le sommeil, les pieds sur les épaules du compagnon en face, Xavier et Liliana ensemble, Echavarren et Nogueira dans le hamac, Nando et Susana dans les bras l'un de l'autre.

Au cours de la huitième nuit, Parrado s'éveilla, et sentit que Susana était devenue glacée bien qu'il la tînt serrée contre lui. Chaleur et respiration avaient disparu. Aussitôt, il colla sa bouche sur celle de sa sœur et, les joues baignées de larmes, il essaya de lui communiquer son souffle. Les autres s'éveillèrent et se mirent à prier tandis que Parrado essayait de rendre la vie à sa sœur. Quand il s'arrêta, à bout de forces, Carlitos Paez prit la relève, mais tout cela ne servit à rien. Susana était morte.

CHAPITRE II

Dès que le contrôle du trafic aérien à l'aéroport de Pudahuel eut perdu contact avec le Fairchild uruguayen dans l'après-midi du vendredi 13 octobre, ils téléphonèrent aussitôt au S. A. R. (service de sauvetage aérien), dont le bureau principal était dans l'autre aéroport de Santiago, Los Cerrillos. Le commandant était absent, aussi deux ex-commandants, Carlos Garcia et Jorge Massa, furent-ils chargés de diriger les recherches. C'étaient des officiers de l'aviation chilienne qui avaient été entraînés non pas seulement à donner des ordres, mais à piloter tous les types d'avion qu'ils avaient à leur disposition : Douglas C-47, DC-6, Twin Otters et l'avion léger Cessna et le puissant hélicoptère Bell.

L'après-midi même, un DC-6 commença les recherches sur un chemin partant de la dernière position transmise par l'avion porté manquant, le passage aérien qui va de Curico à Angustora et à Santiago. On laissa de côté les zones habitées parce que toute chute d'avion aurait déjà été signalée. L'exploration fut limitée aux régions les plus montagneuses. Ne trouvant rien, ils allèrent plus en arrière en suivant le chemin censément pris par le Fairchild dans la zone entre Curico et le Planchon. Il y avait une tempête de neige sur le col, qui empêchait toute visiblité : le DC-6 revint à Santiago.

Le lendemain, Garcia et Massa firent un examen plus serré des informations qu'ils avaient en main : l'heure de départ de Mendoza, l'heure du survol de Malargüe, la vitesse de l'avion et le vent contraire qu'il avait en traversant les Andes. Ils en conclurent qu'il était peu probable que l'avion ait survolé Curico quand il transmit sa position, c'était le col de Planchon qu'il survolait, de sorte qu'au lieu de virer vers Angustora et Santiago et d'amorcer la descente sur l'aéroport de Pudahuel, le Fairchild avait tiré vers le centre de la cordillère et s'était posé dans la zone des montagnes Tinguiririca, Sosneado et Palomo. Avec une grande précision, Garcia et Massa tracèrent sur leurs cartes un carré de 20 pouces (environ 50 cm) représentant la zone probable où l'avion s'était écrasé. Alors, ils envoyèrent des avions de Santiago pour quadriller ce carré.

Les obstacles à surmonter sautaient aux yeux. L'altitude des montagnes atteignait 4 500 mètres. Si le Fairchild s'y était écrasé, il avait dû tomber dans l'une de ces hautes vallées, à environ 3 600 mètres, qui sont couvertes de 6 à 30 mètres de neige fraîche. Puisque le dessus du Fairchild était blanc, il était pratiquement invisible pour un avion volant au-dessus des cimes. Faire circuler un avion dans les remous entre les sommets des Andes était le meilleur moyen de sacrifier davantage d'avions et de vies, mais un quadrillage méthodique de toute la zone était un rite qu'il n'était pas question d'enfreindre.

Dès le début de l'opération, le personnel spécialisé de contrôle du S. A. R. à l'aéroport de Los Cerrillos n'avait guère espoir que personne ait pu survivre à une catastrophe au beau milieu des Andes. Ils savaient que la température à cette altitude et à cette saison descend chaque nuit à 30 ou 40 degrés en dessous de zéro de sorte que si par quelque caprice du destin, quelques passagers avaient survécu à l'accident, ils seraient sûrement morts de froid pendant la première nuit passée dans les montagnes.

Néanmoins, il existe une convention internationale qui stipule que le pays où arrive l'accident doit rechercher l'appareil pendant dix jours et en dépit du chaos économique et politique dans lequel le Chili était plongé en ce temps-là, c'était un devoir que le S. A. R. avait à remplir. De plus, les parents des passagers commençaient à arriver à Santiago.

Pour les parents, les heures qui avaient suivi les premières nouvelles de la disparition de l'avion n'avaient été qu'égarement et angoisse désespérée. Les premières informations annoncèrent que le Fairchild s'était arrêté à Mendoza — ce que personne dans les familles des Old Christians n'avait su — avait décollé le jour suivant et avait disparu, puis le silence officiel commença, et nombre de relations contradictoires tombèrent dans le vide. Le père de Daniel Fernandez apprit le samedi que l'avion avait été « retrouvé » avant même de savoir qu'il avait été porté manquant, car il n'avait pas écouté les informations à la radio le soir précédent. D'autres entendirent que les jeunes gens étaient arrivés sains et saufs à Santiago et qu'ils étaient descendus dans leurs hôtels. Selon une autre source, ils n'auraient pas atterri à Santiago, mais quelque part dans le sud du Chili.

Ce qui permit à ces nouvelles de parvenir si vite et d'être corrigées par la suite, ce fut un poste de radio dans une maison de Carrasco. Rafaël Ponce de Leon était un radio-amateur, marotte qu'il avait héritée de son père qui avait installé toute une rangée d'appareils compliqués, dont un puissant émetteur, un Collins KWM 2, dans le sous-sol de leur maison. Rafaël était aussi Old Christian et ami de Marcelo Pérez. Il n'avait pas participé au voyage au Chili parce qu'il hésitait à quitter sa femme enceinte de sept mois. Sur la demande de Marcelo, il avait utilisé son poste de radio pour réserver des chambres à Santiago : il lui suffisait d'appeler au Chili un radio-amateur qui l'avait relié au réseau téléphonique chilien. Plus rapide et moins coûteux qu'un appel régulier, ce procédé, bien que parfaitement illégal, était pourtant toléré.

Quand Rafaël apprit dans la soirée du 13 que le Fairchild s'était perdu dans les Andes, il tourna aussitôt le bouton de sa radio. Il se mit en contact avec l'hôtel Crillon à Santiago : on lui dit que les Old Christians étaient arrivés. Quand des nouvelles ultérieures l'eurent alerté, Rafaël appela de nouveau l'hôtel, il apprit alors que deux des joueurs seulement étaient présents : ceux qui étaient venus en avion à Santiago avec des compagnies régulières, l'un, Gilberto Regules, qui avait manqué le Fairchild et l'autre, Bobby Jagust, dont le père était directeur de la K. L. M. à Montevideo.

Dès qu'il eut attrapé cette information, le téléphone sonna : il apprit que la *novia* chilienne de l'un des garçons avait appelé ses futurs beaux-parents, les Magri, pour dire que l'avion avait atterri et qu'ils étaient tous sains et saufs. Comme il avait provoqué de vains espoirs en transmettant la fausse nouvelle de l'hôtel Crillon, Rafaël décida de vérifier cette nouvelle-là. Il se mit en rapport avec le chargé d'affaires uruguayen à Santiago, César Charlone. Celui-ci lui déclara que la nouvelle était peu vraisemblable; selon les sources officielles, l'avion s'était perdu.

Les Magri avaient aussitôt communiqué à la moitié des parents que l'avion avait été retrouvé. Craignant de tromper leurs espoirs, Rafaël décida de s'adresser directement à celle qui avait propagé ce bruit, la *novia* de Guido Magri, Maria de Los Angeles. Il se mit en rapport avec elle par sa radio et lui demanda la vérité. Elle avoua qu'elle avait tout inventé. La senora Magri lui avait paru si déprimée quand elle lui avait téléphoné qu'elle lui avait fait ce gros mensonge : « On va retrouver l'avion, c'est tellement évident que je lui ai dit qu'on l'avait déjà retrouvé. »

Rafaël enregistra ce qu'elle dit et plus tard dans la nuit envoya la bande magnétique à Radio Montevideo afin qu'on puisse l'utiliser pour les prochaines informations. Minuit avait depuis longtemps sonné quand il ferma son émetteur, mais il n'avait pas travaillé en vain. A 9 heures du soir le faux bruit avait vécu : on savait qu'on n'avait pas retrouvé l'avion.

Carlos Paez Vilaro, peintre renommé et père de Carlitos, fut le premier à arriver au bureau principal du S. A. R. à Los Cerrillos. Il avait appris la disparition de l'avion alors qu'il se trouvait chez son ex-femme à Carrasco — c'est par hasard qu'il l'avait apprise, au moment où il quittait sa fille le vendredi après-midi, car depuis le divorce les enfants vivaient chez leur mère, Madelon Rodriguez. Il avait fait toutes les recherches qu'il pouvait dans les milieux officiels, auprès du chargé d'affaires uruguayen à Santiago et auprès d'un officier de l'aviation uruguayenne qu'il connaissait personnellement. Charlone ne l'avait guère réconforté, et pas davantage le fait que l'armée de l'air appelât Ferradas « le meilleur pilote et celui qui en savait le plus ». Paez Vilaro se dit que Ferradas et son ami étaient les seuls survivants des pilotes de leur génération; les autres s'étaient tués dans des accidents. Il dit à Madelon qu'il irait lui-même chercher les garçons, et il partit pour Santiago dans les premières heures de la matinée du samedi.

L'après-midi même, il montait dans le DC-6 qui reprenait la route probable du Fairchild. Quand il revint à l'aéroport, d'autres parents étaient arrivés. Le lendemain, ils étaient vingt-deux sur les lieux.

Devant ce flot de personnes éplorées, le commandant Massa fit savoir que les parents n'auraient plus la permission de monter dans les avions engagés dans la recherche; alors, ils se groupèrent dans le bureau de Charlone. Là, ils apprirent qu'un mineur, du nom de Camilo Figueroa, avait averti la police chilienne de la chute d'un avion en flammes, à environ 110 kilomètres au nord-est de Curico dans la région d'El Tiburcio.

Le lundi 16, Garcia et Massa orientèrent les recherches de ce côté. On ne découvrit rien le matin, mais dans l'après-midi, un pilote revint d'El Tiburcio en disant qu'on voyait de la fumée s'élever des montagnes. Un examen plus approfondi révéla qu'il s'agissait de la fumée qui montait d'un toit de ferme.

Ce même jour, des équipes furent organisées par voie de terre par les carabineros (Police chilienne militarisée) et par les membres du *Cuerpo de Socorro andino*, un corps de volontaires entraînés à venir au secours de ceux qui se perdent dans les Andes. Ils partirent de Rancagua et se dirigèrent vers une zone comprise entre El Tiburcio et le Planchon, mais dans l'après-midi de lourdes chutes de neige et un vent violent les empêchèrent d'avancer.

Les mauvaises conditions atmosphériques, le lendemain et le surlendemain, les 17 et 18 octobre, obligèrent les avions à atterrir. Des nuages épais et de la neige recouvraient la zone qu'on devait explorer. Tout abattus, certains parents repartirent pour Montevideo. D'autres restèrent sur place et commencèrent à songer à organiser des recherches par leurs propres moyens. Ce n'était pas qu'ils jugeaient que les Chiliens en faisaient moins qu'ils ne devaient — même les confrères de l'autre équipage qui avaient été envoyés par les Uruguayens pour venir en aide aux Chiliens n'avaient pu s'envoler — mais ils savaient que le temps filait, ils savaient aussi que les gens de métier ne croyaient pas réellement que leurs enfants étaient encore en vie. « C'est impossible, avait déclaré le commandant Massa aux journalistes, et si l'un avait survécu à l'accident, il s'enfoncerait dans la neige! »

Paez Vilaro réfléchit à ce qu'il pourrait faire par ses propres moyens. Il tomba dans une librairie de Santiago sur un livre intitulé *les Neiges et les Montagnes du Chili*. Il y lut que la portion de montagnes près du Tinguiririca et du Palomo appartenait à un certain Joaquin Gandarillas. Il se dit que celui qui possédait ces terres devait les connaître comme sa poche, il alla trouver Gandarillas qui le reçut avec courtoisie mais lui exposa que son immense domaine venait d'être confisqué en vertu des lois agraires promulguées par le président Allende. Il n'en restait pas moins que Gandarillas connaissait ses montagnes sur le bout des doigts, et au moment où ils allaient se séparer, Paez Vilaro le persuada de l'accompagner le lendemain dans la zone du volcan, le Tinguiririca.

Un voyage de deux jours en auto et à dos de cheval les amena sur le versant occidental de la montagne. Il n'y avait plus de neige dure, mais de récentes chutes ne faisaient qu'accentuer le vide de ces lieux. Il n'y avait rien à voir, rien de vivant, rien de mort, et pourtant, en face de la masse énorme de ces montagnes, Paez Vilaro se mit à siffler, dans l'espoir que par magie le son pût atteindre les oreilles de

1 - Le « Quinze » des Old Christians. Abal et Canessa sont assis à l'extrême droite, Platera, Pérez, Vinzintin, Harley et Parrado sont debout en deuxième, troisième, quatrième, sixième et septième position en partant de la gauche.

4 - Nando Parrado

2 - Panchito Abal

3 - Arturo Noguеira

5 - Liliana Methol avec ses enfants

6 - Susana Parrado

7 - Marcelo Pérez

8 - A l'intérieur du Fairchild, Nicolich tenant Harley par l'épaule

9 - La trace laissée par le fuselage

10 - Daniel Fernández

11 - Fito Strauch

12 - Eduardo Strauch

13 - Gustavo Zerbino

14 - *Nando Parrado*

15 - *Roberto Canessa*

16 - *Carlitos Paéz*

17 - *Antonio Vinzintin*

18 - Pancho Delgado

19 - Xavier Methol

20 - Coche Inciarte

21 - Pedro Algorta

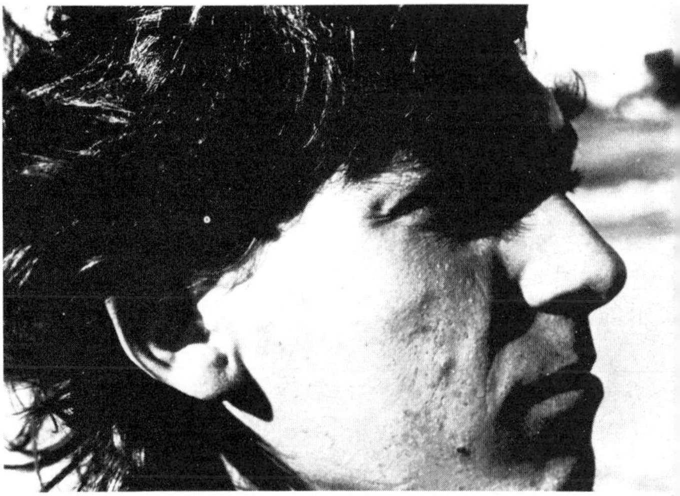

23 - Alvaro Mangino

22 - Moncho Sabella

24 - Bobby Francois

25 - Roy Harley

26 - Un groupe de survivants à côté du Fairchild

27 - Sur la montagne

28 - Sabella dans le fuselage

29 - Parrado dans la queue de l'avion

30 - Canessa et Parrado partant pour los Maitenes

31 - Francois descendant de l'hélicoptère, derrière lui, Sabella

32 - Un mot de Parrado à Catalan

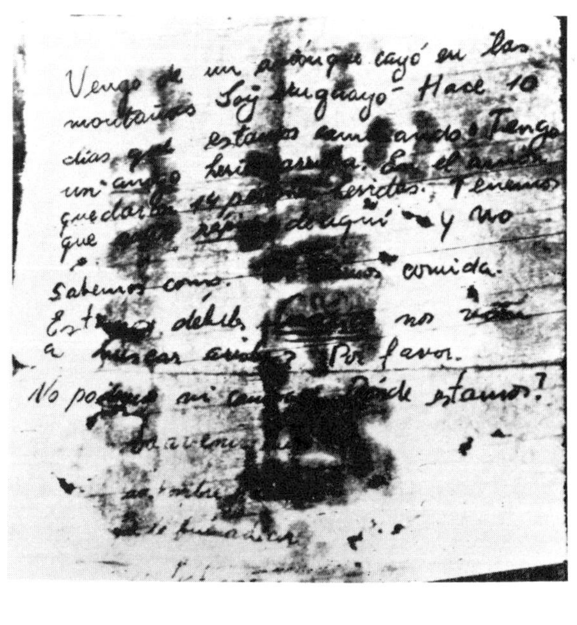

Vengo de un avión que cayó en las montañas Soy uruguayo - Hace 10 días que estamos caminando. Tengo un amigo herido arriba. En el avión quedaron 14 personas heridas. Tenemos que salir rápido de aquí y no sabemos como. No tenemos comida. Estamos débiles. Cuándo nos van a buscar arriba. Por favor. No podemos ni caminar. Dónde estamos?

33 - Roy Harley retrouvant sa mère

34 - Le dernier jour en montagne, de gauche à droite :
assis, Methol, Harley, Zerbino, Francois, Sabella, un montagnard andin,
Fito Strauch et Delgado debout,
Vinzintin et deux montagnards andins.

35 - La dernière nuit dans le Fairchild :
Fito Strauch, Zerbino; Francois, Harley, Delgado et Sabella

36 - La fête de Noël à l'hôtel Sheraton de San Cristobal

37 - La tombe sur la montagne

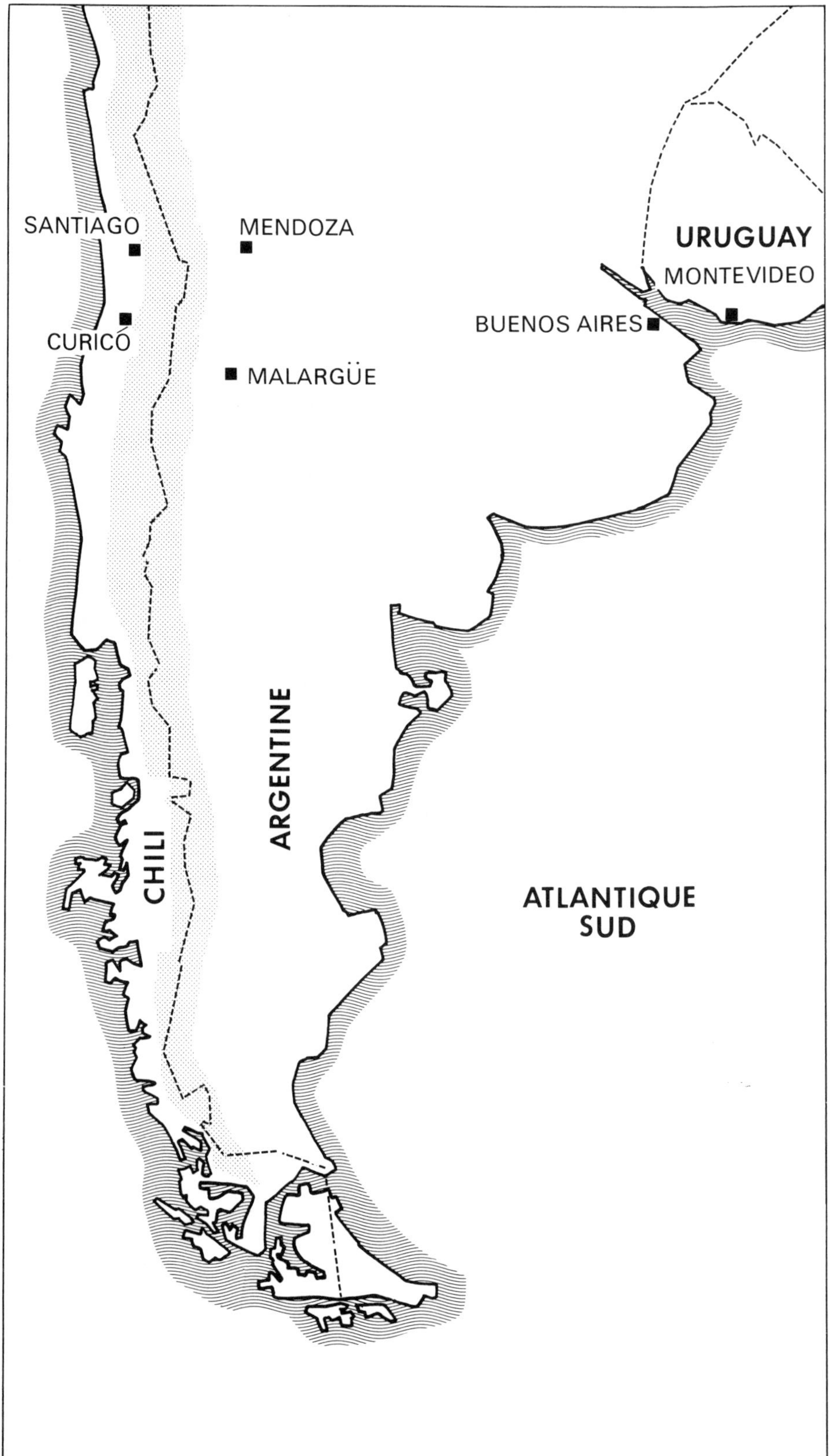
SANTIAGO
MENDOZA
URUGUAY
MONTEVIDEO
BUENOS AIRES
CURICÓ
MALARGÜE
ARGENTINE
CHILI
ATLANTIQUE
SUD

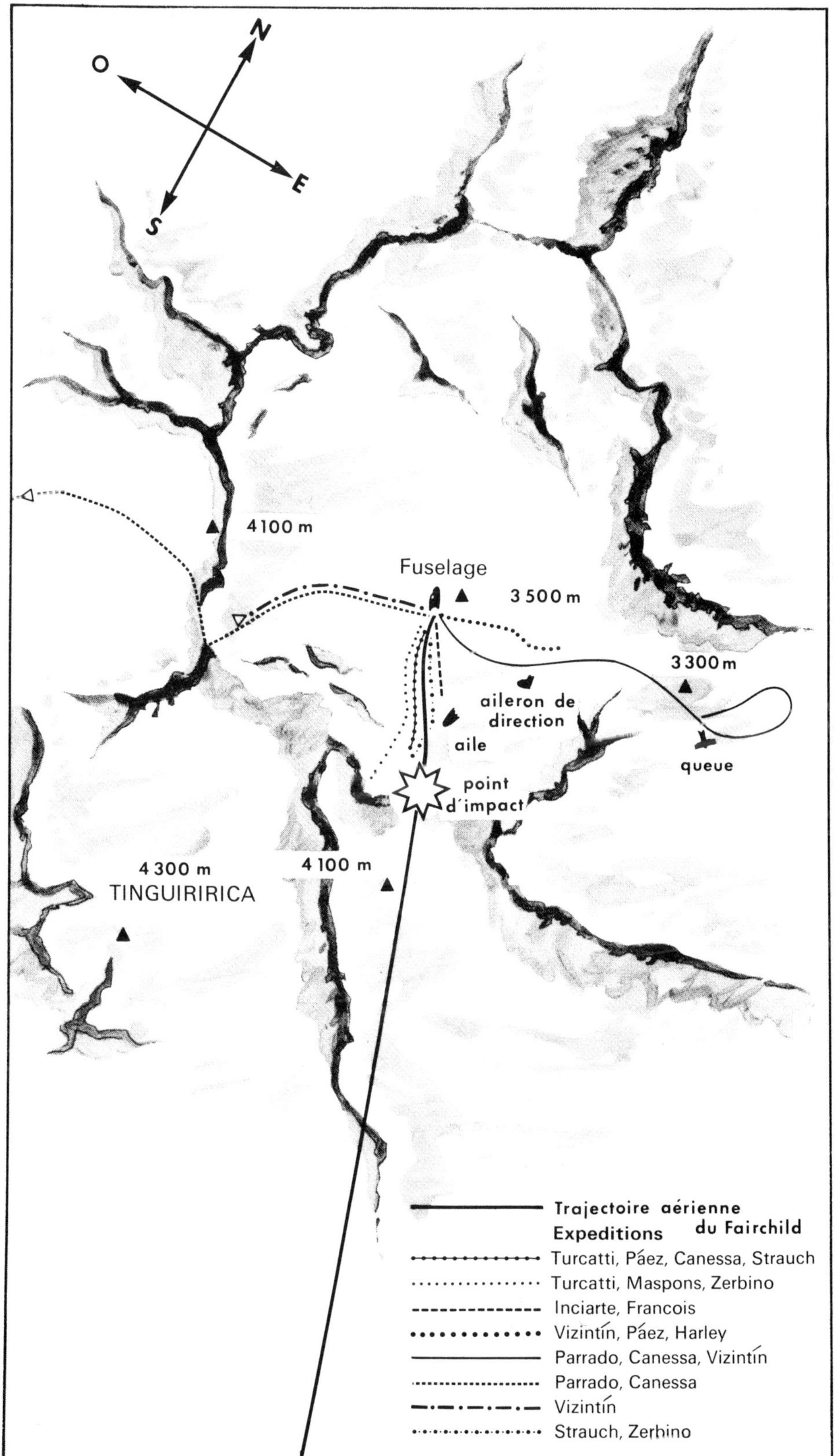
N
O
E
S
4100 m
Fuselage
3 500 m
3 300 m
aileron de direction
aile
queue
point d'impact
4 300 m
TINGUIRIRICA
4 100 m
Trajectoire aérienne du Fairchild
Expeditions
Turcatti, Páez, Canessa, Strauch
Turcatti, Maspons, Zerbino
Inciarte, Francois
Vizintín, Páez, Harley
Parrado, Canessa, Vizintín
Parrado, Canessa
Vizintín
Strauch, Zerbino

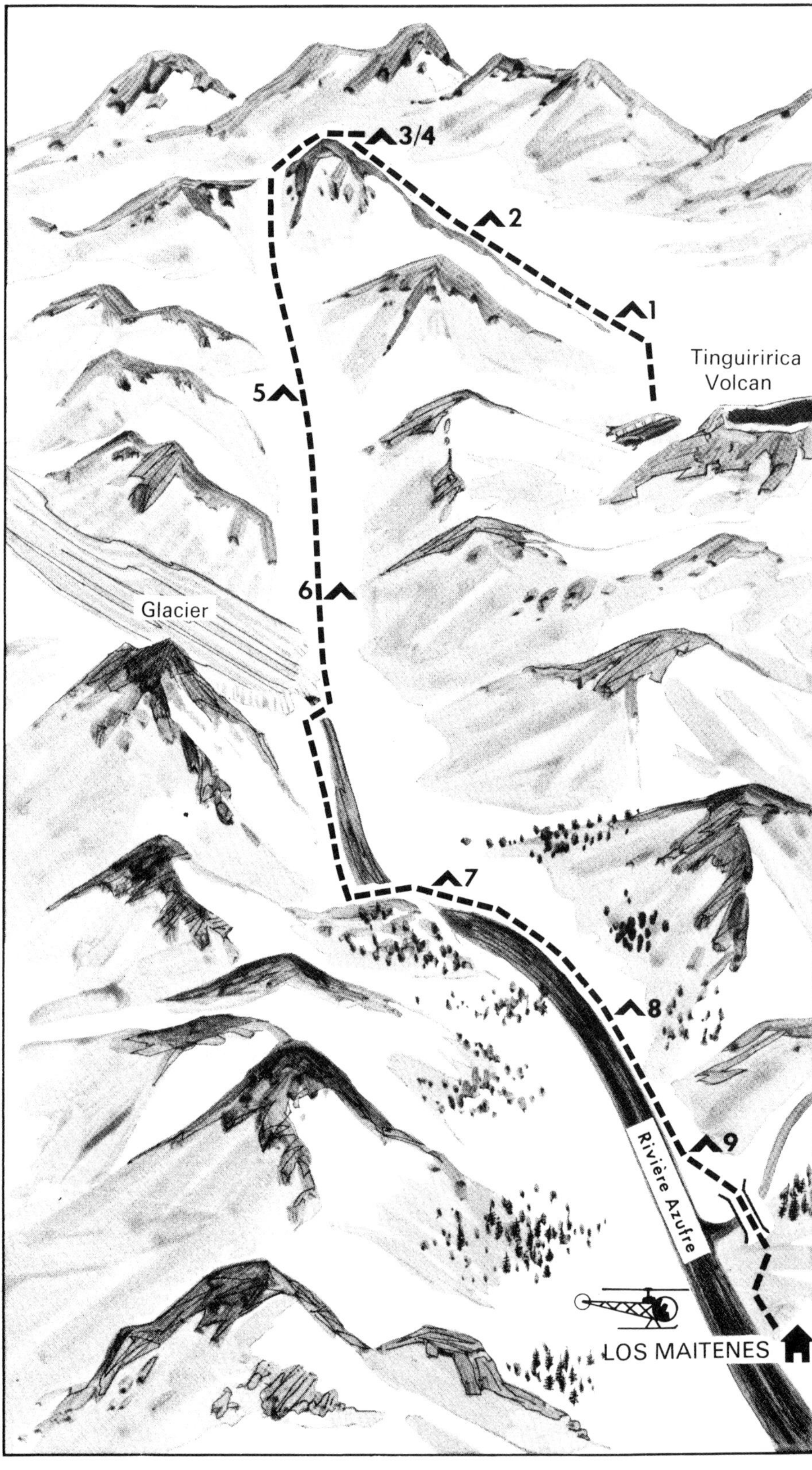
3/4
2
1
Tinguiririca
Volcan
5
6
Glacier
7
8
9
Rivière Azufre
LOS MAITENES

son fils. Les rochers se renvoyèrent le sifflement qui se perdit bientôt dans la neige. Rien d'autre à faire après ça qu'à prendre le chemin du retour.

Tandis que Paez Vilaro s'efforçait de retrouver son fils, il y en avait d'autres qui avaient recours à des méthodes de recherches plus discutables, et d'abord la mère de son ex-femme, Madelon.

Accompagnée du frère de Xavier Methol, Juan José, le 16 octobre elle alla rendre visite à un vieil homme à Montevideo, sourcier de son métier, dont on disait qu'il avait des pouvoirs de divination qui lui permettaient de découvrir bien autre chose que les sources cachées. Ils prirent soin d'emporter une carte des Andes. Quand le vieil homme eut pointé sa baguette fourchue sur la carte, la baguette frémit et s'arrêta sur un point de la carte situé sur le versant oriental de Tinguiririca, à 31 kilomètres de la ville d'eaux de Termas del Flaco.

Madelon transmit l'information à Paez Vilaro au Chili par l'intermédiaire de Rafaël Ponce de Leon, mais Paez Vilaro lui dit que le S. A. R. avait déjà fait des recherches minutieuses dans cette région et que, si par malheur l'accident s'était produit par là, il y aurait peu de chances qu'on retrouve des survivants : c'était la dernière chose dont Madelon voulût entendre parler; aussi écarta-t-elle de sa pensée le radiesthésiste. Mais l'idée de demander secours à un extralucide resta en elle. Elle alla trouver l'astrologue uruguayen Boris Cristoff et lui demanda le nom du meilleur extralucide du monde.

— Croiset, répondit-il sans hésiter. Gérard Croiset à Utrecht.

Rosina Strauch, la mère de Fito, recourait à d'autres intercesseurs. On lui avait dit que la Vierge de Garabandal était apparue quelques années plus tôt, en Espagne, à quelques enfants, apparition que le Vatican n'avait jamais reconnue. Pour forcer la conviction du pape, la Vierge pouvait à coup sûr accomplir un miracle. Si elle en avait l'intention, l'occasion se présentait et dans cette croyance, la pieuse Rosina et deux autres mères commencèrent à prier la Vierge de Garabandal.

En revanche, il y en avait d'autres qui avaient déjà consenti à la perte de leur enfant et s'ils priaient Dieu de leur donner la force de supporter l'épreuve, ils priaient aussi pour l'âme de leur enfant. La mère de Carlos Valeta, celui qui avait disparu dans la neige juste après l'accident, avait la certitude que son fils était mort. Le vendredi après-midi, elle avait eu la vision d'abord d'un avion qui tombait, puis de son fils une blessure au visage, puis de son fils endormi, enfin vers 5 heures et demie elle avait eu l'intime conviction qu'il était mort. D'autres parents se résignaient en se disant que les garçons ne pouvaient pas en réchapper, qu'il n'était pas question de passer plusieurs jours dans les Andes après un accident.

Néanmoins, le sous-sol de Ponce de Leon était bondé tous les soirs de parents, d'amis, d'amies assoiffés de nouvelles de leurs disparus.

Le S. A. R. mit un terme aux recherches le 19 octobre. Elles continuèrent pourtant tout le 19, et encore le 20 et jusque dans la matinée du 21. En même temps, les avions argentins firent des sorties en partant de Mendoza. Paez Vilaro et certains autres poursuivirent les recherches avec un Cessna prêté par l'aéro-club de San Fernando. En dépit de tous les efforts, ils ne trouvèrent pas trace du Fairchild.

Les recherches avaient duré huit jours, dont deux jours où le mauvais temps avait empêché toute sortie. Les hommes du S. A. R. avaient risqué leur vie, un précieux kérosène avait été dépensé pour une entreprise que tous les gens raisonnables jugeaient inutile. Aussi le 21 vers midi, les commandants Garcia et Massa annoncèrent-ils que « les recherches de l'avion 571 de l'armée uruguayenne étaient annulées en raison des résultats négatifs ».

CHAPITRE III

Le neuvième jour dans la matinée, le corps de Susana Parrado fut tiré hors de l'avion et déposé dans la neige. Les survivants n'entendaient que le bruit du vent quand ils sortirent en trébuchant de la cabine : rien à voir d'autre que la monotone étendue de neige et de roc.

A mesure que la lumière changeait, les montagnes apparaissaient sous un jour différent. Au petit matin, elles étaient éclatantes et lointaines. Avec le temps qui passait, les ombres s'allongeaient et les pierres aux tons gris, rougeâtres et verdâtres, prenaient l'apparence d'animaux en train de couver ou de dieux maussades qui lançaient aux intrus des regards sévères.

On tirait les sièges de l'avion sur la neige comme des chaises longues sur la terrasse d'une estancia. Le premier à sortir s'asseyait et faisait fondre de la neige tout en contemplant l'horizon. Chacun pouvait suivre sur les traits de ses compagnons la rapidité de leur déchéance physique. Les mouvements de ceux qui vaquaient aux soins du ménage dans la cabine ou autour du fuselage étaient devenus lents et pesants. Ils étaient épuisés par le moindre effort. Beaucoup d'entre eux restaient assis là où ils avaient dormi, trop apathiques et découragés même pour aller respirer de l'air frais. L'irritabilité posait aussi des problèmes grandissants.

Marcelo Perez, Daniel Fernandez et les aînés du groupe craignaient que certains des garçons ne soient sur le bord de la crise de nerfs. L'attente les usait. Ils avaient commencé à se chercher querelle.

Marcelo fit ce qu'il put pour donner l'exemple. Il se montrait optimiste et calme. Il ne mettait pas en doute leur sauvetage. Il essaya de faire chanter des chansons à son équipe. On exécuta de façon fort décousue *Clémentine*, mais personne n'avait le cœur à chanter. Il sautait aussi aux yeux de tous que la confiance de leur capitaine n'était pas aussi ferme qu'il le montrait. Le soir, on le voyait submergé de tristesse : il songeait à sa mère — comme elle devait souffrir! —, à son frère en voyage de noces au Brésil et au reste de sa famille. Il essayait de cacher ses soupirs aux autres, mais une fois endormi, il avait des cauchemars et se réveillait en criant. Son ami Eduardo Strauch faisait de son mieux pour le réconforter, mais Marcelo estimait que, comme capitaine de l'équipe et principal instigateur de ce voyage, il était responsable de ce qui était arrivé.

— Fais pas l'idiot, dit Eduardo. Tu ne peux pas prendre les choses de ce côté-là. C'est moi qui ai persuadé Gaston et Daniel Shaw de venir avec nous, ils sont morts tous les deux. J'ai même téléphoné à Daniel pour lui rappeler son engagement, mais je ne me sens pas responsable de leur mort.

— S'il y a un responsable, dit son cousin Fito, c'est Dieu. Pourquoi a-t-il fait mourir Gaston?

Fito faisait allusion au fait que Gaston Costemalle, qui était tombé de l'avion, n'était pas le premier de sa famille à subir un sort tragique; sa mère avait déjà perdu son mari et un autre fils.

— Pourquoi Dieu nous accable-t-il comme ça? Qu'est-ce qu'on a fait?

— Ça n'est pas aussi simple que tu le crois, répondit Daniel Fernandez, le troisième des cousins Strauch.

Il y en avait deux ou trois parmi les vingt-sept survivants dont le courage et l'exemple soutenaient leur moral. Echavarren, malgré les tortures que lui infligeait sa jambe écrasée, restait plein d'entrain et d'allant. Il avait beau accabler d'injures tous ceux qui sans le vouloir le heurtaient du pied, il se rattrapait toujours ensuite par une excuse polie ou par une plaisanterie. Enrique Platero, malgré sa blessure au creux de l'estomac, restait actif et crâne. Quant à Coco Nicolich, il obligeait son « gang » à se lever le matin, à nettoyer la cabine, à jouer à des jeux comme les charades et le soir il arrivait à leur faire dire le rosaire avec Carlitos Paez.

Liliana Methol, la seule femme du groupe, restait l'unique source de consolation. Bien que plus jeune que les mères des garçons (elle avait trente-cinq ans), elle devint pour tous l'objet de leur affection filiale. Gustavo Zerbino, qui n'avait que dix-neuf ans, l'appelait sa marraine, elle lui rendait son amitié à lui comme aux autres avec des paroles de réconfort et un optimisme de bonne qualité. Elle aussi s'était aperçue que le moral des garçons risquait de s'effondrer, elle s'ingéniait à les distraire de leurs sombres pensées. Le soir du neuvième jour, elle les réunit autour d'elle et leur proposa de raconter à tour de rôle une histoire qui leur était arrivée. Il y en avait peu qui trouvaient quelque chose à dire. Aussi Pancho Delgado se dévoua-t-il en racontant trois histoires sur son futur beau-père.

La première fois qu'il rencontra sa *novia*, sa fiancée, leur dit-il, elle n'avait que quinze ans, et lui dix-huit ou dix-neuf. Il ne savait pas du tout si les parents de la jeune fille allaient bien l'accueillir et il s'inquiétait de l'impression qu'il allait produire. Et voilà que, sans le vouloir, il fit tomber le papa dans une piscine, lui causant une blessure à la jambe, il déchargea un fusil dans le toit de la voiture familiale, une BUW 2002 flambant neuve, ce qui fit un énorme trou entouré de fragments de métal recourbés comme des pétales de fleur; enfin, il avait presque électrocuté le papa en l'aidant à préparer une réception dans leur jardin à Carrasco.

Ces histoires agirent à la façon d'un tonique sur les garçons accroupis dans l'atmosphère humide et froide de l'avion, attendant d'être assez fatigués pour dormir, et ils remercièrent beaucoup Delgado. Mais quand vint leur tour, aucun ne prit la parole et comme la lumière baissait, chacun retourna à ses pensées.

Ils se réveillèrent le 22 octobre, un dimanche, dixième jour de leur captivité dans les montagnes. Les premiers à sortir de l'avion furent Marcelo et Roy Harley. Roy avait trouvé un transistor entre deux sièges, et comme il avait quelque teinture d'électronique pour avoir aidé un ami à monter une chaîne hi-fi, il réussit à le faire marcher. Il était difficile de capter des signaux dans la profonde crevasse entourée d'énormes montagnes où ils se trouvaient, aussi Roy fit-il une antenne avec des bouts de fil provenant des circuits électriques de l'avion. Tandis qu'il tournait le cadran, Marcelo tenait l'antenne et cherchait la meilleure position. Ils attrapèrent des fragments d'émission venant du Chili, mais pas la moindre nouvelle concernant leur sauvetage. Tout ce que portaient les ondes, c'étaient les voix stridentes des politiciens du Chili : les classes moyennes faisaient grève pour protester contre le gouvernement socialiste du président Allende.

Les autres garçons n'avaient guère envie de sortir. La sous-alimentation se faisait sentir. Chaque jour, ils devenaient plus faibles et plus apathiques. Quand ils se tenaient debout, ils se sentaient mal et gardaient difficilement leur équilibre. Ils avaient froid, même si le soleil brillait et leur peau commençait à se rider comme celle des vieillards.

Leurs provisions s'épuisaient. La ration journalière d'un bout de chocolat, un capuchon de vin, une cuillerée à thé de confiture ou de poisson en conserve — le tout mangé avec lenteur pour faire durer le plaisir — était plutôt une torture qu'une alimentation pour ces gaillards sportifs et vigoureux; et pourtant les plus forts partageaient avec les plus faibles, les bien portants avec les blessés. Ils prirent tous claire conscience qu'ils ne pourraient survivre bien longtemps. Ce qui les déprimait, ce n'était pas tant d'être consumés par une faim dévorante que de sentir leurs forces les abandonner chaque jour un peu plus. Il ne fallait pas être un grand médecin pour prévoir comment tout ça finirait.

Il leur fallait donc trouver des nourritures nouvelles. Même les plantes les plus élémentaires peuvent fournir quelques vitamines, mais hélas! rien ne poussait dans les Andes. Dans l'entourage immédiat, il n'y avait que de la neige. Le terrain le plus proche se trouvait à cent pieds en dessous. Tout ce que la neige laissait à découvert, c'était des rochers nus où s'agrippaient des lichens souffreteux. Ils en arrachèrent un peu, en firent une sorte de bouillie avec de la neige fondue, mais le goût en était amer et répugnant et comme aliment, cela n'avait aucune qualité nutritive. En dehors des lichens il n'y avait rien. Certains songèrent aux coussins, mais les coussins n'étaient pas bourrés de paille. Nylon et mousse de caoutchouc ne pouvaient pas les tirer d'affaire.

Depuis un certain temps, plusieurs garçons avaient bien compris que s'ils devaient survivre, il leur faudrait manger les corps de ceux qui étaient morts dans l'accident. C'était là une perspective macabre. Les cadavres gisaient dans la neige autour de l'avion, le froid intense les conservait intacts. Ils avaient beau éprouver la plus vive répulsion à l'idée de tailler des morceaux dans le corps de ceux qui avaient été leurs amis, un lucide examen de la situation désespérée où ils étaient les amena à se poser le problème.

Ils s'en ouvrirent peu à peu avec prudence à leurs amis ou à ceux qui pourraient partager leur opinion. En fin de compte, Canessa exposa la situation sans rien farder. D'abord, c'était un cas de force majeure : personne ne viendrait les sauver. Ils auraient à se tirer eux-mêmes d'affaire. Mais comment y parvenir sans avoir de quoi manger? Et que manger sinon de la chair humaine? Il utilisa ses connaissances médicales pour décrire, de sa voix mordante et haut perchée, comment leur organisme épuisait leurs réserves. « Chacun de vos mouvements, dit-il, brûle un peu de votre corps. Bientôt nous serons dans une telle faiblesse que nous n'aurons même pas la force de tailler dans la viande qui est exposée sous nos yeux! »

Canessa ne tira pas seulement ces arguments par opportunisme. Il déclara qu'ils avaient le devoir moral de rester en vie par tous les moyens dont ils disposaient et comme Canessa professait une réelle conviction religieuse, les plus pieux des survivants attachèrent une grande importance à ce qu'il dit.

— C'est de la viande, leur dit-il. Ce n'est que de la viande. Les âmes ont quitté leurs corps et sont maintenant dans le sein de Dieu. Tout ce qui demeure ici, ce sont des carcasses qui ne sont pas plus des êtres humains que la chair sans vie du bétail que nous mangeons chez nous.

D'autres entrèrent dans la discussion. « Est-ce que vous n'avez pas vu, dit Fito Strauch, quelle énergie nous avons dépensée pour grimper de quelque cent ou deux cents mètres? Songez à ce que nous devrions dépenser pour arriver au sommet de la montagne et descendre de l'autre côté! Ça ne peut pas se faire avec une gorgée de vin et un morceau de chocolat. »

Tout ce qu'il disait n'était que trop vrai. On tint une réunion à l'intérieur du Fairchild, et pour la première fois les vingt-sept survivants discutèrent le problème qu'ils affrontaient : si, oui ou non, ils devaient se nourrir avec les morts pour survivre. Canessa, Zerbino, Fernandez et Fito Strauch réexposèrent les raisons qu'ils avaient déjà données. S'ils n'agissaient pas comme ça, ils allaient tous mourir. C'était pour eux une obligation morale de vivre, pour eux-mêmes comme pour leurs familles. Dieu voulait qu'ils vivent et Il leur avait donné le moyen de le faire : les corps morts de leurs amis. Si Dieu n'avait pas voulu qu'ils vivent, Il les aurait tués au moment de l'accident. Ce serait pécher maintenant que de rejeter le don de vie que Dieu leur accordait en faisant trop les délicats.

— Mais qu'avons-nous donc fait, demanda Marcelo, pour que Dieu nous demande maintenant de manger le corps de nos amis morts?

On ne sut que répondre. Enfin, Zerbino se tourna vers le capitaine et dit :

— Qu'est-ce que tu crois que, eux, ils auraient pensé?

Marcelo se tut. Zerbino poursuivit :

— Je sais bien que si mon corps pouvait servir à vous maintenir en vie, je voudrais sûrement que vous l'utilisiez. Je vous le dis, si je meurs et si vous ne mangez pas mon corps, je reviendrai sur terre et je vous donnerai un bon coup de pied dans le cul.

Cet argument apaisa plus d'un doute, si répugnant que parût à plus d'un garçon de manger le corps d'un ami, et tous furent d'accord avec Zerbino. Sur-le-champ, ils prononcèrent le serment que si l'un d'eux venait à mourir, son corps servirait de nourriture aux autres.

Marcelo hésitait encore à se décider. Lui et le groupe des optimistes qui allait s'amenuisant gardaient l'espoir qu'on viendrait les secourir, mais leur espoir n'était guère partagé. Quelques-uns des plus jeunes passèrent dans le camp des pessimistes — ou des réalistes, comme ils s'appelaient eux-mêmes — en gardant quelque rancune contre Marcelo

Pérez et Pancho Delgado. Ils avaient l'impression d'avoir été dupés. La délivrance qu'on leur avait promise n'était pas arrivée.

Ceux qui l'avaient promise ne restaient pourtant pas sans soutien. Coche Inciarte et Numa Turcatti, tous deux des costauds, des obstinés, recelant beaucoup de douceur au fond d'eux-mêmes, dirent à leurs compagnons que tout en ne pensant pas personnellement que ce serait mal, ils savaient qu'eux-mêmes seraient incapables de le faire. Liliana Methol fut d'accord avec eux. Elle montrait autant de calme que d'habitude, mais comme les autres, elle luttait contre l'émotion violente qui la saisissait à l'idée de recourir à un tel procédé. Chez elle, l'instinct de conservation était vigoureux, aigu le besoin de retrouver ses enfants, mais le cannibalisme l'horrifiait. Elle ne pensait pas que c'était mal, elle savait très bien distinguer entre péché et répulsion physique, entre tabou social et loi divine. « Mais, dit-elle, aussi longtemps qu'il existera une chance qu'on nous porte secours, aussi longtemps qu'il restera quelque chose à manger, même si c'est une infime particule de chocolat, je ne le ferai pas. »

Xavier Methol partagea l'opinion de sa femme, mais il ne voulut pas empêcher les autres de faire ce qu'ils croyaient qu'ils devaient faire. Personne n'émit l'idée que Dieu pût vouloir les voir choisir la mort. Tous ils croyaient que leur devoir religieux était de survivre et que manger leurs amis morts ne risquait pas de mettre leur âme en péril, mais prendre une décision n'est pas la même chose que de l'exécuter.

Leurs discussions avaient duré la majeure partie de la journée. Vers le milieu de l'après-midi ils savaient que c'était maintenant ou jamais qu'il fallait agir, ce qui ne les empêchait pas de rester dans l'avion, plongés dans le silence. Enfin quatre d'entre eux, Canessa, Maspons Zerbino et Fito Strauch se levèrent et sortirent. Quelques autres les suivirent. Personne ne désirait savoir par quel cadavre on allait commencer.

La plupart des corps étaient recouverts de neige; pourtant, le postérieur de l'un d'eux faisait saillie non loin de l'avion. Sans dire un mot, Canessa se mit à genoux, dénuda la chair et tailla dedans avec un morceau de vitre brisée. C'était durci par le gel et difficile à couper, mais il s'acharna et découpa une vingtaine de tranches de l'épaisseur d'une allumette. Puis il se releva, regagna l'avion et plaça les morceaux sur le fuselage.

A l'intérieur, on gardait le silence. Les garçons se blottissaient dans le Fairchild. Canessa leur dit que la viande était là au-dessus, en train de sécher au soleil, et que ceux qui voulaient en manger n'avaient qu'à sortir et la prendre eux-mêmes. Personne ne vint; alors Canessa paya de sa personne pour montrer la fermeté de sa résolution. Il pria Dieu de l'aider à accomplir ce qu'il savait être le bien et prit un morceau de viande dans sa main. Il hésita. Il avait beau être fermement décidé, l'horreur de l'acte le paralysait. Sa main ne pouvait ni atteindre sa bouche, ni retomber le long de son corps; la répulsion qui l'occupait tout entier luttait avec sa volonté têtue. Enfin la volonté l'emporta. Sa main se porta jusqu'à sa bouche, enfonça le morceau. Il l'avala.

Il eut le sentiment d'avoir triomphé de lui-même. Sa conscience avait surmonté un tabou primitif, irrationnel. Il allait survivre.

Un peu plus tard, quelques-uns des garçons sortirent de l'avion pour imiter Canessa. Zerbino prit une tranche de viande et l'avala comme Canessa l'avait fait, mais le morceau s'arrêta dans son gosier. Il fourra une pincée de neige dans sa bouche et s'arrangea pour faire descendre le tout. Fito Strauch suivit son exemple, puis Maspons et Vizintin, d'autres enfin.

Au cours de la soirée, Gustavo Nicolich, un garçon de

haute taille, aux cheveux bouclés qui, tout en n'ayant que vingt ans, avait tout fait pour maintenir le moral de ses plus jeunes compagnons, écrivit à sa fiancée à Montevideo.

« *Ma très chère Rosina,*

Je t'écris de l'intérieur de l'avion, notre « *petit hôtel* » pour le moment. *Le soleil se couche, il commence à faire froid et venteux comme toujours à ce moment de la journée. Aujourd'hui nous avons eu un temps merveilleux, soleil éclatant et très chaud. Cela me rappelle les belles journées passées à la plage avec toi, la grande différence étant que nous prenions le repas à midi chez vous tandis que je suis planté là contre cet avion sans avoir rien à manger.*

Aujourd'hui, par-dessus le marché, c'était plutôt déprimant. Un bon nombre de copains ont commencé à perdre courage (c'est le dixième jour depuis l'accident); moi, heureusement, je ne m'abandonne pas à la tristesse parce que je tire une force incroyable en pensant que je vais te revoir. Autre chose qui contribue à angoisser tout le monde, c'est que les vivres s'épuisent : il nous reste deux boîtes de poisson (de petites boîtes), une bouteille de vin blanc, une petite de cherry brandy, ce qui pour vingt-six hommes (les garçons aussi veulent compter pour des hommes) n'est vraiment rien.

Une chose va te paraître incroyable, je ne peux pas y croire moi-même, nous avons commencé aujourd'hui de tailler dans le corps des morts pour les manger. Il n'y a pas d'autre solution. J'ai prié Dieu du fond de mon cœur pour que ce jour n'arrive jamais, mais il est arrivé et nous devons tenir bon avec courage et avec foi. Avec foi, parce que j'en suis arrivé à croire que les corps sont là parce que Dieu les a mis là et puisque la seule chose qui compte, c'est l'âme, je n'ai pas à éprouver beaucoup de remords. Si le jour arrive où je puisse sauver quelqu'un avec mon corps, je le ferai avec joie.

Je ne sais pas ce que toi, Maman, Papa et les enfants,

vous pouvez bien penser. Vous ne savez pas combien cela me rend triste de penser que vous souffrez. Je demande sans cesse à Dieu de vous réconforter et de nous donner du courage, parce que c'est l'unique moyen de nous tirer de là. J'espère que bientôt tout finira bien pour tout le monde.

Tu seras épouvantée en me voyant. Je suis sale, barbu, une petite barbe clairsemée, j'ai une grande entaille sur la tête, une autre sur la poitrine qui est maintenant cicatrisée, et une très petite que je me suis faite aujourd'hui en travaillant dans la cabine de l'avion, plus diverses coupures aux jambes et aux épaules. Malgré ça, je me sens très bien. »

Les premiers qui regardèrent par les hublots le lendemain virent que le ciel s'était obscurci, que le soleil lançait de maigres rayons à travers les nuages. Certains jetèrent des regards prudents vers Canessa, Zerbino, Maspons, Vizintin et les cousins Strauch. Non, ils ne pensaient pas que Dieu les avait châtiés, mais leurs fermiers leur avaient dit qu'il ne fallait jamais manger de la viande d'un bœuf mort de causes naturelles, et ils se demandaient s'il n'était pas tout aussi malsain d'agir de même avec un homme.

Les « cannibales » se portaient très bien. En fait, aucun d'eux n'avait mangé beaucoup de viande et ne se sentait très ragaillardi. Comme toujours, Marcelo fut le premier à se soulever de ses coussins.

— Allons, dit-il à Roy Harley, nous devons mettre en marche la radio.

— Il fait trop froid, dit Roy. Ne peux-tu trouver quelqu'un d'autre?

— Non, c'est ton boulot. Viens.

Roy prit ses chaussures dans le porte-bagages tout en maugréant, et les enfila sur deux paires de chaussettes. Il se fraya un passage à travers ses compagnons endormis, et enjamba ceux qui se trouvaient près de la porte pour rejoindre Marcelo. Un ou deux autres le suivirent.

Marcelo avait déjà pris en main l'antenne, il attendait que Roy allume la radio et fasse tourner le cadran. Il tomba sur un poste chilien qui la veille n'avait diffusé que de la propagande politique. Ce jour-là, en approchant le transistor de son oreille, il entendit les derniers mots du bulletin d'informations : « Le S. A. R. a demandé à tous les avions civils et militaires qui survolent les Andes de repérer tout signe de l'accident du Fairchild 571. Cela fait suite à l'annulation des recherches du S. A. R. sur l'appareil uruguayen à cause des résultats négatifs. »

Le speaker passa à un sujet différent. Roy éloigna la radio de son oreille. Il regarda Marcelo et lui dit ce qu'il avait entendu. Marcelo laissa tomber l'antenne, se cacha le visage dans les mains et pleura désespérément. Les autres garçons qui s'étaient groupés autour de Roy, en entendant ces nouvelles se mirent à sangloter et à prier, sauf Parrado qui regardait posément les montagnes qui se dressaient à l'ouest.

Gustavo Nicolich sortit de l'avion et, voyant leurs têtes, devina ce qu'ils avaient entendu.

— Qu'est-ce qu'on va dire aux autres? demanda-t-il.

— Rien, répondit Marcelo. Eux au moins, il faut les laisser espérer.

— Non, répliqua Nicolich. Nous devons leur dire. Ils doivent savoir le pire de tout.

— Je ne le peux pas, s'écria Marcelo tout en sanglotant, les mains sur le visage.

— Moi, je le ferai, dit Nicolich qui fit demi-tour et regagna l'avion.

Il se glissa dans le trou pratiqué dans les valises et les maillots de rugby, s'accroupit à l'entrée dans un endroit obscur et regarda les visages mornes qui se tendaient vers lui.

— Hé les gars! Voilà de bonnes nouvelles! On vient juste de les capter à la radio. Ils ont annulé les recherches.

Dans la cabine bondée ce fut le silence. Puis le désespoir les envahit et ils se mirent à pleurer.

— Pourquoi diable dis-tu que ce sont de bonnes nouvelles? demanda Paez en colère.

— Parce que cela signifie que nous allons nous tirer de cette merde par nos propres moyens.

Le courage de Nicolich empêcha les autres de sombrer dans le désespoir total; pourtant, certains des optimistes qui avaient escompté qu'on viendrait les sauver furent incapables de changer de camp. Les pessimistes, plusieurs d'entre eux ne croyant à aucun sauvetage, d'où qu'il vienne, ne bronchèrent pas : il arrivait ce qu'ils avaient escompté. Mais ces nouvelles accablèrent Marcelo. Son rôle comme chef d'équipe devenait vide de sens et comme automatique; ses yeux perdirent leur éclat. Ces nouvelles affectèrent aussi Delgado. Son optimisme chaleureux et éloquent s'évapora dans l'air léger des Andes. Il ne croyait pas qu'on pourrait sortir de là par ses propres moyens et il se retira discrètement à l'arrière-plan. De l'ancien clan des optimistes ne restait que Liliana Methol, qui continua à prodiguer espoir et consolation. « Ne vous en faites pas, dit-elle. Nous sortirons de ce pétrin. Ils nous trouveront quand la neige aura fondu. »

Puis, se rappelant soudain combien il restait peu de nourriture en dehors des corps morts, elle ajouta :

— Ou bien nous irons vers l'ouest à pied.

La délivrance : c'était l'obsession du nouveau clan des optimistes. Ce qui les déconcertait, c'était que la vallée qui les retenait prisonniers était orientée vers l'est et que vers l'ouest s'élevait une solide muraille de montagnes élevées, mais cela ne décourageait pas Parrado. A peine avait-il appris l'annulation des recherches qu'il annonçait sa résolution de partir — tout seul, s'il le fallait — en direction de l'ouest. Les autres eurent grand-peine à calmer ses ardeurs. Dix jours plus tôt, on le tenait pour mort. Si l'un d'eux devait grimper, il y en avait d'autres en meilleure condition physique que lui pour le faire. « Nous devons réfléchir à ça avec calme, dit Marcelo, et agir en commun. C'est notre seule chance de survivre. »

Marcelo inspirait encore assez de respect, Parrado avait encore assez d'esprit d'équipe pour que la décision commune fasse loi. Cependant, Parrado n'était pas le seul à soutenir qu'avant qu'ils aient perdu davantage de forces, une autre expédition devait être tentée, soit pour gravir la montagne et voir ce qu'il y avait de l'autre côté, soit pour chercher la queue de l'appareil.

On tomba d'accord pour qu'un groupe des plus résistants se mette en route aussitôt, et moins d'une heure après qu'ils eurent entendu les nouvelles à la radio, Zerbino, Turcatti et Maspons partirent vers les montagnes, tandis que leurs amis observaient leurs mouvements.

Canessa et Fito Strauch se rendirent auprès du cadavre qu'ils avaient entamé la veille et détachèrent davantage de viande. Les tranches qu'ils avaient posées sur le dessus de l'avion avaient toutes été mangées. Une fois séchées, on les avalait plus facilement; maintenant qu'on savait que personne ne viendrait à leur secours, on faisait encore moins de difficulté pour les absorber. Beaucoup de ceux qui avaient hésité la veille s'y résolurent enfin. C'est ainsi que Parrado mangea pour la première fois de la chair humaine. Daniel Fernandez aussi, bien qu'après les plus grands efforts de volonté pour surmonter sa répulsion. Un à un, ils se contraignirent à avaler les corps de leurs amis. Pour certains, ce n'était qu'une désagréable nécessité; d'autres avaient à lutter entre leur conscience et leur raison.

Quelques-uns ne pouvaient pas s'y résoudre : Liliana et Xavier Methol, Coche Inciarte, Pancho Delgado.

Marcelo Pérez, ayant résolu de prendre cette décision, mit à profit le peu d'autorité qui lui restait encore pour persuader les autres d'en faire autant, mais rien de ce qu'il dit ne fit autant d'effet qu'un bref jugement provenant de Pedro Algorta.

C'était l'un des deux garçons moins correctement habillés que les autres, comme pour montrer leur mépris des valeurs bourgeoises que respectaient les autres. Au moment de l'accident, il avait été frappé à la tête, et souffrait d'amnésie totale pour tous les événements qui s'étaient passés auparavant. Algorta observa Canessa et Fito Strauch en train de couper la viande, mais ne dit rien jusqu'à l'instant où on lui présenta une tranche de viande. Il la prit, l'avala et dit ensuite : « C'est comme la Sainte Communion. Quand le Christ est mort, il nous a donné son corps afin que nous ayons une vie spirituelle. Mon ami a donné son corps afin que nous puissions avoir une vie physique. »

C'est dans cette conviction que Coche Inciarte et Pancho Delgado avalèrent leur part pour la première fois, et Marcelo Pérez saisit cette idée pour persuader les autres de suivre son exemple et de survivre. L'un après l'autre ils l'imitèrent, à l'exception de Liliana et de Xavier Methol.

Maintenant que c'était un fait acquis qu'ils devaient se nourrir sur les morts, un groupe de garçons assez forts fut constitué pour recouvrir les cadavres de neige, tandis que les plus faibles et les blessés restaient assis, orientant les appareils à eau vers le soleil et dirigeant l'eau qui gouttait dans les anciennes bouteilles de vin. D'autres nettoyaient la cabine. Canessa, après avoir coupé assez de viande pour leurs besoins immédiats, fit la visite des blessés. Ce qu'il vit ne lui donna guère de plaisir.

Presque toutes les blessures superficielles continuaient à guérir, aucune ne montrait de signes d'infection. L'enflure des fractures diminuait aussi : par exemple Alvaro Mangino et Pancho Delgado s'arrangeaient, malgré des souffrances extrêmes, pour clopiner à l'extérieur de l'avion. L'état d'Arturo Nogueira était bien pire; s'il sortait de l'avion, il devait ramper en se traînant sur les avant-bras. La jambe de Rafaël Echavarren inspirait de vives inquiétudes : elle présentait les premiers symptômes de gangrène.

Enrique Platero, à qui on avait retiré une tige de métal du creux de l'estomac, dit à Canessa qu'il se portait parfaitement bien mais qu'un morceau de ses intestins continuait à sortir de la plaie. Canessa défit avec soin le maillot de rugby que Platero portait toujours en guise de bandage, et confirma l'opinion du malade : oui, la blessure se guérissait, mais quelque chose en sortait qui ne lui plaisait pas. La partie supérieure de cette protubérance était devenue sèche, et Canessa dit à Platero que s'il enlevait les parties mortes, le reste pourrait plus facilement se fourrer sous la peau.

— Qu'est-ce qui ressort? demanda Platero.

Canessa haussa les épaules.

— Je n'en sais fichtre rien. C'est sans doute une partie de l'enveloppe de l'estomac, mais si ce sont les intestins et que je coupe dedans, tu en baveras. Ce sera la péritonite.

Platero n'hésita pas.

— Fais ce que tu as à faire, dit-il, et il se rallongea sur la porte.

Canessa fit les préparatifs de l'opération. Comme scalpel, il avait le choix entre un morceau de vitre brisée ou une lame de rasoir. Ce qui stérilisait les instruments, c'était la température en dessous de zéro. Il désinfecta le champ de la blessure avec de l'eau de Cologne et ensuite enleva délicatement une couche de peau morte avec le morceau de vitre. Platero ne ressentit rien, mais la matière gélatineuse en saillie ne voulait toujours pas rentrer sous la peau. Avec de plus grandes précautions encore, Canessa tailla plus près du tissu vivant, redoutant à tout instant de faire une entaille dans les intestins, mais il ne fit aucune lésion et, sur un coup de doigt du chirurgien, le boyau reprit sa place dans le ventre de Platero.

— Veux-tu que je te recouse? lui demanda Canessa. Je te préviens que je n'ai pas de fil spécial.

— T'en fais pas, dit Platero, se dressant sur ses coudes et regardant son ventre. Voilà du beau travail. Fais-moi un bandage et je m'en sortirai.

Canessa serra le maillot aussi étroitement qu'il put autour de Platero qui lança ses jambes de côté, et se mit sur pied. « Maintenant, je suis fin prêt pour partir en expédition, dit-il, et quand nous serons à Montevideo, je te prendrai pour médecin. Je ne pourrais pas en trouver de meilleur. »

Hors de l'avion, suivant l'exemple de Gustavo Nicolich, Carlitos Paez écrivait à son père, sa mère et ses sœurs. Il écrivit aussi à sa grand-mère.

« Tu n'as pas idée combien je pense à toi parce que je t'aime, je t'adore, parce que tu as déjà subi tant de tempêtes dans ta vie, parce que je ne sais comment tu vas supporter ce coup-là. Toi, Buba, tu m'as appris bien des choses, mais surtout, tu m'as appris à croire en Dieu. Je crois en Lui encore davantage, au point que tu ne peux l'imaginer... Je veux que tu saches que tu es la meilleure grand-mère qui soit au monde et je m'en souviendrai à tout instant de ma vie. »

Zerbino, Turcatti et Maspons grimpaient sur la montagne en suivant la trace de l'avion. Tous les vingt ou vingt-cinq pas, ils étaient forcés de s'arrêter pour attendre que leur cœur reprenne une pulsation normale. La montagne leur semblait presque verticale et ils devaient s'agripper à la neige les mains nues. Ils étaient partis avec une telle hâte qu'ils n'avaient pas pensé à s'équiper comme il fallait pour l'escalade. Ils n'avaient que des espadrilles ou des mocassins, des sweaters, des vestes légères et de minces pantalons. Tous les trois étaient vigoureux, étant des joueurs de rugby bien entraînés, mais ils avaient à peine mangé depuis onze jours.

Cet après-midi-là, il ne faisait pas si froid. Tandis qu'ils grimpaient, le soleil leur chauffait le dos. C'étaient leurs pieds, trempés par la neige glacée, qui les faisaient le plus souffrir. Vers le milieu de l'après-midi, ils atteignirent un ressaut de rochers et Zerbino s'aperçut que la neige fondait tout autour. Il se laissa tomber sur le roc et huma les gouttes d'eau suspendues aux cristaux en train de se défaire. Il se fourra dans la bouche du lichen qui poussait par là, mais ce lichen avait un goût de terre. Ils continuèrent leur ascension jusque vers 7 heures du soir : ils s'aperçurent qu'ils n'étaient qu'à moitié chemin. Le soleil s'était couché derrière les montagnes, il ne restait qu'un petit espace de lumière. Ils s'assirent pour discuter. Ils jugèrent qu'il allait faire beaucoup plus froid et s'ils restaient en montagne, tous les trois pourraient bien mourir de froid. D'un autre côté, s'ils se laissaient glisser en bas, leur grimpée ne servait à rien. Atteindre le sommet ou trouver la queue de l'avion avec les accumulateurs, c'était la seule chance de survie de vingt-sept personnes. Ils décidèrent par conséquent de passer la nuit en montagne et de chercher une crête de rochers qui leur procurerait un abri.

Un peu plus haut, ils trouvèrent un monticule dont la neige avait été balayée par le vent. Le rocher en dessous était à nu. Ils empilèrent des pierres pour faire un brise-vent et comme l'obscurité tombait sur eux, s'allongèrent pour dormir. Avec l'obscurité, bien entendu, vint le froid et étant donné la protection que leur procurait leur habillement contre le vent glacial, ils auraient pu aussi bien être nus. Il n'était pas question de dormir. Ils étaient forcés de se bourrer de coups de poing et de coups de pied pour ne pas s'engourdir et de se frapper au visage, ils en arrivèrent pourtant à avoir les lèvres gelées et à ne plus pouvoir articuler un mot. Aucun des trois ne crut qu'il survivrait à cette nuit. Quand le soleil finit par se lever, chacun le regarda avec stupeur et tandis qu'il montait dans le ciel, il ramena quelque chaleur dans leurs corps gelés. Leurs vêtements étaient trempés, ils enlevèrent pantalons, maillots, chaussettes et les tordirent. Le soleil passant derrière un nuage, ils se hâtèrent de remettre leurs vêtements humides et recommencèrent à grimper.

A tout moment ils s'arrêtaient pour reprendre souffle et regarder en bas les débris du Fairchild. Pour le moment ce n'était qu'un petit point sur la neige, qu'on ne pouvait distinguer des multiples affleurements de rochers à moins de savoir exactement où regarder. Le S rouge que l'on avait peint sur le dessus ne se voyait pas, et les trois garçons comprirent parfaitement pourquoi on n'était pas venu à leur secours : c'était tout simplement qu'il était impossible de voir l'avion d'en haut. Ce n'était d'ailleurs pas ce qui les décourageait le plus. Plus ils grimpaient, plus ils découvraient de cimes couvertes de neige. Rien ne donnait l'impression qu'ils se trouvaient sur le bord des Andes, ils ne pouvaient regarder qu'en direction du nord et de l'est. La montagne dont ils faisaient l'ascension continuait à barrer leur vue vers le sud et vers l'ouest et ils se croyaient plus près du sommet. A chaque instant ils pensaient y arriver et ils trouvaient qu'ils étaient seulement en haut d'une croupe; la montagne, elle, continuait à les surplomber.

Enfin, en haut de l'une de ces croupes, leurs efforts furent récompensés. Ils remarquèrent que les rochers d'une crête à découvert avaient été brisés et alors ils virent, tout autour d'eux, des pièces de métal qui avaient fait partie de l'empennage. Un peu plus haut sur la montagne, là où le sol s'abaissait pour former un petit plateau, ils virent un siège renversé dans la neige. Avec quelque peine ils le remirent à l'endroit et découvrirent le corps d'un de leurs amis encore attaché au siège. Sa figure était noircie : il leur vint à l'esprit qu'il avait sans doute été brûlé par le kérosène échappé du moteur.

Zerbino eut soin de prendre le portefeuille, la carte d'identité, la chaîne et les médailles bénites qui se trouvaient sur le cadavre. Il fit de même quand ils tombèrent sur les corps de trois autres Old Christians et des deux membres de l'équipage qui avaient été éjectés de l'avion.

En comptant ceux qui se trouvaient ici et ceux qui étaient en bas, cela faisait un total de quarante-quatre. Un corps manquait encore. Ils se rappelèrent alors l'image tressautante de Valeta qui avait disparu dans la neige, sous leurs yeux, le premier jour. La liste était complète : six cadavres au sommet de la montagne, onze en dessous, Valeta, vingt-sept survivants dont eux trois. Le compte y était.

Ils n'avaient pas encore atteint le sommet et il n'y avait aucun vestige de la queue ni aucun débris de l'avion au-dessus d'eux. Ils commencèrent à descendre le versant de la montagne, en suivant de nouveau la trace de l'avion, et sur une autre corniche ils trouvèrent un des moteurs de l'avion. D'où ils étaient, le paysage avait de la grandeur et le soleil éclatant se réverbérant sur la neige rendit leur vue trouble tandis qu'ils observaient l'imposant panorama qui se déroulait devant eux. Ils avaient tous des lunettes de soleil, mais celles de Zerbino avaient l'arcade brisée. Pendant l'escalade, elles tombaient sans cesse de ses tempes, aussi trouva-t-il plus pratique de regarder pardessus ses lunettes. Il fit la même chose quand ils se mirent à descendre en glissant, utilisant les coussins des sièges trouvés en haut en guise de traîneaux de fortune. Ils allaient en zigzags, s'arrêtant devant chaque pièce de métal ou débris de l'appareil pour voir s'ils trouveraient quelque chose d'utile. Ils découvrirent une partie du système de chauffage, les lavabos, des fragments de la queue, mais non la queue elle-même. Ils arrivèrent à un endroit où le tracé de l'avion était trop abrupt pour qu'ils puissent le suivre, ils coupèrent à travers le versant de la montagne. A ce moment, Zerbino était tellement ébloui par la neige qu'il savait à peine où il mettait les pieds. Il devait marcher à l'aveuglette, guidé parfois par les autres. Quand ils furent tout près du Fairchild, Maspons dit aux deux autres :

— Je pense qu'il vaut mieux taire aux autres combien la situation est désespérée.

— Oui, répondit Turcatti, il n'y a pas de raison de les décourager. Puis il ajouta : « Qu'est-il arrivé à ton soulier?

Maspons regarda son pied et s'aperçut que son soulier était parti tandis qu'il grimpait. Ses pieds étaient tellement engourdis qu'il nc s'en était pas aperçu.

Les vingt-quatre survivants furent enchantés de retrouver les trois autres, mais ils furent cruellement déçus d'apprendre qu'ils n'avaient pas retrouvé la queue de l'avion et consternés par leur état physique. Tous les trois ils trébuchaient, les pieds gelés, ils avaient une allure terrifiante après une nuit passée dans la montagne, et Zerbino était pratiquement aveugle. On les installa aussitôt sur des coussins dans la cabine, on leur apporta de grosses tranches de viande qu'ils engloutirent en moins de rien. Ensuite, Canessa soigna leurs yeux, qui larmoyaient, avec un collyre qu'il avait trouvé dans une valise. Il se dit que cela leur ferait du bien. Les gouttes de collyre piquèrent, mais les réconfortèrent en même temps : on pouvait les soigner. Zerbino se mit sur les yeux un bandeau — un maillot de rugby — et le garda les deux jours suivants. Quand il ôta son bandeau, il ne voyait encore que l'ombre et la lumière; il garda le maillot en guise de voile et protégea ses yeux du soleil. Il mangea, ce voile sur le visage, et sa cécité le rendit particulièrement irritable et agressif.

Leurs pieds aussi avaient souffert du froid; ils étaient rouges et enflés; les garçons les leur massèrent avec douceur.

Il n'échappa à personne qu'une expédition de vingt-quatre heures avait presque anéanti trois des plus vigoureux. Une fois de plus, le moral fut très bas.

L'un des jours suivants, le soleil se cacha derrière les nuages, rendant inefficace le système pour faire de l'eau, si bien qu'on dut revenir à la première méthode en mettant de la neige dans des bouteilles et en les secouant. Roy Harley et Carlitos Paez réussirent à faire du feu avec des caisses de Coca-Cola trouvées dans la soute à bagages. Ils tinrent les feuilles d'aluminium au-dessus des flammes, et bientôt l'eau coula goutte à goutte dans les bouteilles. En peu de temps la provision fut faite.

Les braises étaient encore chaudes : ils trouvèrent raisonnable de faire rôtir un morceau de viande sur la plaque brûlante. Ils ne l'y laissèrent pas longtemps, pourtant ce léger passage au feu donnait à la viande un bien meilleur goût : c'était plus tendre que le bœuf, avec à peu près la même saveur.

L'odeur attira bientôt d'autres garçons autour du feu et Coche Inciarte, qui continuait à éprouver le plus grand dégoût pour la viande crue, la trouva tout à fait agréable une fois cuite. Roy Harley, Numa Turcatti et Eduardo Strauch trouvèrent aussi plus facile de surmonter leur répulsion quand la viande était rôtie et ils purent l'avaler comme si c'était du bœuf.

Canessa et les cousins Strauch s'élevèrent contre la cuisson de la viande et comme ils s'étaient acquis de l'autorité sur le groupe, on ne pouvait négliger leur point de vue.

— Vous ne vous rendez pas compte, dit Canessa, toujours bien informé et péremptoire, que les protéines meurent au-dessus de 40 degrés? Si vous voulez que la viande vous profite, il faut la manger crue.

— Quand on la cuit, dit Fernandez en regardant les petits steaks grillant sur la feuille d'aluminium, la viande se rétrécit. Une partie de sa valeur nutritive s'en va en fumée ou se perd en fondant.

Ces raisons ne convainquirent ni Roy Harley ni Inciarte qui pouvaient avec peine se nourrir de viande crue, mais de toute façon le manque de combustible — il n'y avait que trois caisses — et les vents violents qui souvent ne permettaient pas qu'on fît du feu limitaient les occasions de manger de la viande cuite.

Les jours suivants, Eduardo Strauch s'affaiblit, il n'avait que la peau sur les os : enfin, il surmonta sa répulsion pour la viande crue, ses cousins y contribuèrent beaucoup. Harley, Inciarte et Turcatti éprouvèrent toujours du dégoût, mais comme ils s'étaient engagés à survivre, ils s'arrangeaient pour manger juste assez pour se maintenir en vie. Les seuls qui jusqu'à maintenant n'avaient pas touché à la chair humaine étaient les plus âgés, Liliana et Xavier Methol. A mesure que les vingt-cinq jeunes gens reprenaient des forces, avec le nouveau régime, le couple qui vivait d'un reste de vin, de chocolat et de confiture, devenait plus mince et plus faible.

Les garçons observaient avec anxiété leur progressive asthénie. Marcelo ne cessait de les supplier de surmonter leur dégoût. Toutes les raisons lui semblaient bonnes, et surtout ce qu'avait dit Pedro Algorta : « Dites-vous que c'est une sorte de Communion. Que c'est le corps et le sang du Christ. C'est la nourriture que Dieu nous a donnée parce qu'Il veut que nous vivions. »

Liliana l'écoutait, elle secouait doucement la tête de temps à autre : « Il n'y a rien de mal à ce que vous le fassiez, Marcelo; moi je ne peux pas, j'en suis tout simplement incapable. » Pendant un temps, Xavier l'imita. Il souffrait toujours du mal des montagnes, Liliana le soignait comme s'il avait été son enfant. Les jours s'écoulaient avec lenteur, il y avait des moments où le couple se trouvait seul. Ils parlaient alors de leur foyer à Montevideo, ils se demandaient ce que faisaient leurs enfants à ce moment-là, ils s'inquiétaient de savoir si la petite Marie-Noëlle, qui avait trois ans, réclamait sa maman en pleurant ou si leur fille de dix ans, Marie-Laure, omettait de faire ses devoirs.

Xavier rassurait sa femme en lui disant que ses parents à elle s'étaient sûrement installés chez eux et prenaient soin des enfants. Ils parlaient du père et de la mère de Liliana, et elle demanda s'il serait possible à leur retour que ses parents continuent à vivre avec eux à Carrasco. Elle jeta un regard inquiet du côté de Xavier en faisant cette proposition, car elle savait bien que tous les époux ne supportent pas la présence de leurs beaux-parents chez eux, mais Xavier se contenta de sourire.

— Bien sûr, dit-il. Pourquoi n'avons-nous pas pensé à cela plus tôt?

Ils projetèrent d'ajouter une aile à la maison afin que les parents de Liliana puissent se sentir plus ou moins indépendants. Liliana se demanda avec inquiétude s'ils auraient assez d'argent pour cela ou si ajouter une aile n'allait pas défigurer le jardin; Xavier ne manqua pas de la rassurer sur chacun de ces points. Cette conversation entama leur résolution de ne pas manger de chair humaine : quand, à la première occasion, Marcelo présenta à Xavier un morceau de viande, il la prit et se contraignit à l'avaler.

Il ne restait plus que Liliana. A bout de forces, la vie sur le point de quitter son corps, elle restait pourtant calme et sereine. Elle écrivit un billet à ses enfants, leur disant combien elle les aimait. Elle se tenait sans cesse auprès de son mari, l'aidant parce qu'il était assez faible, montrant même parfois un peu d'agacement à son égard parce que le mal des montagnes rendait ses mouvements maladroits et ralentis, mais si près de la mort, leur entente ne s'altéra pas. Ils ne faisaient qu'un, dans la montagne comme à Montevideo, et l'horreur de la situation ne brisa pas le lien qui les unissait. Même la douleur les unissait. Quand ils parlaient de leurs quatre enfants que peut-être ils ne reverraient jamais, ils pleuraient des larmes de tristesse qui étaient aussi des larmes de joie, car ce qu'ils perdaient maintenant leur montrait ce qu'ils avaient possédé.

Un soir, juste avant le coucher du soleil, quand les vingt-sept survivants s'apprêtaient à chercher dans l'avion un refuge contre le froid, Liliana se tourna vers son mari et lui dit que s'ils revenaient, elle voudrait avoir un autre enfant. Elle avait l'intuition que si elle était en vie, c'était parce que Dieu voulait qu'elle ait un nouvel enfant.

Xavier était dans l'enchantement. Il aimait ses enfants, il avait toujours souhaité en avoir davantage : quand il regarda Liliana, il put voir à travers ses propres larmes comme cette idée bouleversait sa femme. Après dix jours passés sans manger, elle avait perdu toutes ses réserves. Les os saillaient sous la peau, ses yeux étaient enfoncés dans leur orbite; seul, son sourire n'avait pas changé. Il lui dit :

— Liliana, nous devons affronter la situation. Rien de ça n'arrivera si nous ne survivons pas.

— Je sais, dit-elle.

— Dieu veut que nous survivions.

— Oui. Il le veut.

— Il n'y a qu'un moyen.

— Oui. Il n'y en a qu'un.

Lentement, à cause de leur extrême faiblesse, Xavier et Liliana se rendirent auprès des garçons qui faisaient la queue avant de monter dans le Fairchild.

Liliana dit à Marcelo :

— J'ai changé d'idée. Je vais manger de la viande.

Marcelo prit sur le dessus de l'avion une lamelle de chair humaine séchée au soleil. Liliana la mit dans sa bouche et trouva la force de l'absorber.

CHAPITRE IV

La nouvelle que les Chiliens avaient suspendu les recherches après huit jours seulement, pendant lesquels les avions n'avaient pas pu sortir à cause du mauvais temps deux jours de suite, consterna ceux des parents qui étaient convaincus que leurs enfants vivaient toujours. Ils reprochèrent aigrement aux Chiliens d'abandonner la partie et étaient en colère contre leur propre pays qui n'avait quasiment rien fait. Au Chili, Carlos Paez Vilaro fit savoir que ses propres efforts continuaient et à Carrasco Madelon Rodriguez se mit en contact avec Gérard Croiset.

Gérard Croiset, de souche judéo-néerlandaise, était né en 1910; dans sa jeunesse il n'avait pour ainsi dire rien appris. En 1945, un certain Willem Tenhaeff, qui avait entrepris des recherches méthodiques dans le domaine de la parapsychologie, découvrit les dons de Croiset. En 1953, Tenhaeff fut nommé professeur de parapsychologie, matière qu'on n'enseignait pas jusqu'alors, à l'université d'Utrecht, et le plus étonnant de la quarantaine de médiums qui travaillaient avec lui était Gérard Croiset.

La spécialité de Croiset, c'était de retrouver les personnes disparues; aussi la police des Pays-Bas et celle des États-Unis l'avaient-elles souvent consulté à ce sujet. Sa méthode consistait à tenir en main un objet ayant appartenu à la personne disparue, ou bien de parler à quelqu'un que cette disparition touchait de près, et ensuite de décrire l'image ou la suite d'images qui se formaient dans son esprit. Si un cas présentait quelque affinité avec ce qu'il avait vécu personnellement, sa sensibilité psychique était plus aiguë : par exemple, si un enfant disparu s'était noyé dans un canal, il avait plus de chances de le voir parce que lui-même dans sa jeunesse avait failli se noyer. Il n'acceptait jamais d'argent. Ses dons se révélaient moins efficaces quand on lui demandait simplement de retrouver des biens personnels.

Le professeur Tenhaeff tenait un dossier de tous les cas sur lesquels Croiset avait travaillé; après vingt ans et des centaines d'expériences, il avait enregistré un nombre impressionnant de succès.

Madelon alla à l'ambassade des Pays-Bas à Montevideo et, utilisant l'un des employés comme interprète, téléphona à l'Institut de parapsychologie à Utrecht. On lui dit que Gérard Croiset était en convalescence à l'hôpital. Elle demanda en suppliant qu'on la mette en contact avec lui et en fin de compte put atteindre son fils, Gérard Croiset junior à Enschede; celui-ci avait vingt-quatre ans et passait pour avoir hérité des pouvoirs de son père. Par l'intermédiaire de l'interprète, Gérard Croiset fils demanda qu'on lui envoie une carte des Andes.

Madelon expédia aussitôt une carte aéronautique de la région, avec un dessin schématique des couloirs aériens au Chili et en Argentine. Des flèches, indiquant la route suivie par le Fairchild et un point d'interrogation sur le col de Planchon furent tracés sur la carte.

Quand la senora Rodriguez rappela Croiset, le jeune, il lui dit qu'il s'était mis en rapport avec l'avion. L'un de ses moteurs avait eu une panne et l'avion avait perdu de la hauteur. Ce n'était pas le pilote qui était aux commandes, mais le copilote qui avait déjà fait la traversée des Andes : il se rappelait une vallée où il pensait pouvoir faire un atterrissage forcé. Il avait donc viré à gauche (vers le sud) ou peut-être à droite (vers le nord) et s'était écrasé près d'un lac à 66 kilomètres du Planchon. L'avion était couché « comme un ver », le nez brisé. Il ne pouvait voir les pilotes, mais il voyait de la vie. Il y avait des survivants.

Madelon savait qu'un médium japonais habitant Cordoba, en Argentine, avait dit que l'avion se dirigeait vers le sud. Cela lui parut confirmer l'hypothèse qu'il se trouvait au sud, et non au nord du Planchon. Elle alla aussitôt chez Ponce de Leon.

Lui aussi, il avait eu un serrement de cœur quand les recherches furent interrompues et il s'était résolu, puisque certains des parents recherchaient toujours leurs enfants, à mettre à leur disposition tout un réseau de communications. Aussi garda-t-il le contact avec nombre d'autres radio-amateurs au Chili. Par l'un d'eux il toucha Paez Vilaro, et Madelon lui rapporta la conversation qu'elle avait eue avec Gérard Croiset junior.

La nouvelle que le médium hollandais avait établi un contact avec l'avion se répandit très vite parmi les autres parents. Beaucoup d'entre eux, et en particulier les pères avaient beau se montrer sceptiques, ils envoyèrent pourtant une délégation de trois personnes auprès du commandant en chef de l'aviation uruguayenne. Cette délégation fit une demande officielle pour qu'on envoie un appareil uruguayen à la recherche du Fairchild dans les montagnes autour de Talca, ville située à 240 kilomètres au sud de Santiago. Cette demande fut refusée.

Quand Paez Vilaro eut connu la vision de Croiset junior, son moral en fut ragaillardi. Il s'était toujours laissé plus impressionner par la magie que par la science. Il avait survolé la région où le S. A. R. croyait que l'avion était tombé, les volcans Tinguiririca et Palomo, et il savait qu'il n'y avait pas de recherches possibles dans des montagnes d'une telle altitude; mais Croiset avait situé le lieu de l'accident dans les avant-monts, d'une altitude plus basse. Ce qui était travail d'Hercule était ramené à des proportions humaines.

Immédiatement Paez Vilaro partit vers le sud et le lendemain, le dimanche 22 octobre, il survolait les montagnes autour de Talca dans un avion prêté par l'aéro-club de San Fernando.

Les jours suivants, il vécut dans une activité frénétique. Il établit la liste de tous ceux qui possédaient des avions privés au Chili et demanda conseil aux pilotes : ceux-ci sans exception lui offraient leurs services. Paez Vilaro aurait pu réunir une trentaine d'avions, mais le strict rationnement d'essence au Chili le fit hésiter à s'en servir. Il savait que celui qui l'emmènerait une heure en avion ne pourrait utiliser sa voiture pendant un mois; beaucoup de gens, tout en croyant fermement que les jeunes gens étaient morts, firent ce sacrifice sans vouloir être remboursés.

On organisa ensuite le réseau de radio-amateurs que Ponce de Leon avait recrutés à travers les ondes depuis Carrasco. Nombre d'entre eux offrirent à Paez Vilaro non seulement leurs radios, mais leurs habits et leur voiture. Partout où il allait dans les montagnes, il était suivi par une 2 CV dont les antennes se balançaient comme celles d'une sauterelle. La 2 CV pouvait en un instant le mettre en contact avec Rafaël à Montevideo et, par lui, avec n'importe qui dans le monde.

Paez Vilaro ne séjourna pas à Talca même, il entreprit plusieurs expéditions dans les Andes. Madelon Rodriguez et la mère de Diego Storm étaient arrivées à Talca, ce qui le rendit libre de poursuivre ses propres plans. Il ne se contentait pas de l'aide que lui donnaient les riches Chiliens avec leurs avions privés, il voulait que le bruit circulât parmi les plus pauvres paysans dans les vallées les plus écartées que des recherches étaient en cours pour retrouver les survivants. Il allait dans tous les villages, il demandait si l'on avait vu tomber un avion, il entendait mainte histoire fascinante, mais sans rapport avec ce qu'il cherchait. Il offrait à boire un verre ou une tasse de café à ceux qu'il questionnait. A certain moment, il loua une chambre dans quatre hôtels en même temps au cas où les recherches partiraient dans l'une des quatre directions. Il n'avait pas d'argent, mais les hôteliers, les aubergistes ou bien ne voulaient pas qu'il paie, ou bien se faisaient faire un dessin sur une assiette, une serviette ou une nappe.

Sa réputation le précédait. Quand il arrivait dans un village, un petit rassemblement se formait et les gens criaient : « Voilà le fou qui court à la recherche de son fils ! » Paez Vilaro s'en moquait bien ; il regardait sa mission comme quelque chose de magique, de fantastique, une armée qui s'avançait à la recherche d'un avion sous les directives d'un voyant hollandais. Les gens du village le tenaient pour un sorcier parce qu'il transportait un Polaroïd et qu'il faisait don de leur portrait à des gens qui n'avaient jamais vu de photographies jusqu'alors.

A pied, en avion, il fouilla toute la région s'étendant à 66 kilomètres du Planchon à vol d'oiseau, mais il ne trouva rien. Par radio, il demanda à Rafaël de téléphoner de nouveau à Croiset : il lui fallait plus de détails. Cela fut fait et nuit après nuit à 2 heures du matin, Croiset, en pyjama, répondait par téléphone en concentrant sa pensée pour se transporter dans les Andes.

Il fut en état d'enrichir ces images de plus de détails, mais la majeure partie de ce qu'il voyait concernait le vol de l'avion bien plutôt que sa situation actuelle.

Par bribes, il décrivit un homme gras, le pilote sans doute, intoxiqué par ce qu'il avait mangé, quitter le cockpit et laisser les commandes à son copilote. Il portait un blazer et tripotait ses lunettes. Ensuite, le moteur était tombé en panne et le copilote dirigea l'avion vers une plage, peut-être au bord de la mer, peut-être sur un lac, qu'il se rappelait avoir vu lors de précédentes traversées des Andes. Il avait trouvé ce lac, ou plutôt un groupe de trois lacs, et il avait essayé d'atterrir, mais l'avion avait heurté le pied d'une montagne et il était caché par un ressaut de rochers en surplomb. A côté, il y avait une montagne « sans sommet » et il vit : danger, peut-être un panneau routier signifiant danger. Il ne voyait plus de vie dans l'avion, mais cela signifiait peut-être que les garçons l'avaient quitté et avaient cherché refuge à côté.

Avec ces nouvelles précisions Paez Vilaro et ses amis chiliens recommencèrent à explorer les montagnes et à ce moment d'autres personnes donnèrent créance à la vision de Gérard Croiset. A Santiago, Madelon avait réussi à persuader le S. A. R. d'envoyer des avions au-dessus des montagnes de Talca. Le commandant de la garnison à Talca lança une patrouille vers le Cerro Picasso (ce qui s'accordait à la description d'une montagne en forme de cône tronqué) et pendant cinq jours, par un froid mordant, les soldats chiliens recherchèrent les débris du Fairchild. Un groupe de prêtres silésiens partirent eux aussi dans la montagne et firent des recherches pendant trois jours au milieu de montagnes d'accès difficile en guise d' « acte de foi ».

On ne trouva rien et comme voler à basse altitude sur ces montagnes est particulièrement dangereux, le S. A. R. annula de nouveau les recherches. Seuls, des hélicoptères peuvent voler assez bas pour voir un avion à moitié caché par la montagne ou de jeunes Uruguayens abrités sous des pins. De plus, cela se passait en un temps où savon et cigarettes étaient introuvables au Chili, à plus forte raison des hélicoptères.

Mais Madelon ne se laissa pas démonter. Elle décida d'en appeler au président Allende lui-même et de lui demander son hélicoptère personnel. Avant qu'elle lui demandât audience, un ami lui parla de quelqu'un qui louait de petits « choppers » pour répandre des insecticides sur les récoltes et atteindre les câbles à haut voltage sur les pylônes. En moins de dix minutes, l'affaire fut conclue : quand ces hélicoptères seraient disponibles, Madelon pourrait les louer au prix d'ami de dix dollars par heure.

Pendant ce temps, Paez Vilaro et Rafaël furent d'accord, dans l'après-midi du 28 octobre, qu'on avait fait le maximum, sans le recours aux hélicoptères, pour suivre au plus près les visions de Gérard Croiset.

Le dimanche 29 octobre, anniversaire de la mort du père de Marcelo Pérez, sa mère Estela invita les parents de ceux qui étaient partis avec le Fairchild à venir chez elle. Ce ne sont pas seulement les parents qui vinrent à cette réunion, mais aussi les frères, les sœurs et les fiancées de beaucoup de Old Christians.

Des cartes des Andes, avec des cercles et des lignes tracés autour de Talca pour indiquer quelle région avait déjà été explorée par Paez Vilaro recouvraient la table du spacieux salon de la senora Pérez. Sur une console, quelqu'un avait déposé les champignons qui poussent dans la cordillère et qui servaient peut-être à leurs enfants pour survivre.

L'atmosphère de la réunion était sombre. On ne montrait plus l'optimisme qui avait prévalu la semaine précédente lorsque Croiset leur avait communiqué les premiers résultats de sa vision supranormale. Avec leur affectation et leurs propos incohérents, beaucoup de femmes, et les jeunes filles en particulier, étaient au bord de la crise de nerfs. D'autres restaient dans leurs fauteuils, plongées dans le désespoir et dans un silence accablé.

Estela ouvrit la séance.

— Je vous ai demandé de venir, dit-elle, parce que je sens que nous devons agir. Nous ne pouvons pas rester ici, à Montevideo, et simplement attendre...

— Paez Vilaro poursuit les recherches, dit quelqu'un.

— C'est vrai, répondit Estela, mais un homme seul dans toute la cordillère...

— Je ne crois vraiment pas qu'on puisse faire davantage, dit l'un des pères.

Une des filles dit d'un ton méprisant :

— On dirait que Paez Vilaro est le seul père de tous les garçons. Personne ne marche avec lui...

Elle s'arrêta, puis repartit de plus belle :

— Est-ce que nous, les femmes, nous devons aller au Chili ?

Tout le monde se mit à parler en même temps ; on aurait dit que la pièce explosait. Quand le calme se rétablit, Jorge Zerbino, qui était avocat et homme d'affaires, se tourna vers Luis Surraco, médecin de son état, et lui dit :

— Je pars pour le Chili, Luis. Veux-tu venir avec moi ?

Le docteur Surraco, père de la fiancée de Roberto Canessa, s'y connaissait très bien en lecture de carte, et ils l'écoutèrent décrire les lieux d'où ils pourraient tous deux commencer leurs recherches. La majorité fut d'avis de suivre les directives de Croiset. Le médium avait transmis quelques informations nouvelles, et bien que Zerbino et Surraco eussent tous les deux grande méfiance à l'égard de Croiset, ils savaient très bien que leur expédition n'avait pas tant pour but de trouver leurs enfants que de relever le moral des femmes qui restaient au foyer. Ils tombèrent donc d'accord pour explorer les alentours de Talca.

Après la réunion, Rafaël Ponce de Leon prit contact avec Paez Vilaro par la voie des ondes. « Zerbino et Surraco viennent au Chili, dit-il. Ils viennent t'aider. »

Le peintre ne fit pas écho à son optimisme. « Qu'ils ne prennent pas cette peine, dit Paez Vilaro d'un ton abattu. Ça n'a guère de raison. »

Cette réponse surprit Rafaël. Comment Carlos Paez Vilaro pouvait-il ne pas souhaiter les voir venir au Chili ? Tard dans la nuit, Rafaël appela de nouveau Paez Vilaro.

— Es-tu seul? demanda le peintre.

— Oui, répondit Rafaël.

— Dis aux autres que tout est foutu, dit-il, et sa voix était lente et grave. J'ai perdu tout espoir de les retrouver, mes garçons. Je continue mes recherches, le signe de la Croix d'une main, le signe du zodiaque de l'autre, mais je ne crois plus qu'ils sont encore vivants.

Il y eut un silence, puis Rafaël dit :

— Reviens, Carlos. Chacun comprendra si tu reviens.

— Non, répondit Paez Vilaro. Madelon croit toujours qu'ils sont en vie. Je ne veux pas la pousser au désespoir.

Rafaël l'entendit sangloter dans le microphone.

Le lendemain Rafaël fit part à Zerbino et au docteur Surraco de sa conversation avec Paez Vilaro, d'une partie au moins, mais ils refusèrent de se laisser décourager. Ils appelèrent Paez Vilaro par radio et lui dirent qu'ils avaient déjà retenu leurs places dans un avion pour le Chili et cette fois le peintre ne les rebuta point. « Venez, leur dit-il avec son habituelle cordialité. Je vous attends tous les deux. »

Ceux qui s'attroupaient autour du microphone perdirent la tête : Zerbino et Surraco furent submergés sous les avis, les offres d'argent et les cartes. Le père de Daniel Shaw et celui de Roy Harley créèrent une caisse spéciale pour les recherches, et même ceux qui croyaient que leur fils était mort comme Seler Parrado contribuèrent de leur argent. Parrado avait été particulièrement éprouvé par la catastrophe. Son désespoir était sans fond. Non seulement il avait perdu sa femme qui représentait tout pour lui, mais aussi ses deux enfants. Toute sa vie, il avait travaillé pour monter une affaire, non pour son propre plaisir, mais pour le bien de sa famille. Et maintenant, ils étaient morts. La seule fille qui lui restait était venue s'installer chez son père pour s'occuper de lui, mais il avait perdu le goût de la vie. Il n'avait plus de raison de continuer; il ne lui restait rien qui vaille la peine de vivre. Le cœur brisé, il avait vendu à un des amis de son fils la motocyclette de Nando. Pourtant, il sentit qu'il désirait s'associer aux frais des recherches.

Cette nuit-là, la radio annonça qu'en raison des inhabituelles chutes de neige dans les Andes, le S. A. R. n'arrêterait pas ses recherches des débris du Fairchild en janvier comme prévu, mais les poursuivrait jusqu'en février. Ces nouvelles ne découragèrent pas Zerbino et Surraco. Leurs valises étaient prêtes. Ils partiraient le lendemain.

Zerbino et Surraco, accompagnés de Guillermo Risso, un ami de Gaston Costemalle, prirent l'avion pour Santiago le 1er novembre. Là, ils retrouvèrent Madelon et la senora Storm, qui avaient quitté Talca et qui se rendaient à Cordoba en Argentine pour essayer de faire venir le médium japonais à Santiago. Les deux femmes leur apprirent ce qui s'était passé à Talca, et dans l'après-midi Zerbino, Surraco et Risso continuèrent leur voyage avec une voiture de location. La situation politique s'était beaucoup détériorée, et les opposants au gouvernement Allende avaient jonché les rues à la sortie de Santiago avec des crochets et des clous pour interdire toute circulation. L'auto des trois Uruguayens subit une suite de crevaisons qui ralentit beaucoup son allure.

C'est dans la prison que Paez Vilaro attendait leur arrivée. Le matin même, il avait survolé une centrale électrique, et la police locale que la situation politique rendait particulièrement pointilleuse avait décidé que Paez Vilaro et le jeune Uruguayen qui l'accompagnait, un ami des joueurs de rugby, étaient des espions. On les avait traités avec déférence : Paez Vilaro avait pu entrer en contact avec Ponce de Leon, à qui il essayait de faire comprendre ses difficultés sans les décrire exactement parce qu'il ne voulait pas inquiéter les femmes qui se pressaient, il en était sûr, autour de l'émetteur de Rafaël. « Je suis ici, disait-il, avec quantité de barres de fer en face de moi...

une vue magnifique, celle qu'on a de Punta Carreta (c'est la principale prison de Montevideo). »

En fin d'après-midi, la police découvrit que Paez n'était pas un agent d'une puissance étrangère, mais « le fou qui courait à la recherche de son fils », et les deux Uruguayens furent relaxés juste pour accueillir Zerbino, Surraco et Risso. Paez Vilaro leur servit aussitôt de guide et les surprit fort en leur montrant l'étendue et l'efficacité de son organisation. Le soir même, ils furent en état de s'entretenir avec Croiset aux Pays-Bas par l'intermédiaire de Ponce de Leon à Montevideo, et on leur fournit un nouvel indice : il y avait une île dans le lac près duquel l'avion s'était écrasé.

Paez Vilaro se rappela avoir vu, lors d'une précédente inspection dans un hélicoptère de location, un lac de ce genre à environ 60 kilomètres de Talca. Le lendemain, il retourna sur les lieux et explora la région sur le côté droit de deux montagnes tronquées, le Cerro Azul et le Cerro Picasso. Ils survolèrent les canyons, les replis entre les montagnes, mais les résultats demeurèrent négatifs.

Le lendemain, les Uruguayens voulaient explorer la même région, mais les hélicoptères devaient revenir à Santiago. « De toute façon, dit le pilote de l'hélicoptère, si l'avion est tombé dans un endroit comme ça, il a dû s'enfoncer dans la neige. » Cela ne les dérouragea pas. Sous la direction du docteur Surraco, ils confectionnèrent une maquette en carton de la région, et se mirent à chercher des gens du pays qui pourraient se joindre à eux pour renforcer leurs efforts.

Ce soir-là, ils prirent contact comme d'habitude avec Carrasco et on leur signala qu'on avait fait une erreur en traduisant l'un des messages de Croiset. On devait trouver l'avion sur le côté gauche de la montagne sans sommet, et non du côté droit comme on l'avait dit précédemment.

Ils partirent donc le lendemain, le 3 novembre, assistés de deux guides, vers la petite ville de Vilches, à 60 kilomètres de Talca. Là, ils se divisèrent en deux groupes et commencèrent l'ascension.

Les pères n'avaient pas le même entraînement que les enfants, ils éprouvaient de la peine à grimper dans l'air froid, un sac sur le dos. Les deux groupes gravirent le Cerro del Peine, mais une fois le sommet atteint, ils ne virent rien. Ils commencèrent à descendre vers Vilches dans un épais brouillard, glissant sur les cailloux et reprenant leur aplomb avec leurs bâtons ferrés. Les genoux tremblants, ils dévalaient la pente raide.

Le Laguna del Alto se trouvait sur le chemin de retour, ils examinèrent tous les rochers pour trouver un vestige de l'avion. Il n'y en avait aucun.

Ils regagnèrent Vilches le 7 novembre et le 8, l'hélicoptère de nouveau libre revint de Santiago. Dans la matinée, il survola le Despalmado; l'après-midi, il explora la région de Quebrada del Toro où l'on avait dit qu'un paysan avait entendu un avion s'écraser sur le sol. Les Uruguayens attendirent à Vilches le résultat de ces incursions : elles furent toutes négatives.

Le 9 novembre, le groupe revint à Talca et le 10 à Santiago. Ils firent un rapport de leurs activités au S. A. R. et les autorités redirent que les recherches officielles ne seraient pas suspendues avant que le dégel n'ait commencé « à la fin janvier, peut-être au début février » et à cette époque-là dans la région du Tinguiririca.

Le même jour arriva à Montevideo la nouvelle que Croiset avait fait un dessin du lieu de l'accident et avait enregistré sur une bande une description plus détaillée qu'il n'avait pu le faire jusqu'alors par téléphone. Le paquet contenant le tout arriverait par la K. L. M. le lendemain à midi.

Peu de temps avant midi, un groupe de parents se réunirent à l'aéroport de Carrasco pour attendre cet important paquet. Il y avait un départ pour Santiago dans l'après-midi, et ils voulaient faire reproduire les dessins de Croiset et transcrire la bande avant d'expédier les originaux à Paez Vilaro, Zerbino et Surraco à Santiago par cet avion de l'après-midi.

Étaient aussi à l'aéroport avec eux le consul des Pays-Bas et le père d'un Old Christian, Bobby Jagust qui représentait en Uruguay la compagnie K. L. M. Il avait été avisé de faire venir ces deux messieurs parce que le paquet expédié par Croiset n'avait pas été mis à bord séparément, mais se trouvait dans un des deux sacs de courrier venant d'Europe. On donna l'autorisation de les ouvrir, de les fouiller : en fin de compte, le paquet fut trouvé. Il fut ouvert sur-le-champ : une équipe se mit à reproduire les dessins, et l'autre à transcrire la bande.

Quand cela fut terminé, dessins et bande furent mis à bord d'un avion de la S. A. S. en partance pour Santiago. Paez Vilaro fut alors alerté par radio, et apprit à quelles conclusions étaient arrivés les parents : tout, dans les dessins comme dans le message, désignait le Laguna del Alto dans les avant-monts de la cordillère, près de Talca.

Les trois hommes à Santiago en étaient moins sûrs. Après des jours et des jours de recherches dans les avant-monts, ils étaient en meilleure posture pour estimer à sa juste valeur les renseignements de Croiset, et bien des choses qu'il disait ne s'accordaient pas avec ce qu'ils avaient eux-mêmes relevé.

Croiset disait que l'accident était arrivé près d'une plage, au bord de la mer ou d'un lac. Tout à côté, il y avait une hutte de berger et un peu plus loin un village avec des maisons blanches de style mexicain, un village près duquel avait eu lieu une bataille en 1876. Il voyait des lettres et des chiffres sur l'avion, un N et un Y et les chiffres 3002; 1036 aussi était apparu à ses yeux, ce qui signifiait peut-être que l'avion était tombé à 1 036 mètres d'altitude.

Le nez de l'avion était écrasé : il était tombé doucement comme un insecte et avait perdu ses deux ailes. Croiset voyait le fuselage séparé du reste de l'avion, mais ne pouvait identifier ses marques, peut-être parce qu'il faisait trop sombre sous la corniche de rochers où il s'était écrasé. Il ne voyait aucune trace de vie à l'intérieur de l'avion; personne ne regardait par les hublots.

Les dessins étaient rudimentaires. Il y avait aussi un triangle donnant les distances précises, mais pas le point où ils pouvaient faire le relèvement. Bref, c'était un mélange de choses imaginaires et de données techniques que Surraco, pour sa part, ne pouvait pas encaisser. « Cela manque tout à fait de rigueur scientifique, dit-il. Nous sommes à la poursuite du néant. Si nous faisons des recherches quelque part, ce doit être autour du Tinguiririca. C'est là que les faits, tels que nous les connaissons, nous disent que l'avion se trouve. »

Zerbino fut de son avis. Il ne voyait aucune raison de revenir à Talca, et comme ils n'avaient pas les moyens de faire des recherches dans les hautes montagnes du Tinguiririca, il prit des billets pour lui et pour Surraco pour retourner à Montevideo le lendemain.

Paez Vilaro cherchait à gagner du temps. Il ne se faisait pas d'illusion sur Croiset, mais ne pouvait se résoudre à décevoir Madelon et les autres femmes qui continuaient à croire en lui. Il dit à Zerbino et à Surraco qu'il resterait un jour ou deux de plus au Chili; quand ils partirent, il retourna à Talca. Là, il se rendit de nouveau sur le Laguna del Alto, mais ne trouva rien.

Peu avant le départ des Old Christians pour le Chili, Paez Vilaro s'était engagé à aller au Brésil vers le milieu de novembre. Le jour était presque arrivé où on l'attendait à Sao Paulo, aussi se prépara-t-il à partir. Il avait passé plus d'un mois à poursuivre l'avion; il prit des mesures pour que d'autres continuent les recherches pendant qu'il serait à l'étranger. Il avait fait imprimer des milliers de tracts offrant une récompense, faite par les parents, de 300 000 escudos à quiconque apporterait une information qui permettrait de retrouver le Fairchild. Il prépara le terrain pour faciliter le séjour d'Estela Pérez qui devait se rendre à Talca, et avant de s'en aller il donna de l'argent aux lycéens de Talca pour leur permettre de fonder une équipe de football qui s'appellerait les Old Christians.

Le 16 novembre, Paez Vilaro revint à Montevideo.

CHAPITRE V

Le dix-septième jour, le 29 octobre, se passa aussi bien que possible pour ceux qui avaient échoué dans le Fairchild. Ils avaient beau souffrir du froid, de l'humidité, de la saleté et de la faim, et certains des douleurs infligées par leurs blessures, pourtant depuis les derniers jours un semblant d'ordre avait été imposé au chaos. Les différentes équipes, découpage de la viande, cuisine, fabrication de l'eau et nettoyage de la cabine, fonctionnaient de façon satisfaisante et les blessés dormaient un peu plus confortablement dans les lits suspendus. Plus important encore, on avait commencé à faire un choix parmi les plus robustes du groupe et à les désigner comme virtuel corps expéditionnaire qui dompterait les Andes et irait chercher du secours. L'atmosphère était à l'optimisme.

Ils déjeunèrent à midi; à quatre heures et demie le soleil

passa derrière les montagnes à l'occident et aussitôt il fit terriblement froid. Ils firent la queue par deux pour rentrer dans l'avion dans l'ordre où ils devaient se placer pour dormir. Juan Carlos Menendez, Pancho Delgado, Roque le mécanicien et Numa Turcatti montèrent les derniers; c'était leur tour de dormir près de l'entrée.

Chacun, dès qu'il pénétrait dans la cabine, enlevait ses chaussures et les mettait sur le porte-bagages du côté droit. Ils avaient décidé le jour même d'instituer cette règle afin de préserver coussins et couvertures de l'humidité. Ensuite deux par deux, ils se coulaient dans l'avion vers leurs places désignées.

Bien qu'on fût encore au milieu de l'après-midi, certains fermaient les yeux pour essayer de dormir. Vizintin avait passé une mauvaise nuit et il était décidé à trouver autant de chaleur et de confort que possible. On lui avait permis de garder ses chaussures parce qu'il dormait, exposé au froid, sur la couchette suspendue. Il soufflait un vent violent qui s'engouffrait par tous les trous et les fissures de la coque. Il s'était arrangé pour collectionner un grand nombre de coussins et de couvertures (c'est-à-dire des enveloppes de coussins cousues bout à bout); il s'en fit un rembourrage et s'en recouvrit le corps, tête comprise.

Carlitos Paez disait le rosaire à haute voix et quelques-uns des garçons causaient tranquillement. Gustavo Nicolich confiait à Roy Harley son espoir que s'il venait à mourir, quelqu'un remettrait à sa fiancée la lettre qu'il lui destinait. « Et si nous mourons tous, dit-il, on trouvera peut-être les débris, ainsi que la lettre et on la lui remettra. Elle me manque beaucoup. Je me sens tellement moche d'avoir fait si peu attention à elle — et à sa mère. » Après un moment de silence, il ajouta : « Il y a bien d'autres choses qu'on regrette... J'espère avoir l'occasion de les arranger. »

La faible lumière s'affaiblit encore; quelques-uns tombèrent dans un demi-sommeil et leur respiration prit un rythme plus régulier, ce qui berça les autres et les incita à s'endormir. Canessa, lui, veillait encore, essayant de communiquer avec sa mère à Montevideo par télépathie. Il fixait avec force sa pensée sur une image de sa mère et ne cessait de redire de façon pressante, mais c'étaient des murmures que les autres n'entendaient pas : « Maman, je suis vivant, je suis vivant, je suis vivant... » En fin de compte lui aussi tomba dans le sommeil.

L'avion était plongé dans le silence, seul Diego Storm ne dormait pas, une plaie douloureuse dans le dos l'en empêchait. Il était allongé entre Xavier Methol et Carlitos Paez sur le plancher mais plus il restait dans la position inconfortable où il se trouvait, plus il se persuadait qu'il serait mieux dans la position inverse. Il leva la tête et vit que Roy Harley ne dormait pas : il lui demanda d'échanger leurs places. Harley accepta. Ils s'extirpèrent des corps de leurs voisins et se traînèrent l'un par-dessus l'autre.

Roy Harley reposait, un maillot sur la figure, songeant à ce que Nicolich lui avait dit, quand il entendit une faible vibration et un peu après il perçut un bruit de métal tombant sur le sol. Ce bruit le fit se redresser, mais, ce faisant, il fut recouvert par la neige. Il se retrouva debout, dans la neige jusqu'à la poitrine. Quand il retira le maillot de son visage, ce qu'il vit l'épouvanta. L'avion était presque entièrement rempli de neige. Le mur de valises à l'entrée était renversé et coussins, couvertures, et corps endormis sur le plancher étaient maintenant cachés. Vite, Roy fit demi-tour à droite et se mit à creuser à l'endroit où Carlitos était endormi. Il dégagea d'abord son visage, puis son torse pourtant Carlitos ne pouvait encore se libérer. On entendit un gémissement quand la neige s'affaissa, et dans le froid rigoureux à sa surface se formèrent aussitôt de menus glaçons.

Roy laissa Carlitos, il voyait les mains des autres sortir de la neige. Le désespoir le submergea; on aurait cru qu'il était seul en état de porter secours. Il dégagea Canessa, alla à l'avant de la cabine et dégagea aussi Fito Strauch. Mais le temps passait et beaucoup de garçons restaient ensevelis. Au-dessus, de l'un des lits suspendus, Vizintin avait commencé à creuser, mais Echavarren ne pouvait pas bouger et Nogueira, bien que libéré, était paralysé par l'émotion.

Roy, tout hors de lui, rampa jusqu'à l'entrée et se glissa dehors par un étroit passage qui demeurait libre, dans l'idée qu'il pourrait déblayer la neige là où elle était entrée, mais il se rendit compte que c'était sans espoir et il regagna l'arrière de la cabine en rampant. Là il vit que Fito Strauch, Canessa, Paez et Moncho Sabella étaient en train de creuser.

Fito Strauch causait avec Inciarte quand l'avalanche tomba sur eux. Il comprit aussitôt ce qui arrivait et lutta contre l'étreinte de la neige, mais il ne pouvait remuer aucune partie de son corps de plus de deux centimètres dans un sens ou dans l'autre : il reprit souffle et se dit avec résignation qu'il allait mourir; même s'il s'en tirait, il serait le seul à y arriver et peut-être valait-il mieux mourir aussitôt que de survivre seul au beau milieu des Andes. Puis il entendit un bruit de voix et Roy Harley lui saisit la main. Tandis que Roy creusait pour dégager son visage, Fito dit à son cousin Eduardo, par un trou à travers la neige, de garder son calme, de respirer lentement et s'inquiéta du sort de Marcelo; après ça il sentit une vive douleur au pied et s'aperçut que Inciarte l'avait mordu. Lui aussi était bien vivant.

Fito fut libéré. Eduardo sortit du même trou et Inciarte, après avoir creusé un petit tunnel, sortit à son tour, suivi par Daniel Fernandez et Bobby Francois. Ils se mirent aussitôt à creuser avec leurs mains nues dans la neige tassée et le premier qu'ils dégagèrent, ce fut Marcelo. Mais quand ils mirent son visage à nu, ils virent qu'il était déjà mort.

Fito creusait avec ardeur pour dégager ceux qui vivaient encore. Il donnait des ordres à ses compagnons qui, certains du moins, avaient reçu un tel choc qu'ils ne savaient ce qu'ils faisaient. Même quand un point de côté l'obligeait à se reposer, il continuait à actionner les différentes équipes de façon que ceux qui creusaient un trou ne jettent pas la neige dans un puits creusé par les autres.

Parrado était couché au milieu de l'avion. Liliana Methol à sa gauche et Maspons à sa droite. Il ne vit, il n'entendit rien, mais subitement se sentit recouvert et paralysé par une épaisse et froide couche de neige. Il ne pouvait pas respirer; comme il avait lu dans le *Reader's Digest* qu'il était possible de vivre sous la neige, il essaya de respirer à petits coups. Il persévéra pendant plusieurs minutes, mais le poids qui écrasait sa poitrine devint insupportable, il fut pris de vertige et fut conscient de sa mort imminente. Il ne pensa pas à Dieu ni à sa famille, mais il se dit : « Bon, je vais mourir. » Au moment où ses poumons étaient sur le point d'éclater, on gratta la neige qui recouvrait son visage.

Coche Inciarte avait vu l'avalanche et l'avait aussi entendue, un floup suivi d'un silence. Il était immobilisé avec un mètre de neige sur lui et il sentit le pied de Fito sur sa figure. Il mordit dedans. C'était le seul moyen de savoir si Fito était vivant et lui faire savoir que lui était vivant. Le pied remua.

La neige s'amoncela sur lui et son poids le fit uriner. Il ne pouvait ni respirer ni bouger. Il attendit et il sentit qu'on retirait le pied qui écrasait sa figure. Il lutta contre la neige et parvint à s'en tirer en passant par le même tunnel.

Carlitos Paez avait été dégagé jusqu'à la poitrine par Roy et pourtant il n'arriva pas à bouger jusqu'à ce que Fito, une fois libéré, eut écarté la neige qui recouvrait ses jambes. Aussitôt il se mit à chercher ses amis Nicolich et Storm, mais la neige lui gelait les mains tandis qu'il creusait. Il les réchauffa comme il put avec son briquet et continua à creuser, mais quand il trouva Nicolich et lui saisit la main, elle était froide, sans vie et ne répondit pas à sa pression.

Ce n'était pas le moment de s'attendrir. Carlitos dégagea aussitôt la neige, au-dessus du visage de Zerbino et il libéra Parrado. Ensuite ce fut le tour de Diego Storm, mais la neige qu'il rejetait tombait sur Parrado qui se mit à l'agonir d'injures. Il creusa avec plus de précaution, mais sans résultat : quand il le trouva, Diego était mort.

Pour Canessa, l'avalanche fut comme un flash de magnésium. Lui aussi il fut enseveli, prisonnier, suffoqué et comme pour Parrado ce fut moins la terreur qui s'empara de lui que la curiosité. « Bien, se dit-il, j'en suis arrivé là et maintenant je vais savoir ce que c'est que la mort. Enfin je vais me faire une idée de ce que sont les notions abstraites de Dieu, de Purgatoire, de Ciel et d'Enfer. Je me suis toujours demandé comment finirait le cours de ma vie. Bon, me voici arrivé au dernier chapitre. » Au moment où le livre allait finir, une main le toucha, il la saisit et Roy Harley creusa un puits pour apporter de l'air à ses poumons.

Dès qu'il put remuer, Canessa s'inquiéta de Daniel Maspons. Il trouva son ami aussi calme que s'il était endormi, seulement il était mort.

La neige qui recouvrait Zerbino formait au-dessus de lui une petite cavité qui lui permit de respirer pendant quelques minutes. Tout comme Canessa et Parrado, il ne pria pas Dieu, il ne se repentit pas de ses péchés, mais bien que son esprit fût serein, son corps n'avait pas consenti à mourir. Il avait lancé un bras au-dessus de sa tête au moment de l'avalanche et comme il se débattait, son bras ménagea une ouverture dans la neige qui laissa passer l'air jusqu'à ses poumons.

Au-dessus de lui il entendit la voix bourrue de Carlitos Paez lui crier :

— C'est toi, Gustavo?

— Oui, répondit Zerbino.

— Gustavo Nicolich?

— Non, Zerbino.

Carlitos s'éloigna. Ensuite une autre voix l'appela :

— Comment es-tu?

Zerbino répliqua :

— Très bien. Sauvez quelqu'un d'autre.

Et il attendit au fond de sa tombe jusqu'à ce qu'on ait le temps de le dégager.

Roque et Menendez avaient été tués par la chute du mur de valises, mais une partie de ce mur sauva la vie des deux autres qui dormaient tout contre. Numa Turcatti et Pancho Delgado étaient prisonniers sous la porte arrondie qui était celle de la sortie de secours et qu'on avait incorporée au mur de valises, mais ils avaient assez d'air pour respirer sous sa surface concave. Ils survécurent ainsi pendant six à sept minutes. Ils appelèrent au secours, Inciarte et Zerbino vinrent les délivrer. A l'arrière de l'avion la neige était très épaisse, Inciarte demanda à Arturo Nogueira qui le regardait du haut de son lit suspendu, de l'aider à creuser. Nogueira ne bougea pas, il ne dit pas un mot : il était comme en catalepsie.

Pedro Algorta, toujours enseveli sous la neige, n'avait que l'air que contenaient ses poumons. Il se sentit sur le point de mourir; la pensée que son corps après sa mort servirait à sauver les autres lui inspira une sorte d'extase. C'est comme s'il était déjà aux portes du Ciel. A ce moment on gratta la neige qui l'étouffait.

Xavier Methol avait été capable de sortir sa main de la neige; comme on essayait de le libérer, il cria aux garçons de s'occuper de Liliana. Xavier sentait la présence de sa femme avec son pied et craignait qu'elle ne fût étouffée mais ne pouvait rien pour la secourir. « Liliana, criait-il, fais un effort! Tiens le coup! J'arrive! » Il savait qu'elle pourrait vivre une minute ou deux sans respirer, mais le poids des garçons creusant tout autour tassait la neige sur elle. De plus par instinct ils secouraient d'abord leurs amis, puis ceux dont les mains s'agitaient au-dessus de la neige. Inévitablement ils laissaient en dernier ceux qui, comme Xavier, pouvaient respirer et ceux qui, comme Liliana, étaient complètement cachés. Xavier continuait à appeler sa femme, la suppliant de tenir bon, d'avoir confiance, de respirer lentement. Enfin il fut libéré par Zerbino et tous deux ils se mirent à dégager Liliana. Quand ils la trouvèrent elle était morte. Xavier s'effondra dans la neige, en pleurant, submergé par la douleur. Sa seule consolation lui vint de la certitude qu'une femme qui lui avait donné tant d'amour et de consolation sur terre veillerait maintenant sur lui du haut du ciel.

Xavier n'était pas le seul que le deuil frappait; quand les survivants se serrèrent les uns contre les autres dans l'espace étroit entre le plafond de la cabine et la surface de neige, quelques-uns de leurs plus chers amis étaient ensevelis sous leurs pieds. Marcelo Pérez était mort, ainsi que Carlos Roque et Juan Carlos Menendez, tous deux écrasés par la chute du mur, Enrique Platero, dont la blessure au ventre avait fini par se guérir, Gustavo Nicolich dont la fermeté d'âme après les mauvaises nouvelles entendues à la radio les avait tirés du désespoir, Daniel Maspons, l'ami intime de Canessa et Diego Storm, un du « gang », étaient morts sous l'avalanche. Elle avait tué huit de leurs compagnons.

La situation des dix-neuf survivants n'était pas assez cruelle pour les empêcher d'éprouver un chagrin profond de la mort de leurs amis. Certains auraient préféré périr sous l'avalanche plutôt que de continuer à supporter les souffrances physiques et morales, privés de leurs compagnons. Ce vœu faillit être exaucé, car une seconde avalanche engloutit l'avion environ une heure après la première, mais comme l'entrée avait été bloquée par celle-ci, la seconde avalanche passa en majeure partie au-dessus du fuselage. Cette nouvelle chute, pourtant, boucha le passage par lequel s'était glissé Roy Harley. Le Fairchild était complètement entouré de neige.

Quand tomba la nuit, les survivant étaient trempés, engourdis, tremblants de froid, sans coussins, couvertures ni chaussures pour les protéger. Il y avait juste assez de place pour être assis ou debout; ils ne pouvaient que se coucher les uns sur les autres en se donnant des coups de poing pour activer leur circulation, sans savoir à qui appartenaient bras ou jambes. Pour faire un peu plus de place, on rejeta la neige à chaque extrémité, avec l'aide des cousins Strauch et de Parrado, Roy fit un trou pour quatre personnes assises et une debout. Celui dont c'était le tour de se tenir debout devait sauter sur les pieds de ceux qui étaient assis pour essayer de les empêcher de geler.

La nuit parut sans fin. Seul Carlitos Paez fut capable de dormir, et encore pour de courts moments. Les autres restèrent éveillés, remuant les doigts de mains et de pieds, se frottant la figure pour y amener quelque chaleur. Mais au bout de quelque temps, un autre danger les menaça : celui de s'asphyxier tant l'air devenait vicié et épais. Par manque d'oxygène quelques-uns des garçons commencèrent à éprouver des vertiges. Roy essaya de creuser un puits d'air à l'entrée, mais il ne put atteindre la surface et de toute manière la neige était devenue trop dure pour pouvoir être attaquée les mains nues. Parrado prit alors une des barres d'acier qui avaient servi pour les hamacs et transperça la paroi supérieure de la cabine. Il travaillait à la lumière des briquets allumés, les autres garçons l'observant avec angoisse, car ils ne se faisaient aucune idée de l'épaisseur de la neige qui recouvrait l'avion. Après avoir poussé la barre et l'avoir peu à peu enfoncée, Parrado s'aperçut bientôt qu'elle glissait sans obstacle et atteignait l'air libre. Alors il la retira et par le trou aménagé il vit la délicate lumière de la lune et des étoiles.

Par ce trou, ils épièrent la venue de l'aube et enfin les

épaisses ténèbres à l'intérieur de l'avion firent place à une pâle et lugubre lumière quand le soleil se leva et que ses rayons s'étendirent sur la neige. Dès qu'ils purent voir ce qu'ils faisaient, ils réfléchirent aux moyens à employer pour sortir de leur tombeau. Il y avait une trop épaisse couche de neige du côté de l'entrée pour qu'ils puissent sortir par là, mais elle semblait plus mince au-dessus du poste de pilotage; une lueur traversait la fenêtre. Canessa, Sabella, Inciarte, Fito Strauch, Harley et Parrado se mirent à creuser une galerie vers le poste de pilotage. Il était rempli de neige glacée qu'ils devaient retirer les mains nues : tous les six travaillaient à tour de rôle. Alors Zerbino qui portait des vêtements épais et supportait le froid mieux que les autres, se faufila entre les cadavres des pilotes et atteignit la fenêtre, qui, par suite de l'inclinaison de l'avion, regardait vers le ciel. Il essaya de l'ouvrir mais la neige tassée sur le dessus était trop épaisse, il abandonna la partie. Canessa essaya à son tour, mais en vain. Ce fut Roy Harley qui réussit à pousser la vitre et à l'ouvrir au grand jour.

Il passa sa tête par l'ouverture. Il était environ 8 heures du matin mais il faisait plus sombre que d'habitude car le ciel était couvert. Des bourrasques de neige tourbillonnaient autour de lui Il était chaudement vêtu d'une veste imperméable et d'un bonnet de laine, mais le vent violent lui jetait de la neige dans les yeux et lui piquait la figure et les mains.

Il redescendit dans la cabine de pilotage et cria aux autres :

— C'est vraiment moche. Il y a une tempête de ce côté.

— Essaie de dégager les hublots, dit quelqu'un.

Roy se hissa de nouveau en haut et grimpa sur l'avion, mais le fuselage était complètement recouvert de neige, il lui était impossible de deviner où se trouvaient les hublots et il avait peur s'il s'avançait, de manquer le dessus de l'avion et de s'enfoncer dans la neige. Il redescendit dans le poste de pilotage et retrouva ses amis.

La tempête souffla toute la journée, les flocons de neige s'engouffraient dans la galerie et tombaient sur les corps des morts toujours écrasés par leurs sièges. La fine couche de neige qui se formait était recueillie par l'un des garçons pour apaiser leur soif; d'autres brisèrent des morceaux plus durs de neige ancienne.

C'était le 30 octobre, le vingt-cinquième anniversaire de Numa Turcatti. Les garçons lui offrirent une cigarette en supplément et lui confectionnèrent un gâteau avec de la neige. Numa n'était ni Old Christian ni joueur de rugby, il avait été élevé par les jésuites et préférait le football; sa silhouette massive et ses manières calmes dégageaient une grande force. Beaucoup regrettaient de n'avoir rien de mieux à lui offrir pour son anniversaire; c'est lui qui trouva moyen de leur rendre courage.

— Nous avons passé le pire, dit-il, à partir de maintenant nous allons remonter le courant.

Ils ne firent rien d'autre ce jour-là que sucer de la neige et attendre que la tempête s'apaise. Ils parlèrent beaucoup de l'avalanche. Quelques-uns, Inciarte par exemple, pensaient que les meilleurs d'entre eux étaient morts parce que Dieu les préférait, mais d'autres jugeaient que ça n'avait pas de sens. Parrado déclara sa résolution de partir :

— Dès que la neige se sera arrêtée, dit-il, je m'en vais. Si nous attendons ici plus longtemps, nous serons tous tués par une autre avalanche.

— Je ne suis pas de cet avis, répondit Fito à juste raison. L'avion est recouvert maintenant. La seconde avalanche a passé par-dessus. Pour le moment nous sommes en sécurité à l'intérieur. Si nous prenons le départ dans la montagne, nous risquons d'être atteints par une avalanche pendant que nous marcherons dans la neige.

Ils écoutaient Fito en tenant compte de ce qu'il disait

parce qu'il avait gardé son sang-froid après l'avalanche et que maintenant il ne se mettait pas dans tous ses états comme certains autres.

— Il n'y a pas de raison qu'on n'attende pas que le temps s'améliore, continua-t-il.

— Ça va durer combien de jours? demanda Vizintin, l'un de ceux qui étaient impatients de partir tout de suite.

— Je me rappelle qu'à Santiago, dit Algorta, un chauffeur de taxi m'a dit que la neige s'arrête et que l'été commence vers le 15 novembre.

— Le 15 novembre, juste dans deux semaines, dit Fito. Cela vaut la peine d'attendre jusque-là si ça augmente nos chances de nous tirer d'affaire.

Personne ne trouva rien à redire à cela.

— Et à cette époque ce sera pleine lune, dit-il. Vous pourrez marcher de nuit quand la neige est durcie et dormir pendant le jour quand il fait plus chaud.

Ils ne mangèrent rien de tout le jour et ce soir-là, comme ils se serraient les uns contre les autres pour essayer de dormir, ils dirent tous le rosaire avec Carlitos. Le lendemain, le 31 octobre, Carlitos fêtait ses dix-neuf ans. Ce qu'il aurait le plus désiré au monde, après un gâteau à la crème ou un milk-shake aux framboises, c'était un changement de temps, mais quand le lendemain il grimpa par la fenêtre ouverte, il vit que la neige tombait aussi drue. Il revint dans la cabine et il fit une prédiction : « Nous aurons trois jours de mauvais temps et ensuite trois de soleil. »

Le froid rigoureux et l'humidité de leurs vêtements se combinaient pour épuiser leur force. Ils n'avaient rien mangé depuis deux jours, une faim de loup les torturait. Les corps de ceux qui étaient morts au moment de l'accident demeuraient ensevelis sous la neige, aussi les cousins Strauch dégagèrent-ils l'un de ceux qui avaient été étouffés par l'avalanche et taillèrent-ils de la viande dedans sous les yeux de tous. La chair qu'ils avaient absorbée jusque-là avait été cuite ou au moins séchée au soleil; maintenant il n'y avait d'autre solution que de la manger telle quelle, saignante et crue et comme ils mouraient de faim, beaucoup d'entre eux avalèrent d'assez gros morceaux qu'ils devaient mâcher en en sentant le goût. Ce fut épouvantable pour tous; pour certains il fut absolument impossible d'avaler des bouchées de viande taillées dans le corps d'un ami qui deux jours plus tôt était encore auprès d'eux.

Roberto Canessa et Fito Strauch discutaient avec eux; Fito obligea même Eduardo à avaler la viande : « Tu dois bouffer, bouffer ça, sinon tu crèveras et nous avons besoin de toi vivant! » Mais aucun argument, aucune exhortation ne pouvait surmonter la répulsion physique d'Eduardo Strauch, d'Inciarte et de Turcatti, aussi leur état physique se détériora.

Le 1er novembre, la Toussaint, était aussi l'anniversaire de Delgado. Comme Carlitos l'avait prédit, la neige avait cessé et six garçons grimpèrent sur le dessus de l'avion pour se réchauffer au soleil. Canessa et Zerbino creusèrent la neige devant les hublots afin de faire pénétrer davantage de lumière dans l'avion, Fito et Eduardo Strauch ainsi que Daniel Fernandez, firent fondre de la neige pour boire, tandis que Carlitos fumait une cigarette et songeait à sa famille, car c'était l'anniversaire de son père et de sa sœur. Il eut à cet instant la certitude de les revoir. Si Dieu l'avait sauvé de l'accident et de l'avalanche, ce ne pouvait être que pour le réunir avec sa famille. La présence de Dieu dans ce calme paysage posa un sceau sur cette conviction.

Quand le soleil passa derrière un nuage, il fit de nouveau froid et les six garçons réintégrèrent le Fairchild. Tout ce qu'on pouvait faire maintenant, c'était d'attendre.

Les jours qui suivirent, le temps resta clair. Il n'y eut pas de lourdes chutes de neige et les plus robustes et les plus actifs des dix-neuf survivants furent capables de creuser une seconde galerie à travers l'arrière de l'avion. En utilisant des pelles faites avec des morceaux de métal ou de plastique prélevés sur la carcasse de l'appareil, ils attaquèrent la neige durcie, récupérant des objets qu'ils avaient perdus au cours de l'avalanche. Carlitos Paez, par exemple, retrouva ses souliers de rugby.

Quand la galerie fut creusée, ils furent en état de rejeter hors de la cabine à la fois la neige et le corps des morts qu'elle avait ensevelis. La neige était dure comme du roc, et leurs outils inopérants. Les cadavres, figés dans les dernières attitudes de défense instinctive, certains avec les bras levés pour protéger leurs visages, comme les victimes du Vésuve à Pompéi, étaient difficilement transportables. Quelques-uns des garçons ne pouvaient se résoudre à toucher les morts, et surtout les corps de ceux qu'ils aimaient le plus, aussi attachaient-ils autour de leurs épaules une longue courroie de bagage pour les tirer dehors.

Ceux qui étaient ensevelis près de l'entrée furent laissés sur place, enfermés dans le mur de glace qui protégeait les vivants d'une nouvelle avalanche. Ils fournissaient aussi des provisions de réserve au cas où une autre avalanche ou bien la tempête recouvrirait les corps qu'ils venaient de dégager, car ceux qui étaient morts pendant l'écrasement de l'appareil était maintenant hors d'atteinte sous la neige. Pour la même raison, quand les survivants rentraient le soir, ils laissaient un membre, ou bien un morceau de poitrine sous le « portail », au cas où le mauvais temps les empêcherait le lendemain de sortir.

Il fallut huit jours pour rendre l'avion plus ou moins habitable. Comme un mur de neige subsistait à chaque extrémité, l'espace où ils devaient vivre était plus réduit qu'auparavant, même en tenant compte du moins grand nombre d'occupants. Plus d'un songeait avec une douce mélancolie aux jours de bonheur avant l'avalanche. « Nous nous imaginions alors que ça allait mal, mais en comparaison quel luxe et quel confort c'était! » Le seul avantage procuré par l'avalanche : un surcroît de vêtements prélevés sur les morts. Sentant bien que le Ciel les aiderait s'ils s'aidaient eux-mêmes, les survivants ne se contentaient pas d'accomplir les travaux qui devaient rendre leur vie immédiate tolérable, mais commencèrent à faire des plans pour fuir cet enfer.

Avant l'avalanche on avait décidé qu'une partie des plus robustes partirait pour le Chili. Tout d'abord on ne s'était pas mis d'accord sur le point de savoir si l'on risquait davantage de réussir en envoyant un groupe assez nombreux ou s'il n'était pas plus sage de concentrer ses chances sur un groupe de trois ou quatre. Comme tout le monde avait vu par expérience durant les semaines postérieures à l'accident et surtout durant les jours de tempête après l'avalanche que les conditions atmosphériques qu'aurait à affronter n'importe quelle expédition seraient rigoureuses, l'avis du second groupe prévalut. On choisit quatre ou cinq garçons pour constituer le corps expéditionnaire. Ils avaient droit à de plus fortes rations de viande, aux meilleures places pour dormir et on les exemptait des travaux quotidiens de couper la viande, de rejeter la neige, de sorte que lorsque enfin l'été arriverait et que la neige commencerait à fondre vers la fin de novembre, ils soient de nouveau forts, en bon état et prêts à gagner le Chili.

Le premier critère à partir duquel se fit le choix des membres de l'expédition fut l'état de santé. Certains de ceux qui n'avaient pas été blessés lors de l'accident avaient pâti depuis. Zerbino n'avait pas recouvré sa vision entière depuis son ascension de la montagne. Inciarte avait sur les jambes de douloureux furoncles. Sabella et Fernandez étaient en bon état, mais ne jouant pas au rugby, ils étaient moins entraînés que les quinze de l'équipe des Old Christians. Eduardo Strauch, vigoureux au début, s'était affaibli parce qu'il s'était refusé à manger de la chair humaine aussitôt après l'avalanche. Le choix se restreignait entre Parrado, Canessa, Harley, Paez, Turcatti, Vizintin et Fito Strauch. Certains se montraient plus enthousiastes que d'autres comme candidats. Parrado s'était tellement mis en tête de s'échapper que, si on ne l'avait pas choisi, il serait parti de sa propre initiative. Turcatti lui aussi désirait de toutes ses forces faire partie du corps expéditionnaire, il avait fait deux précédentes sorties qui témoignaient en faveur de sa résistance physique et morale et les plus jeunes garçons étaient sûrs que s'il partait, l'expédition réussirait.

Canessa était doué de plus d'imagination que la plupart des autres, il prévoyait les dangers et les épreuves qu'il devrait affronter, mais il était d'avis qu'en raison de sa force exceptionnelle et de sa fécondité d'invention reconnue, c'était son devoir de partir. Fito Strauch se porta volontaire pour les mêmes raisons, plus par un sens d'obligation morale que par un réel désir de quitter la relative sécurité du Fairchild, mais la nature intervint pour régler son cas; huit jours après l'avalanche il souffrit de cruelles hémorroïdes qui l'exclurent de la liste. Les deux cousins furent enchantés qu'il fût obligé de rester avec eux.

Les trois derniers Paez, Harley et Vizintin, désiraient faire partie de l'expédition, mais bien que regardés comme tout à fait aptes à partir, ne semblaient pas d'une assez grande maturité et force de caractère. Aussi fut-il décidé qu'ils feraient une expédition d'essai qui durerait une journée. Depuis l'avalanche, on avait déjà tenté plusieurs petites sorties dans les environs immédiats de l'avion. Francois et Inciarte avaient grimpé environ 100 mètres se reposant tous les dix pas pour fumer une cigarette. Turcatti était monté jusqu'à l'aile avec Algorta, il avait grimpé avec moins d'énergie et plus de fatigue qu'il n'en avait montré la première fois, car lui aussi, sa répulsion pour la viande crue l'avait affaibli.

Paez, Harley et Vizintin partirent à onze heures du matin,

sept jours après l'avalanche, pour mettre leurs forces à l'épreuve. Leur intention était de descendre par la vallée et de gravir la haute montagne de l'autre côté. Elle semblait un objectif qu'on pût atteindre en une expédition d'un jour.

Ils portaient chacun deux sweaters, deux paires de pantalons et des souliers de rugby. La surface de la neige était gelée de sorte qu'ils descendirent sans peine vers la vallée, faisant des crochets quand la pente était trop raide pour descendre en ligne droite. Ils n'emportèrent rien avec eux qui pût entraver leurs mouvements. Après avoir marché pendant une heure et demie, ils tombèrent sur la porte arrière de l'avion et, éparpillés un peu plus loin, quelques vestiges de l'office : des boîtes d'aluminium pour mettre en réserve café et Coca Cola, une poubelle, un flacon de Nescafé où il ne restait qu'une cuillère de poudre. Ils mirent aussitôt de la neige dans le flacon, la firent fondre du mieux qu'ils purent et burent de l'eau parfumée au café. Ils vidèrent ensuite la poubelle et pour leur bonheur y trouvèrent des morceaux de bonbons cassés. Ils les partagèrent consciencieusement en trois et les sucèrent, le derrière sur la neige. Ils étaient pour le moment dans une sorte d'extase. Ensuite ils eurent beau chercher, chercher, ils ne trouvèrent qu'une bouteille de gaz comprimé, une thermos brisée et du maté. Ils versèrent le maté dans la thermos, l'emportèrent pour le boire plus tard.

Après être descendus vers la vallée pendant deux autres heures, ils se rendirent compte que les distances sur la neige étaient difficiles à évaluer et qu'ils n'étaient guère plus près de la montagne située en face qu'au moment de leur départ. Leur avance était devenue plus difficile parce que le soleil de midi faisait fondre la neige et qu'ils s'enfonçaient maintenant jusqu'aux genoux. A trois heures ils décidèrent de faire demi-tour et en suivant le chemin qu'ils avaient tracé, ils jugèrent très vite qu'il était beaucoup plus difficile de grimper que de descendre. Le soleil s'était obscurci de nuages, de façon menaçante; des flocons de neige commençaient à tomber et à tourbillonner dans le vent.

Ils retrouvèrent le pot de café, se rafraîchirent avec ce qui restait d'eau parfumée. Roy et Carlitos emportèrent les deux récipients de l'officc, cstimant qu'ils pourraient servir pour faire de l'eau, mais les trouvant trop lourds, ils les abandonnèrent. Vizintin, néanmoins, garda la poubelle et s'en servit comme d'une sorte de bâton pour l'aider à gravir la montagne.

La grimpée fut d'une exceptionnelle difficulté. Ils ne cessaient de tomber sur les genoux, les pentes devenaient plus raides, les bourrasques de neige épaississaient, enfin leur épuisement augmentait. Roy et Carlitos furent tout près de perdre la tête. Dans ce paysage couvert de neige toutes les dimensions se confondent, ils ne savaient absolument plus s'ils étaient tout près ou très loin de l'avion. Il y avait des ressauts de terrain sur le versant de la montagne; en atteignant la crête de l'un d'eux, ils s'attendaient à voir le Fairchild, il n'en fut rien; chacun fut désappointé, l'ardeur commune tomba. Roy commença à pleurer et Carlitos s'effondra dans la neige.

— Je n'en peux plus, je n' peux pas aller plus loin, dit-il, je n' peux pas, je n' peux pas. Abandonnez-moi. Vous, continuez! Laissez-moi mourir ici.

— Du courage, Carlitos! lui dit Roy en pleurant. Pour l'amour de Dieu, du courage! Pense à ta famille! A ta mère... à ton père...

— J' peux pas, j' peux pas remuer.

— Relève-toi, fifille, dit Vizintin. Nous allons tous geler si nous restons ici.

— Oui, je suis une fille, un dégonflé, je l'admets. Vous, continuez!

Il n'était pas question d'abandonner Carlitos; ils l'accablèrent de prières et d'injures, ce qui eut pour effet de le remettre sur ses pieds. Ils grimpèrent encore un peu, jusqu'à la crête d'une autre colline, et toujours pas d'avion en vue.

— C'est encore loin? demanda Carlitos. Quelle distance?

Un peu plus tard il s'effondra de nouveau dans la neige.

— Continuez, dit-il, je vous suis dans un instant.

Mais Vizintin et Harley ne voulurent pas l'abandonner, ils recommencèrent à l'insulter, à le supplier jusqu'à ce qu'il se relève et se remette en marche sur la neige aveuglante.

Ils revinrent à l'avion après le coucher du soleil. Les autres étaient dans la cabine et les attendaient dans l'angoisse. Quand les trois garçons furent de retour, complètement épuisés, Carlitos et Roy en larmes, il apparut nettement à tous que l'épreuve avait été rude et que certains avaient échoué;

— C'était impossible, dit Carlitos. C'était impossible, je me suis effondré, je voulais mourir, je pleurais comme un enfant!

Roy frissonna, pleura et ne dit rien.

Les petits yeux rapprochés de Vizintin étaient secs. C'était dur, dit-il, mais possible.

Ainsi l'épreuve permit-elle de désigner le quatrième du corps expéditionnaire. Carlitos retira sa candidature après cet essai malheureux et Parrado dit à Roy qu'il ne pouvait pas venir avec eux parce qu'il pleurait trop, sur quoi Roy éclata en sanglots. Il était déçu parce qu'il pensait que Fito faisait partie de l'expédition. Il connaissait Fito depuis son enfance et se sentait en sécurité près de lui. Quand Fito eut sa crise d'hémorroïdes et dut se retirer, Roy fut très heureux de faire partie de ceux qui restaient en arrière.

Le corps expéditionnaire une fois désigné, les quatre garçons constituèrent une caste de guerriers dont les obligations particulières leur conféraient des privilèges particuliers. On leur concéda tout ce qui pouvait améliorer leur condition physique et morale. Ils mangeaient plus de viande que les autres et choisissaient les morceaux qu'ils préféraient. Ils dormaient où et aussi longtemps et de la façon qu'ils voulaient. On ne leur demanda plus d'accomplir leurs tâches quotidiennes de cuisine ou de ménage, bien que Parrado et, à un moindre degré, Canessa aient continué à les faire. Si on dorlotait leurs corps, on en faisait autant de leur esprit. On disait des prières, le soir, pour demander leur bien-être et leur santé, en leur présence on ne parlait que de sujets réconfortants. Si Methol était persuadé que l'avion se trouvait au milieu des Andes, il se gardait bien de le dire devant eux. Si jamais on discutait du lieu de chute de l'avion devant eux, le Chili n'était qu'à deux ou trois kilomètres de l'autre côté de la montagne.

On ne pouvait éviter que dans une certaine mesure les quatre guerriers ne tirent avantage de leur situation privilégiée et que cela ne provoque de la rancœur. Sabella dut faire le sacrifice de sa seconde paire de pantalons en faveur de Canessa; Francois n'avait qu'une paire de chaussettes tandis que Vizintin en avait six. Des morceaux de gras qui avaient été soigneusement retirés de la neige par un des garçons affamés furent réquisitionnés par Canessa: « J'en ai besoin, dit-il, pour refaire mes forces et si je ne refais pas mes forces, vous ne sortirez jamais de ce trou. »

Parrado, pourtant, ne retira aucun profit de sa situation, pas plus que Turcatti. Ils travaillaient aussi dur qu'auparavant et montraient le même calme, la même gentillesse, le même optimisme.

Les quatre garçons du corps expéditionnaire n'étaient pas les chefs du groupe, mais une caste séparée des autres par leurs privilèges et leurs soucis. Ils auraient pu constituer une aristocratie dominante, si leurs pouvoirs n'avaient pas été contrôlés par le triumvirat des cousins Strauch. De tous les petits groupes formés par l'amitié et les liens de famille qui avaient existé avant l'avalanche, c'était le seul qui eût survécu. Le « gang » des plus jeunes avait perdu Nicolich et Storm; Canessa avait perdu Maspons, Nogueira, Platero et Xavier, sa femme. Perdu aussi Marcelo Pérez, le capitaine qu'ils avaient reçu en héritage du monde extérieur.

L'étroitesse des relations entre Fito, Eduardo Strauch et Daniel Fernandez leur donnait un avantage immédiat sur tous les autres; ils résistaient mieux aux souffrances physiques et morales causées par leur isolement dans les montagnes. Ils possédaient aussi un sens des réalités pratiques qui les servaient bien plus dans les dures circonstances actuelles que l'éloquence de Pancho Delgado ou la douceur de caractère de Coche Inciarte. La réputation qu'ils s'étaient acquise, en particulier Fito, au cours de la première semaine en affrontant des événements difficiles à digérer et en prenant les décisions les plus pénibles leur avait valu le respect de ceux dont la vie, grâce à eux, avait été sauvée. Fito, le plus jeune des trois, était le plus respecté, non à cause de sa sûreté de jugement, mais pour la manière dont il avait dirigé les opérations de sauvetage de ceux qui étaient prisonniers de l'avalanche au moment où tout le monde avait perdu la tête. Son sens des réalités, qui allait de pair avec une forte confiance dans leur délivrance finale, incitait beaucoup de garçons à placer leurs espoirs en lui. Carlitos et Roy émirent l'idée qu'on lui donnât la place de Marcelo. Mais Fito refusa la couronne qu'on lui offrait.

Il n'était pas nécessaire d'officialiser la prépondérance des cousins Strauch. De tous les travaux indispensables, découper la viande des corps de leurs amis morts était le plus difficile et le plus déplaisant : c'était ce que faisaient Fito, Eduardo et Daniel Fernandez, tâche macabre que même les durs, comme Parrado et Vizintin, ne pouvaient se résoudre à accomplir. Il fallait d'abord sortir les corps de la neige, ensuite ils dégelaient au soleil. Le froid les gardait dans l'état où ils étaient au moment du décès. Si les yeux étaient encore ouverts, ils les fermaient, car il était pénible de tailler dans le corps d'un ami sous le regard de ses yeux vitreux, bien qu'ils fussent persuadés que l'âme avait depuis longtemps quitté les cadavres.

Les Strauch et Fernandez, aidés parfois par Zerbino, coupaient de grosses pièces de viande; elles passaient alors dans les mains d'une autre équipe qui, avec des lames de rasoir, divisait les gros morceaux en morceaux plus petits. Cette besogne n'était pas aussi impopulaire, car une fois que la viande était détachée des corps, il était plus facile d'oublier ce que c'était.

La viande était strictement rationnée. Ce soin ncombait aussi aux Strauch et à Daniel Fernandez. La ration de base qu'on donnait à midi était une tranche, peut-être une demi-livre, mais il était entendu que ceux qui travaillaient en recevaient davantage, parce que leurs efforts brûlaient leur énergie, les quatre membres de l'expédition pouvaient en avoir presque autant qu'ils le désiraient. On détachait tout ce qu'on pouvait d'un cadavre avant d'en entamer un autre.

La nécessité les avait obligés à manger presque toutes les parties du corps. Canessa savait que le foie contient des réserves de vitamines : il le mangeait lui-même et excitait les autres à l'imiter, cela jusqu'au moment où le foie fut réservé au corps expéditionnaire. Après avoir surmonté la répugnance pour le foie, il leur fut plus facile d'en venir au cœur, aux reins, aux intestins. Cela révoltait moins leur estomac que cela n'eût fait à un Européen ou à un Nord-Américain parce qu'il est d'usage en Uruguay de manger les intestins et les glandes d'un taureau dans un asado (pot-au-feu, bœuf gros sel). Les couches de graisse, une fois détachées du corps, étaient séchées au soleil jusqu'à ce que se forme une croûte et alors chacun les avalait. C'était une source d'énergie et, bien que moins recherchées que la viande, elles ne comptaient pas dans les aliments rationnés. Ne comptaient pas non plus les morceaux dédaignés des précédents cadavres qui gisaient alentour dans la neige : ils pouvaient être récupérés par n'importe qui. Cela contribuait à remplir l'estomac de ceux qui étaient affamés, car il n'y avait que le corps expéditionnaire qui mangeait toujours à sa faim. Les autres éprouvaient des crampes continuelles, cependant ils se rendaient compte que le rationnement était obligatoire. On ne laissait pour compte que les poumons, la peau, la tête et les organes sexuels.

Il y avait le système établi, il y avait aussi en dehors de cette réglementation une sorte de système D toléré par les Strauch. C'est pourquoi la tâche consistant à couper les plus gros morceaux avait tellement de vogue : de temps à autre on pouvait se fourrer une tranche dans la bouche. Tous ceux qui débitaient la viande grappillaient des morceaux, même Fernandez et les Strauch, et personne ne souffla mot aussi longtemps que les bornes ne furent pas dépassées. Se mettre dans la bouche un morceau sur dix parmi ceux qu'on taillait passait pour normal. Il arriva que Mangino augmenta le pourcentage jusqu'à cinq ou six et Paez jusqu'à trois, mais ils ne tinrent pas caché ce qu'ils avaient fait et y renoncèrent lorsque les autres protestèrent.

Ce système, comme une bonne constitution, était équitable en théorie et assez souple pour tenir compte de la faiblesse humaine, mais il désavantageait ceux qui ne pouvaient pas ou ne voulaient pas accomplir cette tâche. Echavarren et Nogueira étaient prisonniers dans l'avion les jambes fracturées, enflées, menacées par la gangrène; à l'occasion ils se traînaient dehors pour aller à la selle ou pour faire fondre de la neige pour boire. Pas question pour eux de couper la viande ni de fouiller dans la neige. Delgado avait aussi une jambe cassée et la gangrène gagnait la jambe d'Inciarte.

Methol était toujours handicapé par le mal des montagnes. Francois et Roy Harley étaient également paralysés, non pas dans leurs membres, mais dans leur volonté; ils auraient pu travailler, mais le traumatisme causé par l'accident et, dans le cas de Roy, la commotion produite par l'avalanche et l'échec de son essai d'expédition semblaient avoir détruit en eux toute force de volonté. Ils se contentaient de rester assis au soleil.

Ceux qui travaillaient éprouvaient peu de pitié pour ces « parasites ». Dans des conditions si rigoureuses la léthargie semblait un crime. Vizintin estimait que pour forcer à travailler ceux qui ne faisaient rien on devait ne rien leur donner à manger. Les autres estimaient qu'ils devaient maintenir leurs compagnons en vie, mais ne voyaient pas de raison de faire beaucoup plus. Ils montraient aussi de la dureté quand il s'agissait d'évaluer l'état de tire-au-flanc. Certains pensaient que Nogueira n'avait pas les jambes cassées, qu'il imaginait seulement les douleurs qu'il ressentait. D'autres pensaient que Delgado s'exagérait la souffrance de son fémur brisé. Mangino, après tout, s'était aussi cassé la jambe, ça ne l'empêchait pas de couper la viande. Ils avaient peu d'égards pour le mal des montagnes qui affectait Methol et pour les pieds gelés de Francois. Il en résulta que le seul supplément à la ration des « parasites » ne pouvait provenir que de leurs propres réserves.

Quelques garçons continuaient à renâcler devant la viande crue. Tandis que d'autres allaient jusqu'à pouvoir avaler le foie, le cœur, les reins et les intestins des morts, Inciarte, Harley et Turcatti reculaient toujours devant la chair rouge des muscles. Le seul moyen pour eux d'avaler sans trop de dégoût, c'était de faire cuire la viande. Chaque matin, Inciarte consultait du regard Paez à qui était confié ce soin et demandait à Carlitos. « Est-ce qu'on fait de la cuisine aujourd'hui? »

Carlitos répondait : « Je ne sais pas; ça dépend du vent », car ils ne pouvaient allumer le feu que si le temps était beau.

Mais d'autres éléments intervenaient. La provision de bois s'épuisait. Les caisses de Coca Cola une fois brûlées, il ne restait que de minces baguettes de bois qui composaient en partie la paroi de l'avion. L'argument de Canessa que les protéines ne subsistaient pas à haute température et celui de Fito que rôtir la viande faisait qu'on avait moins à manger entraient aussi en ligne de compte. Aussi on ne pouvait se permettre de griller la viande qu'une ou deux fois par semaine, par beau temps et en ces occasions les plus dégoûtés restaient en arrière de sorte que les autres mangeaient davantage.

Pendant les dix jours qui séparèrent le choix des quatre hommes de l'expédition et le 15 novembre, quand ils espéraient que le mauvais temps prendrait fin, les dix-neuf survivants se révélèrent à la fois en tant que groupe et qu'individus.

Parrado, par exemple, qui jusqu'à la chute de l'avion, s'était montré empoté, timide et soi-disant play-boy, était maintenant un héros. Son courage, sa fermeté, son manque d'égoïsme lui attiraient toutes les sympathies. C'était toujours le plus résolu à braver la montagne et le froid, à regagner le monde civilisé, aussi tous ceux qui étaient plus jeunes, plus faibles ou moins résolus plaçaient-ils en lui toutes leurs espérances. Il les réconfortait aussi quand ils pleuraient et assumait bien des tâches du train-train quotidien dont il était exempté en tant que membre de l'expédition. Jamais il ne proposait de faire ceci ou cela sans immédiatement passer à l'exécution. Une nuit qu'une partie du mur fut renversée par un vent violent, ce fut Parrado qui sortit de ses couvertures et grimpa sur l'avion pour le relever. Quand il revint, il avait tellement froid que ceux qui dormaient de chaque côté de lui durent le bourrer de coups de poing et le masser pour activer sa circulation; quand une demi-heure plus tard le mur s'écroula de nouveau, ce fut encore Parrado qui se leva pour le reconstruire.

Il n'avait que deux faiblesses. La première c'était son entêtement à s'en aller. Si on l'avait laissé faire, il serait parti aussitôt après l'avalanche sans avoir eu la préparation nécessaire. Il supportait le caractère des autres, il ne supportait pas les coups du sort, il n'était pas capable de jeter sur la situation le regard froid et objectif de Fito Strauch. Si les autres l'avaient laissé partir quand il le voulait, il n'aurait pas pu survivre.

Sa seconde faiblesse, c'était l'agacement que lui causait Roy Harley. Il ne tolérait pas qu'un garçon physiquement puissant et bien doué puisse avoir sans cesse des accès de larmes. Pourtant d'autres également abattus par leur misérable situation trouvaient en Parrado leur principal source de réconfort. Il était simple, chaleureux, impartial, optimiste, facile à vivre. Il jurait rarement, pour ainsi dire jamais, et on le recherchait particulièrement comme compagnon pour la nuit.

Après Parrado, c'était Numa Turcatti que les garçons préféraient. Il avait un petit corps bien musclé et depuis le début il s'était consacré à la cause commune. Les expéditions avant l'avalanche avaient affaibli son moral et quand Algorta avait grimpé avec lui jusqu'à l'aile, il avait remarqué que Numa n'avait plus la même vigueur. Son aversion pour la viande continuait. Comme il connaissait seulement quelques joueurs avant de quitter Montevideo, c'était une preuve de sa force, de sa simplicité, de sa profonde bonté qu'il se fût fait aimer et respecter par tous. Ils sentaient que si lui et Parrado entreprenaient l'expédition elle réussirait.

Les deux autres membres du corps expéditionnaire n'inspiraient pas la même affection. Tout le monde reconnaissait que Canessa avait l'esprit inventif, qu'il avait trouvé le moyen de faire des couvertures et des hamacs, ce qui avait beaucoup amélioré les conditions de vie dans l'avion. Il s'y connaissait en protéines et en vitamines et il avait soutenu avec des arguments convaincants qu'il fallait se nourrir avec le corps des morts. Sa réputation de médecin, très haute au moment de l'opération faite à Platero, déclina quand il eut ouvert l'un des furoncles d'Inciarte et que l'infection se fut propagée.

C'était la personnalité de Canessa qui rendait les rapports difficiles avec lui. Tendu, nerveux, il se mettait en colère à tout propos et de sa voix aiguë hurlait des injures et des malédictions. Courageux et dévoué par à-coups, il se montrait plus souvent qu'à son tour impatient et entêté. Son surnom, Muscles, lui avait été donné, moins pour sa force physique que pour l'obstination de son caractère. Sur le terrain de rugby cela signifiait un jeu particulier; dans l'avion, cela signifiait qu'il passait au-dessus des corps de ses compagnons endormis, se fourrant à l'endroit qu'il choisisait. Il faisait ce qui lui plaisait et personne ne pouvait l'en empêcher. Seul Parrado exerçait de l'influence sur lui. Les Strauch auraient pu contrecarrer ses fantaisies, mais ils ne voulaient pas s'opposer à un membre de l'expédition.

Vizintin n'avait pas un caractère aussi autoritaire et dominateur que Canessa, mais il était encore plus égocentrique et il ne possédait pas les qualités d'ingéniosité et d'habileté technique qui compensaient ces défauts. Il avait du courage, comme il l'avait montré dans l'expédition d'essai, mais quand il était dans l'avion sa conduite était celle d'un enfant gâté. Il se querellait avec chacun, surtout avec Inciarte et Algorta. La seule tâche qu'il accomplissait, c'était de faire fondre de la neige pour lui-même, plus quelques occupations particulières qui l'intéressaient; il confectionna des mitaines pour les membres de l'expédition avec des garnitures de siège et fit plusieurs paires de lunettes de soleil. La nuit il pleurait en appelant sa mère.

Seul Canessa avait barre sur Vizintin, seul Mangino avait de l'amitié pour lui. On aurait cru que les trois garçons les plus ombrageux et les plus agressifs — tous de dix-neuf ans — avaient formé une petite association. Mangino se sentait isolé; lui aussi, comme Turcatti, ne connaissait auparavant que peu de joueurs et ne se gênait pas maintenant pour leur dire d'aller au diable. Aussitôt après l'accident il s'était montré égoïste et d'une excessive nervosité; ensuite il en était venu à travailler pour la communauté plus que la plupart, et cela malgré sa jambe cassée. Quelques-uns des garçons, surtout Canessa et Eduardo Strauch, avaient envers lui des sentiments protecteurs.

Bobby Francois constituait un autre cas. On alléguait sa jeunesse pour excuser ses défauts, dont le principal était son inertie. On aurait dit qu'il lui manquait l'instinct de conservation; depuis le moment où, après l'accident, il s'était assis sur la neige en allumant une cigarette et en disant simplement « Nous en avons bavé! » il s'était conduit comme quelqu'un pour qui survivre ne valait aucun effort. Sa paresse, bien avant le départ, lui avait valu le surnom de Fatty, mais maintenant sa veulerie équivalait au suicide. S'il avait été abandonné à lui-même, il serait certainement mort. Il ne faisait rien. Il s'asseyait en plein soleil et faisait fondre de la neige quand on l'y obligeait; sinon il se frottait les pieds qui avaient été vilainement gelés pendant l'avalanche. Le soir, si sa couverture tombait à côté de lui, il ne trouvait pas la force de se recouvrir, n'importe quel autre l'aurait fait. Les choses en arrivèrent au point que Daniel Fernandez dut lui masser les pieds qui risquaient de se gangrener.

Vint un moment où les cousins se mirent dans une telle rage contre la veulerie de Bobby Francois qu'ils résolurent de le forcer à travailler. Bobby se contenta de hausser les épaules, il leva sur eux ses beaux yeux d'un air morne et leur dit : « Oui, c'est juste. » Mais ce matin-là il en fit aussi peu que les matins précédents. Quand vint midi et le moment de prendre rang pour la distribution des rations, il ne saisit pas son assiette et ne fit pas la queue. Il semblait ne pas savoir s'il était vivant ou s'il était mort, et trop content si les autres en décidaient pour lui. Ils ne s'étaient pas préparés à cette éventualité. « Leur provocation » avait échoué. Bobby reçut quand même sa part.

Parmi les garçons les plus âgés et les plus robustes, Eduardo Strauch ressemblait à Parrado : bon pour les jeunes et les faibles — Mangino, Francois et Moncho Sabella.

Bien qu'il n'eût pas reçu de blessures, Moncho avait moins de force que les autres et une complexion nerveuse. Il s'était bien comporté au moment de l'accident. Nicolich estimait qu'il lui avait sauvé la vie — et il aurait voulu se montrer pareil aux autres en courage et en robustesse, mais il n'en avait pas la force. Il fit partie du chœur qui s'asseyait sur la neige. Il fumait, bavardait, faisait fondre de la neige tandis que les autres s'attribuaient les premiers rôles.

Xavier Methol, lui aussi, était l'un des choristes. Il était toujours hébété par le mal des montagnes qui continuait à le tourmenter. Il bavardait comme une pie, mais bégayait et ne finissait jamais ses phrases. Les garçons, qui avaient tous au moins dix ans de moins que lui, étaient enclins à le tenir pour un polichinelle. Ils l'appelaient Dumbo, parce qu'il leur avait dit que dans son enfance on lui avait donné ce surnom, ils se moquaient de lui quand il marchait à pas pesants sur la neige. Ils lui jouaient des tours pendables, auxquels il s'associait, en exagérant son état parce qu'il savait que cela amusait les garçons et contribuait à leur bonne humeur. Par exemple, l'un d'eux faisait semblant de n'avoir jamais mangé d'*ensaimade* (un pain au lait avec de la crème) sur quoi Methol s'embarquait dans une longue et pédante description.

Quand il était au bout, un autre garçon s'approchait de lui et disait :

— De quoi parlais-tu, Dumbo?

— Je décris un *ensaimade.*

— Un *ensaimade*? Qu'est-ce que c'est?

— Tu ne le sais pas? Eh bien, c'est de forme ronde, à peu près de cette taille... et il s'embarquait pour une nouvelle description. Quand il arrivait à la fin, un troisième garçon survenait et faisait semblant lui aussi d'ignorer ce qu'était un *ensaimade.*

La spécialité de Methol consistait à extraire de l'huile des morceaux de gras et d'en faire un laxatif. Il avait aussi la charge d'aiguiser les couteaux et les éclats de pierres. Il fit des lunettes de soleil, d'abord pour Canessa, pour lui ensuite, avec du plastique teinté qu'il avait récupéré dans le poste de pilotage. On remarqua, quand il confectionna ces objets qu'il ne taillait qu'une lentille. Ce fut la première fois que les garçons pressentirent que Methol n'y voyait que d'un œil.

Il réconfortait les jeunes gens quand ils étaient abattus. Coche Inciarte faisait de même. Il se partageait avec Parrado et Turcatti les sympathies du groupe. Parrado et Turcatti faisaient partie du corps expéditionnaire, ils planaient en quelque sorte, tandis que Coche comprenait leurs faiblesses étant faible lui-même. Il avait eu quelque activité jusqu'à ce que sa jambe s'infecte, ensuite il ne fit plus rien. Il ne s'inquiétait pas de l'exiguïté des rations, parce qu'il détestait la viande quand elle était crue. Il ne se heurta jamais aux difficultés de leur situation actuelle, mais passait la journée à rêver aux beaux jours de Montevideo. Les autres avaient beau être souvent agacés par son indolence, ils l'aimaient beaucoup trop pour se mettre en colère. Il avait le caractère le plus franc et le plus honnête : bon, doux, mesuré dans ses propos et spirituel. Personne ne résistait à son regard franc, souriant même quand il n'avait pour but que de vous piquer une cigarette ou un morceau de viande de rabiot.

Pancho Delgado, pas plus parasite que Coche Inciarte, ne bénéficiait pas de la franche personnalité d'Inciarte et de sa longue amitié avec Fito Strauch. C'était un garçon plein de charme, qui savait parler et il avait bien réussi jusqu'à maintenant dans la vie en mettant en valeur ses talents. Les Sartori par exemple, qui d'abord avaient vu d'un mauvais œil ses amours avec leur fille, avaient été gagnés par les bouquets de fleurs et les cadeaux qu'il ne manquait pas d'apporter quand il venait faire une visite.

Il n'y avait pas de fleurs dans les montagnes, le charme et l'éloquence n'étaient pas des qualités dont on tenait compte dans ces conditions terribles. En fait, sa facilité de langage se retournait contre lui. Les plus jeunes ne lui pardonnaient pas son optimisme de circonstance. Il était l'un des aînés, il aurait dû savoir que les autres ne prenaient pas des vessies pour des lanternes. Quand il leur dit qu'il ne pouvait pas travailler à cause de sa jambe, certains ne le crurent pas et l'écartèrent comme tire-au-flanc.

Cela créa une atmosphère instable. Un groupe en agitation cherchait un bouc émissaire, Delgado en était un tout trouvé. Son seul ami d'autrefois était Numa Turcatti qui se tenait trop haut pour savoir ce qui se tramait. Tous les autres qui n'y mettaient pas du leur avaient une protection quelconque : Methol son état physique; Mangino, Sabella, Harley et Francois leur jeunesse, Inciarte son heureuse nature. De plus Inciarte ne prétendait pas être autre chose que lui-même, tandis que Delgado s'était déjà fait une mentalité d'avocat. Il jouait sa vie comme au poker, sans se rendre compte que dans les circonstances actuelles il avait de mauvaises cartes en main. Ses cartes étaient mauvaises parce qu'il avait faim et que lui, presque le seul parmi les dix-neuf survivants, ne pouvait ni chaparder lui-même ni compter sur des amis ou des protecteurs pour chaparder à son profit. C'était là une situation qui ne pouvait qu'empirer.

L'épreuve d'essai de Roy Harley et de Carlitos Paez eut un effet opposé à celui qu'on aurait pu attendre. Roy, dont les résultats avaient été meilleurs que ceux de Carlitos, se mit à décliner. Avoir été disqualifié pour l'expédition l'amena à croire qu'il avait déçu ses compagnons et cela, survenant si peu de temps après la disparition de son ami Nicolich, paralysa son esprit comme une jambe cassée l'aurait rendu infirme. Un rien lui faisait du mal, il se mettait à pleurer si on le réprimandait et il parlait d'une voix geignarde et aiguë comme un enfant susceptible. Il était paresseux, égoïste; seules injures et insultes lui faisaient accomplir quelque tâche. Il arriva à Carlitos juste le contraire. Celui qui avait avoué qu'il était un enfant gâté et une poule mouillée devint peu à peu un garçon dur à la besogne et sur qui on pouvait compter. Non seulement il contribua au découpage de la viande, mais prit sur lui de fermer l'entrée de l'avion chaque soir.

Il avait des qualités contradictoires. Il était autoritaire, querelleur et chapardait plus que tout autre, mais sa nouvelle personnalité contribua à relever le moral du groupe sans conteste. Tout en étant le plus jeune, il était trapu, la voix grosse et rude, un vrai ours de peluche. Sa façon de penser et sa conduite souvent étourdie — il perdait briquets et couteaux dans la neige — mais là-haut sur la montagne comme à Montevideo, la seule mention de Carlitos amenait un sourire sur les lèvres. Il faisait sourire les autres non tant pour la drôlerie de ses bons mots que pour l'effet comique que produisait sa personnalité entière. C'était là posséder un talent d'importance, car ils n'avaient guère sujet à s'amuser.

Carlitos Paez appartenait à la seconde série : avec Algorta et Zerbino il servit d'auxiliaire à Daniel Fernandez et aux cousins Strauch. Ces trois-là étaient les officiers non délégués qui recevaient les ordres du quartier général et les faisaient connaître aux subalternes. Gustavo Zerbino, en particulier, était enclin à flatter les aînés et à houspiller les plus jeunes, bien qu'à dix-neuf ans il fût lui-même parmi la petite classe. Il était affectueux, mais toujours tendu. Comme Canessa, il se mettait facilement en colère et prenait une crise de rage si, par exemple, quelqu'un prenait sa place dans l'avion en face de Daniel Fernandez. C'est à lui qu'il s'était particulièrement attaché. Si Fernandez réclamait l'un de ses pantalons, il les lui donnait aussitôt. Si c'était Vizintin qui pourtant faisait partie du corps expéditionnaire, Zerbino répliquait : « Va te faire foutre, sale brute! cherche-les toi-même! »

Avec Fernandez, Zerbino s'institua lui-même gardien et conservateur de l'argent et des papiers des morts. Il prit aussi l'initiative d'enquêter sur tous les écarts de conduite, par exemple changer de place pendant la nuit. C'est pourquoi on l'appelait quelquefois le « détective ». Avant l'accident, son surnom était Oreilles, il se changea en Caruso quand il apparut au cours d'une conversation qui roulait sur la nourriture que Zerbino n'avait jamais mangé de *cappelletti alla Caruso*, une sorte de raviolis avec une sauce qui portait le nom du chanteur : Zerbino ne savait pas ce que c'était. Sa nature simple et généreuse l'exposait aux taquineries. Parfois les garçons se moquaient de lui parce que, en fin de soirée ou bien au petit matin, il ne pouvait distinguer si l'on voyait la lune ou le soleil. Il était aussi uniformément pessimiste. Si Fito l'envoyait regarder comment était le temps, il revenait toujours en disant : « Il fait vachement froid et une tempête est en route! »

Alors Fito se tournait vers Carlitos et lui disait : « Va donc voir! » Et Carlitos, qui était optimiste, revenait en déclarant : « Il y a un peu de neige, mais elle ne va pas durer longtemps. Dans une demi-heure on aura un ciel bleu et clair. »

Pedro Algorta était un héros peu convaincant. Selon les critères qui abattaient certains des autres garçons, il aurait dû être le premier à flancher. Bien qu'il eût commencé ses classes avec les autres à Stella Maris, la profession de son père l'avait obligé à les poursuivre à Santiago et à Buenos Aires; aussi ne connaissait-il guère les dix-huit autres survivants. De ses deux amis, l'un, Felipe Maquirriain, était mort et l'autre, Arturo Nogueira, estropié, broyait du noir.

Plusieurs des traits de caractère d'Algorta contribuaient à son isolement. Il était timide, introverti et socialiste tandis que les autres étaient exubérants, extrovertis et conservateurs. En Uruguay il avait travaillé pour le *Frente Amplio,* une sorte de Front populaire qui s'était présenté pour la première fois aux électeurs pour les dernières élections présidentielles. Daniel Fernandez et Fito Strauch, en revanche, appartenaient tous les deux au Mouvement universitaire national (M. U. N.) qui soutenait Wilson Ferreira, un libéral blanc : Eduardo Strauch soutenait Battle, un libéral rouge, tandis que Carlitos aurait voté pour un blanc réactionnaire, le général Aguerrondo.

Autre inconvénient pour Algorta, son amnésie. Il ne pouvait toujours pas se rappeler ce qui était arrivé les jours avant l'accident. Il courut joyeusement autour de l'avion le jour où Inciarte lui apprit qu'une équipe argentine avait remporté le championnat de football. C'était inexact. A propos de choses plus sérieuses, Algorta avait complètement oublié qu'en allant au Chili il ne cherchait pas seulement à acheter à bon marché des livres de sciences économiques ou bien une étude de première main sur les socialismes d'Amérique du Sud, mais aussi à revoir une fille qu'il avait rencontrée quand il vivait à Santiago. Il croyait alors qu'il l'aimait, mais ils ne s'étaient pas revus depuis un an et demi et les lettres qu'ils avaient échangées n'avaient pas suffi à maintenir leurs sentiments à la température qu'il désirait. Il était donc venu au Chili pour fixer leurs relations d'une façon ou d'une autre, mais maintenant il avait oublié ses projets et l'une des raisons pour lesquelles il voulait rentrer à Montevideo, c'était de trouver une petite amie.

Il avait l'esprit assez éveillé pour se rendre compte qu'il devait travailler pour survivre, il s'attira ainsi l'approbation des cousins, particulièrement de Fito. Algorta continua à se sentir légèrement tenu à l'écart surtout parce qu'il ne pouvait prendre part à la conversation qui roulait si souvent sur les travaux agricoles, mais cela ne suffit pas à développer en lui un sentiment pénible d'isolement.

Ceux qui avaient pris la direction de cette petite communauté, les trois cousins, n'étaient pas, en tant qu'individus, différents des autres. Ils dominaient le groupe en vertu de la force qu'ils se donnaient mutuellement.

Daniel Fernandez, par exemple, était le plus âgé des survivants après Methol et il avait conscience de la responsabilité que lui imposait cette circonstance. Il avait une maturité supérieure à celle de son âge (vingt-six ans) et s'occupait avec ardeur à tenir la cabine propre, à réunir les papiers d'identité, à contrôler la distribution des briquets et des couteaux. Il massait les pieds gelés de Bobby Francois, ce pourquoi Bobby lui promit d'être son esclave dévoué quand il serait de retour à Montevideo, et conseilla à Canessa de ne pas faire d'opération sur la jambe infectée d'Inciarte. Timide de nature, Daniel aimait pourtant bavarder et raconter des histoires. Il était calme, juste, et l'on pouvait compter sur lui. Les seules qualités qui lui manquaient, c'était la force physique et une personnalité qui s'impose.

Eduardo Strauch avait beau être appelé « l'Allemand », il était sur bien des points moins germaniques que ses deux cousins. D'apparence il tenait du côté de sa mère, une Urioste, et il était moins lourdement bâti que Fito. Son allure était distinguée et ses manières polies. Des dix-neuf garçons il était le plus courtois, sans doute parce qu'il avait séjourné en Europe et d'esprit le plus ouvert. En général on le voyait calme mais il était capable de colère passionnée. Il aimait à commander, en particulier Carlitos Paez, mais comme Fito il montrait de la bonté envers les garçons plus jeunes, plus agaçants comme Mangino et Francois.

Fito Strauch avait plus de tempérament qu'Eduardo, mais il inspirait moins de confiance au groupe. Quand ils réfléchissaient sur leur misérable situation, les pensées de Fito étaient toujours celles qui portaient le plus, son jugement était le plus sain. Il avait aussi inscrit à son crédit l'invention des lunettes de soleil, dont ils avaient besoin pour se protéger les yeux de la neige. En prenant les pare-soleil du poste de pilotage qui étaient en verre teinté, il y découpa deux petits cercles et les inséra dans une monture de plastique taillé dans la couverture d'un portefeuille contenant le plan de vol.

Fito n'était pas exempt de défauts. Comme Fernandez il s'emportait contre Mangino. Il se chamaillait aussi avec Eduardo quand ils s'installaient pour dormir et une fois il se mit tellement en colère contre Algorta parce qu'il s'était vautré sur lui pendant son sommeil qu'il fut sur pied d'un bond et s'écria : « Assassin, assassin! »

Algorta se contenta d'ouvrir les yeux et dit « Oh, Fito, comment peux-tu? » Et retomba dans le sommeil.

Le gouvernement établi marchait bien. Comme dans la constitution des États-Unis, il y avait tout un système de contrôles intérieurs. Les cousins Strauch avec leurs aides limitaient la puissance du corps expéditionnaire et le corps expéditionnaire limitait celle des Strauch. Les deux groupes se respectaient l'un l'autre et agissaient avec l'accord tacite de l'ensemble.

Il y en avait deux qui ne jouaient aucun rôle à cause des blessures qu'ils avaient reçues quand l'avion s'était écrasé : c'étaient Rafaël Echavarren et Arturo Nogueira. Ils dormaient tous les deux dans le hamac que leur avait confectionné Canessa et quittaient rarement l'avion. Cela leur faisait trop mal de marcher et se traîner dans la neige leur coûtait autant de force qu'il leur en restait dans leurs membres. Ils différaient du tout au tout aussi bien par leur passé que par leur tempérament. Nogueira, vingt et un ans, était un étudiant de gauche en sciences économiques, Echavarren vingt-deux ans, s'occupait d'industrie laitière. Leurs systèmes de valeurs étaient divergents et partager le même lit de souffrance ne pouvait vraisemblablement pas les réconcilier, car la nuit le moindre mouvement fait par inadvertance par l'un causait des élancements de douleur à l'autre.

Echavarren, d'origine basque, avait une nature franche et courageuse. L'état de sa jambe était épouvantable. Son mollet arraché avait été remis en place, mais la plaie s'était infectée. Pis encore, il était incapable de remuer sa jambe ni de mouvoir ses pieds la nuit, de sorte que ses orteils devinrent rouges, puis noirs à mesure que la gelure les attaquait. Dans la journée il demandait aux uns et autres de l'aider à rétablir sa circulation. « Patroncito, disait-il à Fernandez, masse-moi les jambes, veux-tu? Elles sont tellement engourdies que je ne les sens plus. » Quand Fernandez avait fini, Echavarren lui disait : « Je te promets, si je sors d'ici, que je te donnerai tout le fromage que tu veux jusqu'à la fin de ta vie. »

Il était tout à fair résolu à s'en tirer. Chaque matin il se disait. « Je suis Rafaël Echavarren et je jure que je reviendrai » et quand on lui suggérait d'écrire une lettre à ses parents ou à sa fiancée, il répliquait : « Non, je leur dirai tout quand je serai de retour. » Cette confiance lui avait donné de la popularité parmi les garçons, ainsi que son honnêteté d'esprit et son absence de préjugés. Quand on le heurtait à la jambe, il proférait injures sur injures, une minute ou deux après, il s'excusait. Il faisait rire les autres en mangeant des bonbons imaginaires et il les divertissait en leur racontant comment il faisait le fromage dans sa laiterie.

Son état empira. Sa jambe était lourde de pus et la peau noire de la chair gangrenée s'étendait de ses orteils à son pied. Un matin, d'une voix aussi énergique et optimiste que d'ordinaire, il demanda l'attention générale et dit qu'il allait mourir. Les autres protestèrent, mais il s'entêta. Il le leur apprenait parce qu'il voulait que ceux qui survivraient transmettent ses dernières volontés à sa famille, à savoir léguer sa motocyclette à son intendant et sa jeep à sa fiancée. Les garçons protestèrent de nouveau; le lendemain l'idée de sa mort l'avait quitté et il reprit son optimisme coutumier.

Arturo Nogueira était en meilleure condition physique, mais son moral était au plus bas. Même avant l'accident c'était déjà un garçon instable, difficile à vivre, renfermé et silencieux dans sa propre famille. La seule personne qui était arrivée à le tirer de lui-même était sa fiancée, Ines Lombardero. Elle-même avait connu beaucoup de souffrances dans sa vie — l'un de ses frères était mort noyé avec deux autres garçons, leur canoë avait chaviré sur la côte à Carrasco. Sa consolation était Arturo; il l'embrassait sans se gêner dans la rue.

La seconde passion d'Arturo était la politique. Son sens aigu de la justice avait fait de lui un militant idéaliste, tantôt socialiste, tantôt anarchiste. Il avait plus ou moins abandonné l'Église de Rome pour l'Utopie. Comme Zerbino, il s'était occupé des taudis de Montevideo sous la conduite des jésuites, mais il croyait maintenant à des solutions plus radicales pour atténuer la pauvreté et l'oppression.

Dans l'avion il restait seul, ses grands yeux verts sortant de son visage émacié; il avait une barbiche au menton. Au début, il avait montré quelque intérêt pour leur condition, en particulier pour leur position exacte dans les Andes et il avait assumé le rôle de lecteur de carte. Mais à mesure que le temps passait, sa confiance diminua et les cartes furent remisées. Il se rappelait qu'il avait eu le pressentiment, étant enfant, qu'il mourrait à vingt et un ans. Il dit à Parrado qu'il savait qu'il allait mourir.

Son isolement, à l'intérieur du groupe, était pire que son désespoir. Il était hérissé, maussade envers les autres et personne, dans de telles conditions, ne prenait la peine de forcer son extérieur hostile. Pedro Algorta était son seul ami intime, mais Pedro lui-même risquait l'isolement et n'était pas en état de faire entrer Arturo dans le groupe contre son gré.

Son antagonisme provenait en grande partie de ses idées politiques. Echavarren et lui se disputaient soi-disant pour des histoires de couvertures ou de positions de leurs pieds, en réalité c'était la divergence de leurs points de vue politiques qui rendait ces querelles si aigres. Nogueira trouva prétexte, un jour que Paez racontait des histoires de son père afin de distraire les autres, pour fulminer. Paez dit que son père avait été en Afrique avec Günther Sachs et que Brigitte Bardot était venue habiter avec eux à Punta Ballena.

— Ah! Arturo, qu'est-ce que tu dis de cela? demanda Canessa.

— Je m'en fous, je suis socialiste, répondit Arturo.

— Tu n'es pas socialiste, tu es cinglé. Cesse de jouer aux durs à cuire.

— Vous êtes tous des aristos et des réactionnaires, dit Arturo plein de fureur. Je ne veux pas vivre en Uruguay, imbu des valeurs matérialistes que vous représentez, et surtout toi, Paez.

— Si vous croyez que je vais l'écouter! dit Paez.

— Tu es peut-être socialiste, dit Inciarte et l'indignation le faisait bégayer, mais tu es aussi un être humain et c'est ce qui compte ici.

— Laisse tomber, dit Algorta, tout ça n'a pas d'importance.

Nogueira se renferma dans le silence; plus tard il dit à Paez qu'il regrettait ses paroles.

Dans la journée, même quand le soleil brillait, Nogueira restait dans l'avion. Il captait l'eau qui tombait goutte à goutte d'un trou de l'avion ou bien Algorta, Canessa, Zerbino lui apportaient de l'eau de l'extérieur. Ils lui parlaient de sa famille et essayaient de le convaincre de sortir de l'avion parce que certains le soupçonnaient d'être un malade imaginaire, mais tout ce que firent ses amis pour lui remonter le moral fut vain.

L'intérieur de l'avion était sombre et humide. Ceux qui y restaient ne respiraient qu'un air glacé. Nogueira devint asthénique et c'est seulement au bout d'une semaine qu'il s'aperçut qu'il n'avait pas mangé sa ration de viande, à la suite de quoi Algorta la lui fit avaler en la lui mettant dans la bouche par petits fragments. Sa salive tombait goutte à goutte des commissures de ses lèvres.

Parrado et Fito Strauch se rendirent enfin compte que l'isolement de Nogueira allait le tuer. Parrado vint auprès de lui « Veux-tu rester ici? » lui demanda-t-il. Rester dans leur langue était un euphémisme pour mourir.

— Oui, je le veux, répondit Nogueira.

— Non, tu ne le veux pas, dit Parrado. Je te tirerai de ce pétrin pour l'anniversaire d'Ines. Tu verras.

Un soir qu'ils s'étaient disposés à dormir, Arturo demanda s'il pouvait dire le rosaire. Oui, lui répondit-on et Paez lui passa son chapelet. Arturo dit alors à l'intention de qui il priait, pour leurs familles, pour leur pays, pour ceux qui étaient morts et pour ceux qui étaient là. Il parlait avec une telle intensité dans la voix que les dix-huit autres, dont certains croyaient que le rosaire n'était qu'un moyen de s'endormir, furent saisis de respect et d'émotion affectueuse pour Nogueira. Quand il eut achevé les cinq dizaines, ils étaient tous silencieux. On entendait seulement pleurer sans bruit dans le hamac. Pedro Algorta leva la tête vers lui et demanda pourquoi il pleurait.

— Parce que je suis tout près de Dieu, répondit-il.

Il avait parmi ses affaires la liste des vêtements qu'il avait mis dans sa valise. Il prit le feuillet et écrivit au verso, d'une main plus faible qu'auparavant, une lettre à ses parents et à sa fiancée.

« Dans une situation telle que la nôtre, la raison ne peut comprendre l'absolu et infini pouvoir de Dieu sur les hommes. Je n'ai jamais souffert comme maintenant, des souffrances physiques et morales, et pourtant je n'ai jamais autant cru en Dieu. Physiquement, jour et nuit, j'éprouve des tortures avec ma jambe brisée, ma cheville enflée et la cheville de mon autre jambe enflée elle aussi. Torture physique et morale parce que vous êtes loin de moi et que je meurs du désir de vous voir, de vous serrer dans mes bras de la même façon, mon père et ma mère bien-aimés, à qui je veux confesser que j'ai eu tort de les traiter comme j'ai fait... Force... La vie est dure, mais elle vaut la peine d'être vécue. Même en souffrant. Courage ! »

Le lendemain Arturo fut encore plus faible et fiévreux. Pedro s'installa pour dormir sur le hamac pour le réchauffer. Ils parlaient entre eux deux de leurs familles, d'Ines, des examens qu'ils passeraient et des matches de football qu'ils avaient regardés à la télévision. Ses paroles étaient décousues et plus tard le délire le prit.

— Eh ! voilà la charrette du lait ! Voilà le fermier avec le lait ! Vite, ouvrez la porte !

Il voyait dans son délire la charrette du lait, puis le marchand de glaces, enfin Ines et sa famille en train de déjeuner le dimanche. Un accès de fièvre le fit frissonner. Soudain il se leva et essaya d'enjamber les corps des garçons qui dormaient en dessous. Algorta s'agrippa à lui ; Arturo cria que Paez et Echavarren essayaient de le tuer. Algorta le saisit bien fort, le hissa dans le hamac. Plus tard il prit un peu de librium et de valium qui faisaient partie de leur provision de médicaments et fit absorber les pilules à son ami.

Arturo était dans une sorte de coma; il délira tout le jour suivant. La nuit il fit si froid qu'ils le tirèrent du hamac et le firent dormir au milieu d'eux. Il était plus calme et dormit dans les bras de Pedro Algorta. C'est dans cette position qu'il mourut; Methol et Zerbino essayèrent le bouche à bouche, mais Algorta savait que ça ne servirait à rien. Il se mit à pleurer et le lendemain avant que le corps ne soit tiré dans la neige, il prit pour lui la veste et le manteau d'Arturo.

La mort de Nogueira les traumatisa tous. Elle ruinait la thèse que ceux qui avaient survécu à l'avalanche étaient destinés à s'en tirer. Plus que jamais il fallait s'enfuir et les garçons souhaitaient avec impatience voir partir le corps expéditionnaire, mais ils étaient encore confinés dans l'avion des jours durant à cause des vents glacés et des abondantes chutes de neige.

Après l'avalanche, ils avaient dormi n'importe comment; les premiers entrés prenaient les places les plus chaudes. Plus tard ils en vinrent à un ordre plus strict qu'on regarda comme plus juste. Daniel Fernandez et Pancho Delgado descendaient les coussins du dessus de l'avion où on les avait mis sécher et les disposaient sur le plancher de la cabine. Vers 5 h 30 quand le soleil était passé derrière les montagnes et qu'il faisait soudainement froid, les garçons faisaient la queue dans l'ordre où ils devaient dormir. D'abord venait Inciarte (mais sans Paez qui était son vis-à-vis), ensuite Fito et Eduardo, Daniel Fernandez et Zerbino, à moins que ce ne fût leur tour de dormir près de la porte. Après eux un ordre fixe n'était pas respecté. Canessa dormait où il voulait et Parrado d'habitude dormait avec lui. Francois et Harley ne se quittaient pas. Xavier dormait avec Mangino, Algorta avec Turcatti ou Delgado, Sabella avec

Vizintin. Les derniers à entrer étaient ceux dont c'était le tour de dormir à la place la plus froide, près de la porte, mais le dernier à pénétrer dans la cabine était Carlitos qui chaque soir fermait l'entrée de l'avion. En compensation, il dormait (avec Inciarte) dans la partie la plus chaude de l'avion.

Il était leur *tapiador*, leur faiseur de murs en torchis, mais sa place près du poste de pilotage lui valait une autre tâche, celle de vider par un trou du fuselage la chope de plastique qui leur servait de pot de chambre. C'était une besogne fastidieuse, parce que la chope était trop petite pour les besoins; il fallait la passer une seconde, parfois une troisième fois, mais il n'y avait pas de récipient qui convienne. On réclamait donc sans cesse le pot de chambre, les garçons étant confinés dans l'avion pendant 15 heures d'affilée. La plupart étaient assez bons pour pisser avant d'entrer et se servaient du pot vers 9 heures quand la lune se levait et qu'ils essayaient de dormir, mais il y en avait certains — Mangino surtout — qui ne manquaient pas de s'éveiller à 3 ou 4 heures du matin et de demander le pot à Carlitos. Cela mettait Carlitos tellement hors de lui qu'il prétendait ne pas le trouver et Mangino devait sortir dans le froid; de tel autre il exigeait en échange une cigarette.

Ils essayèrent de faire une seconde « toilette » à l'avant de l'avion; mais quand la neige fondait, l'urine fondait aussi et l'odeur s'insinuait dans la cabine. Néanmoins il restait difficile pour ceux qui dormaient près de l'entrée de demander le pot la nuit parce que cela voulait dire qu'il fallait éveiller tous ceux qui auraient à le passer de main en main. Algorta se réveilla une fois la vessie gonflée et ne put se décider à éveiller tout le monde : il pissa donc contre le mur de neige. Le matin suivant, quand il fit jour, il vit qu'il avait pissé sur le plateau à morceaux de gras de quelqu'un. Il se garda de rien dire.

L'avion se transformait en porcherie. Ce n'était pas seulement l'urine qui le souillait, il y avait aussi des bouts de gras, des éclats d'os qui traînaient sur le sol. Après un certain temps on édicta qu'aucun os ne devait être apporté dans l'avion et que tout morceau de gras qu'on y amenait devait en être sorti le jour même. Pourtant la neige à chaque extrémité restait sale et seul le froid empêchait la puanteur de dominer l'atmosphère.

Il était difficile de dormir. Ils étaient tellement serrés les uns contre les autres que, si l'un remuait, tous les autres s'en trouvaient dérangés et que les légères couvertures de siège s'écartaient de leurs corps. Ils redoutaient aussi, et c'était compréhensible, une nouvelle avalanche. Ils croyaient toujours entendre des bruits bizarres en dehors de l'avion, soit le grondement du Tinguiririca, soit d'autres avalanches ailleurs dans les montagnes. Des pierres se détachaient des rochers et tombaient en ricochant jusqu'à eux. L'une d'elles heurta l'avion pendant qu'ils essayaient de dormir, Inciarte et Sabella se levèrent brusquement, croyant à une nouvelle avalanche. Les autres étaient toujours prêts à faire la même chose. Methol dormait en position assise, la tête couverte par un maillot de rugby pour chauffer l'air qu'il respirait. En s'endormant, il se courbait en avant ou tombait sur le côté, pour la gêne et le déplaisir de ceux qui dormaient à côté de lui.

C'était des agacements de cet ordre qui provoquaient des disputes qui dégénéraient en batailles. Ils s'injuriaient quand l'un avait flanqué son pied dans la figure de l'autre, s'était approprié une couverture, mais en de rares occasions on en vint aux coups. Canessa et Vizintin étaient ceux qui avaient le moins de maîtrise à cet égard. Ils étaient plus forts que les autres et tiraient avantage de leur appartenance au corps expéditionnaire pour dormir où et comme ils voulaient, tout en ayant soin de ne pas s'opposer à Parrado, à Fernandez et aux Strauch. Il arriva à Vizintin d'être étendu, un pied sur la figure de Harley, parce que celui-ci ne lui cédait pas la place. On lui demanda de retirer son pied, il refusa. Roy Harley écarta alors de sa figure le pied de Vizintin, qui lui donna un coup; cela rendit Harley furieux et il se serait jeté sur Vizintin si Daniel Fernandez n'était intervenu. Une autre fois Vizintin donna un coup de pied à Turcatti, et Numa, généralement le garçon le plus paisible de la terre, eut un accès de rage et s'écria : « Sale brute, de ma vie je ne t'adresserai plus la parole! » Inciarte, se mettant du côté de Turcatti, l'injuria aussi : « Fils de pute, si tu n'écartes pas ta jambe, je te casse la gueule! » Vizintin leur dit d'aller se faire foutre. Une fois de plus Fernandez intervint et réussit à les calmer.

Inciarte se disputa avec Canessa, qui leva la main sur lui. Inciarte lui dit : « Si jamais tu fais ça, je te brise le cou », pure bravade de la part d'un garçon plus faible que les autres, mais cela suffit à faire réfléchir Canessa sur ce qu'il allait faire. Cette dispute, comme la plupart des autres, s'acheva aussi vite qu'elle avait commencé avec des larmes, des embrassements et l'on se dit une fois encore que si l'on ne formait pas un tout bien uni, on ne s'en sortirait jamais.

Chamailleries, menaces, injures et jérémiades, c'était tout ce qu'ils avaient pour les libérer de l'intense sentiment de frustration qui s'était développé en eux. Par exemple si l'un d'eux se heurtait à la jambe d'Echavarren, il se mettait à crier de façon disproportionnée à la douleur qu'il avait ressentie, donnant ainsi libre cours à la douleur qu'il n'avait cessé de supporter. De la même façon cela faisait du bien à certains d'engueuler Vizintin et d'appeler Canessa « fils de pute ». Ce qui était curieux, c'est que certains comme Parrado, ne se querellèrent jamais.

Une nuit Inciarte rêva qu'il dormait sur le parquet dans la maison de son oncle à Buenos Aires. Mangino dormait à côté de lui, frottant contre lui sa jambe infectée. Dans son rêve Coche se mit à lui donner des coups de pied. Alors il entendit un cri et se réveilla en trouvant Fito et Carlitos qui le secouaient aux épaules et Mangino en larmes à côté de lui. Son rêve était devenu réalité : seulement il n'était pas chez son oncle à Buenos Aires, il était dans les débris du Fairchild au milieu des Andes.

Le soir avant de s'endormir ils causaient. On abordait bien des sujets, le rugby que la plupart pratiquaient, l'agronomie que la plupart étudiaient, mais on en revenait toujours à parler de nourriture. Ce qui leur manquait dans leur régime de tous les jours, ils y remédiaient par l'imagination et quand chacun avait fini son propre menu, il se jetait sur le menu du voisin. Echavarren qui possédait une laiterie, leur parlait de fromages, s'attardant sur chaque détail de la fabrication et décrivant le goût, la consistance de chaque variété avec tant de précision que plus d'un garçon se demandait pourquoi eux aussi ne s'adonnaient pas à l'industrie laitière. Pour prolonger la conversation et attirer le souvenir de chacun sur le plus mince détail, ils faisaient des classements. Chacun devait décrire un plat qu'on faisait chez lui, ensuite quelque chose qu'il pût préparer lui-même. Venait ensuite la spécialité de la fiancée, puis le plat le plus exotique qu'on eût mangé, puis le pudding favori, puis un plat étranger, puis une recette villageoise, enfin la chose la plus étrange qu'on eût jamais avalée.

Nogueira, avant qu'il ne mourût, leur fit cadeau de crème, de meringues et de *dulce-de-leche*, cet épais liquide fait de lait et de sucre, au goût intermédiaire entre le lait condensé et la crème au caramel. Harley proposa comme plat d'hiver des cacahuètes et un *dulce-de-leche* enrobé de chocolat et comme plat d'été des cacahuètes et de la glace au *dulce-de-leche*. Algorta n'avait pas de plat qu'il puisse faire lui-même, mais il proposa aux garçons la paëlla que son père faisait quelquefois et les gnocchis de son oncle. Parrado leur promit les *barenkis* préparés par sa grand-mère ukrainienne et pour ceux qui ne savaient pas ce que c'était, il décrivit ces petites crêpes fourrées de fromage, de jambon et de purée de pomme de terre. Vizintin qui passait toujours l'été au bord de la mer près de la frontière brésilienne désigna une *bouillabaisse* et Methol lui dit qu'à leur retour il montrerait à Vizintin comment la faire.

Numa Turcatti écoutait la conversation.

— Methol, dit-il...

— Si tu m'appelles Methol, je ne te répondrai pas.

Numa était aussi poli que timide.

— Xavier, dit-il, quand tu feras cette bouillabaisse, m'inviterez-vous aussi?

— Bien sûr! répondit-il en souriant, car bien que Numa ait commencé sa phrase en le tutoyant, il l'avait vouvoyé à la fin.

Methol s'y connaissait en boustifaille. Le gâteau à la crème n'était pas sa seule spécialité. C'est lui qui avait vécu le plus longtemps, mangé le plus et quand ils se mirent à faire le décompte de tous les restaurants qu'ils connaissaient à Montevideo, chacun avec ses « plats du patron », il fut celui qui en cita le plus. Inciarte consigna la liste dans un carnet qui avait appartenu à Nicolich et quand le dernier restaurant avec ses spécialités les moins connues (les cappelletti alla Caruso) eut été cité, on arriva au chiffre de quatre-vingt-dix-huit.

Plus tard ils rivalisèrent à qui inventerait le menu le plus raffiné, y compris les vins, mais à cette période ces festins imaginaires leur causaient plus de douleur que de plaisir. Retomber de leurs rêves gargantuesques à la viande crue et au gras ne pouvait que les déprimer. Ils craignaient aussi que les sucs gastriques qu'ils sécrétaient pendant leurs rêveries ne finissent par leur donner des ulcères. Sans en discuter on tomba d'accord qu'il valait mieux s'arrêter de parler de la bouffe. Seul Methol s'y entêta.

Hélas! ils avaient beau bannir la mangeaille de leur esprit, ils ne pouvaient pas la bannir de leurs rêves. Carlitos voyait en songe une orange suspendue au-dessus de lui. Il tendait la main vers elle sans pouvoir la toucher. Une autre fois il rêva qu'une soucoupe volante planait au-dessus de l'avion. On abaissait l'échelle, une hôtesse en sortait. Il demandait un milkshake aux fraises, mais ne recevait qu'un verre d'eau avec une fraise à la surface. Il montait dans la soucoupe volante et atterrissait à l'aéroport Kennedy, à New York, où sa mère et sa grand-mère l'accueillaient. Il traversait le hall, achetait un verre de milkshake aux fraises : il était vide.

Roy rêva qu'il était dans une boulangerie où l'on retirait du four des biscuits. Il essaya de dire au boulanger qu'ils étaient là-haut sur les Andes, mais n'arriva pas à se faire comprendre.

Ils étaient enclins à penser à leurs parents et à parler d'eux. C'est pourquoi Carlitos aimait à regarder la lune; c'était une consolation pour lui de se dire que sa mère et son père regardaient aussi la lune à Montevideo. C'était un des inconvénients de la place qu'il occupait dans l'avion qu'il ne pût voir par un hublot, mais une fois, en échange du service de pot de chambre, Fito éleva une petite glace de poche à bonne hauteur afin que Carlitos pût voir dedans le reflet de sa lune bien-aimée.

Eduardo parlait avec Fito de son voyage en Europe, ou bien les deux cousins discutaient sur leurs familles. Souvent ils entendaient alors le reniflement rythmé qui leur signifiait que Daniel Fernandez avait commencé à sangloter à côté d'eux. Il était trop pénible de penser à leur maison et pour protéger leur santé d'esprit, la plupart des garçons avaient réussi à bannir de telles pensées de leur esprit.

Il ne restait pas d'autre sujet de conversation. La plupart s'intéressaient beaucoup à la politique uruguayenne, mais après la sortie de Nogueira, ils se gardaient bien de mettre en discussion un sujet qui puisse exciter les passions contraires. Quand ils entendaient à la radio, par exemple, que le politicien Colorado Jorge Battle avait été arrêté pour avoir critiqué l'armée, Daniel Fernandez sautait en l'air de joie; pourtant Canessa et Eduardo avaient voté pour Battle aux récentes élections présidentielles.

Le sujet le plus sûr restait l'agriculture, parce que plusieurs d'entre eux en faisaient l'étude ou bien avaient déjà travaillé dans des fermes et des ranches ou bien possédaient eux-mêmes fermes et ranches de famille. Paez, Francois, Sabella avaient des domaines dans la même région, Inciarte et Echavarren avaient tous les deux des laiteries.

De temps en temps Algorta se sentait exclu du groupe parce qu'il ne savait rien sur la campagne. Voyant cela, les fermiers essayèrent de l'instruire. Ils projetèrent un consortium régional d'expérimentation agricole où Algorta aurait en charge l'élevage des lapins. Ils vivraient tous ensemble sur un domaine que Paez possédait dans la Coronilla en deux maisons contiguës dessinées par Eduardo.

Ils songèrent beaucoup à leur consortium régional, en particulier Methol qui, avec Parrado, devait diriger le restaurant. Un soir qu'ils étaient couchés dans l'avion en attendant le sommeil, Methol se pencha sur Daniel Fernandez et lui demanda s'il voulait bien s'écarter, car il voulait demander à Zerbino quelque chose de confidentiel. Fernandez fit ce qu'on lui demandait — désorganisant toute la rangée des corps allongés — sur quoi Methol demanda à voix basse à l'oreille de Zerbino s'il ferait les notes du restaurant.

Le consortium régional était une heureuse invention, son point faible s'avérait le restaurant. Bientôt ils parlèrent moins des façons d'engraisser le bétail ou d'améliorer les semences que des œufs de pluvier et des cochons de lait qu'on servirait au restaurant. Il était également difficile d'exclure la question des repas quand ils imaginaient les sorties qu'ils feraient avec leurs fiancées à leur retour en Uruguay. Ils n'envisageaient pas un instant d'inviter quelqu'un en dehors du groupe et quand ils pensaient à leurs fiancées ou parlaient d'elles, c'était toujours avec pureté et respect. Ils avaient un trop grand besoin de Dieu pour l'offenser avec des pensées ou des propos lubriques. La mort était trop près d'eux pour oser commettre le péché le plus véniel. De plus, tout besoin sexuel semblait les avoir quittés, ce qui provenait sans doute du froid et de leur propre faiblesse. Certains eurent même peur que leur régime insuffisant les rende impuissants.

Ils n'éprouvaient pas de frustration sexuelle au sens physique du terme, mais ils avaient un grand besoin affectif d'une femme pour partager leur existence. Les lettres écrites par Nogueira et par Nicolich s'adressaient plus à leurs fiancées qu'à leurs parents. Ceux qui étaient encore en vie et qui étaient fiancés — Fernandez, Inciarte, Delgado, Echavarren, Canessa et Mangino — pensaient à elles avec intensité et avec la plus grande dévotion. Pedro Algorta, nous l'avons vu, avait perdu le souvenir de la fille qui l'attendait à Santiago, mais il avait hâte de revenir en Uruguay et de trouver une fiancée. Zerbino était libre, mais il parlait aux autres d'une fille qu'il avait rencontrée et après proclamation générale elle devint sa fiancée.

Le côté exceptionnel de leur situation ne les incitait pas à s'étendre sur les questions philosophiques plus fondamentales de la vie et de la mort. Inciarte, Zerbino et Algorta, les plus progressistes parmi les dix-huit survivants discutèrent un jour sur les rapports entre foi religieuse et engagement politique. Une autre fois Pedro Algorta et Fito Strauch parlèrent de l'existence et de la nature de Dieu. Pedro avait reçu une bonne formation chez les jésuites de Santiago et pouvait développer les théories philosophiques de Marx et de Teilhard de Chardin. Fito et lui doutaient de tout; aucun des deux ne croyaient à un Dieu providentiel qui veillait sur le destin de chaque individu. Pour Pedro, Dieu c'était l'amour qui existe entre deux êtres humains, ou une communauté d'êtres humains. L'amour était tout ce qui comptait.

Carlitos essaya de prendre part à la conversation — il avait de tout autres notions de Dieu — mais Fito et Pedro lui dirent qu'il avait l'esprit trop lent pour saisir le raisonnement. Carlitos prit sa revanche le lendemain quand Pedro se mit à injurier l'un d'eux pour lui avoir flanqué son pied dans la figure ou pour avoir marché sur son plateau à graisse : « Oh! Pedro, pourquoi dis-tu de telles horreurs? Je croyais que l'amour était tout. »

Il n'y avait à lire qu'une ou deux bandes dessinées. Personne ne jouait à des jeux, personne ne chantait, personne ne racontait plus d'histoires. On fit de grossières plaisanteries sur les tas d'argent de Fito, ils éclatèrent de rire quand Coche Inciarte se dressa pour chercher quelque chose dans le porte-bagages et frôla de son visage une main sans vie qui avait été apportée là pour tromper la faim pendant la nuit. A l'occasion on faisait un mot d'esprit sur le fait de manger de la chair humaine : « Quand j'irai chez le boucher à Montevideo, je demanderai d'abord à goûter la viande », et sur leur propre mort : « De quoi aurai-je l'air en morceau de glace? » Ils inventaient aussi des mots ou changeaient la fin des mots, en particulier Carlitos, et développaient des phrases et des maximes soit pour galvaniser leur moral ou pour exprimer une forte vérité qu'ils ne pouvaient se résoudre à exprimer plus clairement. « Le perdant y reste » était l'équivalent le plus proche de « les plus faibles mourront ». « Qui lutte ne meurt jamais » disaient-ils, et encore : « Nous avons vaincu le froid » et ils répétaient à satiété ce qu'ils prenaient pour une vérité établie : « Le Chili est à l'ouest. »

Leur principale préoccupation, leur principal sujet de conversation était de savoir comment ils se tireraient de là. On refaisait cent fois les plans de l'expédition. L'équipement était discuté, combiné, fabriqué. Le groupe entier discutait la route que devaient suivre les quatre garçons. Personne ne douta un instant que ceux-ci n'agissaient pas pour le bien commun et puissent ne pas suivre les décisions de la majorité. Les plus pratiques songeaient à la façon dont ils pourraient protéger leurs pieds; les rêveurs se demandaient ce qu'ils feraient une fois arrivés au Chili et s'ils se décideraient à téléphoner à leurs parents à Montevideo pour leur dire qu'ils étaient sauvés et ensuite prendraient le train pour Mendoza. Ils pensaient qu'à leur retour ils trouveraient un journaliste qui serait intéressé par ce qu'ils avaient subi, et ils projetaient aussi d'écrire un livre dont Canessa avait choisi le titre, *Demain peut-être*, parce qu'ils espéraient toujours qu'un événement réconfortant aurait lieu le jour suivant. Vers 9 heures du soir, quand la lune avait disparu de l'horizon, ils s'arrêtaient de parler et s'apprêtaient à dormir. Carlitos commençait à réciter le rosaire à l'intention chaque soir de son père, de sa mère et de la paix dans le monde. Ensuite Inciarte ou Fernandez disait la seconde dizaine et Algorta, Zerbino, Harley ou Delgado se partageaient le reste. La plupart croyaient en Dieu et avaient besoin de Dieu. Ils trouvaient aussi un grand réconfort à prier la Vierge Marie qui était mieux faite pour sentir combien ils désiraient retrouver leurs familles. Ils disaient parfois le « *Salve, Regina* », se concevant eux-mêmes comme « les pauvres enfants d'Ève bannis » et la vallée où ils étaient prisonniers comme « la vallée de larmes ». Ils redoutaient sans cesse une nouvelle avalanche, surtout quand la tempête soufflait et un soir que les vents se déchaînaient avec fureur, en disant le rosaire ils supplièrent la Vierge Marie de les protéger. Quand ils eurent terminé, la tempête s'était apaisée.

Fito conservait son scepticisme. Il regardait le rosaire comme un moyen de s'endormir, quelque chose qui écarte de la pensée les sujets angoissants et qui par sa monotonie vous incline au sommeil. Les autres connaissaient sa position religieuse et une nuit ils en tirèrent avantage. Le sol sous l'avion avait commencé à trembler à cause des sursauts du Tinguiririca et la vieille terreur leur revint que les mouvements du volcan ne mettent en branle les énormes quantités de neige qui les surplombaient et ne provoquent une avalanche qui les ensevelirait pour toujours. Ils fourrèrent le rosaire dans la main de Fito et lui dirent de prier. Le sceptique était aussi effrayé que les croyants. Il dit le rosaire en demandant instamment qu'ils puissent être protégés du volcan. A la fin de la dizaine le grondement avait cessé.

Il y avait deux sujets qui ne cessaient de les préoccuper. Le premier, c'était les cigarettes. Seuls Parrado, Canessa et Vizintin ne fumaient pas. Zerbino ne le faisait pas auparavant, il en avait pris l'habitude en montagne. Les autres fumaient comme des cheminées et à cause de la tension que leur imposaient les conditions actuelles, ils auraient souhaité fumer encore plus.

Heureusement on n'était pas à court de cigarettes. Methol et Pancho Abal qui travaillaient pour une firme de tabac et savaient qu'on rationnait au Chili, avaient emporté en voyage nombre de cartouches de cigarettes uruguayennes.

On était tout de même obligé de se restreindre. Un paquet de vingt cigarettes devait suffire à chaque garçon pour deux jours et la plupart s'arrangeaient pour avoir assez de contrôle sur eux-mêmes pour fumer les dix cigarettes à espaces réguliers pendant la journée. Ceux qui ne savaient pas se discipliner, et particulièrement Inciarte, Delgado, finissaient leur paquet le premier jour et restaient sans provisions pour le lendemain. Leur seule possibilité, c'était d'obtenir une ration d'avance ou bien de vivre aux crochets des plus prévoyants. C'est dans ces moments-là que Delgado rappelait combien il était lié avec le frère de Sabella ou que Inciarte invitait Algorta, à leur retour à Montevideo, au plus délicieux gueuleton.

Ils fumaient leur première cigarette le matin, dans l'avion, juste après le réveil. Ensuite c'était à qui parviendrait à envoyer l'autre voir le temps qu'il faisait.

— On dirait qu'il fait beau, pourquoi est-ce que tu ne sors pas?

— Et toi, pourquoi n'y vas-tu pas?

En fin de compte on se dévouait, cherchait ses chaussures, les frottait pour les dégeler, les enfilait et enfin écartait les valises et les vêtements avec lesquels la veille au soir Carlitos avait bouché l'entrée. Chacun prenait des coussins, quand le soleil brillait, pour les faire sécher sur le dessus de l'avion. Ils se chauffaient aussi au soleil, car ils ne changeaient jamais de vêtements, ne les retiraient jamais, se contentant d'en ajouter sur ceux qu'ils portaient. On empilait les couvertures sur les hamacs et les derniers à quitter la cabine devaient la nettoyer.

Au cours de la matinée les cousins commençaient à tailler la viande tandis que d'autres profitaient de ce que la neige était durcie pour fouiller dedans en quête de morceaux de gras au rebut et des déchets ou pour aller dans un trou, à l'avant de l'avion, pour essayer de se décharger le ventre.

C'était le second de leurs soucis majeurs car le régime auquel ils étaient soumis — viande crue, gras et neige fondue — provoquait une constipation chronique. Les jours passaient, les semaines passaient et malgré les efforts les plus vigoureux rien ne venait. Certains se mirent à craindre que leurs intestins n'éclatent et l'on utilisa tous les moyens pour aller au cabinet. Zerbino se servait d'un petit bâton pour expulser ses excréments et Methol, un de ceux que la constipation touchait le plus, avalait l'huile qu'il grattait sur les morceaux de gras. Carlitos se servait de cette huile pour confectionner une potion laxative (quand on faisait de la cuisine) pour lui et pour Fito qui, souffrant d'hémorroïdes, en avait un besoin particulier.

C'était une situation lamentable qui avait aussi son côté

comique. Les garçons commencèrent à parier qui irait le dernier. Il arriva que Moncho Sabella, accroupi dans la neige, s'écria « J' peux pas, j' peux pas! ».

Vizintin se mit à se moquer de lui : « Tu peux pas, tu peux pas! » là-dessus Sabella fit un dernier effort, réussit et lança à la tête de son tourmenteur une crotte dure comme de la pierre.

Methol fut un des bons derniers. Jour après jour il s'asseyait sur un coussin en comptant son argent, attendant que ses efforts soient récompensés et quand il fut enfin au bout de ses peines, il claironna sa victoire, tous les autres applaudirent. Le soir, comme il se plaignait d'un malaise, ils le chahutèrent : « Ta gueule, dirent-ils, t' as chié, alors ta gueule! »

La compétition touchait à sa fin. Après vingt-huit jours en montagne Paez réussit à « aller », Delgado après trente-deux jours, Bobby Francois après trente-quatre jours enfin.

Ironie du sort : cette constipation aiguë fut suivie par une épidémie de diarrhée. Elle provenait, selon leur diagnostic, de ce qu'ils mangeaient trop de gras, bien que leur alimentation mal réglée pût en être la cause. Algorta n'en souffrit jamais et attribua son immunité au fait qu'il mangeait du cartilage, ce que la plupart des autres ne faisaient pas.

A toutes leurs misères s'ajoutait celle-là. Une nuit Canessa fut saisi d'une crampe et sortit de l'avion pour trouver une demi-douzaine de bonshommes accroupis dans la neige au clair de lune. Cette scène le découragea tellement — il estimait que c'était la fin de tout — que tout en continuant à avoir de la diarrhée, il ne sortit jamais plus, mais faisait dans un maillot de rugby, sur une couverture, à l'intérieur de l'avion. Cela mit les autres en fureur, mais Canessa était têtu, de mauvais poil, il n'y avait aucun moyen de l'en empêcher. Carlitos était particulièrement en colère parce qu'un soir, par hasard, il avait ramassé un maillot pour boucher l'entrée de l'avion et l'avait trouvé recouvert des déjections de Canessa.

La diarrhée rendit Sabella particulièrement malade. Elle dura plusieurs jours, il perdait peu à peu ses forces et un soir il se mit à délirer. Ses camarades prirent peur. Canessa lui conseilla de ne pas manger autant et surtout de ne pas absorber de gras. Sabella avait de la suite dans les idées. Il avait toujours fait dix pas en guise d'exercice et il croyait que s'il en faisait un de moins, ce serait le début d'un déclin irréversible. De même il croyait dangereux de se priver de nourriture; quand les cousins virent qu'il continuait à se nourrir, ils lui supprimèrent sa ration et le confinèrent dans l'avion.

Le lendemain Sabella sortit pour aller à la selle et revint en disant que sa diarrhée était guérie. Il avait compté sans Zerbino à la fois médecin et détective, qui examina le résultat de sa « guérison ». Il dénonça la supercherie de Sabella qui fut renvoyé dans l'avion et privé de gras.

Il avait beau ne pas aimer ce traitement, il se révéla efficace. Sabella se guérit de la diarrhée et plus tard reprit presque toutes ses forces.

A mesure qu'on approchait du 15 novembre, l'excitation montait dans l'avion; on faisait des pronostics. Il y avait des discussions renouvelées pour savoir qui serait le premier à téléphoner à leurs parents et avec quelle désinvolture et quel détachement ils parleraient de leur sauvetage. Ils s'attardaient aussi en pensée sur les pâtés de viande qu'ils achèteraient à Mendoza sur le chemin du retour. De là ils prendraient un autocar pour Buenos Aires, enfin un bateau pour traverser l'estuaire. A chaque étape, ils réfléchissaient à ce qu'ils mangeraient. Ils savaient que Buenos Aires compte quelques-uns des meilleurs restaurants du monde, ils espéraient que, quand ils seraient sur le bateau, leurs estomacs seraient assez remplis pour leur permettre de songer à autre chose qu'à la bouffe et à acheter des cadeaux pour leurs familles.

Le corps expéditionnaire, lui, se préoccupait davantage des problèmes pratiques, en particulier comment se protéger du froid. Chacun réunit trois paires de pantalons, un tee-shirt, deux sweaters et un manteau. Ils avaient les trois meilleures paires de lunettes fumées. Vizintin avait celles qui appartenaient au pilote, ainsi que son casque. Canessa confectionna des havresacs avec des pantalons. Il attacha des courroies de nylon au bout de chaque jambe, les passa autour de ses épaules et les fixa dans les trous de sa ceinture. Vizintin fit six paires de moufles avec les dessus de siège.

Ils savaient des précédentes expéditions que le principal problème serait la protection de leurs pieds contre le froid. Ils avaient des souliers de rugby et Vizintin avait pris comme butin à Harley qui céda, à contrecœur, les grosses chaussures que Nicolich avait reçues de sa fiancée, mais ils n'avaient pas de chaussettes épaisses. Alors il leur vint à l'esprit de protéger leurs pieds avec une couche supplémentaire de graisse et de peau prélevées sur les cadavres. Ils découvrirent que, si on faisait deux incisions, une au milieu du coude, l'autre au milieu de l'avant-bras, si on retirait la peau avec sa couche de graisse sous-cutanée et si on cousait l'extrémité du bras, ils seraient dotés de chaussettes rudimentaires, la peau morte du coude s'adaptant proprement à la peau du talon (1).

(1) Leurs ancêtres communs, les gauchos d'Amérique du Sud, se servaient d'un procédé analogue : « Les bottes du gaucho (la *bota de potro*) se faisaient de la façon suivante : on dépouillait la jambe arrière d'un poulain et on en chaussait sa propre jambe, tandis que la peau était encore humide afin qu'en séchant elle prît la forme appropriée. La partie supérieure formait la jambe de la botte, le jarret revêtait le talon et le reste couvrait le pied avec une ouverture pour le gros orteil. » Georges Penle, *le Pays et le peuple d'Argentine*, New York, Macmillan Cie, 1957.

Le seul accroc dans leurs projets, à mesure qu'approchait la date de leur départ, vint de ce que quelqu'un marcha sur la jambe de Turcatti et que la meurtrissure qui en résulta commença à s'infecter. Numa, quant à lui, n'attachait aucune importance à ce bobo et d'abord personne ne s'inquiéta. Ils songeaient bien plutôt à la route que l'équipe devait prendre, car en évaluant leur position et par conséquent en fixant la direction qu'ils devaient prendre, ils se trouvaient en face de deux témoignages contradictoires. Ils savaient, par les dernières paroles du pilote, qu'ils avaient dépassé Curico, que Curico était au Chili et que le Chili était à l'ouest. Ils savaient aussi que tous les fleuves vont à la mer et que le compas de l'avion, qui marchait toujours, indiquait que la vallée où ils se trouvaient était orientée vers l'est.

La seule solution qui parut répondre à toutes les objections était que la vallée s'incurvait autour des montagnes du nord-est et faisait un angle de cent quatre-vingts degrés vers l'ouest. En se fondant sur cette supposition le corps expéditionnaire décida de descendre vers la vallée, bien qu'ils eussent l'air de s'écarter ainsi du Chili. Derrière eux les montagnes étaient si hautes que la question ne se posait pas de les escalader. Pour aller à l'ouest ils ne pouvaient partir que par l'est.

Le 15 novembre tout le monde se réveilla de bonne heure et aida les partants à s'équiper. Il neigeait, mais vers les 7 heures le départ eut lieu. Parrado avait pris l'un des chaussons rouges qu'il avait achetés pour son neveu et il avait laissé l'autre suspendu dans l'avion, en disant aux autres qu'il reviendrait pour le chercher. Il le fit plus tôt qu'ils ne croyaient; la neige ayant redoublé, ils revinrent au bout de trois heures.

Il s'en suivit deux jours d'un temps plus détestable qu'ils n'avaient eu jusqu'alors, avec un vent violent et de la tempête. Pedro Algorta, qui leur avait dit que l'été commençait le 15 novembre, devint la cible de leur déception et de leur hostilité. Pendant ces nouveaux jours d'attente, l'état de la jambe de Turcatti empira. Elle portait maintenant deux abcès gros comme des œufs de poule et Canessa les incisa pour en extraire le pus. Numa avait beaucoup de peine à poser à terre sa jambe infectée. Il se mit pourtant en colère quand Canessa lui dit qu'il n'était pas en état de partir avec eux. Il répliqua qu'il se sentait très bien, mais tous comprirent qu'il ne pourrait que retarder les trois autres, aussi fut-il obligé de s'incliner devant la décision de la majorité. Le matin du vendredi 17 novembre, après cinq semaines passées dans la montagne, ils s'éveillèrent par un beau ciel clair. Rien n'empêchait maintenant le départ du corps expéditionnaire réduit à trois membres. Ils remplirent leurs havresacs de foie, de viande, le tout fourré dans des chaussettes de rugby, d'une bouteille d'eau, des dessus de siège et du plaid de voyage de la senora Parrado.

Les autres s'attroupèrent sur la neige pour les voir partir; quand Canessa, Parrado et Vizintin eurent disparu derrière la première hauteur, ils commencèrent à faire des paris sur le moment où ils retourneraient dans le monde civilisé. Ils étaient sûrs qu'ils seraient tous de retour à Montevideo dans trois semaines parce qu'ils avaient organisé jusque dans le détail la fête qu'ils voulaient donner à Parrado pour son anniversaire le 9 décembre (comprenant le plat que chacun apporterait), ils escomptaient que le corps expéditionnaire atteindrait le Chili bien plus tôt que ça. Algorta disait : le mardi suivant, Turcatti et Francois : le mercredi. Six d'entre eux misèrent sur le jeudi, depuis Mangino qui croyait qu'ils trouveraient du secours à 10 heures du matin, jusqu'à Carlitos qui penchait pour 3 heures et demie de l'après-midi. Harley, Zerbino et Fito parièrent pour vendredi; Echavarren et Methol pour samedi et Moncho Sabella, le plus pessimiste, estima qu'ils atteindraient le monde habité à 10 h 20 dimanche en huit.

Canessa prit la tête de l'expédition, poussant comme si c'était un traîneau une valise où étaient empilés les quatre chaussettes de rugby remplies de viande, la bouteille d'eau et les coussins dont ils se servaient comme de snow-boots quand le soleil faisait fondre la surface durcie de la neige. Vizintin venait derrière, chargé comme un mulet de toutes les couvertures, Parrado en dernier.

Ils progressèrent rapidement vers le nord-est. Ils descendaient la pente et leurs souliers de rugby griffaient bien la neige gelée. Canessa prit de la distance; au bout de deux heures de marche, Parrado et Vizintin l'entendirent appeler et ils le virent faire des signes de main dans leur direction. Il s'était arrêté au sommet d'une crête et il leur dit dès qu'ils l'eurent rejoint.

— J'ai une surprise pour vous.

— Qu'est-ce que c'est? demanda Parrado.

— La queue de l'avion.

Parrado et Vizintin atteignirent le sommet de la colline de neige et là, en effet, à 30 mètres en avant, il y avait la queue du Fairchild. Elle avait perdu son gouvernail, mais le cône lui-même était intact. Ce qui les intéressa aussitôt, ce fut de voir les valises éparpillées tout autour. Ils les ouvrirent et fourragèrent à l'intérieur. On aurait dit qu'ils avaient trouvé un trésor : jeans, sweaters, chaussettes et l'équipement de ski de Panchito Abal. Dans sa valise ils trouvèrent aussi une boîte de chocolat dont ils prélevèrent aussitôt quatre pour chacun, mais décidèrent de rationner le reste.

Les trois garçons dépouillèrent alors les habits dégoûtants qu'ils portaient et passèrent les vêtements les plus chauds qu'ils purent trouver. Canessa et Parrado enlevèrent leurs chaussettes faites avec de la peau d'homme et les jetèrent. Il y avait de bonnes chaussettes de laine en grand nombre, ils en prirent trois paires chacun. Vizintin en prit quatre pour rembourrer les bottes de Nicolich, qui avait deux pointures de plus que lui. Il prit aussi le passe-montagne de l'équipement d'Abal et Parrado prit les bottillons.

Ensuite, ils pénétrèrent dans la queue et trouvèrent, dans l'office, un paquet de sucre et trois pâtés de Mendoza. Ils les engloutirent sur-le-champ, gardant le sucre pour après. Derrière l'office il y avait une soute à bagages spacieuse et sombre où ils trouvèrent encore plus de valises. Ils les ouvrirent, en sortirent les vêtements et les déplièrent sur le plancher. Dans l'une il y avait une bouteille de rhum et dans un grand nombre, des cartouches de cigarettes.

Ils se mirent à la recherche des accumulateurs qui, d'après le mécanicien, étaient placés là et ils les trouvèrent derrière un petit panneau à l'extérieur de la soute. Ils trouvèrent aussi des caisses de Coca Cola et des bandes dessinées avec lesquelles ils firent un feu. Canessa se mit à frire un peu de viande qu'ils avaient apportée tandis que Vizintin et Parrado continuaient à fouiller à l'intérieur de l'avion. Ils trouvèrent des sandwiches enveloppés dans une feuille de plastique; ils étaient moisis, mais les garçons en séparèrent ce qui était encore mangeable. Ils mangèrent leur viande rôtie et finirent leur repas avec une cuillerée de sucre mélangé avec du dentifrice à la chlorophylle et un demi-pouce de rhum. Jamais aucun pudding ne leur avait paru aussi savoureux.

Le soleil tomba derrière les montagnes et il commença à faire froid. Vizintin et Parrado amenèrent tous les vêtements ramassés dehors et les étendirent sur le sol de la soute à bagages tandis que Canessa retrouvait les traces des fils qui venaient des accumulateurs et il les attacha à une ampoule qu'il avait prise dans l'office. Il rétablit le contact, l'ampoule éclata. Il en prit une autre, cette fois-ci elle s'alluma. Les trois garçons grimpèrent dans la soute, bouchèrent la porte avec des valises et des vêtements et s'allongèrent. La lumière leur permit de lire les bandes dessinées avant de s'endormir. Après le peu d'espace qu'ils avaient dans leur tanière habituelle, la soute leur parut confortable et chaude. A neuf heures Canessa éteignit la lumière; ils avaient eu un bon dîner, et ils s'endormirent profondément.

Le lendemain il neigeait un peu, mais ils chargèrent leur traîneau, remplirent les havresacs et descendirent en direction du nord-est. Ils voyaient une énorme montagne sur leur gauche et ils jugèrent qu'il leur faudrait trois jours pour la contourner et trouver l'endroit où la vallée obliquait vers l'ouest.

La neige s'arrêta, le ciel s'éclaircit et vers 11 heures il commença à faire très chaud. Le soleil tapait sur leur dos et la neige le réverbérait sur leurs visages. De temps à autre, ils s'arrêtaient pour retirer un pantalon ou un sweater, mais cela leur demandait pas mal dc forces et il était presque aussi fatigant de trimbaler ses habits que de les avoir sur le dos.

Vers midi ils arrivèrent à une crête de rocher sur laquelle coulait un filet d'eau. C'était presque un ruisselet, ils décidèrent de s'arrêter là et de se protéger du soleil, en dressant une tente avec des couvertures et les tiges de métal qu'ils transportaient. Ils mangèrent un peu de viande, Vizintin voulut boire de l'eau, mais elle avait un goût saumâtre et les deux autres jugèrent préférable de faire fondre de la neige.

Tout en étant allongés à l'ombre, ils regardaient la haute montagne en face d'eux. Ses dimensions les empêchaient de calculer à quelle distance ils se trouvaient d'elle. A mesure que la lumière changeait, elle paraissait s'éloigner et s'éloignait encore plus l'endroit lointain où la vallée devait obliquer vers l'ouest. Plus Canessa étudiait ce qu'il y avait devant eux, plus il devint hésitant sur ce qu'il fallait faire. D'après ce qu'il pouvait voir, la vallée allait toujours vers l'est; aussi chaque pas qu'il faisait, se dit-il, les engageait toujours plus dans les Andes. Mais il ne fit pas part de ses réflexions aux deux autres cet après-midi-là.

Ils étaient fatigués, le soleil brûlait mais dès qu'il les aurait quittés pour disparaître derrière les montagnes du côté du couchant, alors la température tomberait jusqu'à zéro et la lumière commençerait à pâlir. Ils décidèrent donc de passer la nuit où ils se trouvaient. Ils creusèrent un trou dans la neige pour se protéger un peu et, dès qu'ils se furent enfouis, se recouvrirent avec les couvertures qu'ils transportaient.

C'était une belle nuit, par ciel clair. A cause de l'altitude, ils voyaient des milliers et des milliers d'étoiles éclatantes. Aucun vent ne troublait l'atmosphère. Leur situation aurait été enviable s'il n'avait pas fait si froid, car à mesure que la nuit s'avançait, la température tomba, tomba et les trois garçons se mirent à geler. Leurs vêtements et leurs couvertures ne suffisaient pas à les réchauffer. En désespoir de cause, ils s'allongèrent l'un sur l'autre. Vizintin dans le fond, Parrado au milieu et Canessa au-dessus. Grâce à leur chaleur animale ils purent alors se réchauffer et s'endormir un peu.

Canessa et Parrado se réveillèrent dès l'aube. « Il n'y a rien à faire, dit Canessa, on ne pourra pas passer une autre nuit comme ça. »

Parrado se leva et regarda en direction du nord-est.

— Il faut y aller. Les autres comptent sur nous.

— Nous ne leur servirons à rien si nous crevons dans la neige.

— Moi, je continue.

— Écoute, dit Canessa, en pointant du doigt vers les montagnes. Il n'y a pas d'issue. La vallée ne va pas vers l'est. On s'enfonce davantage dans les Andes.

— On ne sait jamais. Si nous continuons...

— Ne te leurre pas!

Parrado regarda de nouveau vers le nord-est et ne vit rien qui puisse l'encourager.

— Alors qu'est-ce que tu suggères? demanda-t-il.

— Retourner à la queue de l'avion, dit Canessa, enlever les batteries et les rapporter en bas. Roque disait qu'avec les batteries on pourrait faire marcher la radio.

Parrado avait l'air d'hésiter. Il se tourna vers Vizintin qui entre-temps s'était réveillé.

— Qu'est-ce que t'en penses, Tintin?

— Je ne sais pas. J' vous suivrai quoi que vous décidiez.

— Qu'est-ce que tu crois qu'on doive faire? Continuer?

— Peut-être.

— Ou essayer de mettre la radio en marche?

— Peut-être qu'on devrait essayer.

— Essayer quoi?

— J' m'en fous.

Le manque de décision de Vizintin mit en colère Parrado; il essaya de le persuader de descendre avec lui d'un côté ou d'un autre. En fin de compte, Vizintin prit le parti de Canessa, car ainsi que l'avait dit ce dernier. « Si nous sommes presque morts de froid par une belle nuit, imaginez ce qui arrivera s'il y a une tempête! Ce serait un suicide. »

Ils se dirigèrent vers la queue de l'avion et bien qu'il leur en coutât bien plus de grimper que de descendre, ils l'atteignirent au début de l'après-midi et s'écroulèrent avec bonheur sur le sol recouvert de vêtements de la soute. C'était une habitation de grand luxe, qui les protégeait du soleil dans la journée et du froid pendant la nuit et ils furent tentés d'y passer dans le confort les deux jours suivants. Comme leurs réserves de viande s'amenuisaient, ils décidèrent de regagner le Fairchild. Canessa et Vizintin se glissèrent à travers le petit panneau pour atteindre la partie de la queue où se trouvaient les batteries, les débranchèrent et les firent passer à Parrado. Vizintin découvrit aussi que les grosses tubulures qui faisaient partie du système de chauffage de l'avion étaient entourées de matière isolante, d'environ 60 centimètres de large sur 15 centimètres d'épaisseur, faite en plastique et en fibre artificielle.

Les batteries une fois chargées sur le traîneau, on se mit en devoir de le pousser mais elles étaient si lourdes qu'ils ne purent le remuer. Comme certaines pentes qu'ils avaient à gravir avaient plus de 45 degrés, il était évident qu'il était impossible de transporter les batteries à l'avion. Cependant ils ne perdirent pas courage parce que Canessa leur assura qu'il ne serait pas difficile de retirer la radio du poste de pilotage et de l'amener jusqu'à la queue.

A la place des batteries Canessa et Vizintin empilèrent vêtements chauds et cartouches de cigarettes sur le traîneau et dans les havresacs, tandis que Parrado retournait à l'office et écrivait sur l'évier avec du vernis à ongles : « Allez plus haut. Dix-huit types encore en vie. » Il inscrivit ce message dans deux autres endroits de la queue, utilisant la nette écriture qu'il avait apprise pour étiqueter les boîtes d'écrous et de boulons de la maison paternelle. Canessa entra dans l'office pour en emporter l'armoire à pharmacie qu'ils y avaient trouvée. Elle contenait différentes sortes de médicaments, dont de la cortisone qui pouvait servir à soulager l'asthme dont souffraient Sabella et Zerbino.

Quand ils sortirent, ils s'aperçurent que Vizintin avait marché sur le traîneau et l'avait cassé. Parrado se mit en colère. Il injuria Vizintin et lui reprocha sa maladresse, mais Canessa sut réparer le dommage, de sorte qu'ils purent se mettre en route, en s'enfonçant avec leurs snow-boots dans la neige poudreuse et à pic.

Les garçons qui étaient restés dans l'avion avaient repris courage pendant l'absence de leurs trois champions. Il y avait d'abord l'intense sentiment de réconfort de ce qu'on faisait enfin quelque chose pour les sauver. Ils étaient tous intimement persuadés que les trois autres trouveraient du secours. Depuis leur départ l'avion était plus habitable il y avait plus d'espace et moins de tension nerveuse quand Canessa et Vizintin n'étaient pas là.

Certains d'entre eux, pourtant, regrettaient leur absence, Mangino par exemple, qui avait perdu la protection de Canessa. D'un autre côté, il en avait moins besoin maintenant parce qu'il avait appris à être moins gâté. Il supportait avec plus de stoïcisme sa jambe cassée; il était donc un peu plus facile de dormir avec lui. Methol, son vis-à-vis, qui lui avait dit un jour qu'il le giflerait s'il était son père tellement Mangino l'avait mis en colère — écoutait maintenant les regrets que le jeune homme lui confiait : « J'ai toujours été tellement gâté. D'être ici, ça vous fait comprendre comme on était moche avant. Je donnais des coups de pied à mon frère quand il m'embêtait, je refusais ma soupe quand elle ne me plaisait pas. Si seulement je pouvais avoir de la soupe comme ça aujourd'hui! »

Ils sentaient tous que ces épreuves les purifiaient. Delgado, Turcatti, Zerbino et Fito Strauch discutaient un jour en se demandant s'ils ne traversaient pas une sorte de purgatoire. Ils pensaient aux quarante jours passés par le Christ dans le désert et comme il y avait maintenant quarante jours depuis la chute de l'avion, ils étaient sûrs que leurs épreuves allaient prendre fin; comme pour prouver que la souffrance les avait rendus meilleurs, ils essayaient plus que jamais de ne pas se chamailler et de montrer de la bonté envers tout le monde.

Bien sûr, leurs prises de bec n'étaient jamais sérieuses en comparaison du lien puissant que formait leur résolution commune. C'est surtout le soir quand ils priaient ensemble qu'ils avaient le sentiment d'une solidarité presque mystique, non seulement entre eux, mais avec Dieu. Ils l'appelaient au secours dans leur misère et le sentaient tout proche d'eux. Certains en vinrent même à considérer l'avalanche comme un moyen providentiel pour leur procurer de quoi se nourrir.

Cette union ne s'établissait pas seulement avec Dieu, mais aussi avec les amis morts dont les corps les aidaient à survivre. Leurs âmes avaient été rappelées au Ciel parce que leur expiation sur terre était finie; tous ceux qui survivaient auraient volontiers changé de rôle. Nicolich avant l'avalanche et Algorta, étouffant sous la neige, s'étaient tous les deux préparés à mourir et avaient légué leurs corps à leurs amis. C'était aussi, ainsi que l'avait dit aux trois autres Turcatti quand il avait parlé de l'épreuve du Christ dans le désert, que leur existence dans la montagne était si terrible que n'importe quelle autre serait préférable, même la mort.

Le moral de Numa Turcatti continuait à baisser. Il était encore cruellement déçu qu'on ne lui ait pas permis de prendre part à l'expédition, et il tournait sa fureur non contre les autres, mais contre lui-même. Il méprisait sa propre faiblesse et semblait vouloir punir son corps de l'avoir trahi. Sa ration, maintenant qu'il n'était plus un des quatre élus, était pareille à celle des autres et pourtant il ne la finissait même pas. Il avait toujours éprouvé de la répulsion pour la viande crue, il n'en avait avalé qu'en vue de l'expédition. Sans ce stimulant, sa répulsion ne fit qu'augmenter; ce qu'il avait fait pour le bien commun, il refusait de le faire pour lui-même. Il écartait donc la viande et quand les Strauch l'obligeaient à la manger, il l'enfouissait dans la neige.

Bien entendu, il s'affaiblit de jour en jour et fut moins en état de résister à l'infection de sa jambe. Les incisions faites par Canessa avaient drainé le pus, mais l'infection augmentait et il se servit de ce prétexte pour travailler de moins en moins pour le groupe comme pour lui-même. Il se contentait de faire fondre de la neige et demandait aux autres de faire ce qu'il aurait fort bien pu faire tout seul, par exemple passer une couverture. Sa faiblesse de caractère dépassait sa faiblesse de corps. Un jour il demanda à Fito de l'aider à se mettre debout. Fito refusa, lui disant qu'il pouvait fort bien y arriver tout seul et bien sûr, quelques instants plus tard, Turcatti se leva et grimpa dans l'avion.

Ce n'était pas qu'il en voulût au groupe, il s'en voulait à lui-même, mais il s'en prenait aux autres comme pour dire : Oui, vous avez raison, je n'ai pas de forces, je ne sers à rien, vous allez voir jusqu'où ça va aller.

Rafaël Echavarren était tout l'opposé. Sa fermeté d'esprit demeurait intacte, mais ce qu'il souffrait dans son corps se montra plus fort que sa résolution. Sa jambe infectée était jaunie et noircie de gangrène et de pus et comme il ne pouvait plus bouger, il respirait seulement l'air humide de l'avion, ce qui affectait ses poumons et lui donnait de l'étouffement.

Il faisait froid dans le hamac et Fernandez essaya d'étendre Echavarren sur le plancher pour la nuit, mais la souffrance qui en résulta fut si grande que Echavarren préféra retourner dans le hamac. Un soir il sombra dans le délire. « Qui veut venir avec moi au magasin? dit-il, on achètera du pain et du Coca Cola . » Plus tard il cria : « Papa, papa, entre! nous sommes ici. »

Paez s'approcha de lui et lui dit : « Tu peux dire ce que tu veux plus tard, mais maintenant tu vas prier avec moi : *Je vous salue, Marie, pleine de grâces, le Seigneur est avec vous...*

Echavarren se tourna vers Paez, ses yeux le regardant fixement et lentement ses lèvres commencèrent à murmurer les mots de la prière. Pendant un court moment, le temps qu'il faut pour dire un *Notre Père* et un *Je vous salue Marie*, il garda sa lucidité. Ensuite Paez revint dormir vis-à-vis d'Inciarte et Echavarren recommença à délirer.

— Qu'est-ce qui vient avec moi au magasin?

« Pas moi, merci bien », répondirent-ils ou bien « Attendons jusqu'à demain. » Ils étaient endurcis par l'horreur ambiante. Bientôt Echavarren cessa de délirer; ils entendirent tous le bruit rauque de sa respiration difficile. Plus tard elle devint plus rapide, et s'arrêta. Zerbino et Paez bondirent sur lui et firent pression sur sa poitrine pour essayer de le faire respirer. Paez continua pendant une demi-heure, mais tous avaient compris au bout de quelques minutes que Rafaël Echavarren était mort.

La mort d'Echavarren ne pouvait que faire baisser le moral. Chacun songeait que son tour viendrait. Fito restait couché, le sang suintant de ses hémorroïdes; il devenait plus angoissé, plus apeuré, plus solitaire que jamais. Sentant la mort rôder autour de lui, il s'unit à Dieu et lui demanda le salut de son âme et la délivrance de tous les autres.

Ce qui releva son courage le lendemain — ce qui fit le même effet sur les quatorze survivants dans l'avion — ce fut la pensée que ce jour même le corps expéditionnaire avait dû atteindre son but, qu'avant la tombée de la nuit, on verrait, on entendrait une flottille d'hélicoptères se poser pour les sauver. Tout ce qu'il entendit vers le soir, ce fut le cri du premier à repérer les trois silhouettes de leurs camarades qui revenaient et tandis que Fito en les observant les voyait s'enfoncer et trébucher sur la pente, sa pieuse résignation se changea en fureur. Dieu n'avait allumé leur espérance que pour les faire sombrer : le retour des trois garçons était la preuve qu'ils étaient prisonniers. Il voulut hurler comme un fou et se perdre dans la neige, pourtant il resta là, à regarder avec les autres; une cruelle déception et un profond désespoir allongeaient leurs visages.

Canessa arriva le premier, suivi par Parrado et Vizintin. Quand il fut à portée de voix, ils purent entendre ses cris perçants. « Eh! les gars, on a trouvé la queue... toutes les valises, des vêtements, des cigarettes » et quand il atteignit l'avion, ils s'agglutinèrent autour de lui pour l'écouter. « On n'y serait pas arrivé par ce chemin-là, dit Canessa. La vallée ne fait pas de crochet, elle va vers l'est. Mais on a trouvé la queue et les batteries. Tout ce qu'il faut faire c'est porter la radio en bas. »

Face à son optimisme forcé les autres reprirent courage. Ils s'embrassèrent en pleurant, puis entourèrent le traîneau où ils prirent pantalons, sweaters et chaussettes, tandis que Pancho Delgado prenait soin de la provision de cigarettes.

CHAPITRE VI

Le jour même où la première expédition quitta le Fairchild, Madelon Rodriguez et Estela Pérez partirent pour le Chili. Vinrent avec elles Ricardo Echavarren, père de Rafaël, Juan Manuel Pérez, frère de Marcelo et Raoul Rodriguez Escalada, le pilote le plus expérimenté de la Pluna, la ligne aérienne nationale uruguayenne, et cousin de Madelon. Les deux frères Strauch voulaient aussi participer à l'expédition, mais ils avaient tous les deux de la tension et on leur conseilla de rester chez eux.

Le scepticisme de Surraco à l'égard de Gérard Croiset fils avait blessé Madelon, elle avait résolu de lui prouver qu'il avait tort. Estela Pérez et elle-même avaient autant de confiance que trente-six jours plus tôt, le jour où l'avion avait été porté manquant; elles croyaient que leurs enfants vivaient encore. Les hommes qui les accompagnaient n'avaient pas autant d'espoir de retrouver des survivants, mais ils estimaient qu'il était capital d'établir avec exactitude ce qui était arrivé au Fairchild.

Le 18 novembre, ils atteignirent Talca et commencèrent par explorer la région du Descabezado Grande. Ils louèrent un avion et firent plusieurs vols dans les environs. D'en haut, ils virent, près du Laguna del Alto, une partie du paysage qui recoupait presque exactement les dessins que Croiset leur avait envoyés. Ils revinrent à Talca, prirent des guides et des chevaux et retournèrent sur les lieux à cheval pour un examen plus approfondi. Les chevaux étaient spécialement entraînés à marcher le long des étroits sentiers de montagnes, avec des pentes abruptes d'un côté, tandis que les Uruguayens étaient obligés de se mettre un bandeau sur les yeux pour ne pas avoir le vertige. Près du but, ils trouvèrent un autre indice qui concordait avec la vision de Croiset, un panneau signalant : DANGER. Ils eurent l'impression d'être à deux doigts du Fairchild, et pourtant ils n'explosèrent pas de joie, car bien que la vallée offrît quelque végétation qui puisse aider des êtres humains à survivre, elle n'était qu'à un jour de marche de Talca.

Ils ne trouvèrent rien et revinrent à Talca, où un ascensionniste hollandais leur dit : « Vous trouverez peut-être l'avion, mais ce sera au milieu d'une nuée de vautours. » Il exprimait là le sentiment de la plupart des gens.

César Charlone, le chargé d'affaires uruguayen à Santiago, ne se montrait pas très chaud pour leur entreprise. Quand le groupe revint à Santiago le 25 novembre, il leur dit qu'il éprouvait des scrupules à demander au gouvernement chilien de les exempter de l'obligation de changer dix dollars par jour en monnaie chilienne au désastreux cours officiel. Madelon Rodriguez et Estela Pérez piquèrent une crise de colère. Avant leur départ, elles étaient allées exprès pour cela au ministère des Affaires étrangères uruguayen pour être sûres qu'on dirait à Charlone de demander l'exemption.

Le montant de la somme s'élevait à 550 dollars, ce qui n'aurait pas ruiné les familles en question, mais la fureur de ces deux femmes pleines d'énergie était soulevée : Estela Pérez, fille d'une altière famille Blanco (elle était cousine du chef de parti Blanco Wilson Ferreira), ne voulait pas se laisser contrecarrer par un homme de couleur. Avec Madelon, elle alla droit au ministère des Affaires étrangères du Chili, où elles furent reçues par le ministre en personne, Clodomiro Almeyda, qui leur signa aussitôt la lettre d'exemption.

Cette affaire expédiée, ils furent en état de retourner à Montevideo, ce qu'ils firent le 25 novembre. Paez Vilaro était allé au Brésil et pour la première fois depuis la disparition du Fairchild, il n'y avait aucune recherche en cours au Chili. Avant de quitter ce pays, ils distribuèrent dans les montagnes autour de Talca beaucoup de tracts qui offraient une récompense de 300 000 escudos. Ils en attendaient de bons résultats; sinon, ils ne pouvaient rien faire d'autre que prier.

Il en restait bien peu maintenant à ajouter foi à la vision de Croiset fils; c'est à peu près à ce moment-là que Ponce de Leon lui parla pour la dernière fois. Il avait dit tout récemment que, lorsqu'il voyait maintenant l'avion, il n'y avait plus personne dedans et les mères avaient interprété ce détail en pensant que leurs fils étaient allés chercher du secours, mais Rafaël commença à soupçonner que cela puisse signifier qu'ils étaient tous morts. Quand il avait réclamé une réponse, Croiset disait toujours qu'il avait perdu le contact. Cette fois-ci, quand il lui téléphona, Rafaël lui rappela ce qu'il lui avait dit — qu'il n'y avait plus personne dans l'avion — et lui transmit l'interprétation que les mères avaient donnée de ce fait :

— Mes propres sentiments sont tout autres, ajouta Rafaël. Je crois que ça veut dire qu'ils sont morts.

— Vous ne pouvez pas en être sûr, dit Croiset depuis Utrecht.

— Ecoutez, dit Rafaël, il n'y a personne auprès de moi qui soit apparenté à l'un des garçons, dites-moi franchement ce que vous pensez qui leur est arrivé?

Il y eut un instant de silence. On n'entendait qu'un grésillement. Alors Croiset dit :

— Je pense, quant à moi,... que maintenant,... ils sont morts.

Cela mit un terme à leurs rapports avec Gérard Croiset fils. Mais ceux qui avaient perdu confiance dans les dons d'extralucidité de Croiset ne désespéraient pas de retrouver leurs fils vivants. Ils se tournèrent vers Dieu, vers l'Église avec une ferveur décuplée. Rosina et Sarah Strauch continuaient leurs ferventes prières à la Vierge de Garabandal et chaque après-midi, chez elle à Carrasco, Madelon Rodriguez, sa mère et ses deux filles disaient le rosaire à genoux. Souvent Susana Sartori, Rosina Machitelli et Ines Clerc, trois des fiancées qui croyaient au retour de leurs futurs maris, se joignaient à leurs prières.

Si l'on avait recours aux moyens surnaturels, parallèlement on cherchait aussi une explication naturelle de ce qui avait pu arriver à l'avion : c'est Mecha Canessa, la mère de Roberto, qui en vint à penser que le Fairchild avait pu être détourné par les Tupamaros et qu'il était maintenant caché dans quelque coin reculé du Chili du Sud, en attendant le moment opportun pour réclamer une rançon. Étant donné les troubles politiques qui sévissaient en Uruguay comme au Chili, l'idée parut plausible et l'on fit des recherches sur le passé politique des pilotes. Il se révéla qu'ils étaient tous les deux de droite. Comme il y avait peu de chance qu'aucun des garçons ait pu détourner l'avion, on se rabattit sur la senora Mariani. On fit mousser le fait qu'elle se rendait au Chili pour assister au mariage de sa fille avec un exilé politique, mais l'absurdité de l'idée que cette grosse dame entre deux âges ait pu réquisitionner un avion l'emporta tout de même sur le besoin d'échafauder une nouvelle théorie.

Le 1er décembre, un journal de Montevideo publia la nouvelle que l'aviation uruguayenne allait envoyer un avion au Chili pour rechercher le Fairchild autour du Tinguiririca. La nouvelle n'était pas officiellement confirmée.

Les mères à Montevideo, encouragées par ce qu'elles venaient de lire, demandèrent à leurs maris, pourquoi un avion uruguayen ne pouvait pas être envoyé pour faire immédiatement ce que le S. A. R. projetait de faire dans deux mois.

Le 5 décembre, Zerbino, Canessa, Surraco ainsi que Fernandez, Echavarren, Nicolich, Eduardo Strauch et Rodriguez Escalada eurent une entrevue avec le commandant en chef des forces aériennes d'Uruguay, le général de brigade Pérez Caldas. Ils lui firent un rapport complet de ce qu'ils avaient accompli eux-mêmes dans la région de Talca et dirent au général qu'ils n'ajoutaient plus foi aux visions de Croiset. Les recherches, dirent-ils, devaient être concentrées autour du Tinguiririca et, en tant que particuliers, ils n'avaient pas les moyens de les mener à bien.

Pérez Caldas envoya chercher un de ses officiers qui était rentré le jour même de Santiago où il avait travaillé en liaison avec le S. A. R. pour rechercher les causes techniques de l'accident. Son rapport donna confirmation que rien ne pouvait être entrepris avant le mois de février. Il était tombé dans les Andes cet hiver-là les plus abondantes chutes de neige qu'on ait vues depuis trente ans. L'avion était complètement recouvert par la neige, il ne pouvait y avoir de survivant.

Pérez Caldas se tourna vers les huit hommes qui se tenaient en face de lui, s'attendant à ce qu'ils prennent acte de la situation, mais bien qu'au fond d'eux-mêmes des recherches leur parussent inutiles, ils les réclamèrent cependant. Ils décrivirent l'état d'esprit des mères, des fiancées, et Pérez Caldas commença à faiblir. Finalement il prit sa décision : « Messieurs, dit-il en se levant, vous avez exprimé votre requête et j'ai pris ma décision. Un avion de l'armée uruguayenne va être mis à votre disposition. »

La dernière expédition se constituait.

La nouvelle qu'un C-47 des forces uruguayennes était

envoyé à la recherche du Fairchild revigora l'optimisme des parents et parmi les pères il y eut beaucoup de volontaires pour faire partie de l'expédition.

Paez Vilaro était toujours au Brésil, mais quoique le commandement militaire permît seulement à cinq passagers de partir avec l'équipage, il allait de soi qu'il voulait figurer dans le nombre. Ramon Sabella voulait aussi partir, mais son médecin le lui déconseilla. Les quatre autres furent Rodriguez Escalada et les pères de Roberto Canessa, Roy Harley et Gustavo Nicolich. Ils n'étaient pas les seuls à participer à l'opération. Les familles de Methol, Maquirriain, Abal, Parrado, Valeta et beaucoup d'autres donnèrent de l'argent, des conseils, tandis que Ponce de Leon reprenait contact avec les radio-amateurs au Chili.

Le 8 décembre un groupe de parents, sans compter ceux qui partaient, se rendirent à la Base n° 1 de l'armée de l'Air pour s'entretenir avec le pilote du C-47, le commandant Ruben Terra et dresser avec lui les plans de recherches. Le même jour Paez Vilaro revint du Brésil et confirma que, même s'il n'avait pas grande confiance dans les avions de l'armée de l'air uruguayenne, il ferait partie de l'expédition.

Le jour suivant fut occupé par les préparatifs du départ et le 10 décembre à midi eut lieu la dernière réunion de tous les parents, des amis, des fiancées avec ceux qui allaient partir. Elle eut lieu dans le vaste bungalow mauresque des Nicolich. Deux pilotes uruguayens expérimentés y furent invités; on exposa sur la table tous les documents rassemblés par le S. A. R. chilien, l'aviation uruguayenne, par les parents eux-mêmes. Le docteur Surraco présenta des cartes et il expliqua pourquoi lui et quelques autres étaient convaincus maintenant que l'avion avait dû s'écraser entre le Tinguiririca et les montagnes du Sosneado. Personne ne contesta leur avis. Les montagnes de Talca et de Vilches avaient été abandonnées; la logique triomphait de la parapsychologie.

La réunion dura jusqu'au soir. Quand elle fut terminée, les deux couples Strauch allèrent chez les Harley où ils parlèrent jusqu'au milieu de la nuit; cette expédition, ils l'espéraient de toutes leurs forces, allait trouver leurs enfants. A la fin, Walter Harley se tourna vers Rosina Strauch et lui dit : « Écoutez. Je m'en vais démolir les Andes, les passer au peigne fin jusqu'à ce que je retrouve nos garçons. Mais je vais vous demander aussi de faire quelque chose. Si nous échouons cette fois-ci, vous devrez convenir qu'il n'y a plus d'espoir. Quand nous reviendrons de l'expédition, nous devrons renoncer à toutes les fausses espérances. »

A 6 heures du matin, le 11 décembre, le C-47 s'envola pour Santiago. A bord se trouvaient le pilote, le commandant Ruben Terra, quatre hommes d'équipage, Paez Vilaro, Canessa, Harley, Nicolich et Rodriguez Escalada. Malgré l'heure matinale, beaucoup de parents étaient venus assister au départ.

L'avion était un appareil militaire de transport. Il n'y avait pas de sièges confortables à l'intérieur et les cinq messieurs d'âge moyen durent s'asseoir sur des bancs latéraux. L'avion faisait aussi beaucoup de bruit; cependant ils ne cachaient pas leur joie, car depuis la disparition du Fairchild, c'était la première fois qu'ils avaient à leur disposition les moyens de faire des recherches parmi les plus hautes cimes des Andes. Si l'on en croyait les journaux uruguayens, le C-47 avait été spécialement équipé pour l'expédition. Quoi qu'il en soit, il avait l'oxygène et la pressurisation requis pour le vol à haute altitude. Comme ils survolaient le Rio de La Plata, Paez Vilaro saisit un journal qui se trouvait dans l'avion et lut l'article qui parlait de l'expédition. Il levait les yeux, de temps à autre, pour voir s'il apercevait « l'équipement spécial de précision exceptionnelle » dont parlait le journal; quand il tomba sur un passage qui parlait de l'habileté technique et de la générosité de l'armée de l'air uruguayenne, il trouva que c'était un peu raide. Après tout, c'était la première fois, depuis la disparition du Fairchild, qu'elle faisait quelque chose pour cinq de ses hommes.

Il se demanda ce que le pilote pensait de l'article et il passa dans le poste avant. Il vit ainsi qu'ils avaient atteint le rivage argentin de l'estuaire et qu'ils allaient survoler Buenos Aires.

— Avez-vous vu ça? demanda-t-il à Ruben Terra en lui tendant le journal qu'il venait de lire.

Le commandant dit que oui, il l'avait lu.

— Et qu'est-ce que vous en pensez?

— Excellent.

Paez Vilaro souleva légèrement ses larges épaules. Le pilote s'en aperçut, car il ajouta :

— Par exemple, une fois un moteur tomba en panne et j'ai pu poser l'avion sur...

A cet instant, l'avion fit une embardée soudaine et se mit à vibrer. Paez Vilaro regarda l'aile et vit ce que le commandant venait de décrire : l'hélice du moteur à tribord venait de s'arrêter.

Il se tourna vers le pilote.

— Eh bien! c'est encore arrivé, dit-il.

Ils firent un atterrissage forcé sur l'aérodrome militaire d'El Palomar où Ruben Terra demanda à Montevideo un nouveau moteur, mais ses passagers n'avaient pas le cœur à attendre qu'il arrive et soit monté sur le C-47. Ils louèrent un avion léger pour les conduire à l'aéroport d'Ezeiza et là, ils prirent le service régulier du Chili, le L. A. N. pour aller à Santiago. Ils arrivèrent vers 7 heures du soir et se rendirent aussitôt au quartier général du S. A. R. à Los Cerrillos.

— Eh bien, dit le commandant Massa quand il vit Paez Vilaro et ses compagnons. Vous voilà de retour? Ce n'est sûrement pas le bon moment pour commencer les recherches. Nous vous avons dit qu'on vous fera savoir quand ce serait le moment.

Le commandant avait bien raison d'être confus. Ce n'était pas la première fois qu'un avion se perdait dans les Andes, mais c'était la première fois qu'on se mettait à sa recherche deux mois après. Même quand un DC-3 de l'armée de l'air des États-Unis était tombé en 1968, ils n'avaient pas continué à le chercher pendant si longtemps, et maintenant il y avait un groupe de civils uruguayens qui étaient entrés dans son bureau et qui refusaient de sortir.

— Dites-moi, mon commandant, dit Walter Harley. Quelles sont les chances que l'avion ait été prisonnier des montagnes et qu'il ait fait un atterrissage forcé dans la neige?

— Avec un peu de veine, dit Massa, deux sur mille!

— Une sur mille nous suffit, dit Harley.

Les Uruguayens commencèrent à négocier pour qu'ils puissent utiliser les hélicoptères du S. A. R. Massa, après les avoir poliment écoutés, ne put agréer leurs propositions. « Vous ne comprenez donc pas! s'écria-t-il. Il est extrêmement dangereux de voler en hélicoptère sur les Andes. Je ne puis risquer la vie de mes pilotes, à moins qu'il n'y ait une preuve évidente que les débris se trouvent en un endroit précis. Si vous avez une preuve, donnez-la-moi, et j'agirai, mais jusque-là... Je regrette beaucoup. »

Les cinq hommes revinrent à l'hôtel sans avoir autre chose que les tièdes assurances de Massa, mais ils n'avaient pas perdu courage. Quoique fatigués par leur voyage mouvementé, ils conçurent aussitôt un plan. Ils se diviseraient en trois groupes. Le premier devait explorer la région entre le Palomo et le Tinguiririca par voie de terre, le second quadrillerait la même région par avion dès que le C-47 aurait atteint Santiago, tandis que le dernier essaierait de trouver le mineur, Camilo Figueroa, qui avait déclaré avoir vu tomber l'avion. C'était les trois points d'attaque de leur bataille contre les Andes. Ils l'appelèrent l'Opération Noël.

CHAPITRE VII

Le 23 novembre était le vingt et unième anniversaire de Bobby Francois. Il reçut en cadeau un paquet de cigarettes de supplément. Pendant ce temps-là, Canessa et Parrado entreprirent de démonter la radio du bloc d'instruments qui restaient à demi enfoncés dans la poitrine du pilote.

Les écouteurs et les microphones étaient reliés à une boîte de métal noire de la taille d'une machine à écrire portative qui se détacha facilement dès qu'ils eurent retiré quelques vis. Ils se rendirent compte que le cadran manquait et par conséquent ne pouvait être qu'une partie d'un poste émetteur-récepteur; il y avait soixante-sept fils sortant à l'arrière qu'ils devaient brancher, pensait-ils, à la moitié manquante. L'avion était tellement bondé d'instruments qu'il était difficile de distinguer ce qui faisait ou non partie de la radio, mais en fin de compte, derrière un panneau de plastique situé dans la paroi de la soute, ils trouvèrent l'émetteur. Il était beaucoup plus difficile de l'atteindre et de le séparer des autres instruments — en particulier parce qu'il n'y avait pas de lumière. Leurs seuls outils étaient un tournevis, un couteau, une paire de pinces et avec ce maigre équipement, après plusieurs jours d'efforts, ils parvinrent à le sortir de là.

Leur pressentiment que c'était bien la partie qui allait

avec la boîte noire reçut confirmation quand ils virent un câble qui sortait de la partie arrière : ce câble comportait soixante-sept fils différents. Le principal obstacle, c'était qu'ils ne savaient quel fil de l'émetteur allait avec quel fil de l'autre partie. Avec soixante-sept fils de chaque côté, cela faisait des milliers de probabilités. Alors ils découvrirent que les fils portaient de petites marques qui permettaient de faire les branchements qu'il fallait.

Canessa ne tarissait pas d'enthousiasme sur la radio. Il trouvait idiot que certains d'entre eux risquent leur vie à traverser les montagnes s'il y avait une chance qu'ils se mettent en contact avec le monde extérieur. La majorité était d'accord avec lui, bien qu'un bon nombre ne crût guère au résultat. Pedro Algorta ne croyait pas qu'ils arriveraient à mettre le poste en marche, mais il ne dit rien qui pût décourager les optimistes. Roy Harley lui-même, qui était censé avoir le plus de connaissance en électronique, était celui qui doutait le plus. Il savait très bien les bornes de sa propre compétence — sur laquelle les autres fondaient leurs espoirs : quelques après-midi par-ci par-là passées à tripoter l'ensemble stéréo d'un ami — et il répétait en gémissant que ses faibles lumières ne le qualifiaient nullement pour démonter et remonter un poste émetteur-récepteur à haute fréquence.

Les autres garçons mettaient cette méfiance envers lui-même au compte de sa faiblesse physique et mentale. Sa figure exprimait sans cesse la misère et le désespoir et son corps, naguère vigoureux et bien découplé, s'était ratatiné, parcheminé au point de ressembler à celui d'un fakir hindou. Ceux du corps expéditionnaire et les cousins lui demandèrent donc de s'entraîner pour pouvoir aller jusqu'à la queue de l'avion, et pour cela de marcher dans les environs, mais il n'en avait pas la force (ils ne jugèrent pas utile d'augmenter sa ration de viande). Plus ils insistaient auprès de lui, plus Roy en repoussait l'idée. Il pleurait, s'excusait et leur répétait sous toutes les formes qu'il n'en savait pas plus en radio que n'importe quel autre. Il était pourtant difficile de résister à leur influence; il fut soumis à une autre forme de pression d'une origine différente : « Tu dois y aller, lui dit son ami Francois, parce que la radio est notre seule chance. Si nous devons partir d'ici à pied, nous, des types comme Coche, Moncho, Alvaro, toi, moi, nous n'y arriverons pas! »

Très à contrecœur, Roy céda à cet argument et accepta de partir. Le départ, cependant, n'était pas imminent parce que plusieurs d'entre eux étaient encore aux prises avec l'antenne en aileron de requin, rivetée sur l'avion au-dessus du poste de pilotage. Il fallait enlever les rivets avec un simple tournevis et cette tâche était rendue plus compliquée à cause des déformations subies par le métal lors de la chute de l'avion.

Même quand on l'eut enlevée et qu'on l'eut placée sur la neige, à côté des différents éléments du poste radio, Canessa passa des heures et des heures à la regarder et il répondait vertement à ceux qui lui demandaient ce qui manquait encore puisqu'il ne partait pas. Les autres perdirent patience, mais ils se méfiaient tous du mauvais caractère de Canessa. S'il n'avait pas fait partie du corps expéditionnaire, et c'était le plus fertile en idées des trois, ils n'auraient pas supporté ses façons de faire; mais, vu la situation, ils ne voulaient pas s'opposer à lui. Tout de même il parut déraisonnable de le voir sans cesse différer le départ et ils se mirent à soupçonner qu'il avait traîné en longueur ses occupations avec la radio pour retarder l'instant où il devrait se mettre en route dans la neige.

Enfin les cousins Strauch perdirent patience. Ils lui dirent qu'il devait prendre la radio et descendre. Canessa n'avait pas d'autre prétexte pour différer le départ, aussi le lendemain à 8 heures du matin une petite colonne se forma pour descendre jusqu'à la queue de l'avion. En tête Vizintin, chargé comme d'habitude comme un mulet, ensuite Harley, les mains dans les poches, enfin les deux silhouettes de Canessa et de Parrado, avec bâtons et havresacs comme deux ascensionnistes.

Ils descendirent la pente et les treize restants furent enchantés de leur départ. Non seulement ils étaient délivrés de deux compagnons aussi irascibles et plastronnants que Canessa et Vizintin mais, avec quatre absents, ils auraient plus d'espace pour dormir. Et surtout ils pouvaient se mettre de nouveau à rêver que leur délivrance était proche.

Ils ne pouvaient pas se permettre cependant de se renverser sur leur siège et d'attendre que leurs rêves deviennent réalité. Pour la première fois depuis qu'ils s'étaient décidés à manger de la chair humaine, ils voyaient leurs provisions s'épuiser. Le problème n'était pas qu'on manquât de cadavres, mais ils ne pouvaient pas les retrouver. Ceux qui étaient morts pendant l'accident et qu'on avait laissés dehors étaient maintenant profondément enfouis sous l'avalanche. Un ou deux corps restaient des victimes de l'avalanche, mais ils savaient que très bientôt il leur faudrait trouver les précédentes victimes. On tenait compte aussi du fait que les premiers accidentés étaient plus gras, que leurs foies étaient plus riches en vitamines : ils en avaient tous besoin pour survivre.

Ils se mirent donc à la recherche des corps. Carlitos Paez et Pedro Algorta furent chargés de ce soin, mais tous les autres garçons les aidèrent. Ils décidèrent de creuser un trou dans la neige à l'endroit où ils se rappelaient qu'un corps était étendu, mais ils creusèrent bien des trous sans rien ramener à la lumière. D'autres fois, ils furent plus chanceux, mais souvent avec des conséquences décevantes. On croyait, par exemple, qu'un corps se trouvait quelque part autour de l'entrée de l'avion, et Algorta passa plusieurs jours à creuser méthodiquement à cet endroit, en faisant des marches dans la neige pour descendre au fond. Cela l'exténua parce que la neige avait durci et que Pedro, comme tous les autres, avait perdu presque toutes ses forces. Aussi eut-il l'impression d'être tombé sur un trésor, quand le morceau d'aluminium qui servait de pelle démasqua le tissu de quelque chose qui semblait une chemise. Pedro creusa plus vite autour des bras et des jambes du cadavre quand il vit tout à coup que les ongles des pieds étaient recouverts de vernis rouge. C'était le corps de Liliana Methol et par égard pour Xavier, ils tombèrent d'accord pour ne pas le manger.

Un autre procédé pour creuser un trou dans la neige était que tous les garçons pissent au même endroit. C'aurait été un procédé efficace, s'ils avaient pu se retenir le matin assez longtemps pour atteindre l'endroit désigné. Hélas, beaucoup se réveillaient la vessie si tendue qu'ils devaient se soulager au sortir de l'avion. Algorta dormit souvent avec trois paires de pantalons déboutonnés et même comme ça, il ne pouvait attendre d'être dehors. C'était dommage, car il était moins fatigant de pisser que de creuser un trou.

Beaucoup de garçons avaient perdu trop de forces pour pouvoir accomplir un travail de cet ordre. Certains s'étaient résignés à leur inutilité. D'autres, au contraire, n'admettaient pas à leurs propres yeux de ne pas contribuer au bien-être du groupe. Carlitos reprocha un jour à Moncho Sabella de ne rien faire, sur quoi Moncho, tout affaibli qu'il était, se mit à creuser un trou avec une ardeur si frénétique que ceux qui l'observaient craignirent pour sa vie; ses efforts le firent simplement tomber d'épuisement. C'était un cas où l'esprit ordonnait, où le corps défaillait. Moncho aurait bien voulu faire partie du corps expéditionnaire ou imiter les trois cousins, mais ses forces le trahissaient; elles ne lui laissaient pas d'autre possibilité que de regarder les autres agir.

A l'époque où l'on se mit à creuser les trous dans la neige à la recherche des corps ensevelis, les cadavres qu'ils avaient conservés plus en surface commençaient à souffrir du soleil plus ardent qui faisait fondre la fine couche de neige qui les recouvrait. Le dégel avait vraiment commencé — le niveau de la neige était tombé bien en dessous de la partie supérieure du fuselage — et vers midi le soleil était si brûlant que la viande qu'on exposait rôtissait rapidement. Il fallut donc ajouter aux travaux déjà existants — creuser, tailler la viande, faire fondre la neige —, celui de recouvrir les corps de neige et de les protéger du soleil avec des feuilles de carton et de plastique.

Quand on fut à court de provisions, les cousins édictèrent qu'on n'aurait plus le droit de chaparder. Cet arrêté ne fut pas plus observé que la plupart des autres qui cherchaient à renverser une pratique établie. Ils cherchèrent donc à faire durer ce qui leur restait encore en consommant des morceaux que jusqu'alors on avait dédaignés. Les pieds et les mains, par exemple, fournissaient une chair qu'on pouvait détacher des os. Ils s'efforcèrent aussi de manger la langue d'un cadavre, mais ils ne purent l'avaler et l'un d'eux mangea les testicules d'un mort.

En revanche ils absorbaient tous la moelle. Quand le dernier lambeau de chair avait été gratté, on brisait l'os à la hache et on retirait la moelle avec un morceau de fil ou avec un couteau et on la distribuait. Ils mangèrent aussi les caillots de sang qu'ils trouvèrent autour du cœur de presque tous les cadavres. Leur tissu et leur goût étaient différents de ceux de la chair et du gras et ils en étaient arrivés à être écœurés par la monotonie de leur régime. Ce n'étaient pas seulement leurs sens qui réclamaient des saveurs différentes, leur corps aussi avait besoin de ces matières minérales dont ils étaient depuis si longtemps privés, et par-dessus tout le sel. Et c'est pour remédier à ces exigences que les moins dégoûtés parmi les survivants se mirent à manger ces morceaux qui avaient commencé à se putréfier. Cela arriva même pour les entrailles de ceux qu'on avait recouvert de neige, et il y avait aussi les restes des premiers squelettes éparpillés autour de l'avion qui n'étaient pas protégés du soleil. Plus tard tous firent de même.

Ce qu'ils faisaient, c'était prendre l'intestin grêle, presser ce qu'il contenait dans la neige, le couper en petits morceaux et l'avaler. Le goût en était puissant et salé. L'un d'eux essaya d'entourer un os avec cette chair et de la faire rôtir au feu. La viande pourrie, à laquelle ils goûtèrent plus tard, avait le goût du fromage.

La dernière découverte qu'ils firent pour se procurer une certaine diversité dans la nourriture fut le cerveau des morts qu'on avait jusqu'alors rejeté. Canessa leur avait dit que, bien que sans particulière valeur nutritive, le cerveau contenait du glucose qui leur donnerait de l'énergie; il avait été le premier à prendre une tête, à inciser la peau du front, à enlever le cuir chevelu et à briser le crâne avec la hache. Les lobes du cerveau étaient ou bien répartis et mangés encore gelés, ou bien utilisés pour faire la sauce d'un ragoût; le foie, les intestins, les muscles, la graisse, les reins, cuits ou crus, furent coupés en petits morceaux et mélangés avec le cerveau. La nourriture avait meilleur goût préparée comme cela et elle était plus facile à manger. La seule difficulté était le manque de bols assez profonds pour la contenir, car jusqu'alors la viande avait été servie sur des assiettes, des plateaux et des morceaux de feuille d'aluminium. Pour le ragoût, Inciarte utilisait un bol à raser tandis que d'autres se servaient d'un crâne. Quatre bols faits avec des crânes furent ainsi mis en service et l'on fabriqua quelques cuillers avec des os.

Le cerveau n'était pas comestible une fois pourri, aussi toutes les têtes des corps déjà consommés furent-elles réunies et enterrées dans la neige. La neige fut aussi enlevée des autres parties qui avaient été précédemment mises au rebut. Fouiller la neige prit une valeur accrue, surtout pour Algorta qui était le chef fouilleur du groupe. Quand il ne creusait pas des trous ou n'aidait par les cousins à tailler la viande, on voyait sa silhouette courbée en deux clopinant autour de l'avion : armé d'une tige de fer, il farfouillait dans la neige. Il ressemblait tellement à un clochard que Carlitos le surnomma le vieux Vizcacha (1). Cette occupation eut sa récompense parce qu'il trouva plus d'un morceau de gras, certains avec un lambeau de viande. Ceux-là il les déposait sur la partie du fuselage au-dessus de lui. S'ils étaient imprégnés d'eau, ils séchaient au soleil et il se formait sur eux une croûte qui les rendait plus agréables au goût. Ou bien, comme faisaient les autres, il les mettait sur une feuille de métal, les exposait au soleil et réchauffait ainsi ce qu'il mangeait. Par un jour de soleil exceptionnellement brûlant, il réussit à les faire cuire.

C'était une consolation pour Algorta que les garçons du corps expéditionnaire ne soient plus là pour puiser à volonté dans ce qu'il avait avec tant de soins retiré de la neige et préparé. D'autre part il partageait avec Fito ce qu'il avait trouvé. A côté de son « territoire » sur le dessus de l'avion se trouvait celui de Fito et entre les deux une bande pour la nourriture qu'ils partageaient. C'était Algorta qui approvisionnait ce garde-manger commun avec ses trouvailles dans la neige. Il s'attacha à Fito de la même façon que Zerbino s'était attaché à Eduardo, au point que Inciarte l'appela « le page de l'Allemand ». Inciarte était surtout irrité de voir Zerbino donner des cigarettes à Eduardo même quand il lui en restait encore, mais Zerbino se rappelait les jours, après la première expédition, où Eduardo l'avait laissé dormir, en lui permettant de mettre ses pieds gelés sur ses propres épaules.

A mesure que l'écart grandissait entre travailleurs et fainéants, prévoyants et imprévoyants, le rôle de Coche Inciarte devint plus important. De fait et par inclination, il

(1) Personnage de José Hernandez, dans *Martin Fierro le Gaucho.*

était solidement du camp des parasites; d'autre part, c'était un vieil ami de Fito Strauch et de Daniel Fernandez. Il avait aussi cette sorte de caractère franc et spirituel qu'il était impossible de ne pas aimer. Soit qu'il pressât Carlitos de faire de la cuisine un jour de vent ou qu'il fît sortir une bonne pinte de pus de sa jambe malade, il souriait toujours lui-même et faisait sourire les autres de ce qu'il faisait. Son état physique, comme celui de Turcatti, devint de plus en plus alarmant parce que tous les deux se refusaient à manger de la viande crue. Coche tomba même parfois en délire et dit aux autres avec tout le sérieux possible qu'il y avait une petite porte sur le flanc de l'avion où il dormait qui conduisait à une vallée verdoyante. Quand il annonça un matin, comme Echavarren l'avait fait, qu'il allait mourir le jour même, personne ne le prit au sérieux. Le lendemain, quand il s'éveilla, tous se mirent à rire en lui disant :

— Eh! Coche, dis-nous à quoi ça ressemble, la mort?

La question des cigarettes, comme il arrive toujours, provoqua de vives tensions. Ceux, comme les cousins, qui avaient assez de maîtrise sur eux-mêmes pour espacer leurs cigarettes et faire durer leur ration, voyaient vers la fin du second jour douze paires d'yeux jaloux qui observaient chacune de leur bouffée! Les imprévoyants — Coche Inciarte en faisait partie! — finissaient leur provision le jour même et ils essayaient de piquer des cigarettes à ceux qui en avaient encore. Pedro qui fumait moins que les autres, allait et venait, les yeux baissés, de peur d'apercevoir les regards suppliants de Coche et s'il les évitait pendant un bon bout de temps, Coche lui disait : « Pedrito, quand on sera de retour à Montevideo, je t'inviterai à manger des gnocchi chez mon oncle », sur quoi Algorta qui avait toujours faim levait le nez et il était pris par les grands yeux suppliants et souriants de Coche.

Pancho Delgado, lui aussi, était incapable de se rationner et il se coulait auprès de Sabella, lui parlait de son temps d'écolier avec son frère dans l'espoir qu'une cigarette serait sa récompense. Ou bien Inciarte l'envoyait auprès de Fernandez pour le persuader de leur donner une ration d'avance : « Tu vois, disait-il, Coche et moi nous sommes des types particulièrement nerveux. »

Il y eut un temps où c'était Delgado qui avait la charge des cigarettes, ce qui était à peu près comme confier un bar à un alcoolique. Une nuit la tempête qui soufflait était si puissante que la neige s'engouffra dans l'avion. Delgado et Zerbino, qui dormaient près de la porte, traversèrent la cabine pour parler et fumer avec Inciarte et Carlitos. La plupart étaient éveillés, ils fumaient en écoutant le grondement des avalanches, mais le lendemain quand ils s'éveillèrent tout blanchis par la neige, quelques-uns ne crurent pas avoir fumé autant de cigarettes que Pancho le prétendait.

Il y eut une autre circonstance où Fernandez et Inciarte se disputèrent à propos de cigarettes. Fernandez, qui avait la charge de l'un des trois briquets, n'écoutait pas Coche qui ne cessait de le lui réclamer, parce qu'il estimait que Coche fumait trop. Cela mit celui-ci en colère et le reste de la journée il refusa d'adresser la parole à Fernandez. Le soir, comme de coutume, ils étaient étendus l'un près de l'autre et chaque fois que la tête de Fernandez retombait sur l'épaule de Coche, celui-ci l'écartait. Alors Fernandez dit : « Ça va comme ça, Coche » et la rancœur de Coche tomba. Il avait un trop bon caractère pour continuer.

Leur commune imprévoyance en fait de cigarettes renforça les liens qui existaient déjà entre Coche et Pancho. Ou bien ils piquaient des cigarettes chacun de leur côté, Pancho en prélevant une sur la ration de Numa Turcatti sous le prétexte qu'il trouvait que le tabac ne lui réussissait pas, tandis que Coche essayait d'attraper le regard d'Algorta, ou comme nous l'avons vu, ils faisaient alliance pour obtenir de Fernandez une ration d'avance. Ils parlaient souvent ensemble de la vie à Montevideo, des week-ends à la campagne avec Gaston Costemalle qui avait été leur ami commun. Pancho Delgado, avec son éloquence innée, décrivait si bien leur bonheur de naguère que Coche Inciarte était transporté bien loin de l'espace humide et empuanti de l'avion vers les verts pâturages de sa laiterie. A la fin de l'histoire, il se retrouvait soudain dans la hideuse réalité, ce qui le déprimait tellement qu'il restait comme un cadavre, les yeux éteints.

C'est ce qui incita les Strauch et Fernandez à écarter Coche de Delgado. Ils trouvaient que ces fuites dans l'imaginaire détruisaient son moral à un tel point qu'il en perdrait la volonté de survivre. Aussi se mirent-ils de plus en plus à se défier de Delgado. L'incident se produisit quand certains garçons, qui étaient hors de l'avion, demandèrent à ceux qui étaient à l'intérieur de leur envoyer quelqu'un pour chercher leurs rations de viande. Pancho se présenta et, tout en prenant les morceaux de viande, demanda à Fito s'il pouvait en prendre un pour lui.

— Bien sûr, dit Fito.

— Le meilleur morceau?

— Si tu veux.

Fito et les autres étaient restés sur le dessus de l'avion en train de manger leurs parts et après avoir remis leurs portions aux autres, Pancho les avait rejoints. Quand finalement Fito était entré, Fernandez qui avait coupé la viande apportée par Pancho en plus petits morceaux lui dit :

— Dis donc, tu nous as pas donné beaucoup à bouffer.

— J'ai taillé douze morceaux, dit Fito.

— Tu veux dire huit. J'ai dû les retailler pour faire le compte.

Fito haussa les épaules, et ne dit rien de plus, car s'il avait exprimé ce qu'il soupçonnait, cela aurait été contre le bon sens. Il était essentiel pour le groupe qu'il n'y ait pas de dissension profonde.

Carlitos, lui, avait moins de scrupule.

— Je me demande où est le fantôme, dit-il en regardant fixement Pancho, qui a pris les quatre autres morceaux?

— Qu'est-ce que tu veux dire? fit Pancho. Est-ce que tu n'as pas confiance en moi?

Ils auraient continué à discuter, si Fito et Fernandez n'avaient dit à Carlitos de laisser tomber le sujet.

Tandis que ces événements se passaient dans l'avion, le corps expéditionnaire et Roy Harley étaient dans la queue. La descente ne leur avait pris qu'une heure et demie et en route ils avaient trouvé une valise de la senora Parrado. A l'intérieur, des bonbons et deux bouteilles de Coca-Cola. Ils passèrent la fin de la première journée à se reposer et à examiner les valises qui étaient apparues sous la neige fondante depuis leur dernière visite. Entre autres choses, Parrado trouva un appareil photographique tout chargé et son sac avec les deux bouteilles de liqueur que sa mère avait achetées à Mendoza et lui avait demandé de porter. Aucune n'était cassée. Ils en ouvrirent une et gardèrent l'autre pour l'expédition à entreprendre au cas où ils ne pourraient mettre en marche la radio.

Canessa et Harley se mirent à l'œuvre le lendemain matin. Au début on crut que ce ne serait pas difficile parce que les douilles à l'arrière de l'émetteur étaient marquées BAT et ANT pour indiquer où les fils reliant accumulateurs et antenne devaient être placés, malheureusement il y avait d'autres fils dont la destination n'était pas aussi évidente. Et surtout ils n'arrivaient pas à découvrir quels fils étaient positifs et lesquels négatifs, de sorte que fréquemment quand ils avaient établi le contact, ils recevaient des étincelles dans les yeux.

Ils reprirent confiance quand Vizintin eut trouvé dans la

neige, près de la queue, un aide-mémoire pour le Fairchild. Ils cherchèrent à la table des matières ce qui concernait la radio et virent que tout le chapitre trente-quatre était consacré aux « Communications » mais quand ils feuilletèrent l'aide-mémoire, il se trouva qu'un certain nombre de pages en avaient été arrachées par le vent et que c'était justement celles dont ils avaient besoin.

Il ne leur restait qu'une solution, la méthode par tâtonnements. C'était une occupation harassante et tandis que Canessa et Harley travaillaient, Parrado et Vizintin fouinaient tout autour, inspectant de nouveau tous les bagages en allumant du feu pour cuire la viande. Ils avaient beau n'être que quatre, ils étaient tiraillés par les mêmes tensions que là-haut dans le fuselage. Par exemple, Roy Harley était irrité de voir Parrado ne pas lui donner la même ration qu'aux autres. Pourtant puisqu'il était avec eux, il aurait dû recevoir la même quantité de nourriture. Mais Parrado ne tenait Harley que pour un auxiliaire. Si la radio ne marchait pas, ce n'est pas lui qui aurait à traverser des montagnes. Il ne mangerait donc que la ration commune.

Il ne laissait pas non plus Roy fumer. Il se fondait sur le fait qu'ils n'avaient qu'un briquet et qu'ils en auraient besoin pour l'expédition finale. Il faut dire que ni Parrado, ni Canessa ni Vizintin n'étaient fumeurs et que les plaintes et les gémissements de Roy leur tapaient sur les nerfs. Ils lui dirent qu'il ne pourrait fumer qu'au moment où ils allumeraient le feu. Il arriva, quand Roy vint pour allumer sa cigarette à la flamme, que Parrado, de corvée de cuisine, lui dit de s'en aller et de revenir quand il aurait fini. Quand Roy revint, le feu était éteint. Il en fut tellement outré qu'il chipa le briquet que Parrado avait posé sur un morceau de carton et alluma une cigarette. Quand les trois autres s'en aperçurent, ils tombèrent sur lui comme une bande de surveillants trop zélés. Ils l'engueulèrent et lui auraient arraché la cigarette de la bouche si Canessa n'avait été plus avisé et ne les avait retenus : « Laissez-le tranquille, dit-il. N'oubliez pas que Roy sera peut-être celui qui nous sauvera tous en mettant en marche cette foutue radio. »

Le troisième jour, ils s'aperçurent qu'ils n'avaient pas emporté assez de viande pour tenir le coup jusqu'à ce que la radio soit en état de marche. Aussi Parrado et Vizintin regagnèrent-ils l'avion. La remontée, comme la fois précédente, fut infiniment plus difficile que n'avait été la descente. Après avoir atteint le haut de la colline qui se trouvait à l'est de l'avion, Parrado fut saisi d'un bref, mais profond désespoir : à la place de l'avion et de ses treize habitants, il n'y avait rien qu'une immense étendue de neige.

Il supposa qu'une autre avalanche était tombée qui avait complètement recouvert l'avion, mais en regardant les pentes des montagnes au-dessus de lui, il ne vit aucun signe de récente chute de neige. Il se remit à grimper et poussa un grand soupir de soulagement en trouvant l'avion de l'autre côté de la colline suivante.

On ne les attendait pas, il n'y avait pas de viande toute prête. Ils étaient presque tous trop affaiblis pour creuser la neige afin de trouver de nouveaux corps et réapprovisionner le garde-manger de ceux qui partaient en expédition. Aussi Parrado et Vizintin se mirent-ils eux-mêmes à creuser. Ils trouvèrent un corps sur lequel les cousins taillèrent de la viande, ils fourrèrent les morceaux dans des chaussettes de rugby et après deux nuits passées dans l'avion, ils allèrent retrouver Canessa et Harley.

A leur retour, ils virent que ceux-ci avaient établi tous les circuits nécessaires entre radio et batteries, entre radio et antenne et pourtant ils ne pouvaient attraper le moindre signal sur les écouteurs. Ils crurent que c'était la faute de l'antenne; ils déchirèrent des brins de câble du circuit électrique de l'avion et les lièrent l'un à l'autre. Ils attachèrent une extrémité à la queue et l'autre, à un sac rempli de pierres qu'ils placèrent sur un rocher en haut sur la montagne, faisant un cadre aérien long de plus de 18 mètres. Quand ils branchèrent sur le transistor qu'ils avaient emporté avec eux, ils purent attraper beaucoup de postes du Chili, d'Argentine et d'Uruguay. Quand ils le branchèrent sur la radio du Fairchild, aucun son ne vint jusqu'à eux. De nouveau, ils branchèrent le transistor, trouvèrent un programme qui diffusait de la musique gaie et se mirent au travail.

Tout à coup Parrado poussa un cri; il avait trouvé dans l'une des valises la photographie d'une enfant lors d'une réunion d'anniversaire. C'était une petite fille, assise sur une table où s'empilaient sandwiches, gâteaux et biscuits. Parrado tenait la photographie à deux mains et dévorait la nourriture des yeux. Les trois autres alertés par ses cris, vinrent le retrouver et profitèrent du festin : « Regardez donc ce gâteau », dit Canessa en gémissant et en se frottant l'estomac.

— Que penses-tu des sandwiches? dit Parrado. Je crois que je préfère les sandwiches.

— Les biscuits, gémit Vizintin. Donne-moi seulement les biscuits.

Grâce au transistor qu'ils avaient relié à leur antenne, les quatre garçons apprirent par le bulletin d'information que les recherches allaient être reprises par un Douglas C-47 de l'armée de l'air uruguayenne. La nouvelle produisit sur eux des effets divers. La joie et l'espoir transportèrent Harley. Canessa, lui aussi, semblait réconforté. Vizintin ne manifesta rien, tandis que Parrado avait l'air presque déçu. « Ne soyez pas trop optimistes, dit-il aux autres. Ils cherchent de nouveau, rien ne dit qu'ils nous trouveront. »

Ils trouvèrent tout de même utile de dresser un grand signe indicateur sur la neige à côté de la queue; pour cela ils disposèrent en forme de croix les valises qui étaient dispersées tout autour. Ils avaient presque abandonné tout espoir de mettre en marche la radio, cependant Canessa continuait à bricoler le poste et tergiversait à propos du retour à l'avion. Parrado et Vizintin étaient déjà décidés à lever le camp, car il avait été décidé que si la radio ne marchait pas, le corps expéditionnaire partirait aussitôt en montagne en se fondant sur leur unique certitude que le Chili était à l'ouest. Vizintin enleva ce qui restait de ce qui enveloppait le système de chauffage du Fairchild dans une soute sombre à la base de la queue : c'étaient là qu'étaient les accumulateurs. C'était léger et conçu par l'industrie la plus techniquement avancée du monde pour garder la chaleur, les morceaux cousus ensemble feraient un excellent sac de couchage et cela résoudrait un des problèmes majeurs qui les avaient assaillis, comment avoir chaud la nuit sans l'abri de l'avion ou de la queue.

Tout le temps qu'ils avaient passé en bas, la neige n'avait cessé de fondre, sauf la neige qui était juste sous la queue et qui était à l'abri du soleil. Il en résultait que la queue se trouvait comme sur un socle de neige, ce qui en rendait l'accès plus difficile et aussi l'équilibre fort instable quand ils remuaient à l'intérieur. La dernière nuit, elle se mit tellement à vaciller que Parrado eut peur qu'elle ne bascule et ne dévale la montagne. Les quatre garçons ne bougeaient ni pied ni main, mais un vent soufflait qui faisait osciller la queue. Parrado qui ne pouvait dormir dit enfin à ses compagnons : « Eh! les gars, vous ne croyez pas qu'on ferait mieux de dormir dehors? »

Vizintin poussa un grognement et Canessa dit : « Écoute, Nando, si on doit mourir, on mourra, prenons d'abord une bonne nuit de sommeil. »

La queue n'avait pas bougé, ils le vérifièrent le lendemain matin, mais elle n'offrait plus un abri sûr. Il était également évident que trifouiller plus longtemps le poste de radio ne le ferait pas marcher. Ils décidèrent donc de regagner l'avion. Avant de partir, ils se chargèrent de cartouches de cigarettes et Harley, après ces huit jours de misère et de frustration, fit voler en éclats les différents éléments de cette radio qu'ils avaient réunis avec tant d'application.

Il avait tort de gaspiller son énergie. La pente à 45 degrés qui menait à l'avion s'étendait sur environ quinze cents mètres. Au début cela allait à peu près, parce que la neige était dure. Après, quand elle devint spongieuse et qu'ils s'enfonçaient jusqu'aux cuisses ou trébuchaient sur les lourds et encombrants coussins dont ils se servaient comme de snow-boots, il fallait un effort presque surhumain que le pauvre Roy n'était pas en état de fournir. Ils avaient beau se reposer tous les trente pas, il traînait derrière mais Parrado se tenait à ses côtés pour le cajoler, l'engueuler, le supplier de continuer. Roy se remettait en route, mais retombait d'épuisement dans la neige. Il était désespéré; ses gémissements étaient plus aigus, ses larmes incoercibles. Il suppliait qu'on le laissât mourir où il était, mais Parrado ne le lâchait pas d'une semelle. Il tempêtait contre lui, il l'injuriait pour l'aiguillonner. Il l'engueula comme il n'avait jamais engueulé personne jusque-là.

Les injures étaient excessives, mais efficaces. Elles firent marcher Roy jusqu'au moment où plus rien, ni juron, ni insulte, ne pouvait plus agir sur lui. Alors Parrado revint vers Roy et lui parla calmement : « Écoute, Roy, on n'en a plus pour bien longtemps. Tu ne crois pas que ça vaut la peine de faire un petit effort pour revoir ton père et ta mère? »

Il lui tendit la main et l'aida à se mettre debout. Roy recommença à grimper en chancelant, appuyé sur le bras de Parrado. Ils arrivèrent devant une pente de neige si abrupte qu'aucun effort de volonté de Roy ne pouvait l'aider à la gravir, alors Parrado empoigna Roy Harley; doué de la force énorme qu'on voyait bien qu'il avait encore, il le porta jusqu'à l'avion.

Ils atteignirent le Fairchild entre 6 heures et demie et

7 heures du soir. Il soufflait un vent froid, avec quelques rafales de neige. Les treize qui étaient restés avaient déjà cherché refuge dans l'avion : ils firent un accueil attristé au corps expéditionnaire. Canessa fut moins touché par leur manque de cordialité que par le spectacle désolant qu'ils offraient. Après huit jours passés loin d'eux, il vit d'un regard plus objectif ce qu'étaient devenus ses compagnons, des êtres barbus, ratatinés, hagards. Il avait vu aussi, d'un œil nouveau, l'horreur de la neige sale, parsemée de squelettes vidés, de crânes fendus et il se dit qu'avant qu'on vienne les délivrer, ils devraient nettoyer tout ça.

Vers la fin de la première semaine de décembre, après trente-six jours dans la montagne, deux condors apparurent et firent des cercles dans le ciel au-dessus des dix-sept survivants. Ces deux énormes oiseaux, avec leurs cous et leurs têtes chauves, un collier de plumes blanches au bas du cou, et une cnvergure de près de trois mètres étaient les premiers signes de vie qu'ils aient vus depuis plus de huit semaines — en dehors de leur propre vie. Ils craignirent que les condors ne descendent vers eux et n'emportent les charognes. Ils étaient prêts à tirer sur eux à coups de revolver, mais ils eurent peur que la déflagration ne provoque de nouvelles avalanches.

Par moments, les condors disparaissaient mais le lendemain matin, ils planaient de nouveau au-dessus d'eux. Ils épiaient les mouvements des êtres humains, mais ne fondirent jamais sur eux. Au bout de quelques jours ils disparurent tout à fait. D'autres animaux vinrent donner des signes de vie : une abeille entra dans le fuselage et en ressortit; plus tard, on vit autour de l'avion une ou deux mouches, et enfin un papillon.

Pendant la journée il faisait maintenant chaud; il faisait même si chaud vers midi qu'ils avaient des coups de soleil, les lèvres sanguinolentes et fendillées. Certains eurent l'idée de dresser une tente pour se protéger du soleil, ils utilisèrent les tiges de métal des hamacs et un coupon de tissu que Liliana Methol avait acheté à Mendoza pour y tailler une robe pour sa fille. Ils se dirent aussi que cela servirait à attirer l'attention d'un avion qui volerait au-dessus d'eux, car cette éventualité prédominait dans leur esprit. Après le retour de Roy et des trois autres, ils avaient appris que les recherches avaient recommencé.

Cela ne devait pas induire le corps expéditionnaire à abandonner l'idée d'un départ ultérieur, les garçons en étaient bien convaincus. Ils n'avaient pas mis grand espoir dans la radio, le retour de Harley, Canessa, Parrado et Vizintin ne les avait pas jetés dans le désespoir, mais maintenant ils grillaient d'impatience de voir partir les trois derniers. Ils auraient voulu les voir partir pour ainsi dire tout de suite. Mais les choses n'allaient pas toutes seules. Tandis que la nouvelle du C-47 ne modifiait pas la décision de Parrado qui voulait partir, elle donnait à Canessa une certaine hésitation : à quoi bon risquer sa vie dans la montagne? « Il serait idiot que nous partions tout de suite, dit-il, maintenant qu'on a équipé spécialement un avion pour nous trouver. Nous devons leur laisser au moins dix jours de délai et alors, peut-être, partir. C'est insensé de risquer notre vie si ça n'est pas nécessaire. »

Cette temporisation mit les autres en fureur. Ils n'avaient pas choyé Canessa et supporté si longtemps sa mauvaise humeur simplement pour s'entendre dire qu'il ne partait pas. Ils n'avaient pas non plus un optimisme excessif quant au C-47, car ils avaient entendu à la radio, d'abord qu'il avait dû se poser à Buenos Aires, ensuite qu'on avait dû vérifier son moteur à Los Cerrillos. D'autre part les provisions s'épuisaient : ils avaient beau savoir que des corps étaient cachés sous leurs pieds dans la neige, ou bien ils ne pouvaient les trouver, ou bien ne trouvaient que ceux qu'ils étaient d'accord pour ne pas manger.

Intervenait aussi un autre facteur, qui était la légitime

fierté de ce qu'ils avaient accompli. Il y avait maintenant huit semaines qu'ils survivaient dans les conditions les plus rudes et les plus inhumaines. Ils voulaient prouver qu'ils pouvaient aussi se sauver par leurs propres moyens. Ils aimaient à se représenter la tête du premier berger, du premier paysan qui apprendrait qu'ils étaient les trois envoyés des survivants du Fairchild uruguayen. Tous imaginaient aussi le ton calme et indifférent qu'ils adopteraient pour téléphoner à leurs parents à Montevideo.

L'impatience de Fito avait une raison plus pratique : « Est-ce que tu ne te rends pas compte, dit-il à Canessa, qu'ils n'ont pas l'air de survivants, qu'ils ont l'air de cadavres? L'équipement spécial de l'avion dont ils parlent, c'est un équipement photographique. Ils prendront des photos aériennes et s'en retourneront pour les développer et les étudier... Cela leur prendra des semaines pour nous retrouver, même si ils volent directement au-dessus de nous... »

L'argument parut convaincre Canessa. Parrado n'avait pas besoin d'être convaincu et Vizintin était toujours du côté des deux autres. Ils se mirent donc à préparer l'expédition finale. Les cousins taillèrent de la viande plus qu'il n'en fallait pour les besoins journaliers et constituèrent des réserves pour le voyage. Les autres se mirent à coudre la matière isolante de l'avion pour en faire un sac de couchage. C'était difficile à réaliser. Ils manquaient de fil; à la place, ils se servaient de fil électrique.

Parrado aurait voulu les aider à ce travail, mais il n'était pas habile de ses doigts. Il prit des photographies avec l'appareil réoupéré et réunit les vêtements et l'équipement dont il aurait besoin pendant l'expédition. Il remplit un havresac — fait dans des jeans — du compas de l'avion, du plaid de sa mère, de quatre paires de chaussettes de rechange, de son passeport, de quatre cents dollars, d'une bouteille d'eau, d'un canif et d'un bâton de rouge pour ses lèvres fendillées.

Vizintin mit son fourbi pour se faire la barbe dans son havresac, non pas tant parce qu'il voulait se raser avant d'atteindre le monde civilisé, mais parce que c'était un cadeau de son père et qu'il ne voulait pas l'abandonner. Il mit aussi dans le havresac les cartes de l'avion, une bouteille de rhum, une d'eau, des chaussettes sèches et le revolver.

Le havresac de Canessa était rempli de tous les médicaments qui pourraient leur servir pendant le voyage — bandes adhésives, aspirine, pilules contre la diarrhée, pâte antiseptique, pilules de caféine, embrocation et une grosse pilule dont l'emploi était inconnu. Il y ajouta une crème hydratante pour le visage, du dentifrice, ses papiers d'identité, son certificat de vaccination, le canif de Methol, une cuiller, une feuille de papier, un bout de fil électrique et un poil d'éléphant comme porte-bonheur.

La fête de l'Immaculée Conception tombait le 8 décembre. En l'honneur de la Vierge et pour la persuader d'intercéder en faveur du succès de l'expédition, les garçons du Fairchild décidèrent de réciter au complet les quinze mystères du rosaire. Hélas, à peine en avaient-ils achevé cinq que les voix devinrent plus faibles, se turent une à une et ils glissèrent dans le sommeil. Ils récitèrent donc les autres le lendemain, le 9, qui était aussi l'anniversaire des vingt-trois ans de Parrado. Cela leur donna une certaine mélancolie, car ils avaient souvent rêvé de la réunion qu'ils auraient à Montevideo en cette occasion. Pour la fêter là-haut, en montagne, la communauté donna à Parrado un des havanes qui avaient été trouvés dans la queue. Parrado le fuma, mais il trouva plus de plaisir dans la chaleur procurée par le cigare que par son arôme.

Le 10 décembre, Canessa déclara que l'expédition n'était pas encore prête pour le départ. Le sac de couchage n'était pas cousu à son goût, il n'avait pas réuni tout ce qu'il lui fallait. Mais au lieu de faire ce qui lui restait à faire, Canessa resta couché « pour garder son énergie » ou bien voulut à toute force ouvrir les abcès que Roy Harley avait sur les jambes. Il chercha noise aux plus jeunes. Il dit à Francois que dans la queue Vizintin s'était torché le derrière avec une de ses plus belles chemises Lacoste, ce qui le mit dans une rage noire. Il se disputa même avec son grand ami et admirateur Alvaro Mangino, car ce matin-là, pendant qu'il se soulageait sur une garniture de siège dans l'avion (il avait de la diarrhée pour avoir mangé de la viande pourrie), il dit à Mangino d'écarter sa jambe. Mangino répondit qu'il avait été à l'étroit toute la nuit et qu'il ne le ferait pas. Canessa se mit à crier après lui. Mangino engueula Canessa. Canessa perdit son sang-froid et saisit Mangino par les cheveux. Il était sur le point de le frapper, mais se ressaisit et se contenta de repousser Alvaro contre la paroi de l'avion.

— Maintenant tu n'es plus mon ami, dit Mangino en sanglotant.

— J'en suis bien fâché, dit Canessa en s'asseyant et en reprenant maîtrise de lui-même. C'est parce que je me sens mal dans ma peau.

Il ne fut l'ami de personne ce jour-là. Les cousins estimaient que Canessa différait le départ par volonté délibérée et lui en voulaient particulièrement. Le soir même, ils ne lui réservèrent pas la place qu'il avait comme appartenant au corps expéditionnaire, il dut dormir près de la porte. Le seul qui eût de l'influence sur lui, c'était Parrado, et sa résolution de partir était plus forte que jamais. Le matin suivant, comme ils étaient dans l'avion et attendaient de sortir, il dit tout à coup : « Vous savez, si un avion passe au-dessus de nous, il pourrait bien ne pas nous voir. Nous allons faire une croix. » Et sans attendre l'approbation de personne, il sortit de l'avion et chercha des yeux une surface de neige ancienne où l'on pourrait construire une croix. Les autres le suivirent et bientôt tous ceux qui pouvaient marcher sans peine martelaient le sol de leurs pieds le long de lignes dessinées de façon à former une gigantesque croix dans la neige.

Vers le milieu, là où les lignes se coupaient, ils mirent à l'envers la boîte à ordures que Vizintin avait rapportée de l'expédition d'essai. Ils étendirent aussi les vestes vertes et jaunes des pilotes. Et comme des évolutions devaient attirer l'attention d'un aviateur, ils décidèrent de courir en rond dès qu'un avion serait en vue.

Cette nuit-là Fito Strauch s'approcha de Parrado et lui dit que si Canessa ne voulait pas partir, il partirait à sa place.

— T'en fais pas, dit Parrado. J'ai parlé à Muscles. Il partira. C'est son devoir de partir, il est mieux entraîné que vous... Ce qui nous reste à faire, c'est de finir le sac de couchage.

Le lendemain matin, les Strauch se levèrent de bonne heure et se mirent à l'ouvrage. Ils avaient résolu que sous aucun prétexte le départ ne pourrait être différé. Mais il arriva quelque chose ce jour-là qui rendit leurs menaces et leurs remontrances superflues.

Numa Turcatti s'était affaibli de jour en jour. Son état de santé, ainsi que ceux de Roy Harley et de Coche Inciarte, causait la plus vive inquiétude aux deux « docteurs » Canessa et Zerbino. Turcatti, qui avait un esprit très pur, était aimé de tous dans l'avion, mais comme c'est Delgado qui avait été son ami le plus proche avant l'accident, c'est Delgado qui avait pris soin de veiller sur lui. Il apportait à Turcatti sa ration de viande dans l'avion, faisait l'eau à sa place, essayait de l'empêcher de fumer parce que Canessa avait dit que cela ne lui valait rien, et lui donnait à manger de petites portions d'un dentifrice que Canessa avait rapporté de la queue.

Malgré tout Turcatti déclinait toujours et Delgado décida qu'il fallait faire quelque chose de plus. Il s'ingénia à donner du rabiot de viande à son malade et, fidèle à sa nature, ne trouva rien d'autre que le vol. Il croyait peut-être que s'il avait demandé aux cousins un passe-droit, ils auraient refusé. Vint le jour où Canessa avait la diarrhée et restait assis près de Numa dans l'avion. Delgado sortit pour aller chercher la viande et revint avec des portions pour trois. Canessa avait décidé de ne pas manger à cause de sa diarrhée, mais ce jour-là on avait fait du ragoût : quand il vit ce que Delgado avait apporté, il voulu y goûter. Delgado le laissa faire de bon cœur. Canessa y goûta et décida qu'après tout il mangerait sa part.

Il alla trouver Eduardo, qui faisait le service à l'extérieur, et la lui demanda.

— Mais j'ai donné ta portion à Pancho.

— Première nouvelle, il ne me l'a pas donnée.

Eduardo se mettait promptement en colère, il entra en fureur. Il se mit à vilipender Delgado, si bien que celui-ci sortit de l'avion.

— Est-ce de moi que tu parles?

— Oui. Est-ce que tu crois que nous ne remarquons pas comment tu barbotes une ration de plus?

Delgado rougit et dit :

— Je ne sais comment vous pouvez penser pareille chose de moi.

— Alors pourquoi n'as-tu pas donné à Muscles sa ration?

— Croyez-vous que je l'aie gardée pour moi?

— Oui.

— C'était pour Numa. Vous ne vous en rendez peut-être pas compte, mais Numa s'affaiblit jour après jour. S'il ne reçoit pas un supplément de nourriture, il va mourir.

Eduardo resta interloqué.

— Dans ce cas, pourquoi ne pas nous le demander?

— Je pensais que vous refuseriez.

Les cousins passèrent outre, mais conservèrent leur défiance à l'égard de Delgado. Ils savaient, par exemple, que les jours où la viande était crue, on persuadait avec peine Numa de manger sa part, à plus forte raison deux parts. Il ne leur échappait pas non plus que les cigarettes que si consciencieusement Delgado empêchait Numa de fumer, il les fumait lui-même.

Même avec une ration supplémentaire, l'état de Numa ne s'améliora pas. Bien plus, il empira. A mesure que Numa devenait plus faible, il devenait plus apathique et plus il devenait apathique, moins il se souciait de manger, ce qui le rendait encore plus faible. Il eut une escarre au coccyx et c'est quand il demanda à Zerbino de venir l'examiner que Zerbino s'aperçut de la maigreur extrême de Numa. Jusqu'alors son visage avait été caché par la barbe et son corps par les vêtements. Quand il eut enlevé les vêtements pour examiner la plaie, Zerbino vit qu'il ne restait pour ainsi dire plus de chair entre la peau et l'épine dorsale. Numa était devenu un squelette et Zerbino dit aux autres qu'il ne donnait pas à Numa plus de quelques jours à vivre.

Comme Inciarte et Sabella, Numa tombait parfois dans le délire, mais dans la nuit du 10 décembre il dormit paisiblement. Le lendemain Delgado sortit pour se mettre au soleil. On lui avait dit que Numa allait mourir, mais son esprit se refusait à s'y résigner. Plus tard dans la matinée, Canessa sortit et lui dit que Numa était entré dans le coma. Delgado rentra aussitôt dans la cabine et se mit au chevet de son ami. Numa était étendu, les yeux ouverts, mais inconscient de la présence de Delgado. Sa respiration était faible et oppressée. Delgado s'agenouilla à côté de lui et commença à dire le rosaire. Tandis qu'il priait, la respiration s'arrêta.

A midi on remettait les coussins sur le plancher de la cabine. C'était devenu une habitude, à cause de la chaleur ambiante, de faire la sieste. Cela ne leur plaisait guère de rester comme ça sans rien faire, mais cela valait mieux qu'attraper des coups de soleil. Ils s'asseyaient, bavardaient, somnolaient. Ensuite, vers trois heures de l'après-midi, ils faisaient de nouveau queue pour sortir. Cet après-midi-là, Xavier était à l'arrière de l'avion. « Attention! dit-il à Coche, tandis qu'il enjambait le corps de Numa, attention à ne pas marcher sur Numa! »

— Mais Numa est mort! dit Parrado.

Xavier ne s'en était pas rendu compte; quand il en prit conscience, il fut saisi de désespoir. Il pleura comme il avait pleuré à la mort de Liliana, car il avait appris à aimer le timide et simple Numa Turcatti comme s'il avait été son frère ou son fils.

La mort de Numa fit ce que la raison et les exhortations n'auraient pas réussi à faire : elle persuada Canessa qu'on ne pouvait pas attendre plus longtemps. Roy Harley, Coche Inciarte et Moncho Sabella n'avaient plus de forces, ils commençaient à délirer. Un jour de délai pouvait signifier leur mort. Ils furent donc tous d'accord pour que le départ de l'expédition finale soit fixé au lendemain matin — direction ouest vers le Chili.

Ce soir-là, avant qu'ils ne rentrent dans l'avion pour la dernière fois, Parrado prit à part les cousins Strauch et leur dit que s'ils se trouvaient à court de nourriture, ils pourraient manger les corps de sa mère et de sa sœur. « Bien sûr j'aime mieux que vous ne le fassiez pas, leur dit-il, mais si c'est une question de survie, alors vous devez le faire. »

Les cousins ne dirent rien, mais on pouvait lire sur leurs visages que ce que venait de dire Parrado les bouleversait.

A cinq heures du matin, le lendemain, Canessa, Parrado et Vizintin s'apprêtèrent pour le départ. Ils passèrent les vêtements qu'ils avaient pris dans les valises de tous les passagers et de l'équipage. A même la peau, Parrado portait une chemise Lacoste et des slacks de femme en laine. Là-dessus il portait trois paires de jeans et sur la chemise Lacoste six sweaters. Il mit un passe-montagne, le capuchon et les épaules qu'il avait taillés dans la fourrure de Susanat et enfin une veste. Dans ses chaussures de rugby il avait quatre paires de chaussettes qu'il protégeait de l'humidité avec du plastique de sacs de supermarchés. Pour ses mains, il avait des gants, pour ses yeux une paire de lunettes fumées, et pour l'aider à grimper il tenait une barre d'aluminium qu'il avait attachée à son poignet.

Vizintin aussi avait un passe-montagne blanc. Il portait autant de sweaters et de jeans, mais il avait en plus un manteau de pluie et à ses pieds, une paire de bottes à l'espagnole. Comme toujours il portait la plus lourde charge comprenant un tiers de la viande, enveloppée soit dans des sacs de plastique soit dans des chaussettes de rugby. Avec la viande, il y avait aussi des morceaux de gras pour leur énergie, et du foie pour les vitamines. L'ensemble des provisions était prévu pour la nourriture des trois garçons pendant quinze jours.

Canessa portait le sac de couchage. Pour s'habiller et se tenir au chaud il avait choisi des effets de laine, pensant que les conditions rudimentaires réclamaient des matières naturelles. Il aimait aussi à penser que chacun de ses vêtements avait une signification particulière pour lui. L'un de ses sweaters était le cadeau d'une grande amie de sa mère, un autre de sa mère elle-même et le troisième avait été tricoté par sa fiancée, Laura Surraco. L'un des pantalons qu'il portait avait appartenu à son meilleur ami, Daniel Maspons et sa ceinture lui avait été donnée par Parrado qui lui avait dit : « C'est un cadeau de Panchito qui était mon meilleur ami. Maintenant c'est toi mon meilleur ami, prends-la ! » Canessa accepta le don; il portait aussi les moufles de ski d'Abal et les chaussures de ski qui appartenaient à Xavier Methol.

Les cousins donnèrent avant le départ un petit déjeuner au corps expéditionnaire. Les autres les regardaient en silence. Aucun mot ne pouvait exprimer ce qu'ils ressentaient en cette heure terrible : ils savaient tous que c'était là leur seul espoir de délivrance. Alors Parrado prit de nouveau la paire de petits chaussons rouges achetés à Mendoza pour son neveu, il en mit un dans sa poche et suspendit l'autre dans le porte-bagages de l'avion :

— Je reviendrai le chercher, dit-il. Ne vous en faites pas!

— Très bien, répondirent-ils, réconfortés par son optimisme. Et n'oubliez pas de nous réserver des chambres à l'hôtel à Santiago!

Ensuite ils s'embrassèrent et au milieu des cris de « Hasta luego! » les trois garçons partirent pour la montagne.

A peine avaient-ils fait 400 mètres, que Pancho Delgado sortit en trébuchant de l'avion : « Attendez, cria-t-il en agitant une statuette, vous avez oublié la Vierge de Lujan! »

Canessa s'arrêta et se retourna : « T'en fais pas! lui cria-t-il. Si elle veut rester, qu'elle reste! Nous partirons avec Dieu dans nos cœurs! »

Ils remontèrent le long de la vallée, mais ils savaient qu'elle les menait légèrement au nord-ouest et qu'à certain moment, ils auraient à couper franchement vers l'ouest et à grimper droit sur la montagne. La difficulté consistait en ceci que les pentes qui se dressaient autour d'eux étaient toutes abruptes et hautes. Canessa et Parrado commencèrent à discuter pour savoir où et dans combien de temps ils se mettraient à faire l'escalade. Vizintin, comme d'habitude, n'avait pas d'opinion sur le sujet. En fin de compte les deux autres se mirent d'accord. Ils firent des lectures sur le compas sphérique de l'avion et commencèrent à grimper vers l'ouest sur le flanc de la vallée. La marche était très dure. Non seulement la pente était très raide, mais la neige avait commencé à fondre et même avec leurs snow-boots improvisés, ils tombaient sur les genoux. La neige mouillée pénétrait les coussins, les alourdissait, rendant particulièrement ardue la marche les jambes arquées. Mais ils ne lâchèrent pas prise, s'arrêtant tous les deux ou trois pas pour reprendre haleine et quand ils arrivèrent à une crête de rochers et s'y installèrent pour déjeuner, ils étaient déjà assez haut. En dessous d'eux ils voyaient toujours le Fairchild; quelques-uns des garçons assis dans les sièges au soleil observaient leur ascension.

Après avoir mangé de la viande et du gras et après avoir pris un bref repos, ils se remirent en route. Leur intention était d'atteindre le sommet avant l'obscurité, car il était à peu près impossible de dormir sur le versant à pic de la montagne. A mesure qu'ils montaient, leur esprit se fixait sur le paysage qu'ils espéraient avoir de l'autre côté, un paysage fait de petites collines et de vallées bien vertes, avec déjà peut-être la hutte d'un berger ou la ferme d'un paysan.

Comme ils en avaient déjà fait l'expérience, les distances étaient trompeuses sur la neige et quand le soleil se coucha derrière la montagne, ils étaient encore loin du sommet. Comprenant qu'il leur faudrait dormir à flanc de montagne, ils se mirent à chercher un endroit plat. Pour leur consternation grandissante, ils n'en trouvèrent pas. La montagne se dressait presque verticale. Vizintin grimpa sur une saillie de rocher (pour éviter d'avoir à la contourner dans la neige) et il y resta pris. Son lourd havresac lui fit presque perdre l'équilibre, il sauva sa peau en le détachant et en le laissant tomber dans la neige. Cette mésaventure lui fit perdre son sang-froid, il se mit à geindre qu'il ne pouvait pas aller plus loin. Il était complètement épuisé et pour lever les jambes, il était obligé de s'aider de ses mains.

L'obscurité s'épaississait; un sentiment de panique les terrassa. Ils parvinrent à une autre crête de rochers. Parrado se dit qu'il y aurait peut-être un endroit plat au sommet et il se mit à faire l'escalade, tandis que Canessa attendait en dessous, son havresac à côté de lui. Soudain Canessa entendit un « Attention, gare-toi! » et une grosse pierre détachée par les chaussures de Parrado roula en sifflant à côté de lui, manquant de peu de le frapper à la tête.

— Nom de Dieu! cria Canessa. Est-ce que tu veux me tuer? Puis il se mit à pleurer. Il se sentit au fond du désespoir.

Il n'y avait nul endroit où dormir au sommet de la crête, mais un peu plus loin ils tombèrent sur une immense moraine le long de laquelle le vent avait creusé dans la neige une tranchée. Le fond n'en était pas horizontal mais le talus de neige les empêchait de glisser sur la pente; c'est donc là qu'ils établirent leur camp et ils se glissèrent dans le sac de couchage.

La nuit était claire, la température de plusieurs degrés en dessous de zéro, mais le sac de couchage suffit à les garder au chaud. Ils mangèrent encore un peu de viande et burent chacun une gorgée de rhum. Le paysage qui s'étalait devant eux était magnifique : c'était un immense horizon de montagnes enneigées qui brillaient sous la lumière de la lune et des étoiles. Ils éprouvèrent un sentiment étrange à se trouver là, Canessa au milieu, partagés entre la terreur et le désespoir et sensibles pourtant à la beauté sans égale de ces merveilles de glace.

Ils finirent par s'endormir ou à glisser dans un demi-sommeil. La nuit était trop froide et le sol trop dur pour permettre aux trois garçons de bien se reposer : à la première lueur de l'aube ils étaient déjà éveillés. Il faisait encore froid et ils restèrent dans le sac de couchage, attendant que le soleil apparaisse au-dessus des montagnes, dégèle leurs chaussures qui se tenaient toutes raidies sur le rocher où ils les avaient laissées. En attendant ils burent un peu de l'eau qu'ils avaient emportée, mangèrent un peu de viande et prirent une autre gorgée de rhum.

Tous observaient le paysage qui changeait à mesure que la lumière montait, mais Canessa qui avait meilleure vue que les deux autres fixa son regard sur une ligne qui longeait la vallée à l'est, bien loin au-delà du Fairchild et de la queue de l'avion. Comme toute la région était encore dans l'ombre, il lui était difficile d'en être sûr, mais il lui sembla que le sol, là-bas, n'était pas couvert de neige et que la ligne qui le traversait pouvait être une route. Il n'en dit rien aux autres parce que l'idée était insensée : le Chili était à l'ouest.

Quand le soleil apparut derrière les montagnes de l'autre côté, ils recommencèrent à grimper, Parrado le premier, suivi par Canessa et par Vizintin. Tous les trois étaient encore fatigués et leurs membres courbatus par les efforts qu'ils avaient faits la veille, mais ils trouvèrent dans les rochers une sorte de sentier qui semblait mener au sommet.

La pente de la montagne était si raide que Vizintin n'osait pas regarder en bas. Il se contentait de suivre Canessa à prudente distance comme Canessa suivait Parrado. Ce qui les désappointait tous, c'était que chaque éminence qu'ils voyaient au-dessus d'eux n'était finalement pas la bonne, une simple arête de neige ou une crête de rochers. Ils s'arrêtèrent près d'une de ces crêtes pour déjeuner vers midi, prirent un peu de repos et repartirent. Vers le milieu de l'après-midi, ils n'avaient pas encore atteint le sommet de la montagne et ils avaient beau sentir qu'ils n'en étaient pas loin, ils craignaient de commettre la même erreur que la veille. Ils se mirent donc à chercher une tranchée creusée par le vent le long de rochers de la même sorte, en trouvèrent une et décidèrent de s'arrêter là.

A la différence de Vizintin, Canessa n'avait pas peur de regarder en bas pendant leur ascension et chaque fois qu'il le faisait, il voyait la ligne à l'horizon devenir plus distincte et ressembler davantage à une route. Quand ils furent installés dans le sac de couchage, tout en attendant le coucher du soleil, il la montra du doigt aux deux autres.

— Vous voyez cette ligne là-bas? Je crois que c'est une route.

— Je ne peux rien voir, dit Nando qui était myope. De toute façon, ça ne peut pas être une route puisque nous sommes face à l'est et que le Chili est à l'ouest.

— Je sais que le Chili est à l'ouest, dit Canessa, mais je sais aussi que c'est une route. Et là-bas il n'y a pas de neige. Regarde, Tintin, tu la vois, dis?

La vue de Vizintin n'était guère meilleure que celle de Parrado. Il fixa l'horizon en plissant les yeux :

— Oui, je vois bien une ligne, mais je ne peux pas dire si c'est une route ou non.

— Ça ne peut pas être une route, dit Parrado.

— Ça pourrait être une mine, dit Canessa. Il y a des mines de cuivre au milieu des Andes.

— Comment le sais-tu? demanda Parrado.

— Je l'ai lu quelque part.

— C'est plutôt une cassure géologique.

Il y eut un silence. Alors Canessa dit :

— Je suis d'avis de faire demi-tour.

— Demi-tour? répéta Parrado.

— Oui, dit Canessa. Demi-tour. La montagne est trop haute. On n'atteindra jamais le sommet. A chaque pas nous risquons nos vies. C'est de la folie de continuer.

— Que fera-t-on si on fait marche arrière? demanda Parrado.

— On ira jusqu'à cette route.

— Et si cette route n'en est pas une?

— Écoute, dit Canessa, ma vue est meilleure que la tienne, je te dis que c'est une route.

— C'est peut-être une route, dit Parrado, peut-être aussi que non. Mais il n'y a qu'une chose que nous sachions, le Chili est à l'ouest. Si nous marchons toujours vers l'ouest, nous arriverons sûrement au Chili.

— Si nous marchons toujours vers l'ouest, nous nous casserons sûrement le cou.

Parrado poussa un soupir.

— De toute façon, dit Canessa, je fais demi-tour.

— Et moi je continue, dit Parrado. Si tu arrives à cette route et si tu vois que ce n'en est pas une, il sera trop tard pour reprendre ce chemin. En bas ils sont déjà à court de nourriture, il n'y en aura pas assez pour une autre expédition comme celle-ci, alors on sera tous perdants, nous resterons tous sur la cordillère.

Ils s'endormirent ce soir-là sans avoir résolu leurs divergences. Pendant la nuit Vizintin fut réveillé par un éclair, il éveilla Canessa, craignant qu'une tempête ne se mette à souffler au-dessus d'eux. Mais la nuit était claire, il n'y avait pas de vent et les deux garçons se rendormirent.

La nuit n'avait pas changé la résolution de Parrado. Dès l'aube il se prépara à continuer l'escalade. Canessa semblait moins sûr de vouloir retourner au Fairchild, aussi proposa-t-il à Parrado et à Vizintin de laisser leurs havresacs avec lui et de grimper un peu plus haut pour voir s'ils arrivaient au sommet. Parrado accepta et partit aussitôt, Vizintin derrière lui. Il avait une telle impatience d'atteindre le sommet qu'il monta rapidement et distança Vizintin.

L'escalade était devenue particulièrement ardue. Le mur de neige était presque vertical et Parrado ne pouvait avancer qu'en creusant des trous pour les mains et pour les pieds, qu'utilisait à son tour Vizintin. S'il avait glissé, il serait tombé de plusieurs centaines de mètres, mais cette idée ne l'épouvantait pas. La surface de la neige était tellement abrupte, le ciel si clair qu'il eut la certitude d'être près du but. Il était excité par l'ardeur d'un alpiniste qui sent le triomphe tout proche et par l'intense curiosité de voir ce qu'il y avait de l'autre côté. Tout en grimpant, il se disait : « Je vais voir une vallée, je vais voir une rivière, des prés bien verts et des arbres » et tout à coup la face de la montagne ne fut plus aussi escarpée. Elle se transforma brusquement en une pente douce, puis elle s'aplatit, une surface plane de quatre mètres de large, avant de retomber de l'autre côté. Il était au sommet de la montagne.

La joie de Parrado d'avoir triomphé ne dura que le temps qu'il lui fallut pour se remettre debout avec peine. Le paysage en face de lui, ce n'étaient pas de vertes vallées qui serpentaient en direction de l'océan Pacifique mais une surface infinie de montagnes couvertes de neige. D'où il était, rien ne l'empêchait de voir la cordillère dans toute son étendue et pour la première fois il sentit qu'ils étaient perdus. Il tomba à genoux, il voulut maudire le Ciel de son injustice, mais aucun son ne sortit de sa gorge et quand il leva de nouveau les yeux, haletant encore de l'effort qu'il venait de faire à une telle altitude, son désespoir passager fit place à un sentiment d'exaltation devant ce qu'il avait accompli. Il était vrai que le paysage en face de lui n'était que de montagnes, de rangées de sommets pointus qui s'étageaient jusqu'à l'horizon, mais le fait qu'il se trouvât au-dessus d'eux prouvait qu'il avait escaladé l'une des plus hautes montagnes des Andes. « J'ai escaladé la montagne, se dit-il, je l'appellerai le mont Seler d'après le nom de mon père. »

Il avait sur lui le bâton de rouge qu'il passait sur ses lèvres gercées et un sac de plastique, il écrivit SELER sur le sac avec le bâton de rouge et le mit au sommet de la montagne sous une pierre. Ensuite il s'assit pour admirer le paysage.

Comme il examinait les montagnes dressées en face de lui, il en vint à remarquer que droit vers l'ouest, à sa gauche, dans le fond, il y avait deux montagnes dont les cimes n'étaient pas couvertes de neige : « La cordillère doit finir quelque part, se dit-il, peut-être que ces deux montagnes-là sont au Chili. » En fait, il ne savait rien sur les Andes, mais cette idée rafraîchit son optimisme et quand il entendit Vizintin l'appeler d'en bas, il lui cria d'un ton allègre : « Retourne et va chercher Muscles. Dis-lui que tout va très bien. Dis-lui de monter ici et de voir de ses propres yeux! » Voyant que Vizintin l'avait entendu et commençait à descendre, Parrado recommença à admirer le paysage du haut du mont Seler.

Quand les deux autres avaient commencé l'escalade, Canessa s'assit sur les havresacs et observa comment sa route changeait de couleur à mesure que changeait la lumière. Plus il la regardait, plus il était convaincu que c'était une route, mais deux heures plus tard Vizintin était de retour en lui annonçant que Parrado avait atteint le sommet et voulait que Canessa le rejoigne.

— Tu es sûr que c'est le sommet?

— Tout à fait sûr.

— Tu es allé là-haut?

— Non, mais Nando dit que c'est merveilleux. Il dit que tout va bien.

A contrecœur, Canessa se releva et commença à escalader le flanc de la montagne. Il avait laissé son havresac auprès de Vizintin mais cela lui prit quand même une heure de plus que pour Parrado. Il suivit les marches taillées dans la neige et quand il fut près du sommet, il appela Parrado. Il entendit celui-ci lui répondre et suivit ses instructions jusqu'à ce qu'il atteigne le sommet.

Lui aussi, il éprouva un choc en contemplant l'extraordinaire panorama. L'air hagard, il regardait les montagnes infinies qui s'allongeaient vers l'ouest :

— On l'a drôlement dans le baba, dit-il, il n'y a pas une chance de nous en tirer.

— Regarde, dit Parrado, regarde vers l'ouest. Tu ne vois pas? Sur la gauche, deux montagnes sans neige?

— Tu veux dire ces petites croupes?

— Oui, ces petites croupes.

— Mais elles sont très loin. Ça nous prendra un temps fou pour y aller.

— Un temps fou? Tu crois? Regarde donc.

Parrado désigna du doigt un endroit au milieu.

— Si on descend cette montagne et ensuite le long de cette vallée, elle conduit à une sorte de Y. Une branche de l'Y doit mener à ces petites croupes.

Canessa suivit la direction indiquée par le bras de Parrado, perçut la vallée, aperçut l'Y.

— Peut-être, dit-il, mais ça nous demandera quand même un temps fou, et nous n'avons des provisions que pour dix jours.

— Je sais, dit Parrado. Mais j'ai pensé à quelque chose. Si on renvoyait Tintin en bas?

— Est-ce qu'il voudra?

— Il dira oui si nous lui disons de le faire. On aura ses provisions pour nous. Si nous économisons la bouffe, elle peut nous durer vingt jours.

— Et après?

— Après il faudra en trouver.

— Je ne sais pas, dit Canessa. J'aime mieux faire demi-tour et chercher cette route.

— Alors fais demi-tour, dit Parrado d'un ton cassant. Fais demi-tour et trouve ta route. Moi je vais au Chili

Ils redescendirent la montagne et retrouvèrent Vizintin et les havresacs vers 5 heures de l'après-midi. Pendant leur absence, Vizintin avait fait fondre de la neige, ils purent boire avant de manger un peu de viande. Pendant qu'ils mangeaient, Canessa se tourna vers Vizintin et lui dit du ton le plus détaché qu'il puisse prendre :

— Dis donc, Tintin, Nando pense qu'il vaudrait mieux que tu retournes à l'avion. Tu vois, ça nous ferait plus à manger.

— Retourner? dit Vizintin et sa figure s'illumina. Sûrement. Si vous êtes de cet avis-là.

Et avant que les deux autres aient le temps de répondre, il avait ramassé son havresac et était en train de l'attacher sur son dos.

— Pas ce soir, dit Canessa. Demain matin ça ira.

— Demain matin? dit Vizintin. Okay. Bien.

— Tu nous en veux pas?

— Vous en vouloir? Non. Tout ce que vous dites...

— A ton retour, dit Canessa, dis aux autres que nous marchons vers l'ouest. Si l'avion vous découvre et que vous soyez sauvés, tâchez de ne pas nous oublier.

Canessa resta éveillé cette nuit-là, ne sachant pas plus s'il allait partir avec Parrado ou regagner l'avion avec Vizintin. Il continua à discuter sur le sujet avec Parrado à la lumière des étoiles et Vizintin s'endormit pendant qu'ils plaidaient le pour et le contre. Le lendemain matin, au réveil, Canessa avait pris sa décision. Il irait avec Parrado. Ils enlevèrent à Vizintin sa viande et ce qui pouvait leur servir (sauf le revolver qu'ils avaient toujours considéré comme un poids mort) et s'apprêtèrent à le quitter.

— Dis-moi, Muscles, dit Vizintin, y a-t-il quelque chose... je veux dire, une partie des corps qu'on ne doive absolument pas manger.

— Aucune, répondit Canessa. Chaque partie à une valeur nutritive.

— Même les poumons?

— Même les poumons.

Vizintin hocha la tête. Puis il regarda de nouveau Canessa :

— Écoute, dit-il, puisque toi tu continues et que moi je m'en retourne, y a-t-il parmi mes affaires quelque chose qui puisse t'être utile? N'hésite pas à le dire, nos vies dépendent de votre réussite.

— Bien, dit Canessa en regardant Vizintin des pieds à la tête, je prendrais bien volontiers ce passe-montagne.

— Ça? dit Vizintin en touchant le passe-montagne de laine blanche qu'il avait sur la tête, Tu veux dire ça?

— Oui. Ça.

— Tu crois que tu en as réellement besoin?

— Tintin, est-ce que je te le demanderais si je n'en avais pas besoin?

A contrecœur, Tintin retira le passe-montagne auquel il tenait tant et le lui tendit.

— Allons, bonne chance! dit-il.

— Bonne chance à toi aussi, dit Parrado. Fais attention en descendant.

— Bien sûr.

— N'oublie pas de dire à Fito que nous allons vers l'ouest, dit Canessa. Et si on vous sauve, envoie les types de notre côté.

— T'en fais pas, dit Vizintin.

Il embrassa ses deux compagnons et commença à descendre.

CHAPITRE VIII

Ceux qui étaient restés dans le Fairchild avaient observé l'ascension de leurs trois compagnons, leurs lunettes de soleil sur le nez. Il leur fut aisé de les suivre des yeux le premier jour, mais le second ils n'étaient plus que des points sur la neige. Ce qui décourageait les spectateurs, c'était la lenteur de leur avance. Ils avaient cru qu'il leur faudrait une matinée, ou au plus une journée pour atteindre le sommet et au début du second jour, l'ascension n'en était encore qu'à mi-hauteur. Dans l'après-midi ils atteignirent une couche de schiste et disparurent.

Au même moment un avion apparut au sommet des montagnes. Immédiatement les garçons se mirent à lui faire des signaux, mais à peine l'avaient-ils vu que l'avion vira en direction de l'ouest.

Il n'y avait rien à faire pour ceux qui étaient partis, sinon prier pour eux; d'un autre côté, il y avait plusieurs problèmes pratiques qu'ils devaient envisager. Le plus important était l'appauvrissement des provisions. Ils avaient beau n'avoir pas retrouvé tous les corps qui se trouvaient autour de l'avion, Fito décida de grimper dans la montagne, à la recherche de ceux qui avaient été éjectés de l'avion au moment de l'accident. Chaque jour qui passait faisait apparaître de nouvelles taches sombres sur le versant de la montagne et il jugeait utile, s'il y avait des corps, d'aller les recouvrir de neige avant que ne commence leur putréfaction.

Zerbino, qui avait escaladé la montagne et trouvé des corps sept semaines plus tôt, accompagna volontiers Fito et les deux garçons partirent de bonne heure dans la matinée du 13 décembre. La surface de la neige était encore dure et ils avancèrent rapidement. Ils étaient mieux équipés que ne l'avait été Zerbino quand il avait fait cette sortie avec Maspons et Turcatti; ils étaient aussi plus entraînés. De temps en temps, au cours de la montée, ils s'arrêtaient pour se reposer et regarder le Fairchild en dessous d'eux et les montagnes de l'autre côté. Plus ils montaient, plus de montagnes leur apparaissaient, toutes très hautes et couvertes de neige et cette vue leur donna un découragement profond. Il leur semblait impossible d'être, comme ils l'espéraient, au pied des Andes. Avec des cimes gigantesques comme celles qu'ils voyaient, ils ne pouvaient se trouver qu'au beau milieu de la cordillère. Quelle chance pouvaient avoir Canessa, Parrado et Vizintin d'atteindre le Chili s'ils devaient traverser des zones infranchissables? La première ferme se trouvait sûrement à des kilomètres et des kilomètres et ils n'avaient pris à manger que pour quinze jours.

— Il se peut que nous devions équiper une nouvelle expédition, dit Fito. Cette fois il faudra prévoir plus à manger.

— Pour qui? demanda Zerbino.

— Toi et moi, et Carlitos, et peut-être aussi Daniel.

— Peut-être que l'avion nous aura trouvés.

Ils s'arrêtèrent et regardèrent le Fairchild. Comme le dessus était blanc, l'avion était pratiquement invisible, ce qui ressortait le plus nettement d'en haut, c'étaient les sièges, les vêtements et les os dispersés dans la neige.

— Nous ferions mieux de laisser tous les os, dit Fito, ce sont les seules choses qu'on puisse voir.

Après avoir grimpé encore pendant deux heures, les deux garçons tombèrent sur le premier indice qu'ils abordaient l'endroit où l'on pourrait trouver les corps : c'était une veste de velours de laine. Fito la ramassa, en secoua la neige et la passa sur son sweater.

Ils montèrent un peu plus et virent un corps allongé sur le dos dans la neige. Fito éprouva un choc en reconnaissant un autre de ses cousins, Daniel Shaw. Des sentiments contraires l'envahirent : il avait la viande qu'il cherchait, mais comme c'était le corps d'un de ses cousins il n'avait nullement le cœur de l'utiliser. « Allons voir si on n'en trouve pas d'autres », dit-il.

Ils continuèrent à patauger dans la neige qui devenait vite spongieuse sous leurs pieds. Quand ils atteignirent l'endroit où Zerbino croyait se rappeler qu'il y avait des corps, ils ne virent rien d'autre que des fragments inutilisables de l'avion. L'un d'eux pourtant était assez grand pour servir de traîneau et Fito, comprenant que son devoir envers les autres ne lui laissait pas le choix, le prit et retourna auprès du corps de son cousin.

Une fois à pied d'œuvre, ils attachèrent le cadavre, raidi par la mort et par le froid et le fixèrent sur le morceau de métal avec des courroies de nylon prises dans la soute. Fito s'assit à l'avant d'un des coussins qu'ils avaient emportés comme snow-boots et l'attacha au traîneau. Ensuite ils enfoncèrent leurs talons dans la neige et se mirent à descendre vers l'avion.

Ce moyen de transport improvisé se révéla plus efficace qu'ils n'avaient pensé et tandis qu'ils glissaient vers la vallée, le traîneau prit une grande vitesse. Zerbino qui était assis derrière le corps, essayait de garder la direction avec son pied, mais c'était un gouvernail bien insuffisant pour guider le traîneau au milieu des blocs erratiques qui jonchaient la neige. Une main secrète sembla les guider, car le traîneau ne heurta aucun rocher et quand il arriva au niveau du Fairchild, Fito enfonça son pied dans la neige et la cavalcade lentement prit fin.

Ils avaient mal calculé; ils étaient sur le mauvais côté de la vallée. Maintenant la neige était amollie et les deux garçons bien fatigués, de sorte qu'ils décidèrent de laisser le corps où ils se trouvaient, de l'enfouir dans la neige et de revenir le lendemain. Tandis qu'ils faisaient un trou avec leurs mains, ils virent Eduardo, Fernandez, Algorta et Paez venir dans leur direction.

— Ça va? cria Fernandez.

Ils ne répondirent pas.

— On vous a vus dévaler la montagne à une telle vitesse qu'on a cru vous trouver morts.

De nouveau ils gardèrent le silence.

— Vous avez trouvé quelque chose?

— Oui, répondit Fito... C'est Daniel.

Fernandez regarda Fito, mais ne dit rien. Ils regagnèrent l'avion, mais le lendemain quand la surface de neige fut de nouveau durcie par le gel, ils revinrent chercher le corps. Quand ils l'eurent ramené à l'avion, Fito demanda aux autres si le corps de son cousin pouvait être placé à côté de ceux qu'on toucherait à toute extrémité et tous dirent oui.

Paez et Algorta firent une sortie dans la montagne pour chercher un autre corps. Ils trouvèrent d'abord un sac à main qui contenait un bâton de rouge, chose bien utile pour protéger du soleil leurs lèvres enflées et craquelées. Les deux garçons se mirent aussitôt à se badigeonner en se regardant dans la glace d'un poudrier. Tu sais ce qu'ils vont croire? dit Carlitos amusé de la figure barbouillée d'Algorta. Si on vient nous sauver cet après-midi et qu'on nous trouve dans cet état, ils vont croire que la frustration sexuelle a fait de nous des folles tordues. »

Ils continuèrent à monter et trouvèrent un corps. La peau du visage et des mains qui se trouvait exposée au soleil était devenue noire et les yeux avaient disparu, soit que le soleil les eût brûlés, soit que les condors les eussent avalés. Pour le moment il faisait chaud, la neige mollissait, ils recouvrirent le corps de neige et redescendirent vers l'avion.

Le lendemain Algorta revint auprès du corps avec Fito et Zerbino. Ils se mirent à le découper, pensant que ce serait plus facile que de haler le corps jusqu'à l'avion. Ils mirent viande et gras dans les chaussettes de rugby et mangèrent ce que méritait, pensaient-ils, cette dépense supplémentaire d'énergie. Alors, à 9 h 30 du matin, sans avoir achevé leur besogne, ils regagnèrent l'avion, Fito et Zerbino les havresacs pleins et Algorta portant un bras sur son épaule et la hache passée dans sa ceinture.

Quand ils atteignirent le Fairchild, un spectacle extraordinaire s'offrit à eux. Tous les survivants avaient quitté l'avion, ils se tenaient au milieu de la croix et regardaient le ciel; certains s'étreignaient, d'autres priaient Dieu à haute voix. A l'une des extrémités de la croix, Pancho Delgado était agenouillé et il s'écriait : « Gaston, pauvre Gaston! si seulement tu étais ici maintenant! »

Daniel Fernandez se tenait au centre de la croix, la radio collée à son oreille. « Ils ont trouvé une croix, dit-il. Nous venons d'entendre à la radio qu'ils ont trouvé une croix sur une montagne appelée Santa Elena. »

Cette nouvelle ravit les nouveaux arrivés : quelle autre croix que la leur pouvait-on avoir trouvée? Ils pensèrent que le Santa Elena devait être la montagne derrière eux et le reste de la matinée ils attendirent les sauveteurs qu'ils s'imaginaient tout proches. Fernandez, la radio toujours collée à l'oreille, entendit que le Chili et l'Argentine envoyaient des avions pour s'associer aux recherches du C-47 uruguayen et que les autorités argentines se mettaient en quête de la croix qui devait se trouver sur leur territoire.

Tandis que Fernandez écoutait la radio, Xavier Methol sortit une statuette de sainte Hélène que Liliana avait parmi ses affaires. Accompagné d'autres garçons, il se mit à prier la sainte patronne des choses perdues et plus d'un fit le vœu, s'ils avaient une fille, de l'appeler Hélène.

Ils attendirent les hélicoptères toute la journée et tout à coup vers midi ils les entendirent de l'autre côté de la montagne. Ils s'embrassèrent de nouveau et sautèrent de joie, mais ils se réjouissaient trop vite. Aucun hélicoptère n'apparut dans le ciel. Le bruit qu'ils avaient perçu dégénéra en sourd grognement et se dissipa, l'énorme silence des Andes recommença. Ce qu'ils avaient pris pour un hélicoptère, c'était une avalanche.

Vers le soir, ils regagnèrent le Fairchild cruellement désillusionnés. Ils se mirent à réfléchir plus calmement. Quel avion avait volé au-dessus d'eux, ou même au-dessus de la queue, qui ait pu apercevoir l'une des deux croix qu'ils avaient faites? Et s'ils les avaient trouvées, pourquoi n'avait-on pas vu d'hélicoptères?

Le lendemain, au petit jour, il gelait encore, les trois mêmes garçons retournèrent dans la montagne pour découper la viande qui restait avant qu'elle ne pourrisse. De nouveau ils mangèrent le rabiot de viande qu'ils pensaient avoir mérité et remplirent les havresacs jusqu'à ce qu'il ne reste sur les lieux que la colonne vertébrale, les côtes, les pieds et le crâne. Ils brisèrent le crâne à la hache, mais le cerveau sentait tellement la pourriture qu'ils le jetèrent et redescendirent la montagne.

Le matin du 15 décembre, ceux qui étaient installés sur les sièges tirés devant l'avion virent quelque chose qui dévalait les pentes à une vitesse vertigineuse. Ils crurent d'abord que c'était un bloc de rocher détaché par le dégel, mais quand ce fut plus près ils virent que c'était une silhouette humaine, et plus près encore, que c'était Vizintin. On aurait cru qu'il tombait, mais sa descente était contrôlée, car il était assis sur un coussin et quand il arriva au niveau de l'avion, il enfonça son pied dans la neige pour s'arrêter.

Les treize garçons qui le voyaient venir vers eux en peinant dans la neige éprouvèrent toutes sortes d'impressions atroces. Ils crurent que l'un des autres ou que les deux autres s'étaient tués ou encore qu'ils avaient tous les trois abandonné la partie et que Vizintin était le premier à revenir. Certains étaient un peu plus optimistes et pensaient que l'avion apparu au sommet des montagnes avait vu le corps expéditionnaire.

Après les avoir rejoints, Vizintin leur expliqua la situation

— Nando et Muscles sont allés au sommet. Ils continuent, mais ils me renvoient pour faire durer la bouffe plus longtemps.

— Qu'est-ce qu'il y a de l'autre côté? demandèrent-ils tous en se groupant autour de lui.

— Des montagnes... des montagnes aussi loin qu'on puisse voir. Pour moi, je ne crois pas qu'ils aient beaucoup de chance.

Une fois de plus leur ardeur tomba. La laide réalité avait chassé leur rêve favori, les vallées vertes de l'autre côté de la montagne. Ce que leur dit Vizintin les découragea profondément.

— La grimpée est tout ce qu'il y a de plus moche, dit-il, ça nous a pris trois jours pour arriver là-haut. S'ils ont une autre grimpée à faire pareille à celle-là, ils n'y arriveront pas.

— Combien de temps as-tu mis pour redescendre?

Vizintin se mit à rire :

— Trois quarts d'heure. Descendre ne pose aucun problème. C'est la montée.

Il s'arrêta et ajouta :

— Le drôle de l'histoire, c'est qu'il y a moins de neige à l'est (il indiqua du doigt la vallée) qu'il n'y en a à l'ouest. Et Muscles croit avoir vu une route.

— Une route? où ça?

— Vers l'est.

Les Strauch secouèrent la tête.

— C'est impossible. Le Chili est à l'ouest.

— Oui, reprirent les plus jeunes, comme une litanie, le Chili est à l'ouest, le Chili est à l'ouest.

A l'heure du repas il y eut une brève contestation sur la quantité de nourriture que devait recevoir Vizintin.

— Je reviens d'une expédition. J'ai besoin de refaire mes forces... et je n'ai pas mangé beaucoup. J'ai donné tout ce que j'avais à Nando et à Muscles.

Ils lui donnèrent du rabiot, mais à la condition qu'à l'avenir il ait le même traitement que les autres. Cet après-midi par conséquent Vizintin inspecta les alentours de l'avion, ramassa tous les morceaux de poumon qu'il put trouver et les mit sur son plateau. Jusqu'alors ils avaient mis les poumons au rebut (sauf le jour où Canessa les leur avait refilés comme étant du foie) et personne ne s'était donné la peine de les recouvrir de neige. Ils commençaient à se putréfier et la chaleur du soleil avait formé dessus une peau épaisse comme du cuir. Les autres regardaient Vizintin rassembler ce chargement et le placer sur la partie du dessus de l'avion qui lui était réservée.

— Est-ce tu vas manger ça? demanda l'un d'eux.

— Oui.

— Ça va te faire du mal.

— Non. Muscles m'a dit que ça me ferait du bien.

Ils le regardèrent détacher des morceaux des poumons putréfiés et les avaler; quand le lendemain ils s'aperçurent que ça ne lui avait fait ni chaud ni froid, quelques-uns des garçons suivirent son exemple. Ils le firent par désir de saveur nouvelle, non parce qu'ils étaient à court de nourriture, d'autant plus que le dégel avait découvert les corps de tous ceux qui étaient morts au moment ou juste après l'accident. Ces corps étaient au nombre de dix, dont cinq à ne toucher que par extrême nécessité. L'un avait été largement consommé avant l'avalanche, mais les six qui restaient, sans compter les deux pilotes toujours attachés à leurs sièges, pouvaient suffire aux survivants pour cinq à six autres semaines. Tous les corps avaient été parfaitement conservés par la neige et comme c'étaient ceux des premiers morts, ils avaient plus de chair et de meilleure texture que les cadavres de ceux qui étaient morts pendant l'avalanche ou après.

Ces soudaines aubaines du dégel auraient pu inciter un groupe moins discipliné à augmenter la ration de viande, mais les Strauch n'oubliaient pas qu'ils pouvaient avoir à monter une seconde expédition et à la munir de provisions pour un voyage beaucoup plus long que celui qui avait été envisagé pour Canessa, Parrado et Vizintin. Ils creusèrent donc deux trous dans la neige, dans l'un furent déposés les corps que l'on devait garder jusqu'à la fin et dans l'autre, on puiserait selon les besoins.

On aurait pu éviter de manger maintenant poumons pourris ou intestins en putréfaction, mais la moitié des garçons continuaient à le faire à cause du besoin qu'ils avaient de saveurs plus fortes. Manger de la chair humaine avait demandé à ces garçons un héroïque effort de volonté, mais maintenant que le pli était pris, l'appétit leur était venu en mangeant, car l'instinct de conservation était un tyran cruel qui exigeait non seulement qu'ils mangent leurs compagnons, mais qu'ils prennent l'habitude d'agir ainsi.

Sous ce rapport, celui qui agissait le plus paradoxalement était Pedro Algorta. Il ne venait pas comme les autres d'une famille qui possédait un ranch, c'était un intellectuel sensible et socialiste, et c'était lui qui avait trouvé justification pour avaler les premières tranches de chair humaine en comparant ce qu'ils faisaient à manger le corps et le sang de Jésus-Christ dans l'Eucharistie. Quand on découvrit les mêmes squelettes dans lesquels on avait taillé pour la première fois, Algorta s'assit sur un coussin, un couteau à la main et détacha la chair pourrie, détrempée qui restait sur les épaules et sur les côtes. Il fut encore plus difficile pour lui comme pour les autres de manger ce qui avait une forme identifiable, disons un pied ou une main, mais ils le firent quand même.

Au milieu de la journée le soleil avait à cette saison tant de force qu'on pouvait presque faire rôtir la viande sur le dessus de l'avion. Le dégel avait aussi d'autres conséquences. Le niveau de la neige s'abaissa sous le fuselage, ce qui non seulement rendait difficile de monter sur l'avion, mais leur faisait craindre aussi que le Fairchild ne fasse la culbute. La neige fondante détacha d'assez haut sur la montagne des pierres qui se précipitaient sur eux. La chaleur suscita d'autres signes de vie; quelques hirondelles tournoyèrent autour de l'avion et l'une se posa sur l'épaule d'un des garçons qui essaya de l'attraper, mais en vain. Dans l'ensemble l'attente produisait un effet désastreux sur leurs nerfs. En pensée ils balançaient entre l'espoir de voir réussir Canessa et Parrado et des plans plus raisonnables pour la seconde expédition que l'on devait mettre sur pied le 2 ou le 3 janvier.

Ce fut le moment pour le bouc émissaire d'occuper le centre de la scène. Un tube de dentifrice avait été distribué au groupe entier afin de le consommer très parcimonieusement pour le dessert; on retrouva ce tube vide sur le plancher de la cabine. Une enquête fut aussitôt ouverte, les soupçons tombèrent sur Moncho Sabella ou Pancho Delgado, parce qu'ils avaient été les seuls à avoir été à l'intérieur de l'avion, mais comme on ne put rien prouver, aucun ne fut directement mis en cause. Au cours des recherches, on s'aperçut que Roy Harley avait parmi ses affaires un petit tube de dentifrice qui lui appartenait. Quand on lui demanda de rendre compte de la chose, il dit qu'il l'avait échangé avec Delgado contre sept cigarettes.

— Où l'as-tu trouvé, Pancho? demanda-t-on à Delgado.

— Muscles l'a rapporté de la queue de l'avion et me l'a remis pour que je le donne à Numa. Et quand Numa est mort...

— Tu l'as gardé.

— Oui.

— Pourquoi ne l'as-tu pas remis à la communauté?

— Le remettre? je ne sais pas. Ça ne m'est pas venu à l'esprit.

L'affaire fut mise en discussion et douze justes trouvèrent que Delgado n'avait pas le droit de garder le dentifrice après la mort de Numa, qu'il n'avait donc pas le droit de l'échanger contre des cigarettes, que par suite le dentifrice serait confisqué au profit de la communauté et que Delgado devrait réparation à Roy.

On ne tint pas rigueur à Roy d'avoir fait cet échange parce qu'il avait été en bas, dans la queue de l'avion, la majeure partie du temps où Delgado avait eu le dentifrice; on ne pouvait pas s'attendre à ce qu'il sût que ce tube avait été remis pour Numa. Delgado fut jugé coupable, mais on estima généralement qu'il avait agi de bonne foi et puisqu'il avait accepté le verdict sans rechigner et rendu les cigarettes à Roy (quatre seulement parce que Roy avait mangé un peu du dentifrice), cet incident particulier fut oublié. Le soupçon demeura pourtant dans l'esprit de quelques-uns que Delgado avait absorbé le contenu de l'autre tube de dentifrice; personne ne l'accusait ouvertement, mais on lui faisait des remarques aigres et non déguisées.

Alors que tous chapardaient du rabiot de boustifaille sous les yeux de tous, et Inciarte quand il faisait la cuisine, Delgado le faisait à la dérobée, et comme il avait moins d'occasion de le faire que les autres, il prenait à chaque fois de plus grosses bouchées. Le trop zélé Zerbino, fidèle à son rôle de détective, décida de lui tendre un piège. Daniel Fernandez était en train de découper un corps à quelque distance de l'avion. Il donna les plus gros morceaux de viande à Zerbino qui, s'il ne les mettait pas dans sa bouche les passait à Delgado, qui les passait à Eduardo, qui les coupait en plus petits morceaux. Deux de ces plus petits morceaux n'atteignirent pas leur destination. Zerbino dit aussitôt à Fito de surveiller Delgado et alors de faire passer un gros morceau de viande. Delgado, ignorant qu'il était surveillé, le glissa sur un plateau à côté de son siège et donna à la place à Eduardo un plus petit morceau.

Zerbino se jeta immédiatement sur lui.

— Qu'est-ce qui arrive? dit-il.

— Ce qui arrive? dit Pancho.

— Qu'est-ce qui est sur ton plateau? dit Fito.

— De quoi parlez-vous? dit Pancho. De ça? de ce morceau de viande? Oh! c'est Daniel qui l'a laissé là ce matin.

Fito et Zerbino le regardèrent avec mépris, se retenant pour ne pas éclater. Puis ils lui tournèrent le dos et allèrent trouver l'Allemand. Eduardo ne montra pas autant de sang-froid. Il ne s'en prit pas directement à Delgado, qui était assis sur un siège un peu plus loin, mais il l'agonit d'injures à si haute voix que Delgado ne pouvait s'empêcher d'entendre.

— Qu'est-ce qui se passe? dit-il à Eduardo. Est-ce de moi que tu parles?

— Oui, c'est de toi, c'est la septième fois que de la viande disparaît, et on la retrouve sur ton plateau.

Delgado pâlit et ne dit rien. Fito prit son cousin par le bras.

— Laisse tomber, laisse tomber! dit-il.

La colère de l'Allemand s'apaisa, mais s'attirer le mépris des cousins constituait un désavantage majeur dans la petite communauté du Fairchild. Il s'éleva un grand ressentiment à l'égard de Delgado. S'il manquait quelque chose, on faisait, assez haut pour qu'il l'entende, des remarques mordantes sur « l'opportuniste » et sur « la sainte main ». Ce sentiment était partagé même par Algorta, qui dormait avec lui à cette époque et qui se rappelait comme Delgado l'avait frotté et réchauffé après l'avalanche. Il avait beau ne pas être convaincu que Delgado fût coupable de l'un ou de l'autre de ces menus larçins, il était entraîné par l'atmosphère générale d'opposition à Delgado. Il eut même peur, s'il tenait bon du côté de Delgado, de se trouver lui-même isolé du groupe. Methol et Mangino ne se mettaient pas contre lui. Le seul qui restât l'ami fidèle de Delgado fut Coche Inciarte : il se rappelait que Delgado lui avait prêté son manteau et l'avait forcé à manger gras et viande quand la répulsion l'en empêchait et qu'il mourait de faim. Coche était si sympathique, non seulement aux cousins, mais à tous les garçons, que personne ne lui en voulut de conserver son amitié à Delgado. C'est cela seul qui préserva ce dernier d'un isolement total.

Des histoires comme celles de Delgado n'étaient pas faites pour relever leur moral. A mesure que les jours passaient, ils n'entendaient à la radio que de mauvaises nouvelles. Les croix aperçues dans les montagnes, ce n'étaient pas les leurs, mais celles d'une équipe de géophysiciens de Mendoza. Une fois de plus les hélicoptères du S. A. R. furent garés dans les hangars et seul le C-47 uruguayen continua les recherches.

Un après-midi, ils entendirent le bourdonnement de ses moteurs. Une fois encore comme lorsqu'ils eurent entendu qu'on avait trouvé des croix, ils furent transportés par une joie débordante, ils se mirent à crier, à prier jusqu'au moment où ils s'aperçurent avec épouvante que le bourdonnement faiblissait. Ils restèrent silencieux, debout dans la neige, dressant les oreilles pour percevoir le moindre bruit. Le bourdonnement faiblit, grandit de nouveau, puis il s'affaiblit, grandit encore. Ils ne pouvaient pas voir l'avion, mais d'après les sons ils en déduisirent qu'il quadrillait la montagne. Aussitôt ils passèrent leurs vêtements les plus éclatants et comprenant qu'il y avait plus de chances que l'avion détecte des mouvements de cette sorte, ils répétèrent un véritable numéro : les plus robustes coururent sur deux rangs tandis que les estropiés se tenaient sur un rang et agitaient des mouchoirs vers le ciel. Afin que chacun sût où l'on devait courir, et où se tenir immobile, ils marquèrent les grandes lignes avec des os — un trait droit avec un cercle de chaque côté. Ils attendirent jusqu'au soir, le bruit des moteurs de l'avion se rapprochant sans cesse. Quand le soir tomba et qu'ils n'entendirent plus aucun bruit dans le ciel, ils allèrent se coucher heureux à la pensée que l'avion reprendrait presque sûrement les recherches à l'endroit où il les avait arrêtées, la veille. Ce soir-là, comme tous les autres soirs, ils supplièrent Dieu de les sauver, ils demandèrent aussi que le corps expéditionnaire trouve du secours avant que le C-47 ne les découvre. Le lendemain, comme si leur prière était partiellement exaucée, ils entendirent à la radio que le C-47 uruguayen avait de nouveau des ennuis de moteur et qu'il était au sol à Santiago.

Il y avait une semaine que Canessa et Parrado étaient partis et dans moins d'une semaine ce serait Noël. La pensée de passer presque certainement cette fête dans les montagnes décourageait profondément la plupart d'entre eux. Seul Pedro Algorta se sentait passablement satisfait ; il songeait au havane que chacun recevrait pour marquer l'événement. Cette perspective abattait le moral des autres. Même Fito, après avoir escaladé la montagne avec Zerbino et vu ce qui les entourait, doutait que Canessa et Parrado puissent réussir. Il projetait une autre expédition avec Paez, Zerbino et ses cousins, mais sans l'exaltation optimiste qu'il avait montrée pour la première. Si les champions du corps expéditionnaire avaient échoué, quelle chance avaient-ils de réussir ?

Le matin, couper la viande les occupait suffisamment pour détourner leur esprit de réflexions pessimistes. Ce n'était qu'après le déjeuner, quand ils faisaient la sieste dans la cabine, que la morosité leur revenait. Ils ne pouvaient ni travailler ni dormir, ils restaient étendus, inertes dans la cabine humide et sentant le renfermé et ils attendaient la fraîcheur du soir. Mangino soupirait après Canessa. Methol découvrit la lettre que Liliana avait écrite à ses enfants et dont il n'avait pas encore eu connaissance. Il pleura à chaudes larmes en la lisant.

A 3 ou 4 heures de l'après-midi ils ressortaient et les heures qui s'écoulaient alors étaient les plus agréables de la journée. Assis dans leur fauteuil, ils concentraient leurs efforts à de menues tâches comme gratter un os ou faire fondre de la neige et ils oubliaient un moment où ils étaient. Quand le soleil se couchait dans les montagnes qui se dressaient à l'ouest, ils grimpaient un peu dans la vallée et s'asseyaient sur des coussins pour fumer leur dernière cigarette à la lumière du couchant. A cet instant ils se sentaient presque heureux.

Ils bavardaient à bâtons rompus sans oser aborder la

question de leurs maisons et de leurs familles. Pourtant le soir du 20 décembre, tandis que les deux Strauch et Daniel Fernandez attendaient dehors la fraîcheur et la nuit, ils ne purent s'empêcher de songer aux Noëls de naguère qu'ils avaient si merveilleusement fêtés ensemble. Le sang allemand parlait assez fort en eux trois pour que l'idée que ces fêtes se célébreraient sans eux leur fût intolérable et pour la première fois depuis l'écrasement du Fairchild, des larmes brûlantes roulèrent sur les joues d'Eduardo et de Daniel aussi bien que sur les joues de Fito.

CHAPITRE IX

Le 12 décembre à midi, le C-47 arriva enfin à l'aéroport de Los Cerrillos à Santiago. Paez Vilaro et ses compagnons allèrent à la rencontre du pilote qui leur dit qu'ils avaient eu de nouveaux ennuis avec les moteurs en traversant les Andes. On aurait dit que le froid intense des hautes altitudes gênait les carburateurs et le pilote fit aussitôt vérifier et réparer les moteurs. Pour calmer leur impatience, les civils essayèrent de louer un hélicoptère aux « Helicopservices » qui les avaient tirés d'affaires quand ils étaient à Talca, mais cela vainement. Le bruit s'était répandu que les recherches allaient se poursuivre au-dessus des hautes cimes des Andes centrales, endroit qui n'était pas fait pour un hélicoptère léger comme une bulle.

Le lendemain à 6 heures du matin le C-47 fut prêt pour la première mission au-dessus de la zone de Planchon et Nicolich et Rodriguez Escalada montèrent à bord. Paez

Vilaro, pendant ce temps-là, poussa vers le sud. Il voulait enrôler une fois encore ses amis du Radio-Club de Talca et de l'Aero-Club de San Fernando. Son objectif tactique, c'était d'organiser les droits d'atterrissage et de ravitaillement d'essence pour le C-47 dans tous les petits aéroports de province. Il voulait aussi relancer la propagande en faveur des recherches pour le Fairchild.

Le jour suivant, le 14 décembre, Canessa et Harley allèrent à Curico. Leur tâche consistait à découvrir Camilo Figueroa, le mineur. Depuis sa première déclaration, peu après la disparition du Fairchild, où il disait avoir vu tomber l'avion en flammes et disparaître dans un repli de la montagne, personne ne l'avait vu. Ils parlèrent à son frère, mais ne purent tirer de lui la moindre indication sur le lieu où Camilo se trouvait. D'autre part ils entrèrent en contact avec un grand ami du mineur disparu, Diego Rivera, mineur lui-même et secrétaire d'une petite coopérative de mineurs à laquelle Figueroa appartenait. On avait vu Rivera et sa femme dans la vallée du Teno le 13 octobre, ils dirent qu'ils avaient entendu les moteurs du Fairchild, mais qu'ils n'avaient pas vu l'appareil à cause de la neige qui tombait à ce moment-là. Figueroa, dirent-ils, travaillait tout près de l'endroit où l'avion s'était écrasé; il l'avait vu voler du col de Planchon vers Santiago et disparaître ensuite derrière le Gamboa et le Colorado.

Ces nouvelles encouragèrent Canessa et Harley, elles confirmaient ce que chacun estimait, à savoir que l'avion se trouvait quelque part dans la région du Tinguiririca. Ils allèrent aussitôt chez l'un des radio-amateurs qui les mit en contact avec Santiago. Ils parlèrent à Nicolich qui était monté une fois encore à bord du C-47 et ils étaient sur le point de lui faire part des informations qu'ils avaient recueillies de la bouche de Rivera quand il les interrompit en leur disant qu'on avait vu une croix sur la neige sur le Santa Elena.

La découverte d'une croix, qui ne pouvait avoir été faite que par des hommes sur le versant d'une des plus hautes montagnes des Andes, produisit un effet considérable dans les trois pays les plus méridionaux de l'Amérique du Sud. De nouveau les journaux mirent à la une le destin du Fairchild uruguayen; les parents à Montevideo qui depuis longtemps désespéraient se permirent d'espérer à nouveau; enfin les armées de l'air du Chili et de l'Argentine reprirent leurs recherches. Et cette fois-ci les sorties ne se faisaient pas seulement de Santiago, mais aussi de Mendoza, parce qu'on avait vu la croix sur le versant argentin de la frontière.

Ces mesures ne satisfirent pas les pères qui se trouvaient au Chili : Paez Vilaro, Canessa, Harley et Nicolich. Ils avaient vu la croix, ils voulaient y aller tout de suite. Pour cela il leur fallait un hélicoptère capable de voler à haute altitude et le S. A. R. chilien refusait toujours de mettre des hélicoptères à leur disposition aussi longtemps qu'il n'y aurait pas de preuve manifeste de la présence de survivants.

Canessa et Harley ne s'inclinèrent pas devant cette décision et munis d'une photographie de la croix, ils sollicitèrent une entrevue avec le président du Chili, Salvador Allende. On leur répondit que le président lui-même ne pouvait les recevoir (il se reposait après un voyage en Union soviétique), mais, par l'intermédiaire d'un subordonné, il promit aux Uruguayens qu'ils auraient le lendemain la permission de se servir de l'hélicoptère présidentiel.

Cela ne devait pas se produire; avant même que l'hélicoptère d'Allende fût mis à leur disposition, il eut une panne. Cette nouvelle déception rendit les quatre pères presque fous : maintenant qu'ils avaient trouvé un signe matériel prouvant que leurs enfants étaient en vie, il n'y avait pas moyen d'aller les sauver. Aussitôt Paez Vilaro, Canessa et Nicolich partirent dans leur propre C-47 pour voler de nouveau au-dessus de la croix et voir si dans le voisinage il y avait quelques vestiges de l'avion. Mais quand ils s'engagèrent dans la région andine, l'un des moteurs du C-47 tomba de nouveau en panne. Les quatre hommes entendaient l'hélice ralentir et s'arrêter, l'avion tangua, se redressa, fit demi-tour vers Santiago; on aurait dit qu'un sort méchant voulait les frustrer au moment capital de leurs recherches.

Le 16 décembre dans la matinée le ministère de l'Intérieur du Chili déclara que la croix était un signal de détresse. Même parmi les cinq Uruguayens il y en avait qui doutaient que cette croix puisse être l'œuvre de leurs enfants à cause de sa grande perfection géométrique. A Montevideo les mères qui espéraient déjà auparavant voyaient leurs espoirs se confirmer, certaines étaient pourtant plus prudentes comme si elles avaient peur de se laisser aller une fois encore à croire leurs enfants en vie. Ce qui les confondait aussi, c'était que les cinq hommes à Santiago n'avaicnt pas tous la même opinion. Elles se groupèrent autour de la radio de Ponce de Leon, écoutèrent les nouvelles, parlèrent à Paez Vilaro, Harley, Nicolich, Rodriguez Escalada et pour finir à Canessa. Quand celui-ci se mit à parler, la señora Nogueira saisit le microphone et lui demanda ce qu'il estimait, car elle avait grande confiance en son jugement.

— Quand j'ai entendu parler d'une croix, dit Canessa, j'ai voulu descendre en parachute. Mais quand j'ai vu la photographie, j'ai compris que cette croix était trop régulière pour avoir été construite par nos enfants.

La señora Nogueira ne dit rien. Rentrée chez elle, elle confia à son mari.

— Ce n'est pas la croix de nos enfants.

La señora Delgado, de son côté, qui s'était résignée à la mort de son fils quatre à cinq jours après l'accident, se prit maintenant à croire qu'il était certainement en vie. Ses espoirs se brisèrent vite. L'après-midi même, l'après-midi du 15 décembre, on annonça d'Argentine qu'on avait identifié la croix : c'était l'œuvre d'une expédition géophysique de Mendoza. Douze cônes avaient été enfoncés dans la neige en suivant la forme d'un X. En la photographiant par avion à intervalles réguliers les savants évaluaient la vitesse à laquelle la neige fondait dans les montagnes, d'où l'on pouvait estimer la quantité d'eau qui serait déversée dans les arides vallées d'Argentine.

Cette nouvelle produisit un effet terrible. La señora Delgado tomba malade, les avions furent de nouveau rappelés à leur base. La patrouille au sol du régiment Colchagua envoyée par le commandant à San Fernando, le colonel Morel, pour chercher la croix, reçut l'ordre de revenir. Malgré la déception qu'éprouvèrent Chili et Uruguay, les cinq Uruguayens qui étaient au Chili ne retournèrent pas à Montevideo. Ils s'étaient engagés à continuer les recherches, ils ne lâchaient pas prise. Le 17 décembre, Canessa et Harley retournèrent à Curico pour amener à Santiago Diego Rivera, le mineur. Là il donna une description plus précise de l'endroit où l'on avait vu tomber l'avion, ce qui confirma une fois de plus l'hypothèse qu'il fallait localiser les recherches dans la région du Tinguiririca. L'autre mineur, Camilo Figueroa, témoin le plus proche de l'accident, restait introuvable.

Le lendemain, le 18, Paez Vilaro loua un avion pour survoler le Tinguiririca et il fit monter à bord non seulement le mineur Rivera, mais aussi Claudio Lucero, commandant en chef des volontaires du Corps de sauvetage chilien des Andes (Cuerpo de socorro andino). Lors de la seconde sortie, ils survolèrent un lac recouvert de neige, à l'ouest du Tinguiririca et soudain Lucero remarqua sur le lac des traces de pieds d'hommes. L'avion vira et survola le lac une nouvelle fois, à plus basse altitude de sorte que Paez Vilaro, lui aussi, put voir les empreintes dans la neige.

— Qu'est-ce que vous en pensez? demanda-t-il à Lucero.

— Ce sont sûrement des empreintes humaines.

— Nos garçons?

— Sûrement pas. Ce doit être un berger.

— Pourquoi marcherait-il dans la neige dans un endroit pareil?

Lucero haussa les épaules.

Ne voulant pas éprouver une nouvelle déception, après l'histoire de la croix du Santa Elena, Paez Vilaro ne se laissa pas aller à croire qu'il pût s'agir des empreintes de l'un des survivants du Fairchild. L'idée lui vint cependant que cela pouvait être la piste de Figueroa, le mineur disparu, parti pour détrousser les cadavres des quarante-cinq Uruguayens. Quand ils atterrirent à San Fernando, il confia ses suppositions à Rodriguez Escalada, ajoutant : « Rulo, si tu viens avec moi, nous serons là-bas avant les voleurs. »

Pendant ce temps, Canessa discutait avec Lucero à propos des empreintes.

— Vous êtes sûr que ce ne sont pas celles des garçons? demanda-t-il.

Lucero le regarda avec tristesse.

— Il y a plus de deux mois, monsieur, répondit-il.

Le scepticisme de Lucero n'ébranla pas Paez Vilaro; il alla trouver le commandant des troupes, le colonel Morel, avec qui il s'était lié de profonde amitié. Le colonel consentit à envoyer une patrouille dans le secteur et l'après-midi même, il prit un hélicoptère militaire pour aller dans la vallée se rendre compte par lui-même de la situation. Il ne réussit même pas à distinguer les empreintes que Paez et Lucero avaient vues, ce qui ne l'empêcha pas à son retour de se montrer optimiste. « Écoute, Carlitos, dit-il à Paez Vilaro. Rentre chez toi pour Noël. En ton absence, voilà ce qu'on va faire. Nous enverrons une patrouille dans le secteur pour voir si quelque chose se produit et dans deux ou trois jours nous mettrons sur pied un groupe du Corps de sauvetage pour voir ce qu'ils pourront trouver.

Si rien ne sort de tout ça, alors reviens après Noël et nous recommencerons à zéro.

Paez Vilaro tomba d'accord avec lui, les quatre autres membres du groupe aussi. Canessa, Harley et Nicolich prirent leurs dispositions pour retourner à Montevideo le lendemain à bord du C-47, tandis que Paez Vilaro et Rodriguez Escalada retinrent des places auprès d'une compagnie régulière pour le jour suivant.

CHAPITRE X

Après le départ de Vizintin, Canessa et Parrado décidèrent de passer le reste de la journée à se reposer en dessous du sommet de la montagne. Les trois jours d'escalade les avaient épuisés et ils savaient qu'ils avaient besoin de toutes leurs forces pour atteindre de nouveau le sommet et descendre alors de l'autre côté. Ils espéraient aussi que l'avion qui était passé si près d'eux la veille puisse faire une nouvelle sortie dans la même direction. Cependant la paix de leur nid d'aigle ne fut pas troublée. Ils mangèrent leur viande, firent fondre de la neige, burent et songèrent à ce qui les attendait. Canessa essaya de chasser son pessimisme foncier avec des maximes telles que « Qui ne risque rien n'a rien » ou bien « Tous les fleuves vont à la mer ».

Le samedi 16 décembre, à 9 heures du matin, Parrado et Canessa se mirent en route pour le sommet, Parrado en tête. Cette fois ils portaient les havresacs qui, depuis le départ de Vizintin, étaient plus lourds qu'avant. Cela rendit l'escalade beaucoup plus difficile. L'air à cette altitude était raréfié ; leur cœur battait de façon précipitée et tous les trois pas, ils s'arrêtaient pour se reposer, en s'accrochant au mur de neige à pic.

Il leur fallut 3 heures pour atteindre le sommet. Là-haut, ils se reposèrent et examinèrent l'autre versant pour savoir où était la meilleure descente. Il y avait beaucoup moins de neige de ce côté-là, la vallée où ils descendaient était bien dégagée; aucun trajet ne leur paraissant meilleur qu'un autre, ils en choisirent un au petit bonheur et partirent, Parrado de nouveau en tête. La marche était extrêmement difficile car bien que le versant ne fût pas à pic, il était escarpé et souvent fait non de rocher compact, mais de schiste. Une longue courroie de nylon servait aux deux garçons de cordée; le plus souvent ils glissaient le long de la montagne sur leur derrière et leur dos, Parrado devant, Canessa derrière, en provoquant de petites avalanches de pierres grises qui rebondissaient sur la pente. Ils avaient les genoux faibles et tremblants. Ils savaient qu'il leur suffirait de perdre pied pour dévaler la montagne et que s'ils se donnaient une entorse ce serait pire que tout. Canessa se mit à causer sans cesse avec Dieu. Il avait vu *le Violon sur le toit* et se rappelait comment Tevye parlait à Dieu comme à un ami; il prit le même ton pour s'adresser au Créateur : « Seigneur, vous pouvez rendre l'épreuve vachement difficile, dit-il, mais ne la rendez pas impossible! »

Après être descendus ainsi sur plusieurs centaines de mètres, ils arrivèrent à un endroit où le versant de la montagne était dans l'ombre d'une autre montagne et où la neige recouvrait encore le sol d'une couche épaisse. L'inclinaison était forte, mais la surface de la neige consistante et douce, de sorte que Parrado décida de glisser en bas sur un coussin. Il détacha la courroie, s'assit sur l'un de ses deux coussins, enfonça sa tige d'aluminium entre ses jambes pour lui servir de frein et commença à descendre en se poussant. Il prit aussitôt de la vitesse; il avait beau enfoncer la tige de métal dans la neige, ça ne servait à rien. Il allait toujours plus vite atteignant une vitesse qu'il estima à quatre-vingt-dix kilomètres à l'heure. Il enfonça ses talons dans la neige, mais cela ne servit à rien non plus et il eut terriblement peur de faire la culbute et de se casser les jambes ou le cou. Tout à coup il vit se dresser en face de lui un mur de neige éclatante. Il se dit que s'il y avait en dessous des blocs de pierre, il était cuit. L'instant d'après il se heurta de front contre la neige et s'immobilisa. Il avait toute sa conscience, il ne s'était rien cassé. Ce mur n'était qu'un mur de neige.

Un instant plus tard Canessa le rattrapa.

— Nando, Nando, comment vas-tu lui cria-t-il.

Une silhouette immense, un peu trébuchante se détacha du monceau de neige.

— Je vais très bien, répondit-il. Continuons!

Ils reprirent leur route en faisant plus attention.

A 4 heures de l'après-midi ils atteignirent un large rocher plat et tout en n'ayant pas une idée définie de l'endroit où ils étaient, ils décidèrent qu'il valait mieux s'arrêter là et se sécher avant la nuit. Ils estimaient qu'ils avaient fait les deux tiers de la descente. Ils enlevèrent leurs chaussettes pour les sécher au soleil qui déclinait et quand le soleil fut couché, ils se glissèrent dans le sac de couchage et dormirent sur le rocher. La nuit n'était pas trop froide, mais le confort dont il jouissaient était des plus relatifs.

Ils s'éveillèrent le lendemain à l'aube mais attendirent dans le sac de couchage que les premiers rayons du soleil tombent sur eux pour avaler leur déjeuner, viande crue et une gorgée d'eau-de-vie, et se remettre en route. C'était leur sixième jour de voyage et à midi ils atteignirent le fond de la vallée qui conduisait à l'Y. Le sol était recouvert de neige, à cette heure du jour, spongieuse et profonde, de sorte qu'ils durent mettre leurs snow-boots, mais la pente ne dépassait pas 10 ou 20 degrés.

Avant de partir, ils prirent leur repas. Le soleil les réchauffa aussi bien pendant leur déjeuner qu'ensuite pendant la marche, ce qui, joint à l'effort exigé pour patauger dans la neige avec des coussins trempés, les mit en nage, mais ils aimaient mieux transpirer sous leurs quatre sweaters et leurs quatre paires de jeans plutôt que perdre du temps et des forces pour les retirer.

Il y avait peu de temps qu'ils descendaient quand la bretelle du havresac de Canessa se rompit, il dut s'arrêter pour la réparer. Il fut bien content d'avoir ce prétexte pour se reposer, car ses forces commençaient à faiblir. Chaque fois que l'intrépide Parrado se retournait, il voyait Canessa assis sur la neige. Il lui cria de venir, et lentement Canessa se releva et se mit à patauger en direction de Parrado. Ce faisant, il priait. Chacun de ses pas était un mot du Notre Père. Parrado songeait moins à notre Père céleste qu'à son père sur la terre. Il savait maintenant combien son père souffrait; il savait combien celui-ci avait besoin de son fils. Il avançait dans la neige, non pas tant pour se sauver que pour sauver cet homme qu'il aimait tant.

La pensée de son père donnait des ailes à Parrado. Quand il se ressouvint de Canessa, il se retourna et le vit très loin derrière lui. Il attendit que Canessa le rattrapât et il lui accorda un repos de quatre à cinq minutes. Pendant cet arrêt ils virent sur leur droite descendre un petit ruisseau du versant de la montagne. C'était la première eau courante qu'ils voyaient depuis que Vizintin avait goûté de ce filet d'eau saumâtre qui serpentait sur le rocher lors de leur première expédition. D'où ils se trouvaient ils voyaient des mousses, des herbes et des tiges de jonc se dresser çà et là dans le courant. Premier signe de végétation qu'ils voyaient depuis soixante-six jours et Canessa, tout exténué qu'il était, grimpa jusqu'au bord du ruisseau, cueillit des herbes et du jonc et les fourra dans sa bouche. Il prit une poignée de cette verdure et la mit dans sa poche. Ensuite les deux garçons burent à même le ruisseau avant de continuer leur route.

Vers la fin de l'après-midi, Canessa et Parrado commencèrent à se chamailler sur l'endroit où ils s'arrêteraient pour la nuit.

— Il n'y a pas un endroit où l'on puisse dormir, dit Parrado. Pas un rocher, rien. Allons plus loin!

— Il faut s'arrêter, répliqua Canessa. Je suis à bout. J'ai besoin de me reposer. Et tu vas te tuer toi aussi si tu ne ralentis pas.

Parrado lutta un moment entre son désir de continuer et le bon sens de l'étudiant en médecine qui lui enjoignait d'économiser ses forces. Il allait de soi que même si Parrado avait pu triompher de cette marche forcée, Canessa n'aurait pu le faire. Il consentit donc à s'arrêter pour ce jour-là et ils établirent leur camp sur la neige. Le soleil s'était couché derrière les montagnes et il commença à faire froid : ils se glissèrent dans leur sac de couchage et se réchauffèrent en buvant un coup de brandy. Ensuite ils s'allongèrent tout en regardant vers le bas de la vallée qui représentait pour eux le chemin de la liberté et en se demandant ce qu'ils trouveraient en face d'eux le lendemain.

D'où ils se trouvaient ils apercevaient un chemin au bout de la vallée qui était le Y vers lequel ils se dirigeaient. Ils remarquèrent soudain tous les deux que bien que le soleil les eût quittés vers 6 heures du soir, il continuait à briller sur le versant éloigné du Y. Ils observèrent ce phénomène avec un intérêt et une excitation qui grandissaient, car puisque le soleil se couche à l'ouest, s'il continuait à illuminer cette pente de la montagne tard dans la soirée, cela signifiait qu'aucune autre montagne ne se dressait sur le chemin.

Ce ne fut pas avant 9 heures que la roche rosâtre parsemée de neige tomba dans l'obscurité. Canessa et Parrado s'endormirent cette nuit-là avec la certitude qu'un des bras de l'Y s'ouvrait à l'ouest.

Le lendemain après leur petit déjeuner habituel, ils descendirent la vallée pleins d'optimisme, et de nouveau Parrado prit la tête, éperonné par la curiosité de voir ce qu'il y avait à l'extrémité de la vallée. Canessa ne pouvait pas tenir le coup. Le sommeil de la nuit ne lui avait rendu qu'une partie de ses forces. Quand Parrado s'arrêta et se retourna pour lui dire de se presser, il répondit qu'il n'en pouvait plus et qu'il n'irait pas plus loin.

— Pense à n'importe quoi, dit Parrado. Ne te concentre pas sur le fait de marcher!

Canessa s'imagina d'abord qu'il arpentait les rues de Montevideo, faisait des achats et quand Parrado lui cria de se grouiller il répondit « Je n' peux pas. Je vais manquer des vitrines! » Ensuite il divertit sa pensée en criant le nom d'une fille dont Parrado lui avait dit un jour qu'il avait le béguin : « Makechu, Makechu... » Son nom se perdit dans la neige alentour, mais Parrado l'entendit, se mit à sourire et attendit son compagnon.

Ils avançaient et peu à peu le bruit de leurs pieds et des coussins fixés à leurs pieds qui d'abord avait seul rompu le silence, fut supplanté par un grondement qui grandissait à mesure qu'ils s'approchaient du bout de la vallée. Ils furent saisis de panique. Que faire si un infranchissable torrent barrait maintenant leur chemin? L'impatience de Parrado de voir ce qu'il y avait devant eux devint irrésistible. Son allure, déjà rapide, devint plus vive et ses enjambées sur la neige perdirent toute mesure.

— Tu vas te tuer! s'écria Canessa en le voyant continuer à un train d'enfer.

Mais il était dévoré moins par la curiosité que par la crainte : « Mon Dieu, disait-il dans ses prières, éprouvez-nous jusqu'aux limites du possible, mais je vous en supplie, rendez-nous humainement possible le moyen de continuer. Faites-nous trouver un sentier le long de la rivière! »

Parrado alla toujours plus vite; il faisait en même temps

prière sur prière, mais par-dessus tout il était dévoré de curiosité. Il était environ à 200 mètres en avant de Canessa quand tout à coup il se trouva au bout de la vallée.

Le spectacle qui s'offrit à lui était celui du paradis. Plus de neige. De la surface blanche jaillissait un torrent aux eaux grises qui se ruait avec une force terrible dans un défilé en direction de l'ouest. Et ce qui était encore plus beau, où qu'il dirigeât son regard, ce n'était que verdure, mousse, herbe, joncs, genêts épineux, fleurs jaunes et pourpres.

Tandis que Parrado, les joues ruisselantes de larmes contemplait ce spectacle, Canessa le rejoignit. Lui aussi il poussa des cris d'allégresse à la vue de cette vallée bénie. Ensuite les deux garçons sortirent en chancelant de la neige et s'affalèrent sur des rochers le long de la rivière. Là, parmi les oiseaux et les lézards, ils rendirent grâces à Dieu en le remerciant avec toute la ferveur de leur jeunesse de les avoir tirés des griffes froides et désolées des Andes.

Pendant plus d'une heure ils se reposèrent au soleil et comme s'ils se trouvaient dans le Jardin d'Éden, les oiseaux dont ils avaient été privés si longtemps se posaient tout près d'eux sur les rochers et ne paraissaient pas surpris de les voir apparaître, barbus, amaigris, le corps couvert de plusieurs couches de vêtements, sales, leur dos déformé par le havresac, leur visage craquelé et enflé par le soleil.

Ils étaient sûrs maintenant qu'ils seraient sauvés, mais ils ne devaient pas lambiner. Canessa ramassa une pierre pour la donner à Laura à son retour et tous les deux jetèrent l'un de leurs coussins; ils gardèrent l'autre comme oreiller. Puis ils reprirent leur marche sur le côté droit de la gorge.

Il n'y avait pas de neige, mais ils n'avançaient pas facilement. Ils devaient marcher sur des pierres coupantes et escalader des blocs de rocher de la taille d'un fauteuil. A midi ils s'arrêtèrent pour manger. Puis ils repartirent et ce n'est qu'après avoir marché encore une heure que

Canessa s'aperçut qu'il avait perdu ses lunettes de soleil. Il se rappela aussitôt qu'il les avait enlevées et posées sur un rocher pendant le déjeuner; il avait beau renâcler à refaire le chemin qu'ils avaient déjà faits, il craignait encore bien plus que sans ses verres ses yeux ne soient aussi enflés et brûlés que ses lèvres. Aussi, tandis que Parrado l'attendait étendu sur un rocher, Canessa revint à l'endroit où ils avaient déjeuné. Il l'atteignit en moins d'une heure, mais tout en reconnaissant l'endroit même, il ne put se rappeler sur quel rocher il avait posé ses lunettes; il y en avait des centaines! Il se mit à chercher et tout en cherchant, à prier, car nulle part il ne pouvait trouver ce qu'il cherchait. Des larmes désespérées s'amassaient au bord de ses paupières, il n'en pouvait plus, il allait abandonner la partie quand enfin, sur le haut d'un grand rocher dont la vue lui était restée cachée jusque-là, il aperçut ses lunettes.

Deux heures après avoir quitté Parrado, Canessa le rejoignait et ils se remirent aussitôt en route. Un peu plus loin cependant, ils durent s'arrêter près d'une crête de rochers qui s'élevait presque verticalement en face d'eux et tombait à pic dans la rivière sur leur gauche. D'où ils étaient, ils pouvaient voir que le sol était plus uni de l'autre côté de la rivière. Plutôt que d'escalader l'obstacle en face d'eux, ils décidèrent de passer à gué. En soi ce n'était pas une petite affaire. La rivière avait sept mètres de large et le courant était si violent qu'elle charriait d'énormes galets. Pourtant il s'élevait au milieu un rocher assez gros pour s'opposer au courant et assez haut pour s'élever au-dessus des eaux. Ils décidèrent de franchir la rivière en sautant de la rive sur le rocher et du rocher sur le rivage opposé.

Canessa passa la premier. Il enleva ses vêtements pour ne pas les mouiller, attacha une courroie de nylon autour de sa poitrine et deux autres courroies à celle-ci. Tandis que Parrado tenait l'extrémité de la courroie au cas où il tomberait à l'eau, il sauta sur le rocher et au-delà, sur la rive opposée. Parrado, quand il vit son compagnon tiré d'affaire, prit le sac de couchage, l'attacha à la courroie et lança le tout de toutes ses forces de l'autre côté. Là Canessa détacha le sac de couchage et lança la courroie à Parrado de sorte que vêtements, bâtons, havresacs et chaussures furent lancés de la même façon. Cela leur demanda un gros effort pour lancer leurs havresacs à si grande distance et le second tomba en deçà, heurtant des rochers le long de la rivière; Canessa dut descendre au bord de l'eau pour le retrouver. Il fut aspergé d'écume et quand il déballa le havresac, il s'aperçut que la bouteille de rhum s'était cassée.

Parrado le rejoignit; comme tant de leurs vêtements étaient mouillés, ils n'allèrent pas beaucoup plus loin. Ils trouvèrent une corniche de rocher en surplomb et décidèrent de s'installer en dessous pour la nuit. Le soleil brillait encore, ils étendirent leurs vêtements humides pour les sécher. Puis ils s'assirent sur leurs coussins et avalèrent leur souper, observés par une foule de lézards curieux.

Cette nuit fut plus chaude que toute autre. Ils dormirent profondément et le lendemain entamèrent leur huitième jour de voyage à travers les Andes. Dans la lumière matinale le paysage qui s'étalait devant eux, même à des yeux moins affamés que les leurs de créations naturelles, était d'une beauté sans égale. Ils avaient beau se trouver encore à l'ombre des hautes montagnes qui se dressaient devant eux, le soleil illuminait les lointains de l'étroite vallée, teignait les ajoncs et les cactées de lumière argentée et dorée. Au loin on apercevait maintenant des arbres et au milieu de la matinée Canessa crut voir des vaches paître sur le flanc de la montagne.

— Je vois des vaches, cria-t-il à Parrado.

— Des vaches? répéta Parrado, en plissant les yeux, à cause de sa myopie. Mais il ne distingua rien.

— Es-tu sûr que ce sont des vaches?

— On dirait des vaches...

— Ce sont peut-être des cerfs... ou des tapirs.

Ce qu'ils avaient sous les yeux avait en tout cas tellement l'apparence d'un mirage qu'on pouvait mettre sur ces animaux tous les noms qu'on voulait. Cela montrait que leur esprit demeurait plein d'énergie et d'optimisme au moment même où leur corps — et surtout celui de Canessa — souffrait de l'effort excessif qu'on exigeait de lui. La plaine à l'horizon avait beau être verte, le terrain autour d'eux n'était pas plus praticable qu'il ne l'avait été jusque-là. Ils avaient toujours à sauter d'un rocher branlant à l'autre, et cela sous le poids de leurs havresacs, ou bien à marcher à grands pas sur les pierres et les galets le long de la rivière en risquant de se fouler la cheville.

Tout à coup ils tombèrent sur un signe tangible du monde civilisé, une boîte de potage vide. Elle était rouillée, mais on pouvait encore lire sur l'étiquette le nom de la firme Maggi. Canessa la saisit.

— Regarde, Nando, ça veut dire que des types sont passés par ici.

Parrado se montra plus prudent.

— Et si on l'avait laissée tomber d'un avion?

— Par quel miracle pourrait-elle tomber d'un avion? Les avions n'ont pas de fenêtres.

Il n'y avait pas moyen de savoir depuis combien de temps la boîte se trouvait là, mais rien que de la voir les ragaillardit. A mesure qu'ils descendaient la vallée ils trouvèrent d'autres signes de vie. Ils virent deux lièvres sauter sur les rochers de l'autre côté de la rivière. Puis ils aperçurent des excréments.

— Ce sont des bouses de vache, dit Canessa. Je t'ai dit que ce sont des vaches que j'ai vues.

— Comment le sais-tu? demanda Parrado. N'importe quel animal pourrait l'avoir fait.

— Si tu en savais moitié moins sur les vaches que tu en

sais sur les autos, dit Canessa, tu reconnaîtrais de la bouse de vache.

Parrado haussa les épaules et ils continuèrent à marcher. Plus loin ils s'assirent au bord de l'eau pour se reposer et pour manger un peu de viande. Ils remarquèrent, en la sortant de la chaussette de rugby, que s'il leur restait assez de nourriture, celle-ci commençait à souffrir de la température plus chaude. Après avoir mangé une ration de deux morceaux, ils remirent quand même leurs provisions dans la chaussette et reprirent la descente de la vallée. La rivière était plus large, à tout moment de petits ruisseaux venaient la grossir sur les deux rives.

Ce fut là, quand la rivière s'élargit, qu'ils trouvèrent un fer à cheval. Il était aussi rouillé que la boîte de potage et il n'y avait pas moyen de savoir depuis quand il se trouvait là. C'était un objet qu'on ne pouvait avoir lancé d'un avion, c'était sans conteste le signe qu'ils s'approchaient d'une région habitée des Andes. D'autres signes se manifestèrent. Comme ils contournaient l'une des nombreuses crêtes rocheuses qui faisaient saillie dans la vallée, ils arrivèrent tout à coup à quelques mètres des vaches que Canessa avait vues de loin le matin.

Parrado ne se départit pas de sa méfiance.

— Tu es sûr que ce sont pas des vaches sauvages? demanda-t-il à Canessa en regardant les vaches qui de leur côté les regardaient.

— Des vaches sauvages? Il n'y en a pas dans les Andes. Je te le dis, Nando, quelque part tout près d'ici nous allons tomber sur le propriétaire de ces vaches, ou sur quelqu'un qui les garde.

Et comme pour prouver la véracité de ses dires, il montra du doigt des souches d'arbres qui avaient été abattus par un homme armé d'une hache.

— Ne me dis pas que des tapirs ou des vaches sauvages sont capables d'abattre ces arbres.

Parrado ne put contester le fait que les marques sur le bois étaient bel et bien des marques de hache. Un peu plus loin, ils virent un abri pour le bétail fait de branches et de broussailles où les deux garçons reconnurent, aussitôt un excellent combustible. Ils décidèrent donc de s'arrêter là pour la nuit et de fêter leur délivrance imminente en finissant la viande qui leur restait.

— Après tout, dit Canessa, elle va pourrir. Et puis on est sûr de trouver demain matin un berger, un fermier ou ce que tu voudras. Demain soir, Nando, je te promets que nous dormirons dans une maison.

Ils ôtèrent leurs havresacs, déballèrent la viande et allumèrent un feu. Ils firent rôtir dix morceaux pour chacun et mangèrent jusqu'à se sentir gavés. Ils se glissèrent dans le sac de couchage et attendirent le coucher du soleil.

Maintenant qu'ils étaient sûrs d'être sauvés, ils se permirent de penser à des sujets que jusqu'alors il leur paraissait trop pénible d'envisager. Canessa parla à Parrado de Laura Surraco et décrivit ce qu'on mangeait chez elle le dimanche à déjeuner; Parrado à son tour parla à Roberto des filles qu'il avait connues naguère et il lui dit qu'il l'enviait d'être fiancé.

Le feu s'éteignit. Le soleil se coucha. L'esprit chatouillé de plaisantes pensées, les deux garçons repus tombèrent dans le sommeil.

A leur réveil, les vaches avaient disparu. Cela ne les alarma pas. Ils jetèrent ce qu'ils croyaient ne devoir plus leur servir, le marteau, le sac de couchage, une paire de chaussures et une couche de vêtement. Leur charge allégée, ils se remirent en chemin, s'attendant à chaque détour de la vallée à voir apparaître la maison d'un paysan chilien. A mesure que la matinée s'écoulait, la vallée continuait pareille à elle-même. En vérité, elle ne fournissait même plus de ces traces humaines comme la boîte de potage ou le fer à cheval qui leur avait donné du courage la veille, et Parrado commença à reprocher à Canessa son optimisme :

— Est-ce que tu en sais tellement sur ce pays ? Est-ce que je ne suis qu'un pauvre imbécile qui ne connaît que voiture et motocyclette ? Moi, du moins, je ne croyais pas dur comme fer qu'on trouverait une ferme au prochain tournant... Maintenant nous avons mangé la moitié de la viande et jeté le sac de couchage.

— La viande de toute façon était pourrie, dit Canessa.

Il sentait les premiers symptômes d'une crise de diarrhée, cela n'améliorait pas son caractère. Il était tout à fait épuisé. Son corps tout entier lui faisait mal et chaque pas qu'il faisait ajoutait à ses misères. Il lui fallait toute sa force et sa volonté pour placer un pied devant l'autre et quand il s'arrêtait ou qu'il tombait, c'étaient les insultes et les injures de Parrado qui remettaient la mécanique en marche.

Vers la fin de la matinée ils se trouvèrent devant une saillie de rochers particulièrement difficile à franchir ; ils avaient le choix entre un passage plus court mais aussi plus dangereux près de la rivière et un chemin plus long et plus sûr en passant par-dessus le promontoire. Parrado qui marchait en tête prit le chemin le plus sage et commença d'escalader les rochers, mais Canessa se sentit trop fatigué pour montrer une telle prudence et arrivé au même endroit, il descendit vers la rivière par un chemin escarpé.

Quand il fut au milieu de sa course, avançant pied à pied ou bien se coulant le long du rebord de rocher, la tempête qui le menaçait éclata dans ses entrailles : son ventre se tordit tout à coup dans une vilaine crise de diarrhée aiguë. Les assauts furent si violents qu'il fut forcé de trouver un endroit à peu près plat, de baisser ses trois pantalons et de s'accroupir avec l'espoir d'un soulagement. En temps normal cela ne lui aurait pas demandé longtemps, mais ici le dérangement intestinal avait été précédé par le dérangement opposé. Les matières fécales étaient profondément refoulées dans le côlon par les sous-produits durcis de sa précédente constipation et s'est seulement après les avoir extirpés avec ses doigts que Canessa put expulser ce qui faisait de si grands ravages dans ses entrailles.

Parrado, pendant ce temps-là, avait atteint l'autre côté et commençait à éprouver de l'inquiétude. Son compagnon ne se montrait pas. Il l'appela en criant et ne reçut en réponse que des échos assourdis. Il commença à maudire Canessa à cause de ce retard et continua à l'injurier jusqu'à ce que la mince, la misérable silhouette de l'autre apparût sur le bord escarpé de la rivière.

— Qu'est-ce que tu as foutu? demanda Parrado.

— La diarrhée. Ça a été terrible.

— Bon, écoute. Il y a une espèce de piste le long de la rivière. Si on la suit, on arrivera sûrement quelque part.

— Je ne peux pas aller plus loin, dit Canessa, en s'affalant sur le sol.

— Tu dois continuer. Vois-tu ce plateau? Il indique, en bas dans la vallée, un relèvement de terrain. Il faut que nous soyons là-bas ce soir.

— Je ne peux pas, dit Canessa. Je suis trop fatigué. Je ne peux plus avancer.

— Fais pas le con. Tu ne peux pas abandonner juste quand on arrive quelque part.

— Je te dis que j'ai eu une crise de diarrhée.

La colère et l'impatience firent rougir Parrado.

— Tu es toujours malade. Tiens, je prends ton sac, comme ça tu n'auras plus d'excuses.

Il saisit le fardeau de Canessa et partit, les deux sacs sur le dos.

— Et si tu veux manger un morceau, cria-t-il de loin à Canessa, tu ferais mieux de marcher parce que maintenant c'est moi qui ai toute la bouffe.

Canessa le suivit en chancelant, misérable et traînant la jambe et il éclatait de colère, non tant contre Parrado qui se moquait de sa maladie que contre lui-même, espèce de mauviette toujours patraque.

La piste était plus praticable; à chaque pas ils y voyaient du crottin de cheval, ce qui les ragaillardissait. Canessa sentit s'apaiser la crise de diarrhée et il put suivre l'allure de son compagnon. En face d'eux s'étendait le plateau et vers les 5 heures il se rapprocha. Maintenant qu'ils avaient dépassé la région enneigée, il était plus facile de juger des distances. En fin d'après-midi, ils avaient atteint la pente escarpée qui menait à ce plateau; l'espoir de se reposer, une fois le but atteint, donna à Canessa un regain de forces de sorte qu'il gravit le sentier qui menait à ce plateau.

Ce qui d'abord leur sauta aux yeux, ce fut un corral avec des murs de pierre et une porte. Au milieu était un poteau enfoncé dans le sol qui servait à attacher les chevaux.

Le sol de l'enclos avait été récemment martelé par les sabots des chevaux, ce qui raviva l'optimisme des deux garçons, mais l'état physique de Canessa avait tellement baissé qu'il ne pouvait plus être remonté par le simple tonique d'un espoir renouvelé. Il trébuchait et il dut s'appuyer sur le bras de Parrado. Quand ils parvinrent à un petit bosquet, ils furent d'accord pour y passer la nuit. Tous les deux pensaient bien que Canessa devrait y rester plus longtemps.

Tandis que Parrado allait ramasser du bois et voir si par extraordinaire il n'y aurait pas une maison dans les parages, Canessa était allongé sous les arbres. Le sol était couvert d'herbe nouvelle, les montagnes se dressaient derrière eux, le bruit de la rivière se faisait entendre à plusieurs centaines de mètres, là où elle se précipite à travers le défilé. Tout à bout de forces qu'il était, courbatu, presque sur le point de s'évanouir, il ne perdit rien de la beauté des lieux. Il regardait d'un air las les ajoncs et les fleurs sauvages et il se mit à penser à son cheval, à ses chiens et aux campagnes uruguayennes.

Il leva la tête et vit Parrado revenir vers lui, sa haute silhouette toute courbée. Canessa se dressa sur les coudes.

— Qu'est-ce qui se passe?

Parrado secoua la tête.

— Rien de fameux. Il y a une autre rivière qui se jette dans celle-ci. Elle coupe juste à travers notre sentier et je ne vois pas comment passer de l'autre côté.

Canessa se laissa retomber, Parrado s'assit à côté de lui :

— Pourtant j'ai vu deux chevaux et deux vaches, ajouta-t-il.

— De ce côté de la rivière?

— Oui de ce côté.

Il hésita un instant et lui demanda s'il savait tuer une vache.

— Tuer une vache?

— La viande est pourrie. Nous avons besoin de manger.

— Je ne sais pas comment on tue une vache, dit Canessa.

— Bon, j'ai une idée, dit Parrado, en se penchant avec une sorte d'enthousiasme grave. Je sais qu'elles dorment sous les arbres. Demain, pendant qu'elles brouteront, je grimperai dans un arbre, une pierre avec moi et quand elles s'en viendront le soir sous les arbres, je laisserai tomber la pierre sur la tête d'un animal.

Canessa se mit à rire.

— Tu ne tueras jamais une vache comme ça!

— Pourquoi pas?

— Tu ne trouveras pas un arbre assez haut, une pierre assez grosse... d'ailleurs elles ne se couchent pas toujours au même endroit.

Parrado réfléchit en silence. Soudain son visage s'éclaira.

— J'ai une idée, dit-il, nous allons prendre des bouts de bois et en faire des épieux.

Canessa secoua la tête.

— On va leur taper sur la tête avec?

— Non. Tu n'en trouveras jamais un comme il faut.

— Alors qu'est-ce que tu proposes?

Canessa haussa les épaules.

— Viens et vois par toi-même. Elles sont juste couchées là. (Parrado hésita de nouveau.) Il y a les chevaux aussi. Crois-tu qu'ils pourraient nous être utiles?

— Sûrement pas.

— Alors, ton idée?

— Bon, d'abord je trouve que si on tue une vache, ça n'incitera pas le propriétaire à nous aider.

— C'est vrai.

— Il vaudrait mieux traire une vache.

— Mais il faut l'attraper pour la traire.

— Je sais le faire.

Canessa médita un instant.

— J'ai trouvé, dit-il. Nous pouvons prendre un veau au lasso avec des courroies et l'attacher à un arbre. Quand la mère le rejoindra, nous pourrons l'empoigner.

— Elle ne foutra pas le camp?

— Pas si on l'a attachée avec une courroie.

— Et comment prendrons-nous le lait avec nous?

— Je ne sais pas.

— Il nous faut de la viande.

— Alors nous tuerons la vache, mais d'abord il faudra lui couper les tendons afin qu'elle ne s'enfuie pas.

— Et le propriétaire?

— Nous ne le ferons que s'il n'y en a pas dans les parages.

— Okay.

Parrado se releva.

— Mais pour l'amour de Dieu attendons à demain, dit Canessa. Je ne peux réellement rien faire ce soir.

Parrado baissa les yeux sur lui et vit qu'il disait la stricte vérité.

— Allumons le feu de toute façon, dit-il. Si quelqu'un passe par ici, il y aura plus de chance qu'on nous voie.

Parrado s'éloigna pour aller chercher du bois mort et des broussailles. Canessa s'étendit de nouveau et regarda d'un air absent l'autre côté de la rivière. Le soleil couchant allongeait les ombres des arbres et des rochers au pied des montagnes, on aurait cru qu'ils bougeaient et changeaient de forme. Tout à coup se détacha de ces ombres une forme, assez haute pour être un homme sur un cheval et cette forme se déplaçait. Canessa essaya aussitôt de se mettre debout, mais malgré son agitation ses jambes lui refusèrent tout service, alors il cria à Parrado.

— Nando, Nando, regarde, il y a un homme, un homme à cheval! Je crois avoir vu un homme sur un cheval.

Parrado regarda dans la direction que lui indiquait Canessa, mais il était si myope qu'il ne put rien distinguer.

— Où ça? cria-t-il. Je ne peux pas le voir.

— Vite cours! Il est sur l'autre côté de la rivière! cria Canessa de sa voix suraiguë. Tandis que Parrado courait vers la rivière, lui il se mit à marcher à quatre pattes et à se traîner sur l'herbe et sur les pierres pour aller vers un cavalier à trois mètres de là. De temps à autre il s'arrêtait et levait la tête pour voir Parrado courir dans la mauvaise direction. « Non, Nando! lui criait-il. A droite, à droite! » En l'entendant, Parrado changea de direction et courut à l'aveuglette, car il ne distinguait toujours rien de l'autre côté. Leurs cris et leur agitation avaient alerté les vaches qui s'étaient levées et se tenaient entre Parrado et la rivière. Elles le regardaient, les naseaux largement ouverts et le courageux Nando ne fut pas courageux au point de ne pas faire un petit détour pour les éviter. Alors Canessa et lui atteignirent le bord de la gorge presque en même temps.

— Où ça! dit Parrado. Où est l'homme à cheval?

A sa grande consternation, Canessa, lorsqu'il eut regardé au-dessus du torrent bruyant l'endroit où il avait vu le cavalier, ne vit qu'un rocher très haut et son ombre qui s'allongeait.

— Je suis sûr que c'était un homme, dit-il. Je te jure que j'ai vu ça. Un homme à cheval.

Parrado secoua la tête.

— Il n'y en a pas par ici maintenant.

— Je sais, dit Canessa en tombant sur le sol et en baissant la tête sous le coup de la désillusion.

— Allons, fit Parrado en prenant son compagnon par le bras. Il vaut mieux s'en retourner et allumer le feu avant la nuit.

Les deux garçons s'étaient mis debout et se dirigeaient vers leur camp lorsque tout à coup, au-dessus du grondement de la rivière qui retombait en éclaboussures, ils entendirent le cri d'une voix humaine. Ils se retournèrent et là-bas, sur l'autre rive, ils virent non pas un homme, mais trois hommes à cheval. Ils les regardaient tout en conduisant trois vaches le long d'un étroit sentier entre la rivière et la montagne.

Aussitôt les deux garçons se mirent à crier, à agiter les mains; les trois hommes semblaient bien les avoir aperçus, mais le bruit de la rivière était si fort que leurs voix ne portaient pas de l'autre côté. L'intérêt que les cavaliers semblait leur porter cessa presque aussitôt; tout se passa comme s'ils continuaient leur chevauchée sans donner une attention spécialc aux dcux Uruguayens.

Parrado et Canessa firent des gestes frénétiques, ils crièrent encore plus haut qu'ils étaient des survivants de l'avion uruguayen tombé dans les Andes. Au secours, au secours! criaient-ils. Alors que la voix de Canessa montait encore plus parce qu'il croyait qu'un son aigu porterait plus loin, Parrado tomba à genoux et joignit les mains dans un geste de supplication.

Les cavaliers hésitèrent. L'un d'entre eux freina son cheval et lança quelques mots dont ils ne purent attraper que le dernier : demain. Puis les trois hommes repartirent, poussant les vaches devant eux.

Parrado et Canessa regagnèrent leur campement en titubant. Parrado était exténué lui aussi et Canessa ne pouvait marcher sans aide. Le seul mot qu'ils aient pu percevoir suffisait à leur donner un immense espoir. Enfin ils avaient établi un contact avec d'autres hommes.

Ils décidèrent d'un commun accord que, malgré leur fatigue, ils prendraient la garde à tour de rôle toutes les deux heures et alimenteraient le feu. Mais en dépit de leur épuisement, ils trouvèrent difficilement le sommeil. Ils étaient dans un trop grand état d'excitation. Parrado parvint à s'endormir vers l'aube et dépassa les deux heures qui lui étaient accordées. Canessa le laissa se reposer, car il savait qu'il ne pourrait marcher davantage et que Parrado avait besoin de toutes ses forces pour le lendemain.

Le soleil se leva : c'était leur dixième jour de marche à travers les Andes. A six heures les deux garçons étaient debout, et en regardant de l'autre côté de la rivière, ils virent la fumée d'un feu et un homme debout à côté. A côté de lui, il y avait deux autres hommes à cheval. Dès qu'il les aperçut, Parrado courut jusqu'au bord de la gorge. Il était assez rapproché de l'homme pour comprendre ses gestes, qui lui signifiaient de descendre en bas de la gorge jusque au bord de la rivière. Ce qu'il fit, tandis que le paysan faisait la même chose, bientôt ils ne furent plus séparés que par la largeur du torrent, une trentaine de mètres. Ils avaient beau être plus près, le bruit de l'eau qui tombait en cascade était encore plus assourdissant. Il leur était impossible de se parler, mais le paysan qui avait un visage rond et malin, un large chapeau de paille, n'était pas venu les mains vides. Il prit une feuille de papier, écrivit quelques mots dessus, enveloppa une pierre dans le papier et lança le tout pardessus le torrent.

Parrado, en trébuchant sur les rochers, ramassa le message, déplia le papier et lut :

« Il y a un homme qui viendra plus tard à qui j'ai dit de venir. Dites-moi ce que vous voulez. »

Parrado chercha aussitôt dans sa poche un crayon ou un stylo, mais ne trouva qu'un bâton de rouge. Il fit comprendre par gestes qu'il n'avait rien pour écrire : sur quoi le paysan prit son stylo à bille, l'enveloppa avec une pierre dans un mouchoir blanc et bleu et le lança de l'autre côté de l'eau.

Quand Parrado en eut pris possession, il s'assit et écrivit fiévreusement le message suivant :

« Je viens de l'avion qui est tombé dans les montagnes. Je suis Uruguayen. Nous avons marché pendant dix jours. J'ai un ami là-haut qui est mal en point. Dans l'avion il y a encore quatorze personnes accidentées. Nous devons sortir d'ici rapidement et nous ne savons pas comment. Nous n'avons rien à manger. Nous sommes épuisés. Quand viendrez-vous pour nous chercher? Je vous en supplie. Nous pouvons à peine marcher. Où sommes-nous? »

Il ajouta au message un S. O. S. avec le bâton de rouge, enveloppa la pierre avec la feuille de papier et le tout dans le mouchoir. Puis il le lança par-dessus le torrent et le paysan le ramassa.

Parrado fit une prière tout en observant le paysan chilien déplier le papier et lire le message. Enfin il leva la tête et fit signe qu'il avait compris. Alors il tira de sa poche un morceau de pain, le lança à Parrado, lui fit de nouveau le signe « demain » et regrimpa de l'autre côté de la gorge.

Parrado fit de même. Il atteignit le rebord du plateau et revint vers Canessa en serrant le pain dans sa main : c'était le signe concret qu'ils avaient enfin rétabli le contact avec le monde extérieur.

— Regarde, dit-il à Canessa après l'avoir rejoint, regarde ce que j'ai!

Canessa tourna la tête vers son ami et fixa ses yeux las sur le pain.

— Nous sommes sauvés, dit-il.

— Oui, dit Parrado, nous sommes sauvés.

Il s'assit et rompit le pain en deux.

— Voilà, dit-il. Prenons notre petit déjeuner.

— Non, dit Canessa. Mange-le. Je n'ai servi à rien. Je ne le mérite pas.

— Allons, dit Parrado, peut-être que tu ne le mérites pas, mais tu en as besoin.

Il tendit le morceau à Canessa, qui cette fois l'accepta. Alors les deux garçons s'assirent et mangèrent ce qu'on leur avait donné. De toute leur vie jamais morceau de pain n'avait eu si bon goût.

Deux ou trois heures plus tard, il était environ 9 heures du matin, ils virent un autre homme, à cheval, mais cette fois il était de ce côté-ci de la rivière et il se dirigeait vers eux. Aussitôt Parrado bondit sur ses pieds et alla à sa rencontre.

Il salua Parrado avec beaucoup de réserve, cachant l'impression extraordinaire que devait lui faire cet homme barbu, de haute taille, dépenaillé, avec plusieurs épaisseurs de vêtements sales. L'homme se rendit à l'endroit où Canessa était étendu et il écouta les propos décousus des deux rescapés avec une expression patiente sur son visage basané. Quand il put enfin placer un mot, il se présenta : il s'appelait Armando Serda; on lui avait dit que les deux Uruguayens étaient là, mais il avait compris qu'ils étaient plus loin en amont et il avait eu l'intention de les chercher dans l'après-midi. L'homme qui les avait vus était allé à Puente Negro pour informer les carabineros de sa découverte.

Parrado et Canessa purent voir que le paysan en face d'eux était pauvre, si pauvre à vrai dire que ses vêtements étaient en plus mauvais état que ceux qu'ils portaient eux-mêmes — mais ils pressentirent que, malgré sa pauvreté, cet homme possédait ce qui à leurs yeux valait plus que tous les trésors et bien sûr, quand ils dirent à Serda qu'ils mouraient de faim, il tira du fromage de sa poche et le tendit aux garçons.

Ce fromage leur fit tant de plaisir qu'ils ne s'aperçurent pas que le Chilien les quittait et qu'il remontait la vallée pour surveiller les vaches qui pâturaient là et pour ouvrir les vannes d'irrigation.

Pendant qu'il vaquait à ces travaux, Canessa et Parrado mangeaient leur fromage tout en se reposant. Avant le retour de Serda, ils prirent ce qui leur restait de chair humaine et l'enterrèrent sous une pierre, car dès qu'ils eurent de nouveau goûté pain et fromage, la répulsion première qu'ils avaient éprouvée pour leur régime forcé leur revint.

Vers 11 heures le paysan, son travail terminé, rejoignit les deux rescapés. Canessa ne pouvant marcher fut hissé sur le cheval et les trois hommes descendirent vers la vallée. Quand ils arrivèrent à l'affluent de la rivière Azufre que Parrado avait cru infranchissable, Serda dit à Canessa de descendre de cheval et tout en faisant passer le cheval à gué, il montra à Parrado et à Canessa une passerelle qu'ils n'avaient pas vue la veille et sur laquelle ils franchirent le torrent.

Sur l'autre rive Serda et son cheval les attendaient. On hissa de nouveau Canessa sur la selle et ils recommencèrent à descendre la vallée. Là, dans une prairie, ils virent une habitation humaine, la première depuis leur accident. C'était une modeste maison qu'on repeignait chaque printemps, avec des murs de bois et de bambou et un toit fait de trois poutres. Aucun palais ne leur parut si somptueux. Canessa descendit de cheval et resta auprès de Parrado sur l'herbe, enivré par l'odeur des roses sauvages qui poussaient sur le portique rudimentaire. Le maître de maison les mena dans le patio, les invita à se mettre à table et les présenta à un second paysan, Enrique Gonzalez. Cet homme leur apporta du fromage et du lait frais tandis que Armando Serda s'activait devant le poêle. Peu après il leur servit un plat de haricots qu'il remplit quatre fois à mesure qu'ils le vidaient. Les deux garçons mangeaient comme ils n'avaient jamais mangé jusque-là, sans considérer le moins du monde la capacité de leur estomac. Quand les haricots furent liquidés, ils passèrent aux macaronis cuits avec des petits morceaux de viande, et avec ça des tartines à la graisse.

Au début, tandis qu'ils mangeaient, les deux Chiliens se tenaient timidement à l'autre bout de la pièce, mais Parrado et Canessa leur demandèrent de s'asseoir avec eux. Les paysans acceptèrent et regardèrent les deux garçons se gaver avec la nourriture qu'ils leur avaient donnée. Ensuite quand ils furent repus, les deux Chiliens les menèrent dans une hutte de bois qui jouxtait leur maison. Elle était destinée au propriétaire quand il venait inspecter son domaine et là il y avait deux confortables lits où Parrado et Canessa furent invités à faire la sieste. Après avoir exprimé leur gratitude à leurs hôtes intimidés, ils acceptèrent. Ils n'avaient presque pas dormi la nuit précédente et ils avaient marché pendant dix jours dans les plus hautes montagnes du monde.

C'était l'après-midi du jeudi 21 décembre et il y avait soixante-dix jours que le Fairchild s'était écrasé dans les Andes.

CHAPITRE XI

Le C-47 quitta Santiago pour Montevideo à 2 heures de l'après-midi le mercredi 20 décembre, mais en survolant Curico les pilotes apprirent que les conditions atmosphériques étaient mauvaises sur le versant argentin des Andes, aussi revinrent-ils à Santiago. Les trois passagers — Canessa, Harley et Nicolich — attendirent à l'aéroport jusqu'à 5 heures : on leur dit alors que le temps était meilleur et qu'ils pouvaient partir. L'avion décolla, vola en direction du sud vers Curico, mit le cap vers l'est sur le Planchon. Mais quand on arriva vers Malargüe en Argentine, l'avion fut agité de ce roulis bien connu qui se produit quand l'un des moteurs tombe en panne.

Les pilotes n'avaient pas d'autre possibilité que de faire un atterrissage forcé sur l'aéroport de San Rafaël, à environ 300 kilomètres au sud de Mendoza. C'est là, dans cette petite ville d'Argentine, que les trois pères passèrent la nuit. Le lendemain les mécaniciens de l'aéroport leur dirent qu'il fallait faire venir des pièces de rechange de Montevideo pour réparer l'avion. Alors les trois hommes songèrent à trouver d'autres moyens de transport pour continuer leur voyage; une circonstance les faisait hésiter : que faire des deux pilotes à qui le C-47 était confié? Tous les deux avaient été liés à Ferradas et à Lagurara et bien qu'ils eussent depuis longtemps perdu l'espoir de les retrouver vivants, ils croyaient que la révélation des causes de l'accident sauverait leur honneur. Les pannes perpétuelles du C-47 les humiliaient, bien entendu, et c'est pour les réconforter et les encourager que Harley et Nicolich décidèrent d'attendre la remise en état de l'avion. Canessa, en revanche, avait promis de rentrer chez lui à Noël : il découvrit un autocar qui partait pour Buenos Aires le soir même.

Pendant ces heures d'attente, les trois hommes décidèrent de prendre contact avec leurs femmes par le réseau de Ponce de Leon. Une fois de plus ils se mirent en quête du providentiel radio-amateur qu'ils devaient trouver partout où ils allaient. Ils eurent de la difficulté à capter le poste qu'il fallait parce que d'autres radio-amateurs au Chili faisaient du brouillage. Ce fut au milieu des sifflements et des parasites que les quatre hommes attrapèrent un bout de la conversation tenue par deux de ces radio-amateurs. « Incroyable, mais on a trouvé l'avion. » A peine avaient-ils entendu ça qu'ils perdirent le poste.

Les trois Uruguayens se regardèrent : « Ce n'est pas possible... » dit l'un. Les deux autres secouèrent la tête. Leurs espoirs avaient été trop souvent déçus pour que ce pauvre lambeau de conversation suffît à les ranimer.

Un moment plus tard ils prirent contact avec Rafaël. Ils lui dirent ce qui était arrivé, que l'avion était au sol et qu'ils rentreraient aussi vite que possible. Ponce de Leon promit d'avertir leurs familles.

Ils flânèrent dans les rues chaudes et sèches de San Rafaël jusqu'à l'heure où Canessa devait monter dans l'autocar. A 8 heures, le docteur embrassa ses amis et partit pour Buenos Aires.

Ce même après-midi, Paez Vilaro et Rodriguez étaient allés de Santiago à l'aéroport de Pudahuel afin de prendre leur avion pour Montevideo. Là ils firent la queue pour enregistrer leurs bagages, mais chaque fois que les gens avançaient, Paez Vilaro restait où il était, laissant ceux qui étaient derrière passer avant lui.

— Tu ne pars pas? lui demanda Rodriguez.

— J'attends quelque chose, répliqua Paez Vilaro.

— Bon, tu vas rater l'avion.

— Va devant, je viens tout de suite.

Rodriguez passa le contrôle des passeports et de la douane, tandis que Paez restait au bout de la queue. Alors, juste au moment où le dernier passager avait enregistré ses bagages et que le dernier appel pour le vol eut été fait, un homme entra en courant.

— Le voilà, dit-il en passant à Paez Vilaro à la dérobée un petit caniche qu'il avait promis d'apporter à ses filles pour Noël.

Sachant qu'il était interdit d'introduire un animal à bord

de l'avion, Paez cacha vite le jeune chien sous son manteau et mit sa valise sur la bascule. Alors, son passeport à la main, il se dirigea vers le guichet des passeports et le contrôle des douanes. Personne ne remarquait la curieuse position de son bras gauche et Paez Vilaro se félicitait lui-même de ses talents de contrebandier quand le haut-parleur de l'aéroport lança ces mots : « Ici police internationale. Ici police internationale. Retenez Carlos Paez Vilaro. Retenez Carlos Paez Vilaro. »

Il demeura interdit. Quelqu'un avait dû le voir mettre le chien sous son manteau. Il se tourna vers le policier qui était tout près de lui et lui dit « C'est moi Carlos Paez Vilaro. »

On le conduisit à travers le vaste hall de l'aéroport, tandis qu'il pestait contre cette ultime manifestation de malchance. Quand il atteignit le bureau de la police de l'aéroport, ce ne sont pas des menottes qu'on lui mit sous le nez, mais un téléphone.

— Qu'est-ce que c'est? demanda-t-il.

Le préposé haussa les épaules :

— Je ne sais pas... un appel urgent pour vous.

Tout en continuant à cacher le caniche il prit le récepteur.

— Ici, Paez Vilaro, dit-il.

— Carlitos? C'est toi?

C'était le colonel Morel.

— Oui, c'est moi, reprit Paez Vilaro avec un peu d'agacement. C'est gentil de ta part de m'appeler pour me dire au revoir, mais l'avion m'attend... je te verrai après Noël.

— Entendu, dit Morel. Je suis fâché de te retenir. C'était simplement parce que, depuis le temps que tu cherches les garçons, tu pourrais désirer venir les voir.

Paez Vilaro ne dit rien. Le caniche tomba par terre.

— Tu pourrais aussi m'aider à déchiffrer ce message, dit Morel. C'est peut-être un faux, mais je ne le crois pas. Il dit : « Je viens de l'avion qui est tombé dans les montagnes. Je suis Uruguayen. »

Aveuglé par les larmes, Paez Vilaro sortit en courant du bureau et se précipita sur la piste d'envol. Les moteurs étaient déjà en marche : on n'attendait que lui pour retirer l'échelle.

— Rulo, Rulo, hurla-t-il. Ils les ont trouvés! je reste!

L'instant suivant Rodriguez était auprès de lui et les deux Uruguayens en larmes tombèrent dans les bras l'un de l'autre, en criant vers les cieux : « Ils sont vivants, ils sont vivants! » Ils repassèrent le contrôle des passeports et de la douane, pleurant, criant, semant l'affolement parmi les employés de l'aéroport et les autres passagers.

— Qu'est-ce qui se passe? demanda un policier à un autre pour savoir s'ils devaient intervenir.

— Laisse-les, répondit l'autre. C'est le fou qui recherche son fils tombé avec l'avion dans la cordillère.

C'est seulement quand ils allaient monter en taxi que Paez Vilaro et Rodriguez s'avisèrent qu'ils n'avaient pas de pesos chiliens.

— Vous voulez nous conduire à San Fernando? demandèrent-ils au chauffeur qui se trouvait en tête.

— Je ne sais pas. C'est une longue route.

— Ils ont trouvé mon fils. Il est tombé dans les Andes.

— C'est vous? dit le chauffeur en reconnaissant Paez Vilaro. C'est vous le cinglé? Entendu. Montez.

— Nous n'avons pas d'argent.

— Ne vous en faites pas.

Et les deux hommes montèrent à l'arrière du taxi.

Ils atteignirent San Fernando trois heures plus tard et allèrent tout droit au quartier général du régiment de Colchagua. Là, tandis que le chauffeur de taxi prenait soin du caniche, ils furent accueillis non par le colonel Morel, mais par tous ceux qui les avaient aidés pendant leurs recherches : les radio-amateurs qui avaient diffusé la nouvelle du message, les pilotes de l'aéroclub de San Fernando, les guides, les andinistes du pays et les soldats eux-mêmes qui avaient si souvent exploré en vain les montagnes.

Quand Morel put tirer Paez Vilaro de la foule des sympathisants surexcités, il le mena au quartier général des carabiniers et lui montra le message qu'on avait expédié de Puente Negro. « Qu'est-ce que tu en penses? demanda Morel. Il vient bien d'eux? »

Paez Vilaro l'étudia avec soin. Tout d'abord il était enclin à croire qu'il s'agissait d'un faux. Tant de fois auparavant il avait reçu des coups de téléphone pour le mystifier et voici qu'on lui présentait un message qui n'était pas signé. Et puis l'écriture était remarquablement nette pour quelqu'un qui avait passé soixante-dix jours dans les Andes.

— Je ne sais pas, dit-il. Il se peut que ce soit un faux.

Il l'examina de nouveau et reconnut, dans la forme des lettres quelque chose qui décelait le collège de Stella Maris.

— Mais je ne sais pas, ajouta-t-il aussitôt. Cela a fort bien pu être écrit par l'un de nos garçons.

Il revint avec Morel au quartier général du régiment. Alors fut constitué un comité exécutif comprenant Morel comme commandant en chef, le maire de San Fernando, le commandant de la garnison et le commandant des carabiniers. Morel nomma Paez Vilaro à ce comité. « Tu as fait des recherches pendant des mois, tu ne vas pas maintenant te tourner les pouces. »

A minuit, à San Rafaël, Harley et Nicolich se mirent de nouveau en contact avec Ponce de Leon à Montevideo. Il leur dit qu'il était arrivé à la police de San Fernando un message donné comme écrit par l'un des survivants de l'accident. Harley et Nicolich voulurent aussitôt retourner au Chili, mais à cette heure de la nuit il allait de soi que c'était difficile. Ils attendirent, rongeant leur frein pendant une demi-heure chez le radio-amateur qui, après avoir entendu les nouvelles, était allé à la recherche d'un moyen de transport. Il revint une demi-heure plus tard avec l'auto du maire.

Sans prendre le temps d'aller chercher leurs valises qui étaient dans le C-47 à l'aéroport de San Rafaël, les deux hommes partirent pour Mendoza. Ils y arrivèrent à 4 heures du matin et se rendirent directement au terrain d'aviation militaire. Ils n'avaient pas d'argent; quand ils eurent expliqué ce qui les amenait, les officiers de l'armée de l'air argentine leur promirent de les faire monter dans le premier avion pour le Chili.

Ils passèrent le reste de la nuit à attendre, enveloppés dans les pèlerines que leur avait données le pilote uruguayen avant le départ de San Rafaël. A 8 heures du matin un avion atterrit : il portait de la viande frigorifiée à Santiago. Une demi-heure plus tard il décolla avec Harley et Nicolich à bord.

Le matin du vendredi 22 le docteur Canessa arriva à Buenos Aires. Il avait passé la nuit en autocar et il pensait allez chez un ami pour faire sa toilette et peut-être se reposer un peu avant de poursuivre son voyage. Il quitta la station des autocars, héla un taxi et s'affala sur le siège arrière tandis que le taxi, avec un bruit de ferraille, serpentait le long des rues de la ville.

La radio diffusait de la musique. Le chauffeur l'arrêta et se tournant à demi vers le docteur Canessa lui dit :

— Vous avez entendu la nouvelle? On a trouvé l'avion.

— Quel avion?

— L'avion uruguayen. Le Fairchild.

Avant que le chauffeur ait pu en dire plus, son passager était assis à côté de lui, tripotant la radio.

— Vous en êtes sûr? demanda Canessa.

— Plus que sûr.

— Y a-t-il des survivants?

— Deux jeunes gens.

— On a donné leurs noms?

— Leurs noms... oui, je crois qu'on les a donnés, mais je ne les ai pas retenus.

Soudain Canessa leva la main pour faire taire le chauffeur. La radio annonçait que l'on avait retrouvé dans un endroit appelé Los Maitenes sur la rivière Azufre dans la province de Colchagua deux des survivants du Fairchild uruguayen tombé dans les Andes le 13 octobre. Leurs noms étaient Fernando Parrado et Roberto Canessa.

En entendant le second nom, le docteur ne put retenir ses larmes, il poussa un cri de joie et ce gros monsieur entre deux âges embrassa le chauffeur tout surpris tandis que le taxi filait dans les rues de Buenos Aires.

CHAPITRE XII

Canessa et Parrado finirent leur sieste vers 7 heures du soir. Ils sortirent de la hutte et regardèrent la vallée doucement éclairée par la lumière du couchant, tout en respirant l'air qui sentait bon l'herbe et les fleurs. Les lits où ils avaient dormi, l'air parfumé, autant de preuves pour leur esprit incrédule, stupéfié, qu'ils n'étaient plus prisonniers des Andes. Ils suivirent le sentier herbu qui menait à la maison du paysan recouverte de roses sauvages, ils voulaient causer avec leurs hôtes. Ils s'étaient parlé l'un à l'autre assez longtemps, ils voulaient de nouveaux interlocuteurs. Il y avait aussi qu'ils avaient faim; haricots, fromage, macaroni, lait, pain et tartines à la graisse avaient fort gentiment passé pendant leur sommeil : tous les deux se sentaient d'attaque pour un nouveau festin

Enrique et Armando les attendaient et, avec leurs manières chaleureuses et timides, ils comprirent tout de suite ce que les deux Uruguayens réclamaient. Leur garde-manger avait beau être presque à vide, ils en tirèrent du lait et du fromage, ensuite du *dulce de leche* et du café en poudre.

Tout en dévorant leur dîner et en faisant rôtir le fromage devant le feu, Canessa et Parrado interrogèrent les deux paysans sur l'homme qui était allé avertir la police. Son nom, apprirent-ils, était Sergio Catalan Martinez. Il avait une ferme sur les hauteurs et c'était lui qui le premier avait vu les deux garçons sur l'autre côté de la rivière. Il avait cru que c'était des touristes en partie de chasse, que Canessa était la femme de Parrado et que les bâtons qu'ils tenaient étaient des fusils pour chasser le cerf.

— Vous êtes sûr qu'il est allé à la police?

— Oui, les carabiniers.

— A combien est le poste le plus proche?

Enrique et Armando se regardèrent d'un air embarrassé.

— A Puente Negro.

— Et c'est à combien d'ici?

De nouveau les paysans se regardèrent.

— Trente kilomètres? Quatre-vingts kilomètres?

— Je dirai plutôt; une journée, dit l'un.

— Moins d'un jour, dit l'autre.

— A pied?

— Non, à cheval.

— Il est parti à cheval?

— Oui. A cheval.

— Et à combien est la ville la plus proche?

— San Fernando?

— Oui. San Fernando.

— Deux jours, à mon avis, dit Armando.

— Oui, deux jours, dit Enrique.

— A cheval?

— Oui, à cheval.

Ce n'était pas pour eux que les deux jeunes gens s'impatientaient. Maintenant qu'ils étaient rassasiés, leur esprit revenait auprès des quatorze amis qui étaient toujours prisonniers dans les Andes. Ils ne songeaient pas seulement à leur moral, mais aussi à l'état de santé, si mauvais les derniers jours, de Roy, de Coche et de Moncho. Chaque heure de retard pouvait causer la mort de l'un d'eux.

Tout à coup un cri s'éleva du fond de la vallée. Les deux garçons sautèrent sur leurs pieds. Parrado se précipita vers la porte et Canessa clopina derrière lui. Alors ils virent courir vers eux, soufflant comme un phoque, un gros carabinier une corde passée sur l'épaule. Derrière lui il en vint un autre. Ils atteignirent la maison et toujours essoufflés par l'effort qu'ils avaient fait, le premier dit aux Uruguayens.

— Bravo, les garçons, où est l'avion?

Canessa sortit de la véranda.

— Bon, dit-il en indiquant la vallée. Voyez-vous cette ouverture là-bas?

— Oui, dit le carabinier.

— Bon, de là vous montez pendant 80 à 100 kilomètres, vous tournez à droite et vous continuez jusqu'à ce que vous arriviez devant une montagne. Vous trouverez l'avion de l'autre côté.

Le carabinier s'assit.

— Quelqu'un d'autre vous suit? demanda anxieusement Parrado.

— Oui, oui, une patrouille est en route.

Peu après dix carabiniers montés firent leur apparition dans la vallée : casquettes à visière, pèlerine et cordes pendant à leur selle. Derrière eux, également à cheval, venait Sergio Catalan, celui à qui Parrado avait jeté le message.

Canessa et Parrado avaient embrassé les carabiniers, ils embrassèrent aussi Catalan. Celui-ci les remercia d'un sourire et parla très peu. « Dieu soit loué! » murmura-t-il en souriant toujours, ses yeux allant de droite et de gauche pour cacher sa timidité. Quand ils exprimèrent leur reconnaissance avec plus de phrases, il leva la main pour les refréner. « Ne me remerciez pas, dit-il. Tout ce que j'ai fait je l'ai fait comme Chilien et comme enfant de Dieu. »

Le capitaine des carabiniers interrogea Parrado et Canessa sur l'endroit où se trouvait l'avion : pouvait-on y aller à pied? Quand il eut entendu la description de leur traversée des Andes, il comprit que ce n'était pas possible. Il renvoya deux de ses hommes à Puente Negro afin de demander un hélicoptère à Santiago.

Les deux hommes partirent accompagnés de deux autres pour les guider. La lumière du soir avait faibli. Canessa et Parrado sentirent bien que rien ne pouvait être tenté le soir même. Ils se donnèrent la permission d'oublier, pour un temps, leurs quatorze compagnons et commencèrent à causer avec les carabiniers, à leur raconter l'incroyable aventure du Fairchild, en exceptant seulement une ou deux circonstances. Ce fut, peut-être, la pensée de ce qu'ils omettaient qui incita les deux garçons à loucher avec curiosité vers les sacs et les musettes des carabiniers.

Toute la patrouille, éclairée par l'éloquence de ces regards, vida sur-le-champ devant eux sacs et musettes. Canessa et Parrado attaquèrent leur troisième festin de la journée : œufs, pain, jus d'orange, liquidant avec autant de rapidité les provisions du groupe de carabiniers qu'ils avaient dégarni le garde-manger des deux paysans, Enrique et Armando. Après la boustifaille, c'était de conversation qu'ils avaient faim, et les carabiniers furent heureux d'écouter. Finalement à 3 heures du matin, le capitaine suggéra qu'il était temps d'aller dormir afin d'être prêts quand arriveraient les hélicoptères, ce qu'on pouvait attendre aussitôt après le lever du soleil.

Quand Canessa et Parrado sortirent de leur maisonnette,

le jour suivant, ils virent qu'ils se trouvaient au milieu d'une épaisse couche de nuages et ils en furent consternés. Dans la maison, ils retrouvèrent Catalan, Enrique et Armando et le capitaine qui regardait l'épaisse brume d'un air tout aussi désappointé.

— Est-ce qu'ils peuvent atterrir là-dedans? demanda Parrado.

— On ne peut pas y penser, dit le capitaine. Ils ne nous trouveront pas.

— Attendez, dit Catalan, c'est le brouillard du matin. Il ne va pas durer.

Les deux garçons s'attablèrent devant le petit déjeuner que leur avaient préparé Enrique et Armando. La déception de voir différée la délivrance de leurs amis ne diminua pas le plaisir qu'ils trouvaient à manger une nourriture normale; ils avalèrent du pain rassis, ils burent du nescafé avec grande satisfaction. Ils allaient finir leur déjeuner quand ils entendirent au loin un bruit étrange. Ce n'était pas le bruit d'une machine, ce ne pouvait être les hélicoptères; cela ressemblait plutôt au tohu-bohu d'une ménagerie. Quand le bruit grandit et devint plus proche, ils distinguèrent les cris et les glapissements d'une foule d'êtres humains.

Croyant que c'était les habitants du village qui, pour une raison étrange, s'étaient mis en marche vers eux, les garçons, les paysans et les carabiniers sortirent de la maison, regardèrent la vallée dans la direction de Puente Negro et furent saisis de stupéfaction devant le spectacle qui s'offrait à eux. Montaient vers eux en colonne, par le sentier, sur le pré, des hommes en costume de ville, soufflant, trébuchant, courbés sous le poids de sacs de cuir et d'appareils photographiques de toutes sortes. De la horde menaçante s'élevaient des cris: « Los Maitenes? les survivants, où sont les survivants? » Les premiers à atteindre la maison virent tout de suite, aux cheveux longs, aux figures maigres et aux barbes, qui étaient ceux qu'ils étaient venus voir.

— *El Mercurio*, Santiago, dit l'un, le stylo en main.

— La *B. B. C.* de Londres, dit l'autre; d'une main il leur fourrait le microphone sous le nez, de l'autre il tripotait les boutons de l'appareil enregistreur.

Soudain ils furent assiégés par cinquante journalistes qui jouaient des coudes en jacassant.

Canessa et Parrado étaient tout à fait démontés par la horde des journalistes. Tout comme leurs compagnons, ils s'étaient imaginés modestement que leurs aventures n'intéresseraient qu'un ou deux journaux, à leur retour à Montevideo. Leur petite expérience du monde ne les avait pas mis en état de prévoir qu'excité par l'appétit de sensation, on viendrait de Santiago en taxis, ou en voitures personnelles par une route étroite, et qu'ensuite on monterait à pied pendant 2 heures et demie par un sentier de mule dangereux et étroit, le dos chargé de films et d'appareils de télévision.

Face à la horde, Canessa et Parrado répondirent pourtant de bonne grâce à leurs questions, omettant de nouveau une ou deux circonstances, et surtout ce qui se rapportait à leurs moyens de subsistance. Au milieu de cette conférence de presse improvisée, ils furent interrompus par le capitaine de carabiniers. Le brouillard s'était légèrement levé et on ne voyait pas le moindre hélicoptère; aussi le capitaine décida-t-il de faire descendre à cheval Canessa et Parrado jusqu'à Puente Negro. Ils se mirent en selle derrière deux de ses hommes et au milieu du ronronnement et du cliquetis des appareils et des cris, « prenez cette pose », « encore celle-là », ils partirent pour la vallée, mais avant qu'ils ne soient bien loin, ils entendirent le bruit crépitant des hélicoptères en route vers eux. Quand ce bruit assourdissant passa directement au-dessus d'eux, les chevaux se cabrèrent, firent demi-tour et remontèrent au petit galop vers le haut de la vallée. Ils arrivèrent à Los Maitenes juste au moment où trois hélicoptères de l'armée de l'air chilienne sortaient des nuages et se posaient sur la rive opposée de la rivière.

Quand le colonel Morel eut informé le S. A. R. à Los Cerrillos de Santiago que deux survivants du Fairchild avaient été retrouvés à Los Maitenes, il ne rencontra que scepticisme. Une demande de confirmation fut réclamée à San Fernando; pendant ce temps le S. A. R. alerta deux officiers de l'armée de l'air, les commandants Carlos Garcia et Jorge Massa qui avaient mis sur pied les premières recherches concernant l'appareil uruguayen. En fin d'après-midi le jeudi 21 décembre, Garcia, commandant du groupe d'action nº 10, apprit la nouvelle. Lui aussi n'y croyait pas : selon lui Catalan serait tombé sur deux ascensionnistes qui cherchaient le Fairchild.

De toute façon, il était trop tard pour rien entreprendre ce soir-là. Garcia ordonna donc aux hélicoptères de son groupe d'être prêts à décoller le lendemain à 6 heures et alla se coucher. Pendant la nuit des officiers sous ses ordres apprirent que les deux hommes de Los Maitenes provenaient presque sûrement du Fairchild; quand ils l'en informèrent le lendemain matin, cela lui donna un choc considérable.

En raison de ce qu'il venait d'apprendre, Garcia décida de commander et de piloter en personne. Comme second il prit Massa et comme auxiliaire, le lieutenant Avila. Il décida d'emmener aussi deux mécaniciens au lieu de copilotes, une infirmière de l'armée de l'air, un infirmier et trois membres du Corps de sauvetage des Andes, dont leur commandant, Claudio Lucero.

Le temps à Los Cerrillos ne présageait rien de bon. Il neigeait et la visibilité n'était que de 90 mètres, une couche d'épais brouillard étendue à 30 mètres au-dessus du sol. Comme vers 7 heures le temps ne s'était pas amélioré, à 7 h 10 les trois hélicoptères partirent quand même pour San Fernando, en volant sous le brouillard, presque à ras du sol.

A San Fernando ils atterrirent près des casernes du régiment de Colchagua et furent accueillis par le colonel Morel et par Carlos Paez Vilaro.

— Alors, vous êtes de nouveau ici? dit Garcia à Paez Vilaro. Ne me dites pas que vous êtes revenu pour le Fairchild!

Il pouvait se permettre de plaisanter. Il était maintenant confirmé que certains de ceux qu'il avait tenus pour perdus deux mois plus tôt étaient vivants. Le paysan Sergio Catalan avait dit qu'ils parlaient bizarrement, ce qui confirmait l'hypothèse d'un accent uruguayen, et les noms des deux garçons de Los Maitenes, Fernando Parrado et Roberto Canessa, étaient bien ceux de deux des voyageurs de l'avion.

Le comité de sauvetage dressa un plan. Les hélicoptères iraient à Los Maitenes, qu'on désignait comme camp A. Ils auraient à bord le colonel Morel, un docteur et un infirmier.

— Et toi aussi Carlitos, dit Morel, tu mérites bien de monter.

— Non, répliqua Paez Vilaro. Je ne veux pas prendre une place supplémentaire. J'attendrai ici.

Il se tourna vers l'un des hommes du corps andin de sauvetage et lui dit, la voix coupée par l'émotion :

— Mais si mon fils Carlos Miguel est parmi les survivants, soyez assez bons pour lui remettre cette lettre. Et toi, Morel, prends mes snow-boots. Tu peux en avoir besoin. De cette façon c'est avec mes pieds que tu marcheras.

Les hélicoptères repartirent. Ils se dirigèrent vers la rivière Tinguiririca et la remontèrent jusque dans les montagnes. Ils s'étaient munis de cartes, mais quand ils abordèrent la région montagneuse, ils manquèrent l'endroit où l'Azufre se détache du Tinguiririca, ils durent faire marche arrière pour le trouver. Ils savaient que les carabiniers se trouvaient à environ trois kilomètres du confluent, mais la visibilité était si mauvaise que Garcia et Massa ne purent rien discerner. Les choses en arrivèrent au point où ils n'avaient que l'alternative de voler à l'aveuglette ou d'atterrir, et vu la relative étroitesse de la vallée, ils choisirent la seconde solution. Ils posèrent donc les hélicoptères sur la rive gauche de la rivière.

Quand le bruit des moteurs se fut apaisé, ils entendirent des cris venant de la rive opposée. Ils allèrent jusqu'au bord de la rivière; là un officier de carabiniers leur jeta un message dans un mouchoir les informant que, par le plus pur des hasards, ils étaient tombés juste où il fallait; ils n'eurent qu'à remonter dans leurs appareils et à se poser de l'autre côté.

Il ne fallut guère de temps pour établir que ces deux personnages amaigris, barbus étaient bien les survivants du Fairchild. L'un, Canessa, était toujours paralysé par l'épuisement, le docteur et ses deux aides se mirent à ausculter son cœur et à masser ses membres courbatus. L'autre, Parrado, refusa qu'on s'occupe de lui et commença à harceler Garcia et Massa et pour qu'on aille aussitôt à la recherche du Fairchild. Garcia lui dit que c'était impossible à cause du brouillard. Il l'interrogea sur l'endroit où se trouvait l'avion et Parrado décrivit le chemin qu'ils avaient parcouru.

— Avez-vous une idée de l'altitude où se trouve l'avion? demanda Garcia.

— Aucune idée. Joliment haut en tout cas. Il n'y avait ni arbres ni plantes d'aucune sorte.

— Qu'est-ce que vous avez mangé?

— Oh, du fromage, des trucs comme ça.

— Vous rappelez-vous ce que marquait l'altimètre de l'avion?

— Oui. 2100 mètres.

— 2100 mètres? Bon. Ça ne devrait pas être trop compliqué. Le verra-t-on facilement?

Canessa et Parrado se regardèrent. « Non, pas très facilement, dit Parrado. Il est dans la neige. » Il hésita, pris entre sa terreur de voler et son désir ancien de monter en hélicoptère. La lutte dura quelques secondes : il se rappela la promesse faite à ses amis de revenir chercher le second chausson rouge et dit brusquement à Garcia : « Je vais venir avec vous, si vous voulez, je vous montrerai le chemin. »

Ils attendirent que le brouillard se lève. Pendant ce temps-là beaucoup de journalistes commencèrent à partir pour Santiago et à mettre bout à bout leurs récits. Ensuite, trois heures environ après son arrivée, Garcia jugea que la visibilité était suffisante pour que décollent deux hélicoptères sur les trois. Montèrent à bord les mécaniciens, l'infirmier et les trois membres du Corps de sauvetage des Andes, Claudio Lucero, Osvaldo Villegas et Sergio Diaz. Derrière celui-ci s'assit Parrado, casque en tête et microphone sur les lèvres.

Il était environ une heure de l'après-midi, le pire moment pour survoler les Andes. C'est pourquoi Garcia et Massa ne crurent pas qu'il serait possible d'évacuer les quatorze survivants le jour même, mais simplement de localiser l'avion. Parrado faisait un excellent guide. Il regardait par les hublots de l'hélicoptère et reconnaissait tous les endroits de la vallée par où ils étaient passés et quand ils arrivèrent à l'embranchement, il fit signe à Garcia de tourner à droite et de suivre la vallée plus étroite, couverte de neige qui s'élevait dans les montagnes.

Le vol était devenu difficile. Garcia lut l'altimètre, vit qu'on s'approchait de 2 100 mètres et fut certain de pouvoir contrôler l'appareil à cette hauteur. Il vit devant lui, cependant, non les débris du Fairchild, mais le versant escarpé d'une énorme montagne.

— Et maintenant? demanda-t-il à Parrado par l'interphone.

— Passez par-dessus, dit Parrado en étendant la main en face de lui.

— Où ça?

— Juste en face de nous.

— Mais vous n'avez pas pu descendre par-là.

— Si, nous l'avons fait. C'est de l'autre côté.

Garcia crut que Parrado ne l'avait pas entendu.

— Vous n'avez pas pu descendre par-là, répéta-t-il.

— Si, nous l'avons fait, répéta Parrado.

— Comment?

— En glissant, en dégringolant...

Garcia regarda en face de lui, puis en haut. Ce que lui disait Parrado lui parut incroyable, mais il n'y avait qu'à le croire. Il prit de la hauteur. Derrière lui venait Massa dans le second hélicoptère. Comme ils prenaient de la hauteur, l'air devint plus léger, agité de plus forts remous. Les moteurs ahanaient sous l'effort et l'hélicoptère se mit à sursauter et à vibrer. Et pourtant la montagne se dressait toujours en face d'eux. La cime était plus élevée. L'altimètre marqua 3 000, 3 600, 3 900 mètres. A 4 000 mètres, ils atteignirent le sommet. Là, les hélicoptères reçurent de plein fouet un vent violent qui venait de l'autre côté et qui les refoula en arrière. Garcia reprit son élan, mais l'hélicoptère de nouveau fut repoussé. Parrado, derrière lui, hurlait de terreur et Diaz, qui était assis à côté, dit à Garcia par l'interphone : « Commandant, nous sommes dans une situation critique à l'arrière ».

Garcia avait trop à faire avec l'hélicoptère pour prêter attention à Diaz. Il vit que la montagne était un peu moins haute à droite, il attaqua le sommet de ce côté-là et dirigea l'hélicoptère autour du sommet jusqu'au moment où, toujours secoués et ballottés par de violents remous d'air, ils se retrouvèrent de l'autre côté... mais cette route différente de celle qu'il avait prise désorienta Parrado. Il ne savait plus où ils se trouvaient, et personne n'apercevait le Fairchild. Les hélicoptères tournèrent en rond et Parrado faisait des efforts désespérés pour reconnaître quelque repère qui l'aurait mis sur le bon chemin. Soudain il vit de l'autre côté de la vallée le sommet d'une montagne qu'il reconnut et tout à coup il sut où ils se trouvaient.

— Ce doit être par ici, dit-il à Garcia.

— Je ne vois rien, répliqua ce dernier.

— Descendez, dit Parrado.

L'hélicoptère amorça la descente et alors la forme des montagnes et la crête de rochers devinrent plus familières à Parrado. Enfin il aperçut, bien en dessous de lui, de petites taches : il savait que c'étaient les restes du Fairchild.

— Les voilà ! cria-t-il à Garcia.

— Où ça ? Où ça ? Je ne les vois pas.

— Là ! cria Parrado. Là !

Et alors Garcia, qui luttait toujours aux commandes de l'hélicoptère qui sautait, qui tremblait, vit ce qu'il recherchait :

— Très bien ! cria-t-il. Je le vois. Ne me parlez pas, ne me parlez pas ! Voyons si on peut se poser !

CHAPITRE XIII

La nuit du mercredi 20 décembre, le moral des quatorze garçons restés dans la montagne tomba au plus bas. Cela faisait neuf jours que le corps expéditionnaire était parti, sept depuis que Vizintin avait laissé ses deux compagnons au sommet de la montagne. Tous savaient combien de rations ils avaient emportées avec eux. Ils savaient donc tous que les provisions étaient épuisées. A contrecœur ils envisageaient la perspective d'une seconde expédition... et Noël dans les Andes.

Cette nuit-là, après avoir égrené le rosaire comme d'habitude, Carlitos Paez dit une prière à l'intention de son oncle qui s'était écrasé en avion quelques années plus tôt. L'anniversaire de cet accident tombait le lendemain, le 21 décembre. Il savait que sa grand-mère ferait ce jour-là des prières particulières à la mémoire de son fils.

Le lendemain matin ils écoutèrent les nouvelles à la radio : on n'y parlait pas de sauvetage. Au contraire, on annonçait que le C-47 uruguayen avait quitté le Chili la veille; aussi se mirent-ils au travail avec autant de pessimisme que la veille. A midi ils avalèrent leur portion de viande et rentrèrent dans l'avion pour se protéger du soleil.

C'est seulement quand il sortit de l'avion, plus tard dans l'après-midi, que Carlitos eut soudain le pressentiment très précis que Parrado et Canessa avaient été retrouvés. Il fit quelques pas dans la neige, alla à l'avant de l'avion et trouva là Fito accroupi dans les « toilettes ». Il se baissa et lui dit calmement à l'oreille. « Écoute, Fito, ne le dis pas aux autres, mais j'ai l'intuition que Nando et Muscles ont abouti quelque part, j'en ai la certitude. »

Fito mit un terme à ses efforts, releva ses pantalons et grimpa un peu sur la montagne avec Carlitos. Il avait beau ne pas être superstitieux, il était heureux de laisser cette prémonition dissiper sa tristesse :

— Tu crois réellement qu'ils ont trouvé quelqu'un? dit-il.

— Oui, répondit Carlitos, de sa voix rauque, catégorique. Mais ne le dis pas aux autres, parce que je ne veux pas les décevoir au cas où ce serait faux.

Une fois de plus les quatorze survivants furent envahis

par leurs propres préoccupations tandis que le soleil déclinait peu à peu dans le ciel. Ceux qui avaient encore des cigarettes (leur provision était épuisée ou peu s'en faut) tirèrent la dernière bouffée de la journée. Le soleil se coucha, l'air fraîchit. Daniel Fernandez et Pancho Delgado rentrèrent préparer la cabine pour la nuit et ils s'alignèrent par deux pour la soixante-dixième nuit qu'ils devaient passer dans l'avion.

Ils dirent le rosaire et Carlitos fit une prière spéciale pour l'âme de son oncle, mais ne dit rien de son pressentiment. Quand on eut achevé le rosaire, Daniel Fernandez dit tout à coup :

— Messieurs, j'ai le sentiment précis que nos deux champions y sont arrivés. Nous serons sauvés demain ou après-demain.

— Moi aussi, dit Carlitos. J'ai pressenti ça cet après-midi. Nando et Muscles y sont arrivés.

La seconde prémonition renforçant la première, la plupart des survivants s'endormirent cette nuit-là, le cœur éclatant d'espoir et d'optimisme.

Le lendemain, comme d'habitude, Fernandez et Eduardo Strauch sortirent à 7 h 30 pour écouter les nouvelles de Montevideo. Ce qu'ils entendirent d'abord, ce fut que deux hommes censés être des survivants du Fairchild avaient été retrouvés dans une vallée écartée des Andes. Eduardo allait sauter de joie et crier la nouvelle aux autres quand Fernandez lui saisit le bras : « Attends! c'est peut-être une erreur. Il faut qu'on soit sûrs. On ne peut pas les décevoir encore! » C'est lui qui avait suscité leurs espérances en apprenant qu'on avait découvert une croix; il ne voulait pas commettre une nouvelle erreur. Ils s'affairèrent avec la radio et cherchèrent d'autres stations et soudain le monde entier des ondes ne sembla plus agité que d'une seule nouvelle, la découverte de deux hommes dans les Andes, transmise par les stations nationales d'Argentine et du Brésil comme par les radios-amateurs du Chili, de l'Argentine et de l'Uruguay.

Eduardo pouvait maintenant le hurler aussi fort qu'il le voulait et tous ceux qui étaient dehors se pressèrent autour de la radio pour entendre de leurs propres oreilles l'extraordinaire et merveilleux bavardage des radios-amateurs. Les mots, à peine formulés, se répandaient par les ondes d'un pays à l'autre si bien que toutes les longueurs d'ondes sur le continent transmettaient en même temps la nouvelle sensationnelle qu'on avait retrouvé deux des survivants du Fairchild tombé dans les Andes dix semaines plus tôt et que quatorze autres restaient sur les lieux de l'accident et que leur sauvetage était en cours.

L'heure que les jeunes gens attendaient depuis si longtemps allait enfin sonner. Ils agitèrent les bras, criant à toutes les montagnes indifférentes qui les entouraient qu'ils étaient sauvés, rendant grâces à Dieu à haute voix et dans le secret de leur cœur de les avoir délivrés. Alors ils se ruèrent sur les cigares : on ne passerait pas Noël dans les Andes, dans une heure ou deux les hélicoptères allaient arriver et les emporter.

Ils ouvrirent la boîte de havane, prirent chacun un *Roméo et Juliette*, l'allumèrent, se donnant le luxe ineffable de souffler la fine fumée du cigare dans l'air sec de la montagne. Ceux qui avaient encore des cigarettes les partagèrent avec qui voulait et ils les fumèrent aussitôt.

Tout en fumant, ils se calmèrent un peu :

— Il faut nous nettoyer, dit Eduardo. Regarde tes cheveux, Carlitos. Tu ferais mieux de te coiffer.

— Et ça? dit Fernandez, en montrant les restes de corps humains éparpillés autour de l'avion. Vous ne croyez pas qu'il faudrait les enterrer?

Fito donna un coup de pied dans la neige. La surface en était encore fortement gelée. Alors il regarda les figures tirées, amaigries de ses compagnons.

— Nous ne serons jamais capables de creuser un trou aussi longtemps que la neige sera aussi dure.

— Pourquoi s'en faire, après tout? dit Algorta.

— Et s'ils prennent des photos? dit Fernandez.

— On cassera leurs appareils.

— De toute façon, dit Eduardo, il n'y a aucune raison de cacher ce que nous avons fait.

Algorta ne pouvait comprendre ce dont ils parlaient et les autres oublièrent les corps. Zerbino et Sabella commencèrent à discuter de la façon dont ils accueilleraient leurs sauveteurs.

— Je sais ce que je ferai, dit Moncho. Quand nous entendrons les hélicoptères, nous sortirons de l'avion et nous attendrons ici. Alors, quand ils arriveront pour nous chercher, nous dirons : « Bonjour, qu'est-ce que vous désirez? »

— Et quand ils m'offriront une cigarette chilienne, dit Zerbino en riant, je dirai « Non, merci, je préfère les miennes! »

Il sortit son paquet de cigarette uruguayennes.

— Je garde quelques La Paz juste pour pouvoir le faire!

Sentant bien que leur délivrance était proche, les garçons se préparèrent à accueillir le monde extérieur. Carlitos se peigna, comme Eduardo le lui avait dit et même, il se mit sur les chevaux un produit lubrifiant qu'il trouva dans les bagages. Sabella et Zerbino mirent des chemises et des cravates. Tous essayèrent de trouver des vêtements moins sales. Pour la plupart cela signifia enlever la couche inférieure et la couche supérieure de ce qu'ils portaient. Ils se brossèrent aussi les dents avec ce qui restait de dentifrice, en pressant le tube sans parcimonie sur leurs brosses à dents et en se rinçant la bouche avec de la neige.

Ils étaient fin prêts, et toujours pas d'hélicoptères! La radio continuait à annoncer la nouvelle de leur sauvetage. Il y eut même une station chilienne qui fit une action de grâces qui les émut quand ils l'écoutèrent, mais vers le milieu du jour aucun signe de délivrance ne s'était manifesté et les garçons, désorientés, se demandèrent s'ils devaient revenir ou non à leur train-train habituel. Beaucoup avaient faim, mais la viande qu'on avait préparée la veille avait été mise au rebut le matin même dans un élan d'enthousiasme. Maintenant Zerbino et Daniel Fernandez se dirent qu'il fallait y revenir et Roy Harley, qui avait espéré de véritables toilettes, ne put attendre davantage et alla faire ses crottes à l'avant de l'avion, ce qui lui attira les moqueries des autres qui lui dirent que son derrière décharné ressemblait au croupion d'un oiseau plumé.

La chaleur augmenta, beaucoup s'abritèrent dans l'avion. Ils étaient étendus là, mourant d'impatience, mais toujours dans une transe de bonheur à l'idée d'être bientôt sauvés, Eduardo leur dit :

— Songez comme ce serait horrible si une nouvelle avalanche tombait maintenant sur nous, juste avant qu'ils n'arrivent !

— Ça ne peut pas se produire dit Fernandez, pas quand nous arrivons au point où nous en sommes !

Tout à coup ils entendirent un grondement. « Attention, une avalanche ! »

Ils entendirent un *woosh* et virent une masse blanche s'avancer vers eux. Pendant un instant ils furent glacés d'horreur, mais quand la « neige » retomba, ils virent que c'était l'écume d'un extincteur de l'avion et derrière cet écran ce n'était pas le sombre visage de la mort, mais Fito Strauch qui grimaçait comme un vieux singe.

Ce ne fut qu'une heure après qu'ils entendirent les deux hélicoptères et les virent survoler le sommet des montagnes un peu au nord-est de l'endroit où ils se trouvaient. Le bruit différait beaucoup de ce qu'ils s'étaient imaginé, ce qui prouva aux garçons que ce qu'ils voyaient et entendaient n'était pas un mirage. Ceux qui étaient dehors se mirent aussitôt à crier, à agiter les bras, et ceux qui étaient à l'intérieur sortirent de l'avion en chancelant.

A leur épouvante les hélicoptères ne semblaient pas les voir. Ils s'éloignaient dans la mauvaise direction, viraient, faisaient des cercles et passaient à côté d'eux. La même manœuvre se reproduisit trois fois avant que l'hélicoptère de tête, tremblant et roulant dans le ciel, s'abaissât et tournât autour d'eux. Ils purent distinguer Nando qui faisaient des gestes de leur côté, montrant sa bouche du doigt et ensuite dressant quatre doigts de sa main. Ils purent voir aussi que d'autres passagers de l'hélicoptère les filmaient et les photographiaient. Le pilote avait l'air de ne pouvoir se poser. Le vent malmenait l'hélicoptère si durement que chaque fois qu'il s'abaissait, la lourde machine risquait d'être projetée contre la paroi de rocher de la montagne la plus proche. Une boîte à fumée fut lancée de l'hélicoptère, mais la fumée se répandit dans toutes les directions en même temps et ne put indiquer la direction du vent. En fin de compte, après environ un quart d'heure d'essais, le premier hélicoptère passa si bas que l'un de ses skis frôla la neige. Deux sacs furent jetés par la porte ouverte, et une seconde plus tard deux hommes.

Le premier était l'andiniste Sergio Diaz, le second l'infirmier. Dès que Diaz se fut éloigné des hélices de l'hélicoptère, il se dirigea vers les garçons les bras ouverts et beaucoup tombèrent sur lui, se jetèrent à son cou et l'embrassèrent, tout corpulent professeur d'université qu'il était, et le tirèrent sur la neige. Tous pourtant ne le saluèrent pas de cette façon. Certains étaient déconcertés par l'irruption de ces inconnus dans leur domaine. Pedro Algorta, voyant Fito embrasser Diaz, lui demanda s'il avait déjà fait sa connaissance.

Ils eurent peur aussi que le bruit des moteurs ne suscitât une nouvelle avalanche et deux des garçons les plus proches du premier hélicoptère se blottirent sous les pales et cherchèrent à monter à bord. Ce ne fut pas une petite affaire.

Garcia n'osait pas se poser sur la neige, d'abord à cause de la pente, ensuite parce qu'il savait que la neige ne supportait pas le poids d'un hélicoptère. Il était donc obligé de planer à l'horizontale, redoutant tout le temps que les hélices ne viennent heurter le versant de la montagne, et incapable de faire un virage qui rendrait plus facile aux garçons la montée à bord de l'hélicoptère. Le premier qui essaya, ce fut Fernandez. Il étendit les bras et fut saisi par Parrado qui le tira à l'intérieur. Le second, ce fut Mangino qui avait tournicoté dans la neige pour parvenir jusqu'à l'hélicoptère et qui s'était arrangé pour se hisser à bord.

Avec ces deux passagers, sans compter Parrado, Morel et le mécanicien, Garcia estima qu'il avait pleine charge, et fit prendre de la hauteur à l'hélicoptère, tandis que Massa faisait la même manœuvre tout en laissant tomber deux autres andinistes Lucero et Villegas avec leurs équipements.

Tandis que les deux hélicoptères changeaient ainsi de place, Diaz s'arracha aux embrassements des jeunes gens et demanda si Paez était là. Carlitos se fit connaître et Diaz lui remit deux lettres de son père : « Une pour toi, dit-il et l'autre pour tout le groupe. »

Carlitos les ouvrit et lut d'abord celle qui était adressée au groupe. Elle était ainsi conçue : « Courage et confiance ! Je vous donne un hélicoptère comme cadeau de Noël ! » La seconde ne concernait que lui : « Comme tu peux le voir, je n'ai jamais manqué envers toi. Je t'attends avec une plus grande foi en Dieu que jamais. Maman est en route pour le Chili. Ton vieux père. » Il mit les deux lettres à l'abri dans sa poche et leva les yeux pour voir que le second hélicoptère était dans la position favorable. Il se dirigea vers lui et, avec Algorta et Eduardo grimpa dedans. Derrière lui arriva Inciarte, Diaz l'aida à monter aussi. Avec ces quatre-là Massa avait son contingent de passagers et s'éleva dans les airs. Restaient sur place Delgado, Sabella, Francois,

Vizintin, Methol, Zerbino, Harley, et Fito Strauch ainsi que les trois andinistes et l'infirmier.

La montée par le versant oriental de la montagne n'était pas aussi terrifiante que celle de l'autre côté — assez terrifiante pourtant pour que les nouveaux passagers eussent le regret de quitter la relative sécurité de leur « maison » dans le Fairchild. Fernandez se tourna vers Parrado et comme l'hélicoptère vibrait de toute la puissance de ses moteurs, il lui demanda si c'était normal.

— Tout à fait! lui répondit Parrado en criant, mais Fernandez pouvait lire sur son visage qu'il était tout aussi effrayé que lui.

Mangino se tourna vers le soldat assis à côté de lui et lui demanda si l'hélicoptère allait triompher de conditions si défavorables. Le mécanicien le rassura, mais sa physionomie exprimait moins de confiance que ses paroles et Mangino se mit à prier comme il n'avait jamais prié jusque-là.

Le problème qui se posait à Garcia et à Massa était que l'air à cette altitude était trop raréfié pour que les hélicoptères s'élèvent par la seule puissance de leurs moteurs. Ce qu'ils essayaient de faire, par conséquent, était de se servir de leurs appareils comme de planeurs, en cherchant un courant d'air chaud qui les porterait quelques mètres plus haut et alors de planer à cette hauteur jusqu'à ce qu'un autre courant d'air chaud les porte un peu plus haut. C'était une technique qui réclamait un métier exceptionnel, mais pas plus de métier qu'ils n'en possédaient, car ils survolèrent enfin le sommet de la montagne et amorcèrent la descente du côté de la vallée vers l'embranchement et vers Los Maitenes.

Atteindre le camp A ne leur prit qu'une quinzaine de minutes; là les six nouveaux rescapés sautèrent sur la prairie verte avec un transport de joie et de soulagement. Ils étaient surpris par l'abondance et la nouveauté de toutes ces couleurs autour d'eux, suffoqués par l'odeur de l'herbe et des fleurs. Comme des ivrognes, ils s'accrochaient les uns aux autres et roulaient sur l'herbe. Eduardo était étendu sur une couche d'herbe en se disant que c'était le plus soyeux des satins. Il pencha la tête et vit une paquerette pousser à côté de lui. Il la cueillit, respira l'odeur et il la tendit à Carlitos qui était couché près de lui. Carlitos la prit à son tour et s'apprêtait à en respirer l'odeur lui aussi, quand l'idée lui vint de la fourrer dans sa bouche et de la manger.

Au même moment Canessa et Algorta tombaient dans les bras l'un de l'autre et roulaient sur l'herbe. Dans son enthousiasme et sa surexcitation, Algorta saisit Canessa par les cheveux : « Je te reconnais bien, sacré imbécile ! dit Canessa. Me faire des misères comme tu m'en as fait là-haut! »

Quand la première effervescence se fut apaisée et que les garçons se rendirent compte qu'ils avaient échappé non seulement à soixante et onze jours dans les Andes, mais à la terrifiante traversée en hélicoptère, ils ne pensèrent plus qu'à la boustifaille et se jetèrent sur le café chaud, le chocolat et le fromage qu'on avait préparés pour eux. Dans le même temps ils furent soumis à un examen médical et l'on estima qu'aucun des six, qui souffraient d'une façon ou d'une autre de sous-alimentation et de manque de vitamines, ne présentait de déficience majeure.

Il était donc possible aux huit rescapés qui avaient déjà été récupérés d'attendre sur place à Los Maitenes, que les hélicoptères aillent chercher les autres, mais Garcia dit au colonel Morel que, puisqu'aucun ne se trouvait en danger de mort, il ne serait pas sage de retourner le soir même avec des conditions aussi exceptionnellement mauvaises. Morel accepta que la seconde tournée de sauvetage soit différée au lendemain et les huit premiers rescapés allèrent en hélicoptère à San Fernando cet après-midi-là.

Le quartier général de San Fernando apprit cette décision par radio et reçut en même temps la liste complète des seize survivants. Le télégraphiste qui la transcrit la passa au membre du comité qui avait assumé la charge de taper à la machine de tels messages, c'est-à-dire à Paez Vilaro.

Paez Vilaro refusa de le faire. Il savait maintenant que, sur les quarante passagers qui avaient pris place à bord du Fairchild, seulement seize avaient survécu. Il ne savait pas si son fils, Carlitos, figurait parmi les seize noms et au moment où il pouvait enfin le découvrir, il tremblait devant l'épreuve de vérité. Sans dire un mot, il poussa la feuille de papier sous les yeux du secrétaire du colonel Morel.

La brève liste fut tapée en un clin d'œil et il ne s'écoula pas longtemps avant que les seize noms se trouvent de nouveau devant Paez Vilaro. Et de nouveau il ne put se résoudre à y jeter un coup d'œil. Il recouvrit la feuille d'une autre feuille de papier. Comme il venait de le faire, le téléphone sonna. C'était Radio Carve de Montevideo.

— Avez-vous reçu des nouvelles? demanda-t-on.

— Oui, répondit Paez Vilaro. Nous avons les noms des survivants mais je ne puis les citer parce que nous n'avons pas l'autorisation du commandant en chef. Il est avec les hélicoptères.

Le maire de San Fernando dit alors à Paez Vilaro qu'il l'autorisait à lire la liste. Le peintre, sans lâcher le combiné téléphonique, découvrit le premier nom de la liste de la même façon que l'Uruguayen regarde ses cartes pendant une partie de *truco*. « Roberto Canessa », dit-il et il répéta : « Roberto Canessa. » Son regard s'abaissa d'un centimètre. « Fernando Parrado », dit-il, « Fernando Parrado. » Son regard s'abaissa encore. « José Luis Inciarte... José Luis Inciarte. » Et encore un peu : « Daniel Fernandez, Daniel Fernandez. » Et encore un peu : « Carlos Paez... Carlos Paez. » Sa voix s'étouffa dans les sanglots, il ne put continuer.

Les noms, à mesure qu'il les citait, étaient transmis directement à toutes les maisons uruguayennes qui avaient allumé la radio et qui avaient pris ce poste. Parmi les gens qui écoutaient il y avait la senora Nogueira. Elle avait attendu des nouvelles dans le jardin de Ponce de Leon, mais avait trouvé l'atmosphère trop tendue, frénétique. Elle avait regagné sa propre cuisine et quand Paez commença à lire la liste, son esprit et son corps se glacèrent comme si toute l'horreur et tous les espoirs de ces deux derniers mois s'étaient condensés en ce seul moment. Carlos Paez, répéta-t-il. Puis vinrent Mangino, Strauch, Strauch, Harley, Vizintin, Zerbino, Delgado, Algorta, Francois, Methol et Sabella.

La liste était close. Des espoirs qui s'étaient levés et s'étaient éteints tant de fois déjà s'éteignirent pour la dernière fois « Comme c'est bien, pensa-t-elle, que le petit Sabella soit sauvé ! » Elle ne connaissait pas sa famille, mais elle avait parlé à sa mère par téléphone. Elle lui avait paru si triste alors. Maintenant elle devait être heureuse.

Harley et Nicolich, qui étaient allés de Mendoza à Santiago dans l'avion cargo pour viande frigorifiée, atteignirent San Fernando juste au moment où les derniers préparatifs étaient faits pour accueillir les huit premiers rescapés. Les deux hommes ne savaient pas le nom des survivants. Ils se frayèrent un chemin à travers la foule chilienne exaltée qui attendait à l'entrée des casernes et rencontrèrent Paez Vilaro qui était là avec César Charlone, le chargé d'affaires uruguayen, devant trois cents soldats du régiment de Colchagua alignés comme pour une parade.

Tout à coup un cri monta de la foule, et dans cette foule il y avait tous ceux qui à pied, en avion, avec leur radio ou leurs prières avaient aidé Paez Vilaro à accomplir ses recherches à la Don Quichotte : ils virent arriver les trois hélicoptères de l'armée de l'air chilienne. L'apparition de trois croix dans le ciel ou d'une légion d'anges n'aurait pas été plus émouvante et plus miraculeuse que ces machines lourdes et compliquées qui hachaient l'air, planaient, faisaient des cercles et se posaient enfin sur la piste du terrain de parade.

Avant que les moteurs ne s'arrêtent, la porte glissa et Paez Vilaro père vit le visage de Paez Vilaro fils. Tout en pleurant il s'élança vers lui et il se serait jeté dans les pales tourbillonnantes de l'hélicoptère, si Charlone ne l'avait retenu. Il attendit, alors, que Carlitos saute de l'appareil et coure vers lui. Derrière lui sauta Parrado et lui aussi courut vers Paez Vilaro, qui, libéré par celui qui le retenait, courut vers les deux garçons et les serra en même temps dans ses bras.

On n'échangea pas de mots. Pour le père, ces semaines de folie obstinée trouvaient leur récompense : les corps qu'il serrait contre lui étaient bien vivants. Il se mit à pleurer et derrière lui, sur les joues des trois cents soldats du régiment de Colchagua les larmes roulaient aussi. Quant au fils, il se sentait déjà chez lui en retrouvant les bras solides de son père. La seule faille dans son bonheur, c'était d'apercevoir derrière son père le visage terrifié, dévoré par l'attente du senor Nicolich.

Il baissa les yeux : c'était comme si son bras se levait pour porter un coup mortel au père de son meilleur ami. Quand il releva la tête, il vit que Nicolich causait avec Daniel Fernandez. Il suffisait de voir leurs visages pour savoir ce qu'ils étaient en train de dire.

L'hôpital Saint-Jean-de-Dieu à San Fernando avait reçu le matin même à 6 heures, du colonel Morel, l'avis de l'arrivée des survivants des Andes. Le directeur de l'hôpital, le docteur Baquedano, composa aussitôt l'équipe de médecins les plus compétents, les docteurs Ausin, Valenzuela et Melej, pour se préparer à les accueillir. A ce moment-là ils ne pouvaient encore se faire la moindre idée de l'état où se trouvaient les rescapés. Tout ce qu'ils savaient, c'est qu'ils avaient été prisonniers dans les Andes à haute altitude pendant plus de soixante-dix jours et qu'ils avaient eu peu à manger ou rien du tout.

Leur premier soin fut de leur préparer des lits. L'hôpital était petit, ses bâtiments étaient anciens, une construction à un seul étage avec des cours intérieures et une véranda couverte autour de chaque bâtiment. Il existait une aile réservée à la clientèle privée : on décida de l'évacuer et de la mettre à la disposition des rescapés. Quand cette mesure fut exécutée, les trois docteurs téléphonèrent au Dr Valenzuela, médecin-chef d'une unité de soins intensifs à l'hôpital central de Santiago. Ils lui exposèrent quelle sorte de traitement ils avaient projeté pour leurs malades. Le docteur Valenzuela leur dit que ce traitement était parfaitement approprié.

Les ambulances arrivèrent avec les huit premiers rescapés à 3 h 10. Les garçons furent amenés en voiture dans la cour entre le bâtiment principal et la chapelle de brique élevée sur le côté et ensuite sur des brancards roulants — seul Parrado avait refusé de le faire et il se frayait un chemin à travers la foule des infirmières et des badauds qui attendaient leur arrivée. Quand il atteignit l'entrée de l'aile privé, un agent de police lui barra le passage.

— Excusez-moi, dit-il. Vous ne pouvez entrer ici. C'est pour les survivants.

— Mais je suis un survivant ! dit Parrado.

L'agent de police regarda ce grand jeune homme, campé devant lui et seuls sa barbe, ses longs cheveux en désordre le persuadèrent que Parrado disait la vérité. Les infirmières, de leur côté, n'en croyaient pas leurs yeux; elles essayaient d'obtenir que Parrado se mette au lit, mais il refusa d'obéir et de se faire examiner par les docteurs avant d'avoir pris un bain. Les infirmières avaient la tête à l'envers, elles demandèrent aux docteurs ce qu'elles devaient faire : ils haussèrent les épaules en leur disant de le laisser agir à sa guise. Ce fut alors qu'ils pressentirent que leurs patients ne ne se conduiraient pas comme ils s'y étaient attendus.

On fit couler un bain pour Parrado. Il réclama un shampoing, une infirmière alla chercher son flacon personnel. Enfin Parrado se dépouilla de ses vêtements puants et se laissa glisser dans l'eau. Après s'être lavé et relavé, il resta dans le bain chaud pendant une heure et demie. Il prit ensuite une douche pour éliminer l'eau du bain et passa une tunique blanche fournie par l'hôpital. Il se sentait merveilleusement en forme et avec une indifférence souriante il se laissa examiner par les trois docteurs. Ils ne découvrirent rien d'anormal dans son cas.

Bien entendu Parrado, comme les sept autres, avait beaucoup perdu de poids. Il pesait une vingtaine de kilos de moins qu'il n'aurait dû. Ceux qui avaient le moins maigri étaient Fernandez, Paez, Algorta et Mangino qui avaient perdu entre 13 et 15 kilos chacun. Canessa en avait perdu 17, Eduardo Strauch 20 et Inciarte 35. Cette énorme différence ne montrait pas seulement à quelle maigreur ils étaient réduits, mais aussi combien ils étaient forts auparavant : tandis que Fernandez, Algorta, Mangino et Eduardo Strauch oscillaient entre 65 et 75 kilos, Parrado et Inciarte pesaient presque 90 kilos. Les médecins eurent la surprise dc constater que Paez, qui n'était pas très grand, pesait 68 kilos quand il fut admis à l'hôpital Saint-Jean-de-Dieu à San Fernando.

Quelques-uns des garçons avaient des affections particulières que les médecins s'efforcèrent de traiter. Mangino s'était fracturé la jambe; la jambe d'Inciarte suppurait toujours; Algorta éprouvait une douleur dans la région du foie. Mangino avait un peu de fièvre, de l'hypertension et un pouls irrégulier. En outre leurs tests révélèrent qu'ils manquaient de graisses, de protéines et de vitamines. Ils souffraient tous aussi de leurs lèvres boursouflées, de conjonctivite et de diverses affections cutanées.

Les trois docteurs eurent bientôt la certitude que ces huit garçons avaient mangé autre chose pendant dix semaines que de la neige fondue et tout en examinant la jambe d'Inciarte, l'un d'entre eux lui demanda :

— Quelle est la dernière chose que vous ayez avalée?

— De la chair humaine, dit Coche.

Le docteur continua à s'occuper de sa jambe sans faire aucun commentaire, sans montrer la moindre surprise.

Fernandez et Mangino avaient dit aussi aux docteurs ce qu'ils avaient mangé dans la montagne et les médecins n'avaient fait aucun commentaire d'aucune sorte, sinon qu'ils avaient strictement interdit l'accès de l'hôpital aux journalistes. Ils ne modifièrent pas le traitement qu'ils avaient prévu pour les rescapés. On fit des piqûres intraveineuses à Mangino, Inciarte et Eduardo Strauch qui étaient particulièrement sous-alimentés et les autres reçurent des boissons et de petites doses d'une gélatine spécialement préparée pour eux. Ensuite on les laissa dormir.

Il fallut quelque temps aux garçons pour comprendre que, en attendant, c'était tout ce qu'on leur donnait. La seule nourriture solide qu'ils aient vue, depuis leur entrée à l'hôpital, était le morceau de fromage que Canessa avait rapporté comme souvenir de Los Maitenes et qu'il avait placé sur une table au chevet de son lit. Chaque garçon avait sa chambre. Le plus vigoureux allait de l'un à l'autre et ce fut l'avis général de demander aux infirmières quelque chose de plus substantiel. Les infirmières se retranchèrent derrière les instructions sévères des docteurs Melej, Ausin et Valenzuela pour leur refuser toute nourriture.

La nécessité engendre l'opiniâtreté. Carlitos Paez s'était aperçu qu'il faisait figure de célébrité et il promit aux infirmières toutes sortes d'autographes « particulières » et de souvenirs si elles lui donnaient quelque chose de consistant à manger. Les délicieuses infirmières chiliennes ne se laissèrent pas séduire. Les garçons dressèrent alors une requête spéciale contre les docteurs Melej, Ausin et Valenzuela qui, selon eux, les faisaient mourir de faim.

Les médecins retournèrent à la salle et écoutèrent la demande. Ils répondirent en expliquant qu'il était dangereux d'absorber des aliments solides après une longue période de manque de nourriture.

— Mais docteur, dit Canessa. J'ai mangé hier à déjeuner des haricots et des macaronis, et je suis en pleine forme aujourd'hui.

Les médecins cédèrent. Ils ordonnèrent aux infirmières de servir un repas complet à chacun des huit rescapés.

Il était évident dans ces conditions qu'aucun de leurs huit malades ne se trouvait dans un état critique. Les médecins s'inquiétèrent aussitôt de leur santé mentale. Ils avaient remarqué chez eux deux particularités : le besoin de parler et la peur de rester seul. Coche Inciarte qui avait été le premier à entrer à l'hôpital avait saisi la main du docteur Ausin tandis qu'on le roulait dans les couloirs et l'avait gardée jusqu'à ce qu'on l'ait étendu sur son lit. Ensuite il parlait à tous ceux qui entraient dans sa chambre. Les autres agissaient de même, et surtout Carlitos Paez.

Cette conduite n'avait rien d'extraordinaire de la part de jeunes gens qui venaient de passer dix semaines abandonnés dans les Andes, mais compte tenu du fait, nouvellement appris par les médecins, qu'ils n'avaient survécu que grâce à de la chair humaine, cela pouvait apparaître comme le premier symptôme d'une psychose plus grave. C'est pourquoi les médecins prescrivirent comme règle que personne, pas même les mères de Carlitos et de Canessa qui étaient déjà arrivées de Montevideo, ne serait admis auprès d'eux.

On fit pourtant une exception à cette règle et un homme fendit la foule entassée dans le hall de l'hôpital. C'était le père Andrès Rojas, le curé de l'église paroissiale de Saint-Ferdinand-Roi. Comme tout le monde à San Fernando, il avait entendu parler du « miracle de Noël » (c'est ainsi qu'on avait appelé la découverte des survivants) et il avait vu les hélicoptères survoler la ville à leur retour de Los Maitenes. Quelque chose l'avait aussitôt poussé à aller à l'hôpital, à offrir son aide mais à l'hôpital on accueillit sa proposition avec une certaine mauvaise grâce. C'est seulement en fin d'après-midi qu'il se rappela avoir une autre affaire qui pouvait lui servir de prétexte.

Il avait vingt-six ans, il avait été ordonné l'année précédente. Il faisait plus jeune que son âge, de petite taille, noir de poil et de peau, l'expression enfantine. Il ne portait pas la soutane, mais des slacks gris, une chemise grise à col ouvert ; aussi, à son arrivée à l'hôpital on l'aurait confondu avec la foule si les docteurs Ausin et Melej ne l'avaient reconnu et invité à rendre visite aux rescapés.

On le fit entrer dans l'aile privée et là il pénétra dans la première chambre qui donnait sur le couloir ; c'était celle de Coche Inciarte. C'était un heureux hasard, car à peine Coche eut-il reconnu en lui un homme de Dieu qu'il se mit à parler de façon torrentielle. Il parla au père Andrès de la montagne, non avec la froideur d'un observateur indifférent, mais avec un mysticisme sublime qui exprimait avec plus d'exactitude tout ce que cette expérience avait signifié pour lui.

— C'est quelque chose que personne ne pouvait imaginer. J'allais à la messe tous les dimanches, recevoir la communion était devenu automatique. Mais là-haut, voyant tant de miracles, étant si près de Dieu, presque à Le toucher, j'ai appris autre chose. Maintenant je prie Dieu de me donner de la force et de m'empêcher de redevenir celui que j'étais. J'ai appris que la vie est amour et que l'amour, c'est de donner à son prochain. Il n'y a rien de meilleur que de donner à ses frères humains...

En l'écoutant, le père Andrès en vint à comprendre la nature exacte du don que Coche Inciarte sous-entendait, le don de leur propre chair fait par leurs compagnons morts. A peine l'avait-il compris que le jeune prêtre rassura le rescapé en lui disant qu'il n'avait commis aucun péché en agissant comme il l'avait fait.

— Je reviendrai ce soir avec l'Eucharistie, dit-il.

— Alors je voudrais me confesser, dit Coche.

— Vous vous êtes confessé, dit le prêtre. Notre conversation vous sert de confession.

Quand il passa chez Alvaro Mangino, le père Andrès observa le même phénomène, un désir intense de rendre raison de ce qu'il avait fait, le tout exprimé avec un mélange de remords et d'autojustification. Le prêtre rassura le jeune homme angoissé : il n'y avait pas de péché dans ce qu'il avait fait. Il pourrait recevoir la communion le soir même sans se confesser ou, s'il voulait se confesser, ce serait pour se laver d'autres péchés.

Il y avait une question pourtant que Inciarte lui avait posée, à quoi il n'avait pu répondre : pourquoi lui, Inciarte, était-il en vie alors que d'autres étaient morts? Quelle intention Dieu avait-il en faisant cette distinction? Quelle signification pouvait-on tirer de cela? « Aucune, répondit le père Andrès. Il y a des cas où l'intelligence humaine ne peut saisir la volonté de Dieu. Il y a des choses qu'en toute humilité nous devons accepter comme mystère. »

En permettant au père Andrès d'aller voir les survivants, les médecins avaient trouvé le meilleur moyen de les guérir. La décision de manger les corps de leurs amis avait lourdement pesé sur la conscience de plus d'un garçon. Ils étaient tous catholiques romains, donc soumis au jugement de leur Église. Puisque l'Église catholique enseigne que l'anthropophagie est permise dans les cas exceptionnels, ce jeune prêtre était en droit aussi bien de leur donner l'absolution que de leur dire qu'ils n'avaient commis aucun péché. Ce jugement, appuyé par l'autorité de l'Église, apporta la paix de l'âme à ceux du moins qui avaient des doutes. Il y en avait un ou deux qui n'avaient pas besoin qu'on les rassure, qui en tout cas le prétendaient; ils n'avaient pas grand-chose à dire au père Andrès. Algorta, l'un d'eux, ne se sentait pas le désir de causer à qui que ce soit, et surtout pas à ce jeune prêtre à l'air séraphique.

L'instant des retrouvailles ne put être différé beaucoup plus longtemps. Parents et familles des survivants n'avaient pas conscience de la question délicate que les médecins avaient à considérer avant de les faire entrer. Tandis que les uns attendaient avec une patience héroïque de pouvoir serrer dans leurs bras ces enfants revenus de chez les morts, d'autres ne pouvaient plus se contenir.

Graciela Berger, la sœur mariée de Parrado, était outrée qu'un agent de police lui barre le passage de l'entrée de l'aile privée : « Je veux voir mon frère! » criait-elle.

Elle entendit de l'intérieur la voix de son frère qui répondait : « Graciela, je suis ici! » Sur quoi rien ne retint plus la jeune femme uruguayenne qui bouscula l'agent de police et entra dans la chambre de Parrado. Dès qu'elle le vit, elle éclata en larmes. L'émotion de revoir Nando combinée avec le choc de le trouver amaigri et hirsute était trop forte pour qu'elle pût conserver la maîtrise de soi.

Derrière elle entra Juan son mari, et enfin Seler Parrado, courbé sous la douleur et en larmes. Ce malheureux qui avait perdu tout goût à l'existence quand son fils, sa femme et sa fille avaient disparu dans les Andes, avait vu ses espoirs ranimés par une fausse liste qui les donnait tous les trois vivants. C'est seulement au moment où il allait retrouver son fils qu'on lui avait dit la vérité : seul Nando survivait. Il était déchiré par des sentiments opposés de joie et de douleur : mais quand il eut aperçu Nando et qu'il l'eut serré dans ses bras, la joie surmonta la douleur et les larmes qu'il versa furent des larmes de bonheur.

Un peu plus loin dans le couloir, également dans une chambre particulière, Canessa était étendu sur son lit. Il prêtait l'oreille aux voix des parents qui entraient. Tout à coup il leva les yeux et vit sur le seuil sa fiancée Laura Surraco. Sa première réaction fut tumultueuse. Il s'était toujours dit, là-haut dans les montagnes, qu'il la reverrait à Montevideo. Sa présence au Chili avait quelque chose d'incongru. Quand elle se précipita sur lui et éclata en sanglots, il eut un mouvement de recul.

Laura Surraco était suivie de Mecha Canessa. Elle entra dans la pièce calmement et dit : « Joyeux Noël, Roberto! » Ensuite elle se mit à pleurer dès qu'elle vit un visage ratatiné de vieil homme sous la barbe de son fils. Quand le docteur Canessa entra à son tour, lui aussi éclata en sanglots, ce qui émut tellement Roberto qu'il eut une crise de larmes au point que ses parents, craignant pour sa santé, lui proposèrent de le quitter. Mais il ne voulut pas les laisser partir et quand chacun se fut un peu calmé, il commença à parler de l'accident et de la façon dont ils avaient survécu, sans omettre qu'ils avaient dû manger de la chair humaine. Sur les trois, il n'y eut que le père qui ne sut pas masquer ses sentiments et qui sembla horrifié. Les deux femmes étaient si heureuses d'avoir Roberto près d'elles qu'elles faisaient à peine attention à ce qu'il disait. Le docteur, d'autre part, venait d'apprendre quelles horreurs son fils avait supportées et quels débats de conscience l'attendaient.

La réunion d'Eduardo Strauch avec sa mère, son père et sa tante Rosina comporta aussi quelques maladresses. Sarah Strauch faisait ce qu'elle pouvait pour paraître calme, mais elle avait un tempérament nerveux et elle pouvait à peine garder la maîtrise d'elle-même en retrouvant son fils.

Elle était submergée en même temps par le bonheur de le retrouver vivant, par la douleur de le voir si décharné et par la joie spirituelle de voir exaucées ses prières à la Vierge de Garabandal. Aussi quand Eduardo lui dit à quelles solutions extrêmes ils avaient recouru pour que le miracle se réalise, elle ne put cacher la consternation qui l'envahit.

Il en fut de même avec Madelon Rodriguez qui ne put s'empêcher de faire une grimace horrifiée quand Carlitos lui eut dit ce qu'ils avaient mangé pour rester en vie. Comme beaucoup d'autres mères qui avaient toujours cru que leurs fils étaient vivants, elle n'avait pas réfléchi, dans le détail, à quelles conditions ce miracle pouvait être réalisé; elle avait imaginé qu'il y avait des bois pour les abriter, avec des lapins trottinant sur les aiguilles de pin et des poissons nageant dans les cours d'eau. Ni elle, ni aucun des autres parents des garçons n'avaient jamais songé qu'ils devraient aller jusqu'à manger les morts. Il était normal, dans ces conditions, que la révélation de ce qui s'était passé les épouvantât et les jeunes gens, malgré l'endurcissement que l'épreuve subie leur avait donné, gardaient assez de jugement et de connaissance de la nature humaine pour comprendre les réactions de leurs parents.

Algorta ne se conduisit pas comme les autres. Seul dans sa chambre, sans aucun besoin de parler, il pria le saint prêtre de passer son chemin. Il reçut la visite de son père et d'une femme en qui il reconnut la mère de la jeune fille qu'il allait voir à Santiago. Il lui demanda des nouvelles de sa fille et le lendemain celle-ci vint elle-même à l'hôpital. D'un seul coup il retrouva la tendresse qu'il éprouvait pour elle avant l'accident. La seule note discordante dans la réunion fut l'expression d'horreur que trahit la mère de la jeune fille quand il dit ce qu'ils avaient mangé. La commotion qu'elle reçut le surprit : comment pouvait-elle être étonnée qu'ils aient mangé les morts puisque c'était la seule chose à faire et qui allait de soi?

Coche Inciarte, qui était le plus sensibilisé aux réactions des autres, les évitait en parlant de leurs épreuves dans les termes les plus élevés.

— Carlos, dit-il à son oncle, la première des douze personnes de sa famille qui vinrent au Chili, Carlos, je suis rempli de Dieu.

Son oncle lui répondit du même ton.

— Jésus-Christ voulait que tu reviennes des Andes et maintenant, Coche, Il est avec toi.

CHAPITRE XIV

Les huit survivants qui restaient là-haut regardèrent les deux hélicoptères prendre de la hauteur, ils les suivirent du regard jusqu'à ce qu'ils disparaissent. Zerbino se tourna alors vers Lucero, l'un des trois andinistes et l'invita à venir visiter leur « maison » en attendant le retour des hélicoptères. Comme ils se dirigeaient vers l'entrée, Lucero jeta un coup d'œil sur les fragments de squelettes humains disséminés dans la neige et demanda :

— Est-ce que ce sont les condors qui ont mangé les corps?

— Non, répliqua Zerbino en suivant la direction de son regard, c'est nous.

Lucero ne dit rien, ne témoigna aucune surprise, mais quand il eut atteint le Fairchild, dont le dessus était encore recouvert de morceaux de graisse, il hésita un instant. Puis il se pencha et pénétra à l'intérieur. Zerbino entra avec lui et expliqua comment ils vivaient, comment ils dormaient serrés les uns contre les autres par manque de place, comment l'avalanche avait balayé la montagne et tué huit de ceux qui avaient échappé à l'accident. Lucero écouta avec beaucoup de compassion et d'intérêt, mais il ne put ignorer l'odeur infecte qui imprégnait l'intérieur de l'avion. Par malheur son hôte semblait ne pas s'en apercevoir le moins du monde. L'andiniste était trop bien élevé pour y faire allusion, mais il se hâta de revenir en plein air.

Pendant ce temps, un des sauveteurs prenait soin des autres survivants, s'occupant de leurs besoins en médicaments et de leur estomac qui criait famine. D'abord il y eut des sandwiches au rosbif, des morceaux de bœuf cuit entre des tranches de pain sans levure. Ensuite du jus d'orange, du jus de citron, du potage chauffé sur le réchaud des andinistes et enfin un gâteau aux fruits que Diaz avait apporté parce que c'était son anniversaire. Ce fut un festin Les garçons mangèrent et burent avec appétit et avec plaisir, en ramassant le beurre avec leurs doigts.

En prévision du retour des hélicoptères les andinistes essayèrent de construire un chemin d'atterrissage dans la neige. Ils démolirent le mur à l'entrée de l'avion, prirent une large plaque de plastique qui servait auparavant de paroi entre la cabine des passagers et la soute à bagages et la posèrent sur la neige aussi à l'horizontale que possible. Ils utilisèrent aussi des morceaux de carton pour faire avec les moyens du bord un terrain d'atterrissage pour les hélicoptères qui étaient partis depuis un certain temps.

Ils commencèrent aussi à photographier les alentours de l'avion. Les jeunes gens s'en inquiétèrent, leur demandant pourquoi c'était nécessaire. Les andinistes les calmèrent; l'armée chilienne leur avait demandé de prendre ces documents; aucune photographie ne serait communiquée aux journaux.

Les garçons durent se satisfaire de l'explication; de toute façon comment se mettre en colère contre ceux qui viennent vous sauver, surtout contre des hommes aussi bons que ces quatre Chiliens? L'un d'eux offrit à Zerbino une cigarette.

« Non, merci, je préfère les miennes », répondit-il sans un sourire qui trahisse qu'il avait fait une répétition de la scène. Et il alluma la dernière de ses cigarettes uruguayennes.

Vers 4 heures de l'après-midi on comprit que les hélicoptères ne reviendraient pas le jour même. D'un seul coup l'optimisme des huit survivants tomba devant la perspective lamentable de passer une nouvelle nuit dans la montagne. Les andinistes firent ce qu'ils purent pour leur remonter le moral. Ils allumèrent leur réchaud, firent chauffer plusieurs sortes de potage, jus de poulet, soupe à l'oignon, soupe scandinave. Enfin Methol leur demanda si, par hasard, ils avaient du maté.

— Du maté? Bien sûr! Pouvez-vous imaginer quatre Chiliens sans maté?

Ils firent infuser du maté, et ensuite ils préparèrent du café. A cette heure-là le soleil s'était déjà couché derrière les montagnes et il commençait à faire froid. Les jeunes gens étaient habitués à cette soudaine chute de température. Les andinistes aussi étaient équipés en conséquence : des anoraks imperméables de couleur vive les protégeaient du froid. Le seul qui commençât à souffrir, ce fut l'infirmier, car il avait sauté de l'hélicoptère, vêtu d'une chemise à manches courtes, chaussé de simples mocassins; aussi les andinistes lui trouvèrent-ils des vêtements.

Les quatre Chiliens, installés avec les jeunes gens à l'intérieur de l'avion, se mirent à chanter pour relever leur courage, mais à mesure que le soleil plongeait davantage derrière les montagnes, il fit encore plus froid, et l'heure vint où il fallut songer à dormir. Les huit garçons invitèrent les quatre Chiliens à rester auprès d'eux dans l'avion, mais ceux-ci préférèrent planter une tente dans la neige à quelque distance. Les huit garçons furent quelque peu blessés que leur hospitalité ait été méprisée; bien que certains aient deviné que l'odeur à l'intérieur de l'avion ne paraissait pas aussi délicieuse aux autres qu'à eux-mêmes, ils décidèrent que l'un au moins des andinistes passerait la nuit avec eux.

Ils choisirent Diaz parce que son anniversaire tombait

le lendemain. Ils prétendirent que, s'il ne venait pas avec eux, ils allaient, à minuit, enlever les piquets de la tente. Diaz céda. Tandis que ses amis andinistes et l'infirmier campaient sous la tente, Diaz aida les garçons à relever le mur à l'entrée de l'avion, il grimpa avec eux et bientôt huit Uruguayens malodorants, amaigris et remplis de joie, firent cercle autour de lui. Personne ne dormit cette nuit-là ni même n'essaya de dormir. Diaz leur décrivit l'existence d'un andiniste et leur raconta plusieurs de ses aventures en montagne. De leur côté ils lui parlèrent avec plus de détails de l'épreuve qu'ils avaient subie. Il les avertit : le monde extérieur allait réagir avec force devant ce qu'ils avaient fait.

— Mais les gens comprendront? lui demandèrent les garçons.

— Bien sûr, dit-il pour les rassurer. Quand tous les faits seront connus, tout le monde comprendra que vous avez fait ce qui devait être fait.

A minuit Diaz eut quarante-huit ans et les Uruguayens lui chantèrent *Happy birthday to you.*

Personne ne dormit. Au petit matin ils ne songeaient qu'au déjeuner. Toutes les provisions se trouvaient sous la tente; il leur fallut attendre. Quand ils sortirent dans la neige, ils ne virent rien qui puisse leur signaler que les trois autres étaient éveillés. Une litanie commença à résonner à travers la vallée : « Nous voulons notre déjeuner, nous voulons notre déjeuner », et peu de temps après les visages ensommeillés de Lucero et de Villegas apparurent entre les rideaux de toile de la tente.

— Qu'est-ce que vous voulez pour déjeuner? demanda Lucero à voix forte.

— Nous avons eu du café hier, dit l'un des garçons. Pour aujourd'hui ce sera du thé!

— Du thé? Parfait.

Lucero, Villegas et ensuite Bravo sortirent de la tente et

peu après les huit garçons prenaient du thé et des biscuits secs. Pendant le petit déjeuner, les andinistes leur expliquèrent comment approcher d'un hélicoptère, car ils avaient abandonné l'idée d'une piste d'atterrissage et savaient que les appareils ne pourraient que planer au-dessus de la neige.

Après le déjeuner les garçons se préparèrent pour le sauvetage. Ils mirent de l'ordre dans leurs vêtements, se recoiffèrent et Zerbino tira de l'avion la valise que lui et Fernandez avait remplie de l'argent et des papiers appartenant à ceux qui étaient morts. Il emporta aussi le petit chausson rouge qui complétait la paire de chaussons que Parrado avait achetée à Mendoza.

— Vous ne pourrez pas emportez ça dans l'hélicoptère, dit l'andiniste en voyant Zerbino avec la valise.

— Il le faut, répondit-il. Il expliqua ce que contenait la valise et décrivit à Lucero l'endroit où étaient les corps de ceux qui étaient tombés de l'avion au sommet de la montagne.

Vers 10 heures ils entendirent le bruit des hélicoptères et ils virent ensuite apparaître trois appareils. Dans les remous moins violents de l'air matinal, les hélicoptères ne furent pas cahotés comme ils l'avaient été la veille; néanmoins ils ne descendirent pas tout de suite et firent des cercles au-dessus des débris du Fairchild. Les jeunes gens qui faisaient des signes frénétiques en direction des hélicoptères voyaient les appareils de photographie et les caméras faire saillie hors des hublots. Enfin on les rentra à l'intérieur et le premier hélicoptère descendit de plus en plus doucement jusqu'à ce que l'un des skis se pose sur la neige.

Les trois premiers garçons s'élancèrent, mais il était difficile d'approcher la machine grondante à cause du déplacement d'air provoqué par les pales. Roy Harley était dans un grand état de faiblesse, Bobby Francois l'aida à se diriger vers l'hélicoptère, mais Francois lui-même fut repoussé en arrière par les rafales de vent produites par l'appareil. C'est seulement avec l'aide des Chiliens qu'ils purent grimper à bord.

Le premier hélicoptère prit de la hauteur avec trois passagers, le second se posa sur le sol, le pilote prenant bien garde à ce que les pales ne heurtent pas les rochers et le second groupe de rescapés, veillant à ce que les pales ne les décapitent pas. Quand il eut son chargement, il prit de la hauteur. Le troisième hélicoptère se posa à son tour et emmena les deux derniers Uruguayens qui restaient, dont Zerbino avec sa valise. Ce matin-là les pilotes n'eurent pas à lutter avec des courants aériens aussi dangereux que la veille et en peu de temps ils eurent survolé les montagnes. Ils descendirent alors la vallée en direction de l'embranchement. Les parois transparentes des hélicoptères permirent aux rescapés de voir la rivière Azufre, ses rives avec des taches de verdure. La végétation devint plus épaisse et plus étendue à mesure qu'ils descendaient. La vallée, elle, était luxuriante quand ils atterrirent sur les prairies de Los Maitenes.

Les garçons se bousculèrent pour sortir des hélicoptères et se laissèrent tomber dans l'herbe où ils se roulèrent en riant, en s'embrassant, en rendant grâces à Dieu à voix haute. Tant de verdure les stupéfiait. Comme Carlos la veille, Methol cueillit une fleur et commença à grignoter la tige; la vue de ces arbres, de ces prés de trèfle le jeta en extase; aussi décida-t-il, après son retour en Uruguay, de passer plusieurs mois dans son estancia simplement à regarder les horizons verdoyants.

L'hélicoptère de Garcia retourna chercher les andinistes et l'infirmier. Pendant ce temps un médecin militaire, Sanchez, ausculta les rescapés pour voir si l'un d'eux requérait un traitement d'urgence. Il estima qu'ils pouvaient tous faire le trajet, et de fait les huit Uruguayens se comportaient moins comme des handicapés que comme des jeunes gens qui font un pique-nique. Certains se lavaient dans la rivière qui coulait au pied de la maison de Serda et de Gonzalez, d'autres bavardaient avec Sergio Catalan et ses fils, Fito Strauch et Zerbino lui demandèrent son cheval pour faire une balade.

Ils restèrent à Los Maitenes environ une demi-heure, après quoi Garcia revint avec Lucero, Diaz, Villegas et Bravo, tout le groupe remonta dans les hélicoptères et gagna San Fernando. Fito Strauch, Bobby Francois, Moncho Sabella et Zerbino étaient dans le premier hélicoptère; à peine se fut-il posé devant le quartier général du régiment de Colchagua que le père et la mère de Fito coururent vers lui. Leurs visages étaient des masques tragiques, si grande était leur joie. Dès que les pales se furent arrêtées et les portes ouvertes, ils prirent leur fils dans leurs bras. Rosina, tout en le serrant contre elle, fit une action de grâce à la petite Vierge de Garabandal qui avait fait ce miracle.

Derrière les Strauch venaient les Zerbino, les yeux sans larmes, le visage serein, à la rencontre de leur sain et vigoureux garçon et après eux, comme si l'ordre de préséance avait été établi selon le degré de confiance qu'avaient eu les parents dans la survie de leur fils, le père et la mère de Bobby Francois. L'enfant qu'ils s'étaient résignés à croire mort dix semaines plus tôt était maintenant avec eux et la joie semblait ôter au docteur Francois tous ses moyens. Homme fin et silencieux, il avait beaucoup maigri depuis que son fils l'avait vu la dernière fois et, tout en se dirigeant vers l'hélicoptère, il semblait égaré, ahuri. Pour les Strauch, et même pour les Zerbino, le retour de leur fils était la justification de leurs efforts et de leurs espérances, tandis que pour le docteur Francois c'était une résurrection, ce qu'en tant qu'homme de science il n'avait ni demandé ni attendu.

Le second hélicoptère transportait Roy Harley, Xavier Methol, Antonio Vizintin et Pancho Delgado. Il n'y eut que Roy qui trouva ses parents à son arrivée. Pour eux aussi son retour récompensait leur foi et leurs efforts, mais comme chez les autres parents leur joie était mêlée de commisération devant tout ce qu'avait supporté leur fils. Ils virent que le garçon qui les avait quittés solide joueur de rugby n'était plus qu'un sac d'os. Plus de chair ni de muscles, les yeux creusés dans les orbites, la peau tendue sur les os, des mains de squelette recouvertes de peau parcheminée. Ce n'était pas seulement ces manifestations physiques de sous-alimentation et de privations qui parlaient de ses souffrances, c'était aussi l'expression de ses yeux.

Quand ils eurent retrouvé leurs parents, les huit rescapés furent pris en charge par l'infirmerie du régiment où ils subirent un nouvel examen tandis que les médecins, le comité d'action et le chargé d'affaires uruguayen César Charlone se demandaient si l'on devait les transporter à l'hôpital San Fernando, où se trouvaient les autres — ou bien directement à Santiago. Dès qu'il fut prouvé qu'ils étaient en assez bonne condition pour continuer leur voyage, c'est la seconde solution qui fut retenue. On était maintenant le samedi 23 décembre et l'on jugea important pour la paix de l'âme de tout le groupe qu'ils soient réunis à leurs familles pour les fêtes de Noël. Les rescapés remontèrent donc en hélicoptère pour la troisième fois de la journée. Les Harley et la senora Zerbino reçurent la permission de voyager avec leur fils, et tout le groupe décolla de la cour du régiment de Colchagua et se posa peu après sur le toit de l'hôpital de l'assistance publique, le Poste Central comme on l'appelle à Santiago.

Pendant ce temps, à l'hôpital de Saint-Jean-de-Dieu à San Fernando, les rescapés du premier groupe avaient passé leur première nuit dans un lit depuis soixante et onze jours. Il ne leur était pas facile de s'accoutumer au confort. Daniel Fernandez rêva qu'une avalanche dévalait de la montagne et se réveilla en sursaut pour découvrir qu'il était recouvert non pas de neige, mais de draps et de couvertures. Il essaya de se rendormir mais se sentit mal à l'aise. « Quel est l'enfant de salaud qui me fourre ses pieds dans le corps ? » pensa-t-il. Il se réveilla de nouveau en sursaut pour se trouver seul dans son lit d'hôpital.

Coche dormit plus profondément que Fernandez et fut réveillé seulement par le chant des oiseaux. Il resta étendu, surpris, heureux, et quand une infirmière entra dans sa chambre, il lui demanda d'ouvrir la fenêtre. Elle obéit et il respira l'air frais à pleins poumons. Les rescapés qui étaient plus dispos que lui sortirent de leurs chambres pour aller s'asseoir dans les fauteuils d'osier au bout du couloir, où les fenêtres donnaient sur les contreforts des Andes.

A 8 heures le père Andrès revint à l'hôpital avec un magnétophone ; il enregistra les dépositions des survivants. « Nous avions un intense désir de survivre, dit Mangino, et confiance en Dieu. Notre groupe a toujours été très uni. Quand le courage de l'un baissait, les autres faisaient ce qu'il fallait pour le relever. Dire le rosaire tous les soirs renforçait notre foi à tous et cette foi nous a aidés à tenir le coup. Dieu nous a imposé cette épreuve pour nous changer. J'ai changé. Je sais maintenant que je serai différent de ce que j'étais... gloire à Dieu ! »

« Nous espérons prêcher la parole de Dieu en ce monde, dit Carlitos Paez. Bien que l'épreuve soit dure à cause de la perte de tous nos amis, elle nous a beaucoup aidés ; c'est réellement l'expérience majeure de ma vie. En ce qui concerne les voyages, je ne monterai jamais plus en avion. Je prendrai le train... J'ai appris pas mal de choses comme joueur de rugby. Quand on fait un essai, ce n'est pas pour soi mais toute l'équipe qui marque le point. C'est le meilleur profit du rugby. Si nous avons été capables de survivre, c'est parce que l'esprit d'équipe inspirait nos actions, avec une grande foi en Dieu — et nous avons prié. »

A 10 h 30 une conférence de presse fut tenue sur la terrasse à l'extérieur de l'aile privée : la horde des journalistes qui assiégeaient l'hôpital depuis la veille commençait à désespérer. Inciarte et Mangino restèrent dans leur lit, mais les autres rescapés se laissèrent photographier, car ils étaient maintenant présentables. L'hôpital avait acheté pour eux des vêtements dans les magasins de San Fernando : le plus souvent c'étaient les marchands qui les avaient offerts.

A 11 heures, l'évêque de Rancagua et trois autres prêtres célébrèrent la messe dans l'Église contiguë à l'hôpital. Les survivants, quelques-uns dans des fauteuils roulants, étaient au premier rang de l'assemblée. Ce fut pour eux un événement décisif et sur leurs visages amaigris pouvaient se lire l'amour et la gratitude qu'ils éprouvaient pour Dieu. Pendant toutes les semaines où ils avaient attendu cette heure, jamais ils n'avaient perdu un moment leur confiance en Dieu; jamais ils n'avaient douté de Son amour, qu'Il n'approuve leur lutte atroce et désespérée pour survivre. Maintenant les mêmes bouches qui avaient mangé les corps de leurs amis étaient affamées du corps et du sang du Christ et une fois encore, ils reçurent des mains des prêtres, le sacrement de la Sainte Communion.

La cérémonie achevée, ils s'apprêtèrent à partir pour Santiago, car il avait été décidé que, tandis que Mangino et Inciarte seraient conduits en ambulance au « Poste Central », les six autres iraient directement au Sheraton San Cristobal, où tous les Uruguayens devaient fêter Noël.

Avant de partir, quelques-uns d'entre eux acceptèrent de déjeuner avec plusieurs familles de San Fernando. Les Canessa allèrent chez le docteur Ausin, tandis que Parrado avec son père, sa sœur et son beau-frère furent invités au restaurant par un certain M. Hughes et son fils Ricky, qui les emmenèrent ensuite à Santiago — à environ 145 kilomètres — dans une Chevrolet Camaro, une vraie joie pour Parrado : ses épreuves dans les Andes n'avaient pas diminué son amour des autos!

Xavier Methol fut le premier du second groupe à pénétrer dans le « Poste Central ». On avait trouvé pour eux une salle au dernier étage de l'hôpital et comme l'hélicoptère s'était posé sur le toit, il n'eut qu'à être transporté d'un étage. Les larges couloirs étaient quand même bondés de gens qui faisaient des sourires, qui applaudissaient. Certains pleuraient de joie en voyant ces jeunes Urugayens si miraculeusement ramenés à la vie.

Dès qu'on eut indiqué son lit à Xavier Methol, qui portait les mêmes vêtements que dans les Andes, il demanda à prendre une douche.

— Bien sûr! dit l'infirmière et elle le roula dans son fauteuil jusqu'à la première salle de bains. Elle lui expliqua que comme elle était chargée de le soigner, elle devait rester auprès de lui quand il prendrait sa douche. Methol la mit à l'aise. Même s'il avait été l'homme le plus pudibond du monde, un cercle d'infirmières ne l'empêcherait pas de se laver. Il retira ses vêtements sales et s'exposa aux jets puissants d'eau chaude. Ils marquèrent la peau de son dos amaigri et de ses épaules comme des coups de fouet, mais c'était une joie que de supporter une telle souffrance. Quand il sortit de la douche et passa une blouse blanche d'hôpital, il se sentit un nouvel homme. Il se rassit dans le fauteuil et l'infirmière le ramena dans la salle où il trouva quelques-uns de ses amis encore vêtus de leurs anciennes hardes.

— S'il vous plaît, dit Methol, chassez-moi cette racaille!

Dès que leurs malades se furent lavés, les médecins de l'hôpital « Poste Central » les examinèrent aux rayons X et leur firent des tests sanguins. Ils jugèrent que tous, sauf Harley et Methol, pouvaient aller s'installer l'après-midi même au Sheraton San Cristobal. Ces deux-là, ainsi que Inciarte et Mangino qui venaient d'arriver de San Fernando, furent installés dans une salle. Des quatre, c'était Roy le plus mal en point, car son test sanguin avait révélé une grosse insuffisance de potassium qui mettait son cœur en danger.

Les autres ne se sentaient pas seulement en forme, mais dans un exceptionnel état d'excitation. Gustavo Zerbino s'échappa de l'hôpital pour s'acheter des chaussures; son père qu'il trouva sur son chemin l'accompagna. Moncho Sabella but une bouteille de Coca-Cola, ce qui lui fit gonfler l'estomac. Il souffrit aussi du zèle d'une jeune infirmière qui brûlait d'un tel désir de se dépenser pour les Uruguayens qu'elle lui fit une prise de sang dans le bras sans savoir où se trouvait la veine où elle devait enfoncer l'aiguille. Moncho mit un terme à cette investigation scientifique (son bras lui faisait mal encore trois jours après), mais lui, aussi bien que ses compagnons, savait parfaitement quel devait être leur traitement : pendant que les médecins faisaient des analyses, ils réclamaient à manger.

Les infirmières leur apportèrent du thé, des biscuits et du fromage. Ils réclamèrent aussitôt plus de fromage. La requête fut écoutée, mais peu après on leur servait à déjeuner, steak avec purée de pommes de terre, tomates et mayonnaise, ensuite crème. La crème fut avalée en une seconde et les malades affamés en redemandèrent. Ensuite ils voulurent du pudding de Noël, mais on leur dit qu'ils ne pouvaient en avoir. Maintenant il fallait dormir.

A 7 heures du soir, après une messe célébrée dans l'amphithéâtre de l'hôpital, Delgado, Sabella, Francois, Vizintin, Zerbino et Fito Strauch allèrent rejoindre leurs compagnons au Sheraton San Cristobal Hotel. A 9 heures du soir ceux qui étaient restés à l'hôpital furent récompensés de leur patience : ils eurent droit à un morceau de pudding. Les infirmières leur dirent aussi qu'elles leur apporteraient une surprise à 11 heures : à l'heure dite chacun reçut la plus délicieuse des mousses au chocolat, avec de la crème fouettée par-dessus, quelque chose que les infirmières auraient dû manger elles-mêmes cette nuit. Les quatre rescapés mangèrent la mousse, savourant chaque cuillerée, puis ils s'endormirent, béats.

Une heure plus tard, Xavier Methol s'éveilla. Il avait l'estomac tout barbouillé. Il sonna une infirmière et lui demanda quelque chose pour l'aider à digérer. Elle lui fit avaler une potion, mais il se réveilla une heure plus tard pour s'apercevoir qu'il était victime de la plus terrible des diarrhées. Il payait le prix de la mousse au chocolat.

Le soir du 23 décembre, tout le groupe d'Uruguayens qui étaient venus au Chili pour apprendre des nouvelles des leurs s'était installé à Santiago, les rescapés avec leurs parents et leurs familles au Sheraton San Cristobal au pourtour de la ville, les parents et les familles de ceux qui étaient morts au Crillon, un vieil hôtel au centre de la ville.

C'est là que le père de Gustavo Nicolich ouvrit les deux lettres que lui avait écrites son fils en montagne et que lui avait remises Zerbino. « Il y a une chose qui va vous paraître incroyable — elle me paraît incroyable à moi-même — c'est qu'aujourd'hui nous avons commencé à tailler dans les morts pour les manger. Il n'y a rien d'autre à faire. » Et puis, un peu plus loin, les mots par lesquels le jeune homme avait envisagé avec tant de noblesse son propre destin : « Si le jour vient où je pourrai sauver un autre avec mon corps, je serais heureux de le faire. » Ce fut la première révélation pour les parents au Crillon du fait que c'étaient les corps de leurs fils qui avaient maintenu en vie les seize survivants et M. Nicolich, que la nouvelle de la mort de son fils avait déjà rendu comme fou, recula devant les insinuations terribles de la lettre. S'imaginant à ce moment que la vérité ne serait jamais connue, il détacha le feuillet de la lettre, qui était adressée à la fiancée de Gustavo, Rosina Machitelli et le cacha.

Pendant ce temps, au Sheraton San Cristobal, les douze rescapés jouissaient avec plénitude de ce qui leur avait été si longtemps refusé. Six d'entre eux étaient entourés de leurs parents. Pancho Delgado et Roberto Canessa étaient de nouveau avec leurs fidèles fiancées Susana Sartori et Laura Surraco. A l'hôpital Coche Inciarte était avec Soledad Gonzalez. L'hôtel était tout le contraire du Fairchild. C'était un immeuble flambant neuf dominant Santiago, donnant l'impression du luxe le plus raffiné. Il y avait une piscine et un restaurant. C'est, bien sûr, du restaurant que les douze garçons profitèrent aussitôt. Quand Moncho Sabella arriva au Sheraton l'après-midi du 23, il trouva Canessa attablé devant un grand plat de crevettes. Il s'assit séance tenante à une table, en compagnie de son frère venu en avion de Montevideo, et se commanda lui aussi des crevettes. Peu après ils sentirent un malaise, mais cela ne diminua pas leur appétit. Ils commandèrent autre chose et recommencèrent un vrai repas avec steaks, salades, gâteaux et crème glacée.

Ni lui ni Sabella ne se sentaient écrasés par l'ambiance luxueuse. Quand le docteur Surraco eut fait remarquer à Canessa qu'après la carcasse du Fairchild cet hôtel devait lui paraître un palais des Mille et une Nuits, Canessa lui répondit qu'il ne faisait aucune différence entre manger des crevettes et de la crème glacée au Sheraton et manger du fromage dans une hutte de berger.

Les parents et les familles des douze garçons étaient si heureux de les voir de nouveau parmi les vivants qu'ils n'élevèrent aucune objection devant l'avidité maladive à laquelle ils se laissaient aller sans frein. Ils comprenaient fort bien que leurs fils, que leurs fiancés n'allaient pas se conduire pendant quelque temps comme s'ils rentraient simplement de vacances. Les longues semaines de souffrances et de manque de nourriture avaient laissé leur empreinte sur les jeunes gens; pareils à des enfants gâtés, certains ne supportaient aucune contrainte, et quand ils ne s'abandonnaient pas aux émotions les plus manifestes de joie et d'allégresse de se trouver réunis avec leurs parents, ils tombaient dans la brusquerie et l'irritabilité — surtout à l'égard de leurs parents, qui les agaçaient en s'occupant de leur bien-être. N'avaient-ils pas donné la preuve qu'ils savaient s'occuper d'eux-mêmes ?

Ces sentiments furent exaspérés par la façon dont les parents réagirent au côté cannibale du Miracle de Noël. N'ayant pas été préparés à apprendre cela, ils avaient reçu un choc et pour la plupart n'y faisaient plus la moindre allusion. Ils avaient peur aussi que la nouvelle ne produise un effet désastreux sur le monde extérieur, et bien que certains des rescapés admissent que la réaction de leurs parents ne pouvait être que celle-là, ils étaient profondément outrés et blessés qu'on puisse être épouvanté par ce qu'ils avaient fait. Ils lisaient sur leurs visages, dans les expressions d'horreur et de dégoût qui leur échappaient, qu'ils auraient préféré la seconde solution, qu'ils fussent tous morts et quc pas un ne fût mangé.

La paix de leur âme n'était pas renforcée par la présence à l'hôtel d'une foule de journalistes et de photographes qui leur posaient sans cesse des questions et manœuvraient leur appareil chaque fois qu'ils bougeaient, mangeaient ou embrassaient leurs parents. Plus crucifiantes encore étaient les questions que posaient sans cesse les familles de ceux qui n'étaient pas revenus, les parents de Gustavo Nicolich et de Rafaël Echavarren, les frères de Daniel Shaw, d'Alexis Hounie et de Guido Magri qui venaient du Crillon pour obtenir le récit des circonstances exactes de la mort de leurs fils ou de leurs frères. Ce n'était pas un sujet que, pour le moment, les survivants se plaisaient à évoquer et à débattre.

Ils n'étaient pas tous accoutumés au luxe du Sheraton. Les lits larges et moelleux, pour eux qui avaient coutume de dormir en chien de fusil, leur donnaient un inconfort extrême. Cette nuit-là Sabella se réveilla toutes les demi-heures et, se trouvant éveillé, sonnait le service de restaurant et se faisait monter quelque chose à manger. Ce fut pour lui une dure nuit, et dure aussi pour son frère qui dormait dans la même chambre.

Le lendemain, le dimanche 24 décembre, ceux qui avaient été retenus à l'hôpital « Poste Central » reçurent la permission de s'en aller; ils rejoignirent les autres au Sheraton. Mais les seize rescapés ne furent réunis que pour peu de temps, parce que la famille de Francois et Daniel Fernandez avaient décidé de regagner aussitôt Montevideo. Bien que les quatre oncles et tantes de Daniel fussent à Santiago, il voulait voir ses parents et jugeait inutile, trop coûteux pour eux de venir à Santiago. Il prit donc une place pour Montevideo dans un avion de la K. L. M. Le père et le frère de Daniel Shaw rentrèrent par le même avion.

Une partie des autres garçons eut envie de s'acheter des vêtements; ils s'apprêtaient à appeler un taxi, mais les Chiliens voulurent absolument les mener au centre de la ville dans leurs propres voitures. Là ils arpentèrent les rues en faisant du lèche-vitrines. On les reconnaissait aussitôt comme les rescapés des Andes, car habitués à marcher dans la neige profonde, ils se déplaçaient lourdement comme des pingouins. Chaque fois qu'on les reconnaissait, c'était de la part des Chiliens de Santiago des cris de joie et des exclamations si chaleureuses qu'on aurait pu croire que c'étaient leurs propres fils qui avaient échappé aux Andes.

Dans les magasins, quand ils voulaient payer, les vendeurs refusaient leur argent et leur demandaient d'accepter en cadeau les vêtements qu'ils venaient d'acheter. Ce fut la même chose au bureau de tabac où il y avait une longue queue à cause du rationnement. Un vieux monsieur en tête de la queue, voulut à toutes forces qu'ils acceptent son paquet de cigarettes.

A leur retour à l'hôtel (Parrado revint à pied du centre de la ville), quand une partie d'entre eux s'assit pour déjeuner et commanda une bouteille de vin blanc, les Chiliens installés à la table voisine leur offrirent leur propre bouteille de vin. Au bar on les arrosait de whisky et de champagne et dans le hall de l'hôtel un petit garçon leur fit cadeau d'un gros paquet de chewing-gum.

On les admirait, on les fêtait non seulement comme des héros qui avaient souffert et qui avaient triomphé de ces Andes terribles qui dressent leur masse sinistre tout le long du Chili, mais aussi comme la vivante incarnation d'un miracle évident. Le fromage et les herbes dont ils disaient qu'ils avaient vécu semblaient une nourriture aussi chétive que les pains et les poissons de l'Évangile. Leur survie apparaissait comme un incontestable miracle. Une femme dont l'enfant était malade vint à l'hôtel, persuadée que si elle pouvait seulement prendre dans ses bras un des survivants, son fils serait guéri.

Le soir du 24 eut lieu le réveillon organisé par César Charlone. Ce fut pour tous un moment d'émotion intense. Quatre jours plus tôt, il semblait hors de question que les parents revoient jamais leurs enfants, que les enfants fêtent ce Noël avec leurs parents. Et maintenant ils étaient tous réunis. La foi brûlante de Madelon Rodriguez, de Rosina Strauch, de Mecha Canessa et de Sarah Strauch, les recherches héroïques de Paez Vilaro, de Jorge Zerbino, Roy Harley et de Juan Carlos Canessa, tous trouvaient leur récompense dans les mains vivantes, les lèvres et les corps de leurs enfants. Comme Dieu l'avait fait pour Abraham et Isaac, il leur avait épargné le sacrifice de leurs fils à l'instant même où le monde chrétien s'apprêtait à célébrer la naissance de Son propre fils.

Plus tard dans la soirée un jésuite uruguayen qui enseignait la théologie à l'université catholique de Santiago vint à l'hôtel, invité par la senora Charlone, pour causer avec quelques-uns des survivants et les préparer à la messe qui devait être célébrée à leur intention le lendemain. Le père Rodriguez resta en conversation avec Fito Strauch et Gustavo Zerbino jusqu'à 5 heures du matin. Ils lui dirent qu'ils avaient dû manger les corps de leurs amis pour survivre et comme le père Andrès à San Fernando, le père Rodriguez n'hésita pas à approuver la décision qu'ils avaient prise. Tout ce qu'on pouvait concevoir comme doute sur le caractère moral de ce qu'ils avaient fait fut dissipé aux yeux du père Rodriguez par l'esprit de sérieux et de piété avec lequel ils avaient pris cette décision capitale. Les deux jeunes gens lui confièrent ce que Algorta avait dit la première fois qu'ils taillèrent de la viande dans un corps. Le père jésuite, tout en rejetant toute étroite corrélation entre cannibalisme et communion, fut ému comme beaucoup d'autres l'avaient été par l'esprit de piété manifesté dans cette opinion.

La messe de Noël fut célébrée le lendemain à l'université catholique à midi; le père Rodriguez dans son sermon, bien qu'il ne fît pas mention du cannibalisme, affirma sans ambiguïté que ce que les jeunes gens avaient fait pour survivre était bien. Bien que tous les garçons et leurs familles ne fussent pas familiers de Karl Jaspers ou de la notion de situation limite, tous croyaient à l'autorité de l'Église romaine et ils furent profondément rassurés par ce qu'ils avaient entendu.

Ce fut le calme avant la tempête. La suite des fêtes de Noël après la messe constitua les dernières heures tranquilles qu'ils eurent à passer à Santiago. Les journalistes du monde entier continuaient à rôder autour d'eux comme les condors dans les Andes et les Uruguayens comprirent très bien qu'ils n'avaient pas encore mis le nez sur leur proie réelle. Ce n'était pas que les jeunes gens se soient entendus avec leurs parents — en dehors des pauvres mensonges à propos des herbes et du fromage — pour cacher ce qu'ils avaient fait, c'était simplement qu'ils espéraient que la nouvelle ne transpirerait pas avant leur retour à Montevideo.

L'affaire éclata dans un journal du Pérou et fut aussitôt reprise par des journaux argentins, chiliens et brésiliens. Dès que les journalistes à Santiago flairèrent l'histoire, ils tombèrent de nouveau sur les rescapés et leur demandèrent si c'était vrai. Les garçons, tout interdits, continuèrent à nier, mais ceux qui avaient trahi leur secret en avaient aussi fourni la preuve et le 26 décembre le journal de Santiago *El Mercurio* publia en première page une photo d'une jambe humaine à demi mangée et posée dans la neige contre le flanc du Fairchild. Les jeunes gens se concertèrent sur la conduite à tenir et décidèrent, plutôt que d'accorder une interview à un journal en particulier, qu'ils tiendraient une conférence de presse à leur retour à Montevideo. Après s'être mis en rapport avec le président des Old Christians, Daniel Juan, ils convinrent que la conférence aurait lieu dans leur ancien collège, le Stella Maris.

C'étaient là de fragiles défenses contre la tornade qui faisait rage autour d'eux. La nouvelle, transmise aux journaux par les andinistes, aiguillonnait la curiosité de la presse mondiale. A l'hôtel les garçons furent bombardés de questions auxquelles ils ne voulaient pas répondre. Les journalistes leur inspirèrent un dégoût croissant, car ils ne montraient ni pudeur ni tact dans les questions qu'ils posaient. Il y eut même un journaliste argentin qui insinua avec acharnement que l'avalanche n'était pas tombée, qu'elle avait été inventée pour masquer le fait que les plus forts avaient tué les plus faibles pour se procurer à manger.

Les survivants étaient extrêmement vulnérables et ces attaques les mirent hors d'eux. De plus, ils virent qu'un magazine chilien, spécialisé en pornographie, avait consacré deux pages à reproduire les photos de membres et d'os disséminés autour du Fairchild. Un autre journal chilien titra l'article : « Puisse Dieu leur pardonner! ». Quand certains des parents lurent cela, ils éclatèrent en larmes.

L'atmosphère du Sheraton fut empoisonnée par ce tollé général. Les survivants n'avaient qu'un désir : retourner à Montevideo et malgré eux ils acceptèrent de rentrer en avion plutôt qu'en train ou en autocar. Charlone, à qui certains parents n'avaient jamais pardonné la façon, bien désinvolte à leur avis, dont il avait reçu Madelon Rodriguez et Estela Perez, affréta un Boeing 727 de la L. A. N. du Chili pour le 28 décembre. Auparavant Algorta était parti avec ses parents pour rester avec des amis hors de Santiago. Parrado quitta également le Sheraton San Cristobal avec son père, Graciela et son mari, d'abord pour le Sheraton Carrara au centre de la ville, ensuite pour une villa à Vina del Mar que leur avait prêtée des amis. Il en avait assez qu'on le prenne en photo à tout instant et les questions que lui posaient sans pitié les journalistes le dégoûtaient. Même ces réceptions continuelles avaient un côté déprimant, car les deux femmes qui l'avaient aimé plus que tout au monde reposaient dans la neige glacée des Andes.

CHAPITRE XV

L'histoire de la survie des jeunes Uruguayens, après dix semaines dans les Andes, avait été assez sensationnelle pour intéresser les journaux, la radio et la télévision du monde entier; quand éclata la nouvelle que leur survie venait de ce qu'ils avaient mangé les morts, ces organes de publicité perdirent toute retenue. L'histoire fut diffusée et imprimée dans les journaux dans presque tous les pays du monde — à une notable exception près, l'Uruguay même.

Bien sûr, on avait fait des articles sur la découverte des survivants et la façon dont on les avait sauvés, mais quand les rumeurs de cannibalisme avaient envahi les bureaux d'information des journaux de Montevideo, d'abord on n'y avait pas ajouté foi, et ensuite on les avait considérées avec réserve. Il n'existait à cette époque pas de censure — sauf l'interdiction de parler des Tupamaros. Si les journalistes uruguayens attendirent le retour de leurs compatriotes à Montevideo pour rendre compte de ce qui était arrivé, cette décision ne peut s'expliquer que par un mouvement spontané et un sens patriotique.

Ce qui ne veut pas dire qu'il n'existait pas de journalistes fort désireux de savoir si les rumeurs étaient vraies, mais comme la plupart des rescapés étaient encore à Santiago, il n'était pas facile de le découvrir. Daniel Fernandez, lui, était déjà arrivé. Ses parents l'avaient attendu à l'aéroport, ramené chez eux et refusé toute visite. Le lendemain cependant le pâté de maisons était assiégé par des amis et des journalistes avides de le voir. C'était Noël et les Fernandez ne pouvaient pas interdire leur porte plus longtemps, aussi l'ouvrirent-ils à un ami — mais cette porte, une fois ouverte, ne put être refermée. Une horde de journalistes et d'amis de la famille se répandit dans l'appartement et Daniel accepta d'être interviewé.

Il s'assit en face des journalistes et l'un d'eux tout à coup lui passa une feuille de papier en lui demandant de la lire. Fernandez la déplia et lut un message au telex qui disait que lui et les autres rescapés avaient mangé de la chair humaine.

— Je n'ai rien à dire sur ce sujet, dit-il.

— Pouvez-vous dire oui ou non? demanda le journaliste.

— Je n'ai rien à dire avant le retour de mes amis en Uruguay, répliqua Daniel.

Tandis que ces propos s'échangeaient, Juan Manuel Fernandez lisait le telex. « Celui qui a écrit ça est un salaud et celui qui a apporté ça est encore plus salaud », dit-il avec force. Il était sur le point de mettre sans cérémonie le journaliste à la porte, mais un ami de Daniel le retint et le journaliste s'en alla de lui-même.

Après le départ de ce dernier, Fernandez prit son fils à part et lui dit :

— Écoute, maintenant tu dois me dire si c'est vrai ou non.

— C'est vrai, répondit Daniel.

Son père le regarda avec une expression de dégoût mitigé; mais plus tard, quand il eut compris que la nécessité seule avait poussé son fils à cette extrémité, il s'accoutuma à l'idée et il fut surpris qu'elle ne lui soit pas venue plus tôt.

Le Boeing 727 de la L. A. N. du Chili qui avait été frété par Charlone pour ramener à Montevideo les survivants et leurs familles reçut un équipage d'élite, celui qu'utilisait le président Allende lui-même quand il voyageait à l'étranger. L'avion se tenait sur la piste d'envol à l'aéroport de Pudahuel, l'après-midi du 28 décembre et les soixante-huit passagers furent, de la part des Chiliens qui dans l'ensemble s'étaient montrés si généreux à leur égard, l'objet d'adieux émus et cérémonieusement exprimés.

Ils montèrent à bord à 4 heures, mais durent attendre une heure avant de décoller. La première raison de ce retard fut Vizintin, retenu à Santiago par une interview et ensuite les conditions atmosphériques sur les Andes. Elles étaient encore mauvaises, mais plutôt que d'alarmer leurs passagers, l'équipage préféra leur dire qu'ils avaient épuisé leur provision de jus de fruit et qu'ils devaient se réapprovisionner.

Vizintin arriva, et l'avion restait toujours sur la piste. Les survivants se sentaient nerveux et tendus tandis qu'ils attachaient leurs ceintures. La plupart d'entre eux auraient préféré revenir par voie de terre et n'avaient consenti à prendre l'avion que parce que le voyage à travers les Andes et l'Argentine par le train était tenu pour dangereux vu leur actuel état de santé.

Enfin les conditions atmosphériques s'améliorèrent et l'avion décolla. Un peu plus tard le pilote, le commandant Larson, annonça qu'ils survolaient Curico, mais aucun n'accepta d'aller dans le poste de pilotage et de regarder la ville dont le nom leur rappelait tant de souvenirs. Le groupe avait les nerfs à vif, non pas seulement parce qu'ils étaient de nouveau en avion, mais parce qu'ils ne savaient pas ce qui les attendait en Uruguay. Ils parlaient entre eux de façon contrainte et les deux journalistes chiliens qui voyageaient avec eux sentirent cette tension.

L'un d'eux, Pablo Honorato du *Mercurio*, était assis près de Pancho Delgado qui, lorsque commença la descente vers l'aéroport de Carrasco, devint encore plus nerveux et lui saisit le bras. Mais alors les cris de *Vive l'Uruguay*, *Vive le Chili* qu'entendirent les rescapés leur rendirent courage. Quand l'avion tourna autour de Montevideo et qu'ils revirent les eaux boueuses du Rio de La Plata, les rues et les toits de leur chère ville, ils se mirent à chanter leur hymne national.

Orientales la patria o la tumba,
Libertad o con gloria morir...

Quand les derniers mots jaillirent de leurs lèvres, l'avion toucha le sol uruguayen.

L'avion roula sur la piste, et s'arrêta devant ces mêmes bâtiments qu'ils avaient regardés avec tant d'optimisme presque onze semaines plus tôt. Il y avait beaucoup de différences entre ce départ et ce retour. Alors qu'une ou deux personnes de leurs familles étaient venues les voir partir, toute la ville de Montevideo semblait maintenant sur place pour les acclamer, et dans la foule, la femme du président de l'Uruguay. Les balcons des bâtiments de l'aéroport étaient garnis d'une foule qui criait, qui battait des mains et il y avait des forces de police pour empêcher les gens d'envahir la piste d'atterrissage.

Les rescapés et leurs familles furent dirigés vers des autocars qui passèrent le long de l'avion. Les garçons auraient voulu passer devant les balcons afin de pouvoir dire bonjour à leurs amis, mais selon les instructions de l'armée, les autocars allèrent directement de l'aéroport à Stella Maris.

Tout était prêt pour leur arrivée. Le grand hall de brique, dessiné par le père de Marcelo Pérez, avait été disposé comme pour la remise des prix, avec une longue table sur une estrade et un ensemble de microphones et de haut-parleurs qui permettait aux nombreux journalistes déjà réunis face à l'estrade d'entendre ce qui serait dit. Ce ne furent pas seulement les frères de l'École chrétienne qui avaient monté tout cela, mais aussi les membres du Comité des Old Christians qui saluèrent les survivants quand les voitures s'engagèrent dans l'allée de l'école.

Ce fut une émouvante réunion. L'agitation ambiante avec le mouvement et le cliquetis des caméras tout autour ne pouvait émousser la vérité poignante que parmi ceux qui maintenant sautaient de l'autocar et montaient sur l'estrade, il ne restait que trois membres de l'équipe qui était partie pour le Chili : Canessa, Zerbino et Vizintin. Parrado et Algorta étaient restés au Chili. Tandis que Daniel Juan et Adolfo Gelsi regardaient ces visages amaigris, barbus, ils cherchaient leurs champions : Pérez, Platero, Nicolich, Hounie, Maspons, Abal, Magri, Costemalle, Martinez-Lamas, Nogueira, Shaw, mais ils n'étaient pas là.

Malgré ces absences, le groupe entier des survivants avait placé la conférence de presse sous les auspices des Old Christians. En dépit d'une situation qui pouvait s'envenimer — une salle bondée de journalistes de tous les pays du monde, de parents, et des parents des morts, d'amis, de relations et de cameramen de télévision — Daniel Juan, très maître de soi, prit place au centre de l'estrade et ouvrit la conférence de presse.

Les survivants avaient décidé de parler à tour de rôle, chacun traitant un aspect particulier de leur commune épreuve. Quand ils auraient fini de parler, ils demanderaient aux journalistes s'ils avaient des questions à poser. Le seul point litigieux entre eux avait été comment traiter la question du cannibalisme. Certains garçons et leurs parents estimaient qu'ils devaient le faire avec franchise; d'autres estimaient qu'une vague allusion suffirait. Un dernier groupe, en particulier Canessa et son père, croyait qu'il valait mieux ne pas en parler du tout.

On trouva un compromis et ce fut Inciarte qui s'offrit pour porte-parole. Il fut reconnu que c'était à lui plus qu'à tout autre que ce rôle revenait à cause de l'élévation de son point de vue sur le sujet, mais le jour de la conférence Inciarte mit en doute ses capacités. Il bégaya et craignit, en face des journalistes et des caméras, de demeurer court. Pancho Delgado se porta volontaire à sa place.

La conférence commença. Toute la salle écoutait en silence tandis que les survivants, l'un après l'autre, racontaient leur héroïque et tragique aventure. Enfin ce fut le tour de Delgado. Presque aussitôt son éloquence, qui lui avait si peu servi en montagne, se mit à s'épanouir.

« Quand on s'éveille le matin dans le silence des montagnes ou qu'on voit autour de soi tous ces sommets couverts de neige — spectacle imposant, impressionnant, un peu effrayant aussi — alors on se sent seul, seul au monde, seul en face de Dieu. Car je puis vous assurer que Dieu est là-haut. Nous l'avons tous ressenti, au fond de nous-mêmes, et pourtant nous n'étions pas de ces pieux jeunes gens qui prient du matin au soir, bien que nous ayons reçu une éducation religieuse. Non pas du tout! Mais là-haut on sent la présence de Dieu. On sent surtout ce qu'on appelle la main de Dieu et on se laisse conduire par elle... Quand arriva l'heure où nous n'avions plus rien à manger, ni rien qui y ressemblait, nous pensâmes à part nous que si Jésus le soir du jeudi saint avait partagé sa chair et son sang avec ses apôtres, c'était le signe que nous devions faire de même, prendre la chair et le sang comme moyens d'intime communion entre nous. C'est ce qui nous a aidés à survivre, et maintenant nous ne voulons pas que ce qui a été pour nous le secret des secrets, l'intimité essentielle, soit avili, vulgarisé, ou n'importe quoi comme ça. Dans un pays étranger nous avons essayé d'aborder le sujet dans un esprit aussi élevé que possible et maintenant nous le traitons devant vous, nos compatriotes, exactement comme nous l'avons ressenti... »

Quand Delgado se tut, l'assemblée entière était profondément émue par ses paroles et quand Daniel Juan demanda aux journalistes s'ils avaient des questions supplémentaires à poser aux survivants des Andes, personne ne leva la main. Là-dessus toute la salle éclata en applaudissements pour les représentants de la presse uruguayenne et étrangère, et l'on fit ensuite une ovation pour ceux qui n'étaient pas revenus.

Avec cette conférence de presse prirent fin les épreuves subies en public par les rescapés et qui suivaient de si près celles qu'ils avaient subies en montagne. Ils purent rentrer chez eux, au sein de ces maisons dont ils avaient tant rêvé quand ils étaient emprisonnés dans les Andes.

Il ne leur fut pas facile de se réadapter au monde réel. Leurs épreuves avaient été longues et terrifiantes. Elles avaient profondément marqué leur conscience et leur inconscient : leur conduite montra les traumatismes qu'ils avaient reçus. Beaucoup de garçons se montraient brusques, irritables envers leurs parents, leur fiancée, leurs frères et sœurs. Ils flairaient la moindre opposition à leur plus petit caprice. Souvent ils étaient moroses, silencieux et ne parlaient qu'à contrecœur de l'accident. Avant tout, ils voulaient manger. A peine le plat paraissait-il sur la table qu'ils se jetaient dessus et quand le repas était terminé, ils se gavaient de bonbons, de chocolats, si bien que Canessa, par exemple, fut tout bouffi en l'espace de quelques semaines.

Les parents ne savaient que faire devant un tel comportement. Les psychiatres de Santiago qui avaient brièvement examiné quelques-uns des garçons les avaient prévenus que leur réadaptation à la vie normale n'irait pas toute seule et qu'il n'y avait pas grand-chose à faire pour les aider. Leur cas était aussi tout déroutant pour les psychiatres que pour les parents eux-mêmes, car il n'y a guère de récits sur la rupture de ce tabou particulier. Aucun ne pouvait savoir quel effet cela produirait sur lui-même. On ne pouvait qu'attendre et voir venir.

Quelques-uns des parents se trouvaient donc traumatisés. Tout se passait comme s'ils avaient été paralysés par la surprise et la reconnaissance en voyant ces enfants qu'ils avaient crus morts. La mère de Coche Inciarte, par exemple, était incapable de ne pas regarder son fils pendant qu'il prenait ses repas. La nuit elle se couchait dans la même chambre que lui, mais ne fermait pas les yeux; elle se contentait de veiller sur le sommeil de son fils.

Les mères les mieux armées pour dominer la situation unique dans laquelle elles se trouvaient elles-mêmes étaient Rosina et Sarah Strauch et Madelon Rodriguez. Non seulement ces trois femmes avaient de fortes personnalités que rien ne pouvait ébranler, mais elles considéraient que toute cette aventure leur appartenait en propre autant qu'à leurs fils. Elles se conduisaient pour ainsi dire comme si leur foi et leurs prières avaient eu autant d'efficacité pour la survie de leurs fils que les efforts des garçons eux-mêmes.

Elles avaient la certitude de quelque chose qui était encore vague dans l'esprit de leurs enfants, la signification à donner à leurs épreuves. Pour ces trois mères leurs garçons n'avaient disparu du monde et n'étaient revenus d'entre les morts qu'afin de prouver à l'univers les pouvoirs miraculeux de la Vierge Marie, et dans le cas des sœurs Rosina et Sarah Strauch, ceux de la Vierge de Garabandal.

Il était légitime que les bénéficiaires de ce miracle n'aient pas autant de conviction parce qu'on pouvait avancer d'autres interprétations. D'un côté ils avaient conscience que beaucoup de gens, surtout parmi les plus âgés, étaient épouvantés par ce qu'ils avaient fait et estimaient qu'ils auraient dû préférer la mort. La mère de Madelon elle-même, qui plus que toute autre avait cru au retour de son petit-fils, ne pouvait se résoudre à envisager cet aspect des conditions de sa survie.

Et pourtant l'Église catholique n'avait pas tardé à dissiper le malentendu. « Vous ne pouvez condamner ce qu'ils ont fait, déclara Mgr Andres Rubio, coadjuteur de Montevideo, étant donné que c'était pour eux la seule possibilité de survivre... Manger un mort afin de survivre, c'est s'incorporer sa substance et l'on peut fort bien comparer cette action à une greffe : la chair survit quand elle est assimilée par quelqu'un qui se trouve réduit à une nécessité extrême, tout comme elle le fait quand un œil ou le cœur d'un homme mort est greffé sur un homme vivant... Qu'aurions-nous fait dans une pareille situation? Que dirions-nous à quelqu'un qui nous révélerait en confession un secret comme celui-là? Seulement ces simples mots : va et ne te tourmente pas pour cela, ne t'accuse pas toi-même pour quelque chose que tu ne blâmerais pas chez quelqu'un d'autre et que personne ne blâme en toi. »

Carlos Partelli, l'archevêque de Montevideo, confirma l'opinion de son coadjuteur. « Du point de vue moral je ne vois aucune objection à faire puisqu'il s'agissait de survivre. On a toujours le devoir de manger ce qu'on trouve, quelque répugnance qu'on puisse éprouver. »

Pour finir le théologien de l'*Osservatore romano*, Gino Concetti, écrivit que celui qui a reçu de la communauté a aussi le devoir de donner à la communauté ou à ses membres individuels quand ils se trouvent pressés par une dure nécessité pour les aider à survivre. Cet impératif catégorique s'applique spécialement au corps qui autrement est condamné à la dissolution, à l'inutilité. « Considérant ces faits, poursuit le père Concetti, nous justifions sur une base éthique le fait que les rescapés de l'accident arrivé à l'avion uruguayen aient dû se nourrir avec la seule nourriture qu'ils aient trouvée pour échapper à une mort certaine. Il est légitime de recourir aux corps humains sans vie pour se conserver en vie. »

D'autre part l'Église ne partageait pas l'opinion exprimée par Delgado lors de la conférence de presse que manger le corps de leurs amis équivalait au sacrement de l'Eucharistie. Quand on demanda à Mgr Rubio si le refus de manger le corps d'un être humain mort pouvait être interprété comme une forme de suicide, et l'acte contraire comme une forme de communion, le prélat répondit : « Le refus ne peut en aucun cas être tenu pour suicide, mais l'emploi du mot communion n'est pas correct non plus. Il est tout au plus possible de dire qu'il est correct d'employer les termes de « source d'inspiration religieuse ». Mais ce n'est pas la communion. »

On peut déduire de ces déclarations qu'il ne fallait regarder les survivants ni comme des saints ni comme des pécheurs, mais de plus en plus on chercha à leur donner un autre emploi, celui de héros nationaux. Les journaux, la radio et la télévision commencèrent à tirer un compréhensible orgueil de ce que ces jeunes compatriotes avaient accompli. L'Uruguay n'était qu'un petit pays dans le vaste monde et depuis leur victoire au football, dans la

Coupe du monde en 1956, il n'est pas d'Uruguayens qui aient fait autant parler d'eux dans le monde. Il y avait foule d'articles qui vantaient leur courage, leur endurance, leur ingéniosité. Les rescapés, dans l'ensemble, s'élevaient à la hauteur des circonstances. Beaucoup gardèrent barbe et cheveux longs et ne trouvaient pas mauvais d'être reconnus chaque fois qu'ils allaient à Montevideo et à Punta del Este.

Bien que chaque interview, chaque article illustrât le fait que leur victoire avait été l'œuvre du groupe entier, il allait de soi que l'emploi de héros national s'adaptât avec plus de succès à certains qu'à certains autres. Il y en avait par exemple qui n'étaient même pas sur la scène. Pedro Algorta était parti rejoindre ses parents en Argentine. Daniel Fernandez s'était retiré à la campagne dans l'estancia de ses parents. Les deux cousins, Fito et Eduardo Strauch, étaient trop silencieux pour fournir au public l'image qui correspondait au rôle réel qu'ils avaient joué en montagne.

L'interprète le plus doué de toute l'aventure était Pancho Delgado et c'était tout à fait naturel : c'était lui qui à la conférence de presse avait parlé du cannibalisme, c'était lui que les journaux interrogeaient pour obtenir un renseignement supplémentaire. Delgado fut à la hauteur des circonstances. Il alla en autocar à Rio de Janeiro (avec Ponce de Leon) pour paraître à la télévision et donna de longues interviews au magazine chilien *Chile Hoy* et à la revue argentine *Gente*. Il n'était pas surprenant que Delgado, se trouvant de nouveau dans une situation où ses dons puissent servir à quelque chose, les ait exercés ni que la presse ait profité de l'éloquence du survivant. Cependant la situation de premier plan qu'il avait prise aux yeux du public ne lui gagna pas l'amitié de ses anciens compagnons.

L'autre membre du groupe dont la conduite parut inconvenante à certains fut Parrado. Son caractère avait subi une plus grande transformation que celui des autres. Ce garçon timide, mal assuré, les épreuves en avaient fait un homme dominateur, sûr de soi qui était partout reconnu et acclamé comme le héros de l'odyssée des Andes, mais l'homme recelait les goûts et les enthousiasmes de l'enfant et, désormais libéré de la présence obsédante de la mort, il était décidé à se livrer à ses passions :

Le croyant mort, son père avait vendu sa motocyclette Suzuki 500 à un ami, mais sa joie fut telle quand Nando revint d'entre les morts qu'il lui acheta une Alfa Romeo 1750. Parrado roulait plein gaz vers Punta del Este pour mener la dolce vita sur les plages, dans les cafés et les boîtes de nuit de cette ville ensorcelante. Toutes les délicieuses filles qui jusqu'alors n'avaient vu en lui que le timide ami de Panchito Abal s'attroupaient autour de lui : c'était à qui attirerait son attention. Parrado ne joua pas les Joseph. La seule chose qui pût l'éloigner de Punta del Este était les courses automobiles de formule 1 à Buenos Aires. Là il rencontra les coureurs Emerson Fittipaldi et Jackie Stewart; ils furent photographiés tous ensemble, car partout où allait Parrado, une foule de journalistes et de photographes le suivaient.

Ces photographies paraissaient toutes dans les journaux uruguayens et consternaient ses quinze compagnons. Quand le journal le montra parmi un essaim de jeunes filles en maillot de bain à Punta del Este, comme juge dans un concours de beauté, ils exprimèrent leur réprobation et Parrado se retira du jury; pour lui comme pour les autres l'unité et la cohésion du groupe passait avant tout.

Tout en reconnaissant que c'étaient leurs efforts réunis qui leur avaient sauvé la vie, Parrado estimait que le rôle déterminant qu'il avait joué était un triomphe qu'on devait lui permettre de célébrer. La vie l'avait emporté sur la mort, on devait la vivre avec plénitude de la même façon qu'auparavant... mais bien sûr certaines choses avaient changé pour toujours. Un soir de la mi-janvier, il alla dans une boîte de nuit avec un ami et deux filles. C'était un endroit où il était allé avec Panchito Abal, il n'y était pas revenu depuis l'accident. Quand il se fut assis et qu'il eut commandé à boire, tout à coup, il se rappela que Panchito était mort. Cette vérité lui sauta au visage et pour la première fois depuis trois mois d'épreuves et de souffrances, il éclata en sanglots. Il s'affala sur la table et se mit à pleurer, à pleurer sans pouvoir s'arrêter. Un ruissellement de larmes l'inondait et les quatre amis s'en allèrent. Peu de temps après, Parrado recommença à vendre des boulons et des écrous à la Casa del Tornillo.

La raison pour laquelle les quinze autres survivants regardaient de travers le retour au genre de vie qu'avait mené auparavant Parrado venait de ce qu'ils se faisaient eux-mêmes une idée plus haute, presque une idée mystique, de l'épreuve qu'ils avaient subie. Inciarte, Mangino et Methol avaient la certitude d'être des miraculés. Delgado estimait qu'avoir survécu à l'accident, à l'avalanche et aux semaines ultérieures pouvait être attribué à la Providence divine, mais que l'expédition à travers les montagnes était davantage une manifestation du courage de l'homme. Canessa, Zerbino, Paez, Sabella et Harley sentaient tous que Dieu avait joué un rôle déterminant dans leur volonté de survivre, que Dieu était là-haut, en personne, sur la montagne. D'un autre côté Fernandez, Fito, Eduardo Strauch et Vizintin penchaient à croire en toute modestie que leur salut et leur délivrance, ils les devaient à leurs propres efforts. Sans aucun doute, la prière les avait aidés, elle avait servi de lien entre eux et de protection contre le désespoir, mais s'ils n'avaient compté que sur la prière, ils seraient encore là-haut. Peut-être la plus voyante manifestation de la grâce de Dieu avait-elle été de préserver leur santé.

Ceux qui contestaient le plus la part de Dieu dans leur délivrance étaient Parrado lui-même et Pedro Algorta.

Parrado avait de forts arguments. Comme beaucoup d'entre eux, il ne voyait aucune raison logique dans le choix entre ceux qui avaient disparu, et ceux qui avaient survécu. Si Dieu les avait aidés à vivre, alors Il avait permis la mort des autres, et si Dieu était bon, comment pouvait-Il avoir permis la mort de sa mère, et avoir permis que Panchito et surtout Susana souffrent si affreusement avant de mourir? Peut-être Dieu voulait-Il les appeler au Ciel, mais comment sa mère et sa sœur pouvaient-elles être heureuses au Ciel, alors que son père et lui continuaient à souffrir sur terre?

Le cas d'Algorta offrait plus de complexité car son éducation jésuite à Santiago et à Buenos Aires l'avait mieux armé pour se mesurer aux mystères de la Foi catholique que n'avait fait l'éducation théologique plus simple des frères de l'École chrétienne. Avant le départ pour Santiago il comptait parmi les passagers de l'avion les plus religieux et les plus pratiquants. Il n'avait pas la familiarité de Carlitos Paez avec Dieu, familiarité aisée mais pas très orthodoxe, mais l'orientation de sa vie, en particulier ses convictions politiques, était centrée sur le principe que Dieu est Amour. Après soixante-dix jours passés dans le désert des Andes, il ne croyait pas moins que Dieu fût Amour, mais cette épreuve lui avait appris que l'amour de Dieu n'était pas une chose sur quoi compter pour survivre. Aucune légion d'anges n'était venue du ciel pour les sauver. C'était leurs propres qualités de courage et d'endurance qui les avaient tirés d'affaire. L'épreuve n'avait fait que le rendre moins religieux; il avait maintenant une plus grande confiance en l'homme.

Mais tous s'accordaient pour dire que leurs souffrances en montagne avaient changé leur façon de comprendre la vie. Les misères et les privations leur avaient montré comme leur existence avait été frivole. L'argent ne signifiait plus rien pour eux. Aucun d'eux, en montagne, n'aurait donné une cigarette pour les cinq mille dollars réunis dans la valise. Chaque jour qui passait les décapait, couche après couche, du vernis superficiel et leur laissait seulement ce à quoi ils tenaient véritablement : leur famille, leur fiancée, leur foi en Dieu et leur patrie. Ils méprisaient maintenant les vêtements à la mode, les boîtes de nuit, les flirts et la vie oisive. Ils étaient décidés à travailler plus sérieusement, à observer plus strictement les pratiques religieuses et à consacrer plus de temps à leur famille.

Ils ne songèrent pas à réserver à leur seul usage les leçons apprises en montagne. Plusieurs d'entre eux, et surtout Canessa, Paez, Sabella, Inciarte, Mangino et Delgado, se sentirent appelés à diffuser la bonne parole. Ils se sentirent touchés par Dieu, inspirés par Lui pour enseigner aux autres l'amour et le sacrifice de soi que leurs épreuves leur avaient révélés. Si le monde avait appris avec horreur qu'ils avaient consommé les corps de leurs amis, cette horreur devait servir à montrer au monde jusqu'où peut aller l'amour de son prochain.

Il n'y avait qu'un rival, si le mot convient, pour s'opposer aux conclusions que l'on pouvait tirer du retour des seize survivants, c'était la Vierge de Garabandal : quelles que fussent les opinions de leurs fils, les femmes, fortes de l'Évangile qui avaient demandé son intercession, continuaient à penser que la Vierge avait exaucé leurs prières. Elles se rappelaient l'époque où les incroyants avaient concédé que seul un miracle pouvait sauver les jeunes gens et elles avaient maintenant la ferme détermination de ne pas laisser frustrer la Vierge de ce miracle simplement parce qu'on pouvait lui donner une explication rationnelle d'une nature plutôt déplaisante. Elles attaquaient le point brûlant que constituait le cannibalisme en développant la thèse que la manne qui dans le désert du Sinaï était tombée du ciel sur les Hébreux était une manière figurée et adoucie pour signifier que Dieu avait inspiré à son peuple de manger le corps de ses morts pour survivre.

Vingt-neuf de ceux qui étaient partis avec le Fairchild n'étaient pas revenus et pour les familles de ces vingt-neuf là le retour des seize autres ne faisait que rendre la disparition des vingt-neuf plus évidente. Ce fut de plus une évidence des plus troublantes. Les Abal apprirent que leur fils avait beaucoup souffert et les Nogueira que le leur avait subi une longue agonie. Chaque membre de chaque famille fut mis en face du fait que leur époux, leur mère ou leur fils avaient disparu, mais auraient pu aussi être mangés.

Pour les cœurs déjà remplis de douleur, ce fut un surcroît d'amertume car si noble et raisonnable qu'ait été le but poursuivi par les survivants, la pensée que le corps de ceux qu'ils aimaient tant ait pu être utilisé de cette façon-là inspirait une primitive et irrésistible horreur. La plupart, néanmoins, maîtrisèrent ce dégoût. Les parents montrèrent la même abnégation et le même courage que leur fils et firent corps avec les seize survivants. Le docteur Valeta, le père de Carlos, se rendit avec sa famille à la conférence de presse et il déclara ensuite au journal *El Pais :* « Je suis venu ici avec ma famille, parce que nous voulions voir tous ceux qui étaient les amis de mon fils et parce que nous étions sincèrement heureux de les avoir de nouveau parmi nous. Nous étions contents, qui plus est, qu'ils aient été quarante-cinq, car cela aida du moins seize à revenir. Je voudrais encore dire que j'ai su dès le premier instant ce qui m'a été confirmé aujourd'hui. En tant que docteur, j'ai compris aussitôt que pas un ne pourrait survivre dans un endroit pareil et dans de telles conditions sans recourir à des décisions courageuses. Ayant maintenant confirmation de ce qui est arrivé, je répète : Dieu soit loué qu'ils aient été quarante-cinq, seize ont pu retrouver leurs familles! »

Le père d'Arturo Nogueira écrivit une lettre aux journaux :

« *Messieurs,*

« *Ces quelques mots, écrits avec l'élan de notre cœur, veulent rendre hommage aux seize héros qui ont survécu à la tragédie des Andes et les assurer de notre admiration et de notre reconnaissance. Admiration, parce que tel est le sentiment que nous éprouvons devant tant de preuves de solidarité, de foi, de courage, de sérénité devant ce qu'ils avaient à affronter et qu'ils ont surmonté. Reconnaissance profonde et sincère, en raison des soins qu'ils ont donnés à tout moment à notre cher fils et frère Arturo depuis le moment de l'accident jusqu'à celui de sa mort. Nous invitons tous nos compatriotes à réfléchir pendant quelques minutes sur l'immense leçon de solidarité, de courage et de discipline que nous ont transmis ces jeunes gens dans l'espoir qu'elle nous servira à surmonter notre petit égoïsme et nos ambitions mesquines et notre manque d'intérêt pour nos frères.* »

Les mères montrèrent un semblable courage. Certaines retrouvaient leur fils mort dans ceux qui survivaient, car elles comprenaient sans peine que si leur fils était resté en vie et que les autres fussent morts, les mêmes événements se seraient produits, et que si les quarante-cinq avaient échappé à l'accident et à l'avalanche, ils seraient maintenant tous morts. Elles pouvaient aussi se représenter les souffrances physiques et morales des survivants. Tout ce qu'elles désiraient maintenant était qu'ils puissent oublier les épreuves traversées. Après tout, ce n'était pas les fils, ou les frères, ou les parents de leurs amis qu'ils avaient mangés pour survivre, mais leurs dépouilles. Leurs âmes avaient déjà gagné le Ciel.

La plupart des parents s'étaient résignés à la mort de leurs enfants peu après l'accident. Il y en avait pourtant qui se sentaient particulièrement trompés par le destin. Estela Pérez avait eu une confiance aussi entière que Madelon Rodriguez, Sarah et Rosina Strauch que Marcelo était vivant : leur confiance trouvait sa récompense, la sienne, non. C'était aussi un amer et méchant jeu du destin que la senora Costemalle, dont le fils s'était noyé en face des côtes de Carrasco et dont le mari était mort soudainement au Paraguay, ait perdu désormais le dernier survivant de la famille.

Les parents de Gustavo Nicolich étaient consternés de savoir que leur fils avait survécu deux semaines à l'accident. Ils s'en prenaient à Gérard Croiset fils qui, disaient-ils, les avait menés sur une fausse piste en un temps où des recherches poursuivies entre le Tinguiririca et le Sosneado auraient peut-être sauvé la vie de leur fils.

Il est évident que l'interprétation que l'on avait donnée au rapport médiumnique de Croiset avait abusé les parents, mais bien des choses dans ce qu'il avait dit s'étaient révélées exactes. Il avait vu une anicroche à l'aéroport de Carrasco à propos du passeport de l'un des jeunes gens : un tel incident avait eu lieu. Il avait dit que ce n'était pas le pilote qui dirigeait l'avion et il était exact que c'était Lagurara, et non Ferradas, qui était aux commandes. L'avion, selon lui, était allongé comme un ver, le nez écrasé, mais non les ailes, la porte avant entrebâillée. Tout cela était vrai. Croiset avait aussi décrit avec précision les manœuvres qu'un pilote devrait faire pour apercevoir d'avion les débris du Fairchild. Il avait dit aussi que l'avion se trouvait proche d'un panneau annonçant « Danger! » et pas loin d'un village aux maisons blanches, de style mexicain. Parrado et Canessa n'avaient rien rencontré de tel dans leur descente, sur Los Maitenes, mais une expédition ultérieure sur les lieux de l'accident faite depuis le territoire argentin trouva dans le voisinage un panneau annonçant « Danger ! » et un petit village, Ninas de Sominar, avec des maisons blanches à la mexicaine.

Le paysage autour du Fairchild tel que le décrivait Croiset, les trois montagnes, dont l'une au sommet tronqué, et le lac, furent découverts par les parents, mais à 65 kilomètres au *sud* du Planchon, alors que l'avion s'était écrasé à 65 kilomètres au *nord* du Planchon. L'appareil n'était pas sous une montagne ni près d'un lac et le pilote n'avait pas amorcé la descente sur le lac pour faire un atterrissage forcé. L'accident n'était pas dû à un engorgement du carburateur ainsi que Croiset l'avait prétendu, le pilote n'était pas seul dans le poste de pilotage et comment savoir s'il avait ou non une indigestion? Croiset, harcelé par les parents qui réclamaient un surcroît d'informations, avait donné d'autres détails qui semblaient avoir peu de rapport avec la tragédie si l'on jette un coup d'œil rétrospectif sur les événements, mais en les donnant il avait empêché quelques-unes des mères de tomber dans le désespoir.

La seconde vue avait fourni à la senora Valeta une donnée d'une extraordinaire fidélité, mais la seule perception extrasensorielle qui se révéla par la suite tout à fait exacte fut celle du vieux sourcier que la mère de Madelon et Juan José Methol avaient consulté dans le quartier pauvre de Maronas à Montevideo. Il avait indiqué sur la carte un endroit à 30 kilomètres de la station thermale de Termas del Flaco, ce qui était exactement le lieu où l'avion était tombé. En souvenir de quoi, Juan José Methol alla trouver le vieil homme, lui fit des dons d'argent et en nature, que celui-ci partagea avec ses voisins en mauvaise santé

L'armée de l'air, à la fois au Chili et en Uruguay, rechercha les causes de l'accident. Les deux pays conclurent à l'erreur humaine, le pilote ayant amorcé sa descente sur Santiago alors qu'il se trouvait encore au milieu des Andes. L'endroit réel où l'avion s'était écrasé n'était nullement près de Curico. La montagne, sur laquelle les jeunes gens avaient passé tant de jours, se dresse sur le versant argentin de la frontière entre les volcans du Cerro Sosneado et du Tinguiririca. Le fuselage gisait dans la neige à environ 3 450 mètres et la montagne escaladée par Canessa et Parrado s'élevait à 4 050 mètres. On estima que s'ils avaient suivi la vallée par-delà la queue de l'avion au lieu d'escalader la montagne à l'ouest, ils seraient tombé sur une route au bout de trois jours (bien que la route que Canessa croyait avoir vue en gravissant la montagne fût certainement une cassure géologique). A 8 kilomètres à l'est du Fairchild il y avait un hôtel qui, bien qu'ouvert seulement en été, était riche de conserves.

Les appels au secours par la radio de l'avion qui leur avaient coûté plus de deux semaines d'efforts n'auraient jamais pu réussir. L'émetteur nécessitait un courant alternatif de 115 volts, normalement fourni par une commutatrice, alors que le courant continu, fourni par les accumulateurs, était sous une tension de 24 volts.

Il y avait peu de choses à faire pour les constatations après décès. Certains parents avaient beau reprocher à l'armée de l'air l'incompétence de ses pilotes, la situation politique de l'Uruguay ne permettait pas qu'on se substitue à un secteur des forces armées. Dans l'ensemble ils acceptèrent ce qui s'était passé comme la volonté de Dieu et Lui rendirent grâce d'en avoir sauvé seize, adoptant sur ce qui était arrivé un point de vue élevé, lequel émanait des survivants eux-mêmes.

Xavier Methol, qui était maintenant au bord de la mer, perdit l'hébétude dont l'avait affligé le mal des montagnes. Comme ses compagnons, il croyait lui aussi qu'un dessein secret de la Providence divine leur avait permis de survivre et le premier devoir qu'il assuma fut, dans la mesure du possible, de compenser pour ses enfants la perte de leur mère. Il alla habiter chez les parents de Liliana qui, comme il l'avait bien pensé, avaient pris soin de ses enfants. Une fois qu'il les eut retrouvés, Xavier connut une sorte de bonheur, car bien que Liliana continuât à lui manquer, il savait qu'elle était heureuse au Ciel.

Un soir, à Punta del Este, il se promenait avec Marie-Noëlle qui avait trois ans. La petite fille gambadait à côté de lui, bavardant sans arrêt, quand elle s'arrêta tout à coup et le regarda :

— Papa, dit-elle, tu es bien revenu du Ciel, pas vrai? Quand est-ce que maman va revenir?

Xavier s'inclina vers sa petite fille et lui répondit :

— Il faut que tu essayes de comprendre, Marie-Noëlle, que maman est tellement gentille, mais tellement gentille que Dieu a besoin d'elle au Ciel. Elle est devenue un personnage si important qu'elle vit maintenant avec Dieu.

Le 18 janvier 1973, dix membres du corps de sauvetage des Andes, ainsi que Freddy Bernales du S. A. R., le lieutenant Enrique Crosa de l'armée de l'air uruguayenne et un prêtre catholique, le père Ivan Caviedes, allèrent en hélicoptère sur les lieux de l'accident. Là, ils dressèrent leur camp avec l'intention de passer quelques jours en montagne et commencèrent par réunir les restes des morts. Ils montèrent au sommet de la montagne, pour chercher les corps qui étaient restés là-haut et qui se trouvaient maintenant découverts par le dégel.

On trouva un endroit, à environ 800 mètres du lieu de l'accident, qui était à l'abri des avalanches et où il y avait assez de terre pour que l'on puisse y creuser une tombe. C'est là que furent enterrés les corps auxquels on n'avait pas touché et les restes des autres. Un autel de pierre brute fut élevé à côté de la tombe; on y dressa une croix en fer d'environ un mètre de hauteur. La croix fut recouverte de peinture orange et sur un côté on écrivit en noir : « Le monde entier à ses frères uruguayens », tandis que de l'autre côté on pouvait lire : « Plus près de Toi, mon Dieu ».

Après la cérémonie, le père Caviedes remercia ceux qui avaient assisté à la messe. Les andinistes revinrent devant les débris du Fairchild, les arrosèrent d'essence et y mirent le feu. Le vent violent enflamma rapidement l'appareil; dès qu'ils furent certains que le feu avait bien pris, les Chiliens s'apprêtèrent à partir. Le silence des montagnes ayant été trop souvent rompu par le grondement des avalanches, ils jugèrent plus prudent de ne pas s'éterniser.

Aubin Imprimeur
LIGUGÉ, POITIERS

Achevé d'imprimer en mai 1993
pour le compte de France Loisirs
123, bd de Grenelle, 75015 Paris
N° d'édition 22434 / N° d'impression L 42830
Dépôt légal, mai 1993
Imprimé en France